UNE SAISON BLANCHE ET SÈCHE

André Brink est né en Afrique du Sud en 1935. Depuis 1961 il est professeur de littérature contemporaine et d'art dramatique à Rhodes University.

Il a pris la tête du roman afrikaan et de la génération des Sestigers (Hommes des années 60) qui s'est attaquée à tous les tabous, sexuel, religieux, etc. Groupe qu'il devait quitter en 1968 pour prendre une position politique plus nette et plus engagée contre l'apartheid.

En 1973, il publie Au plus noir de la nuit (en afrikaans) qui est aussitôt interdit. Le livre paraît en anglais (traduit par l'auteur) et connaît un très grand succès en Angleterre. Il en sera de même en France, en 1976. Quatrième roman d'André Brink, également interdit dès sa publication en Afrique du Sud, interdiction qui a été levée depuis, Une Saison blanche et sèche a obtenu le Prix Médicis étranger 1980. André Brink a vécu à Paris, il a traduit Albert Camus. Il est marié et il a trois garçons et une fille.

Bèn Du Toit est un Afrikaner bien tranquille — un père de famille sans histoire que rien ne distinguerait de ses quatre millions de frères et sœurs bien tranquilles, sûrs d'eux-mêmes et de leur supériorité. Jusqu'au jour où Ben veut savoir. Savoir pourquoi le jeune fils de Gordon, le jardinier noir de l'école où il enseigne, a disparu sans laisser de trace dans les locaux de la police sud-africaine. Savoir pourquoi Gordon va disparaître à son tour, qui cherchait à connaître la vérité sur la mort de son fils. Savoir ce qui se cache sous les versions officielles. Savoir, par exemple, ce qui s'est vraiment passé à Soweto. Savoir au fond qu'est-ce que la vie de ces seize millions de Noirs qu'il a côtoyés toute sa vie sans les voir.

Mais au pays de l'apartheid, il ne fait pas bon vouloir trop en savoir. Le long de son douloureux chemin de Damas, Ben va peu à peu le découvrir. Et l'amour de Mélanie, engagée dans le même combat que lui, ne le protégera pas de la machine infernale qui s'est mise en marche. Implacablement.

Paru dans Le Livre de Poche :

AU PLUS NOIR DE LA NUIT.
UN TURBULENT SILENCE.
UN INSTANT DANS LE VENT.
RUMEURS DE PLUIE.

ANDRÉ BRINK

Une saison blanche et sèche

ROMAN

TRADUIT DE L'ANGLAIS
PAR ROBERT FOUQUES DUPARC

STOCK

Titre original :

A DRY WHITE SEASON
W. H. Allen Co. Ltd, London 1979.

Rien, dans ce roman, n'a été inventé. Le climat, l'histoire et les circonstances qui l'ont fait naître sont ceux de l'Afrique du Sud actuelle. Mais les événements et les personnages ont été replacés dans le contexte d'un roman. Ils n'y existent qu'en tant que fiction. Ce n'est pas la réalité de surface qui importe, mais les relations qui se dessinent sous cette surface.

Toute ressemblance donc avec des personnages ayant existé, existant, ou des situations ayant eu lieu ne serait que pure coïncidence.

Pour

   ALTA

       qui m'a soutenu pendant la saison sèche.

C'est une saison blanche et sèche
Les feuilles jaunies ne durent pas, leurs vies brèves s'éva-
nouissent
Le cœur lourd, elles tombent doucement
Sur le sol
Sans verser une seule goutte de sang.
C'est une saison blanche et sèche, mon frère,
Seuls les arbres connaissent la douleur, droits et figés,
Durs comme de l'acier, branches sèches comme du fil,
Oui, c'est une saison blanche et sèche,
Mais les saisons ne font que passer.

Mongane Wally Serote.

Prologue

L'IDÉE que je me faisais de lui était celle d'un homme
ordinaire, au caractère facile, dépourvu de méchanceté, celle d'un homme sans qualités particulières. Le
genre de personne que des amis d'université, qui se
rencontreraient au bout de plusieurs années, tente-
raient de se rappeler en disant : « Ben Du Toit? »
Interrogation suivie d'un silence cocasse et d'une
réponse tiède : « Ah! oui, bien sûr. Un type sympa.
Que lui est-il arrivé? » Sans jamais penser que *cela*
pourrait lui arriver.

Voilà pourquoi je dois peut-être parler de lui.
J'avais confiance en lui – pour l'avoir assez bien
connu. Il y a longtemps du moins. Il m'était brusquement désagréable de découvrir qu'il était un étranger.
Cela semble-t-il mélodramatique? Il n'est pas facile de
se défaire de ses habitudes quand on écrit depuis tant
d'années des histoires romantiques. « Délicates et
charmantes histoires de viol et de meurtre. » Mais je
suis sérieux. Sa mort lançait un défi à tout ce que
j'avais toujours pensé ou ressenti à son sujet.

Elle fut annoncée de manière très banale – page
quatre, troisième colonne du journal du soir. Un
professeur de Johannesburg a été tué dans un accident.
Ecrasé par une voiture. Le chauffeur a pris la fuite.
Mr. Ben Du Toit (cinquante-trois ans), vers onze

heures, hier soir. Il allait poster une lettre, etc. Il laisse sa femme Susan, deux filles et un jeune fils.

A peine suffisant pour un haussement d'épaules ou un signe de tête. Mais, à ce moment-là, ses papiers m'étaient déjà parvenus. Suivis, ce matin, par cette lettre, une semaine après l'enterrement. Et me voilà pris au piège, avec la vie d'un autre, éparpillée là, sur mon bureau : journaux intimes, notes, griffonnages sans lien les uns avec les autres, vieilles factures payées ou non, photographies; le tout, emballé sans distinction et adressé chez moi. Quand nous étions étudiants, il me fournissait la matière de mes articles, en retenant dix pour cent de commission sur chaque article publié. Il avait toujours eu le flair pour ce genre de choses, même s'il n'avait jamais tenté d'écrire lui-même. Manque d'intérêt? Ou, comme l'avait suggéré Susan ce soir-là, manque d'ambition? N'avions-nous donc tous rien compris?

En regardant tous ces papiers, de son point de vue à lui, je trouve tout ça encore plus incompréhensible. Pourquoi avait-il dû me désigner pour écrire cette histoire? A moins que ce ne soit l'expression même de la gravité de son désespoir. Il ne suffit pas de dire que nous étions compagnons de chambre à l'université : j'avais d'autres amis, plus proches de moi qu'il ne l'avait jamais été. On avait d'ailleurs l'impression qu'il ne ressentait pas vraiment le besoin de nouer de vraies amitiés. Il se suffisait à lui-même. Solitaire. Après avoir terminé nos études, passé nos diplômes, plusieurs années s'étaient écoulées avant que nous ne nous rencontrions de nouveau. Il était devenu professeur. Je m'étais lancé dans la radio avant de me joindre à l'équipe du journal, à Capetown. Nous avions échangé des lettres, de temps à autre; rarement. J'avais passé une fois quinze jours avec lui et Susan à Johannesburg. Mais après m'être installé ici pour assurer mes fonctions de rédacteur d'un journal féminin, nous nous étions de moins en moins vus. Aucune séparation volontaire et consciente : nous n'avions tout simplement plus rien à partager, plus rien à nous dire. Jusqu'à cette date – quinze jours avant sa mort – où il m'avait téléphoné au bureau pour m'annoncer, de façon tout à fait inattendue, qu'il voulait me « parler ».

Même si je suis parvenu à accepter cela comme un hasard professionnel, je ressens toujours beaucoup de difficultés à réprimer ma colère lorsque les gens viennent me confier leur vie, sous prétexte que je suis un romancier populaire. De jeunes emmerdeurs deviennent tout à coup tristes après une ou deux bières et m'enlacent pour me dire en confidence : « Bon Dieu, il est temps, vieux, que tu écrives quelque chose sur un type comme moi. » Des matrones d'un certain âge déversent sur moi leurs passions rose pâle ou leurs chagrins, persuadées que je comprendrai ce que leurs maris ne comprennent pas. Au cours d'une soirée, des filles me coincent, me désarment par leur mélange subtil d'impudence et de vulnérabilité. Et, plus tard, tout en réajustant leurs collants ou en remontant leur fermeture Eclair, elles me posent l'inévitable question : « Je pense que tu vas me mettre dans ton prochain livre, maintenant ? » Est-ce que je me sers d'eux ? Se servent-ils de moi ? Ça n'est pas moi qui les intéresse, mais mon « nom ». Ils s'y agrippent dans l'espoir de décrocher un morceau d'éternité. Mais, à la longue, je me fatigue de tout ça ; je finis par ne plus pouvoir y faire face. Voilà ce qui définit la tristesse de ma carrière de romancier. Ça fait partie d'une incroyable indifférence qui me paralyse depuis des mois. J'ai connu de mauvais moments par le passé ; j'ai toujours su en sortir par le biais de l'écriture. Mais rien de comparable à ce pays aride. J'ai plus de sujets à raconter qu'il ne m'en faut. Ça n'est pas par manque d'idées que j'ai dû décevoir le Club féminin du mois.

Après vingt romans de la même veine, quelque chose a craqué en moi. J'ai plus de cinquante ans. Je ne suis plus immortel. Je n'ai pas besoin d'être pleuré par quelques milliers de ménagères et de dactylos, que mon âme chauvine repose en paix. Quoi d'autre? Ce n'est pas à un vieux singe qu'on apprend à faire des grimaces.

« Est-ce l'une des raisons pour lesquelles j'ai succombé devant Ben, devant la documentation éparse de sa vie? Parce qu'il m'a pris à un moment où j'étais particulièrement vulnérable? »

A l'instant où il m'a téléphoné, j'ai tout de suite su que quelque chose n'allait pas. C'était un vendredi matin et il aurait dû être à l'école.

« Peux-tu me retrouver en ville? m'a-t-il demandé d'un ton pressé, avant même que j'aie pu revenir de la surprise causée par son appel. C'est plutôt urgent. Je t'appelle de la gare.

– Tu t'en vas?

– Non. Non, pas du tout. » Aussi irrité qu'avant. « Peux-tu m'accorder quelques instants?

– Bien sûr. Pourquoi ne viens-tu pas à mon bureau?

– C'est difficile. Je ne peux pas te le dire par téléphone. Peux-tu me rejoindre à la librairie Bakker dans une heure?

– Si tu insistes. Mais...

– A tout à l'heure.

– Au revoir Ben. » Mais il avait déjà raccroché.

J'ai été troublé pendant quelques instants. Ennuyé aussi, à l'idée de devoir prendre ma voiture, de quitter le journal situé à Auckland Park, pour me rendre dans le centre ville. Se garer un vendredi. Un problème. J'étais pourtant très intrigué. Ça faisait si longtemps que nous ne nous étions pas vus. Le journal avait été bouclé deux jours avant. Je n'avais donc pas grand-chose à faire au bureau.

Il m'attendait devant la librairie. J'ai eu tout d'abord beaucoup de mal à le reconnaître : il avait tellement vieilli, maigri. Il n'avait jamais été très gros certes, mais il ressemblait vraiment ce matin-là à un épouvantail. Surtout avec ce manteau gris, qui semblait bien trop grand pour lui.

« Ben! Mon Dieu...

– Je suis heureux que tu aies pu venir.

– Tu ne travailles pas, aujourd'hui?

– Non.

– Mais les vacances scolaires sont terminées, n'est-ce pas?

– Et alors? Quelle importance? Partons.

– Où?

– N'importe où ». Il a jeté un coup d'œil autour de lui. Son visage était pâle et étroit. Penché en avant pour lutter contre le vent sec et froid, il m'a pris le bras et s'est mis à marcher.

« Tu fuis la police? » lui ai-je demandé, désinvolte.

Sa réaction m'a étonné. « Pour l'amour du Ciel, ce n'est pas le moment de plaisanter! » Il a ajouté : « Si tu ne veux pas me parler, pourquoi ne le dis-tu pas? »

Je me suis arrêté. « Qu'est-ce qui te prend, Ben?

– Ne reste pas là. » Sans m'attendre, il s'est mis à avancer rapidement et je n'ai pu le rattraper que lorsqu'il s'est arrêté au bord du trottoir, à cause des feux de signalisation.

« Pourquoi n'allons-nous pas boire un café, dans un bar? lui ai-je proposé.

– Non, je n'en ai pas envie. » Encore une fois, il a regardé par-dessus son épaule. Impatient? Affolé? Il a traversé la chaussée avant même que les feux ne soient passés au rouge.

« Où allons-nous? lui ai-je demandé.

– Nulle part. Nous faisons seulement le tour du pâté de maisons. Je veux que tu m'écoutes. Il faut que tu m'aides.

– Mais que se passe-t-il, Ben?

– Pas la peine de t'encombrer de ce fardeau. Tout ce que je veux savoir, c'est si tu m'autorises à t'envoyer quelques papiers. Je voudrais que tu me les gardes.

– Des marchandises volées? ai-je dit pour rire.

– Ne sois pas ridicule! Il n'y a rien d'illégal dans tout ça. Tu n'as pas besoin d'avoir peur. C'est simplement... » Il a marché en silence, pendant quelques instants, puis a jeté encore une fois un coup d'œil autour de lui. « Je ne veux pas qu'ils trouvent ces papiers sur moi.

– Qui " ils"? »

Il s'est arrêté, aussi agité qu'avant. « Ecoute-moi. Je voudrais te raconter tout ce qui s'est passé ces derniers mois. Mais je n'ai vraiment pas le temps. Vas-tu m'aider, oui ou non?

– Que veux-tu que je garde?

– Des papiers, différentes choses. J'ai tout écrit. Des griffonnages pris à la hâte – un peu confus, je crois. Mais tout est là. Tu peux tout lire, bien sûr. A condition que tu gardes tout ça pour toi. Promis?

– Promis. Mais...

– Allez, viens. » Il s'est remis à marcher après avoir jeté un autre coup d'œil angoissé par-dessus son épaule. « Je dois m'assurer que quelqu'un veillera sur ces papiers. Que quelqu'un en connaîtra l'existence. Il est possible qu'il ne se passe rien. Si tel est le cas, je reviendrai les chercher, un de ces quatre matins. Mais si quelque chose devait m'arriver... » Il a secoué les épaules, comme s'il voulait empêcher son manteau de tomber. « Je les laisse à ta discrétion. » Il a éclaté de rire pour la première fois – si on peut qualifier ce cri perçant de rire. « Tu te souviens? Quand nous étions à l'université, je t'apportais toujours des sujets pour tes articles, pour tes histoires. Et tu ne cessais de parler du grand roman que tu écrirais un jour. Ça n'est pas vrai? Maintenant, je veux te refiler tous mes papiers. Tu peux, si tu en as envie, en faire un roman. Du moment que ça ne s'arrête pas là. Tu comprends?

– Non, j'ai peur de ne pas te comprendre du tout. Tu veux que j'écrive ta biographie?

– Je veux que tu conserves mes notes et mes journaux intimes. Et je veux que tu t'en serves, si nécessaire.

– Comment saurai-je si c'est nécessaire ou pas?

– Tu le sauras très vite, ne t'inquiète pas. » Un pâle sourire est venu déformer sa bouche crispée. Il s'est arrêté encore une fois, un éclair inhabituel dans ses yeux gris. « Ils m'ont tout pris. Presque tout. Il ne me reste pas grand-chose. Mais ils ne m'enlèveront pas ça. Tu m'entends? S'ils arrivaient à m'enlever ça, plus rien n'aurait de sens. »

Nous nous sommes laissés porter par la foule.

« C'est ce qu'ils cherchent, a-t-il poursuivi, au bout d'un moment. Ils veulent me rayer de la carte, comme si je n'avais jamais existé. Et je vais les en empêcher.

– Qu'as-tu fait, Ben?

– Rien, je t'assure. Rien du tout. Mais je ne vais pas pouvoir tenir très longtemps et je crois qu'ils le savent. Tout ce que je te demande, c'est de garder mes papiers.

– Mais si toute cette affaire est vraiment innocente...

– Toi aussi, tu te retournes contre moi? »

Il y avait quelque chose de paranoïaque dans son attitude comme s'il avait perdu tout contact avec le monde, comme si nous n'étions pas tous les deux dans cette rue, dans cette ville, à ce moment-là, comme s'il n'était pas du tout conscient de ma présence. Comme si, en fait, lui-même était un étranger dont la légère et superficielle ressemblance avec le Ben Du Toit que j'avais jadis connu n'était que pure coïncidence.

« Bien sûr, Ben. Je vais garder ces papiers », lui ai-je dit, comme on consolerait un enfant. « Pourquoi ne les amènerais-tu pas cette nuit, chez moi? Nous pourrions ainsi discuter tranquillement autour d'une bonne bouteille de vin? »

Il m'a semblé encore plus troublé qu'avant. « Non, non. Je ne peux pas faire ça. Je vais simplement faire en sorte qu'ils te parviennent. Je ne veux pas te causer d'ennuis.

– Très bien. » J'ai soupiré, résigné. Que d'histoires mélodramatiques aurais-je pu voir dans ma vie! « Je vais surveiller le courrier et je te tiendrai au courant.

– Je ne veux pas que tu me tiennes au courant. Garde les papiers, comme je te l'ai dit. C'est tout. Et si quelque chose arrivait...

– Rien n'arrivera, Ben », ai-je répété non sans éprouver quelque irritation. « Ce n'est que de l'hypertension. Tu as besoin de prendre des vacances. »

Deux semaines plus tard, il était mort.

J'avais déjà reçu l'énorme colis, affranchi à Pretoria. Après notre entrevue, j'étais curieux d'en savoir plus sur cette ténébreuse affaire. Je n'arrivais pas en même temps à réprimer un sentiment de colère, de nausée presque. Non seulement devant l'incroyable masse de papiers que j'avais reçue, mais devant la gêne que je ressentais à l'idée de devoir les étudier de près. C'était déjà bien assez terrible d'être mêlé à la vie de personnes étrangères. Au moins, on restait spectateur, objectif, plus ou moins indifférent. On ne se sentait pas impliqué. Avec un ami, c'était tout à fait différent. Trop intime, trop ahurissant. Je m'attendais à devoir

lui dire, comme je l'avais déjà fait avec tant d'autres :
« Désolé, petit père, mais je n'arrive pas à extraire une
histoire valable de tout ce magma. » Seulement, ça
serait plus délicat avec lui. Pire peut-être, vu l'état de
ses nerfs. Cependant, il m'avait assuré qu'il voulait que
je garde ses papiers en sécurité. Rien de plus.

Je suis resté ce soir-là chez moi, et j'ai essayé de
trier, de ranger ce fouillis, sur mon tapis : carnets
noirs, cahiers d'exercices, bout de cartes ou d'articles
découpés dans les journaux, pages dactylographiées,
lettres... J'ai plongé au hasard dans ce tas et j'ai lu des
passages, des fragments bizarres. Quelques noms revenaient régulièrement. Deux d'entre eux me semblaient
familiers – Jonathan Ngubene, Gordon Ngubene –
mais mes souvenirs n'ont refait surface qu'une fois
toutes les coupures de presse passées en revue. Je ne
pouvais toujours pas, même à ce moment-là, établir le
lien entre Ben et eux. En fait, j'étais déconcerté. Mes
romans traitent d'amour et d'aventure. Je les situe de
préférence dans le décor du vieux Cap, dans des lieux
romantiques et lointains. La politique n'est pas mon
« champ d'action ». Et si Ben avait choisi de se
trouver impliqué de la sorte, je ne voulais pas m'y
laisser entraîner pour autant.

En remettant tristement les papiers dans leur boîte
cabossée, j'ai remarqué deux photographies tombées
d'une grande enveloppe brune que je n'avais pas
encore fouillée. L'une était très petite – taille passeport. Une fille. Longs cheveux noirs retenus par un
ruban; grands yeux sombres, petit nez, bouche plutôt
généreuse. Pas belle au sens où je l'entends pour les
héroïnes qui traversent mes livres. Mais elle avait
quelque chose qui m'a frappé : cette façon de regarder
l'appareil, bien en face, sans ciller. Un regard dur,
incorruptible, qui vous lançait un défi. Une intensité
tempérée par la gentillesse, la féminité du petit visage
ovale : *Regarde-moi si tu en as envie. Tu ne décou-*

vriras rien que je n'aie découvert moi-même. J'ai sondé mes profondeurs. Tu es libre d'essayer à ton tour, si tu en as envie. Pourvu que ça ne t'autorise pas à revendiquer de droit sur ma personne. J'ai trouvé dans cette photographie quelque chose de semblable à ces lignes – habitué comme je l'étais à construire des « personnages ». Le visage me paraissait en même temps étrangement et désagréablement familier. Je serais tombé sur lui, dans un autre contexte, je l'aurais certainement reconnu plus rapidement. Mais comment pouvais-je m'attendre à le trouver parmi les papiers de Ben ?

Ce n'est que le le lendemain, en consultant de nouveau les papiers, les coupures de presse que j'ai reconnu ce même visage sur certaines photographies publiées dans les journaux. Bien sûr : Melanie Bruwer. L'objet du dernier scandale éditorial.

La deuxième photographie était un cliché 8×10, sur papier jauni. J'ai tout d'abord cru que c'était l'une de ces photos pornos que l'on trouve si facilement à l'étranger. Ça ne m'intéressait pas beaucoup. Si Ben se faisait plaisir comme ça, c'était son problème. Pas le mien. De plus, ça ne gênait personne. Ce n'était pas un instantané très clair – comme si la lumière avait été mauvaise. Dans un décor de papier peint brouillé, de table de nuit, de lit aux draps chiffonnés, un homme et une fille, nus, s'apprêtaient à faire l'amour. J'étais sur le point de ranger le cliché dans l'enveloppe, lorsque quelque chose m'a poussé à regarder de plus près.

La fille, la fille aux cheveux sombres, reconnaissable en dépit du grain de mauvaise qualité, était cette même Melanie Bruwer. L'homme, avec elle, était d'un certain âge. C'était Ben.

Le Ben que j'avais connu à l'université était différent. Réservé sans être secret ; plutôt calme, en paix avec le monde, avec lui-même; et, oui, innocent. Il n'était pas bégueule et ne méprisait pas les réunions étudiantes, mais il n'était pas une locomotive non plus. Je ne l'ai jamais vu saoul. En même temps, il ne cherchait pas à éviter « la bande ». Un bosseur, par-dessus tout. Il faisait des études grâce aux bourses qui lui avaient été octroyées et ne pouvait donc pas se permettre de décevoir ses parents. Je me souviens l'avoir vu une fois assister à un match de rugby interuniversitaire, un livre d'histoire à la main. Il se joignait aux chants et aux cris de joie des autres pendant le match, mais continuait, à l'heure de la mi-temps, à étudier tranquillement, en faisant totalement abstraction du tintamarre qui l'entourait. Même dans un lieu bruyant, agité, il pouvait continuer à étudier du moment qu'il s'était mis en tête de terminer quelque chose. Il n'était pas très sportif, mais nous surprenait souvent lors d'une partie de tennis, par son agilité et sa rapidité. Dès que des équipes devaient être constituées, il se mettait à perdre avec acharnement et détermination. On avait l'impression qu'il agissait ainsi pour éviter les compétitions officielles, car dans les rencontres amicales, il battait très souvent les têtes de liste. Lors des rares occasions où il a été contraint, en tant que joueur supplémentaire, d'entrer en lice, il nous a tous surpris. En ces occasions-là, lorsqu'il y avait quelque chose d'important en jeu pour son équipe, il rattrapait les coups les plus incroyables. Mais dès qu'arrivait le moment de constituer de nouvelles équipes pour l'année suivante, Ben se défilait joyeusement.

Les échecs étaient son passe-temps favori – passe-temps particulièrement solitaire. Il serait exagéré de dire qu'il était un brillant joueur, mais il était impassible et scrupuleux. Il gagnait plus souvent qu'à son tour grâce au déroulement, lent et réfléchi, de ses stratégies. Dans le secteur, beaucoup plus public, des affaires étudiantes, il se faisait très peu remarquer, hormis pour le flair inattendu dont il faisait montre parfois, lors des assemblées générales. Non pas qu'il aimât ces apparitions en public – il avait d'ailleurs refusé la présidence de l'Association des élèves – mais lorsqu'il se levait pour prendre la parole, il avait un ton si convaincant, une telle sincérité, que tout le monde faisait attention à ce qu'il disait. Pendant ses dernières années d'études, beaucoup d'étudiants et d'étudiantes venaient le voir pour lui exposer leurs problèmes personnels. Je me souviens avoir pensé avec envie : « Tu ne sais pas la force que tu as auprès de toutes ces nénettes. Nous autres " experts ès baratin, ès savoir-faire " nous n'avons pas une seule chance contre ton petit sourire contrit. Pourtant, tu ne sembles même pas t'en apercevoir. Au lieu de t'en servir, tu restes assis sur ton cul comme un chiot maladroit et tu laisses passer toutes ces occasions. »

En fait, il ne voulait pas reconnaître que ces instants étaient des « occasions ».

Autant qu'il m'en souvienne, il m'est arrivé une fois de découvrir quelque chose de différent en lui – quelque chose normalement dissimulé par son côté solitaire. Cela se produisit en troisième année d'histoire. Pendant un semestre, alors que notre professeur habituel était parti en congé sabbatique, un type vint le remplacer. Nous ne pouvions pas supporter ses habitudes d'instituteur; et la discipline était très vite devenue un problème.

Ce jour en question, m'ayant surpris au moment où je lançais un avion en papier, il me jeta immédiatement hors de la salle de cours, furieux et au bord de l'apoplexie. Ça aurait pu en rester là, si Ben n'avait pas décidé de sortir de sa léthargie habituelle pour protester contre le fait de me voir puni alors que toute la classe était fautive.

Le maître de conférences ayant refusé de changer

d'avis, Ben lança une pétition et passa son week-end à récolter les signatures des membres de la classe, menaçant de lancer une opération de boycott si des excuses n'étaient pas présentées. Après avoir lu l'ultimatum qui lui était adressé, le maître de conférences pâlit et le déchira, fou de rage. Ben prit alors la tête du boycott. A notre époque de pouvoir étudiant, son action peut paraître ridicule, mais en ce temps-là, en pleines années de guerre, elle avait fait sensation.

Avant la fin de la semaine, Ben et le maître de conférences étaient tous deux appelés chez le directeur. Ce qui se passa pendant l'entrevue ne nous parvint que plus tard, via un membre de l'académie, car Ben, lui-même, n'offrit qu'un résumé très vague.

Notre professeur, un adorable vieux garçon – aimé et respecté de tous – exprima ses regrets pour cette malheureuse affaire et annonça qu'il était disposé à la considérer comme un malentendu si Ben présentait des excuses pour son action impétueuse. Ben remercia poliment le professeur de sa bonne volonté, mais insista pour que le maître de conférences qui, disait-il, avait offensé la classe par son comportement injuste et ses méthodes d'enseignement parfaitement inadaptées, fasse des excuses.

Cela provoqua de nouveau la colère du maître de conférences qui se mit à fulminer contre les étudiants en général et contre Ben en particulier. Ben réagit calmement en notant que cet éclat était typique de l'attitude contre laquelle s'étaient battus les étudiants. Juste au moment où la situation devenait inextricable, le maître de conférences donna sa démission et partit. Le professeur punit ses étudiants, en leur faisant passer un test (Ben obtint trois ou quatre des meilleures notes). Et l'administration pour sa part résolut le problème en renvoyant Ben pour le restant du semestre.

Cela le toucha beaucoup plus que n'importe lequel

d'entre nous, car ses parents étaient pauvres et sa bourse dépendait de sa résidence sur le campus. Il dut donc trouver l'argent pour habiter en ville. Je crois que nous nous sentions tous un peu coupables, mais le sentiment général était qu'il l'avait bien cherché. Personne ne l'entendit se plaindre. Il ne se lança plus jamais, pour autant que je sache, dans une aventure de cet acabit-là. Il replongea, sans effort, sous la surface étale de son existence tranquille et léthargique.

Le journal du soir contenait un entrefilet sur ses obsèques et leur déroulement. Je devais me rendre, ce jour-là, dans le centre ville pour rencontrer une romancière de passage et j'espérais bien, sous prétexte de cet enterrement, me débarrasser d'elle au plus vite : une de ces dames friandes de gâteaux pur beurre, entichées de leurs chapeaux lilas fané, qui parlent dans leurs romans de sang, de larmes, de filles mères et garantissent à notre journal quelque dix mille lecteurs. Cela pouvait expliquer ma mauvaise humeur quand j'ai quitté ma voiture, pour me rendre au Carlton Centre, avec plus d'un quart d'heure de retard. Plongé dans mes pensées, je ne faisais pas du tout attention à ce qui se passait autour de moi quand, au voisinage de la Cour suprême, j'eus le sentiment que quelque chose d'inhabituel se passait. Que se passait-il ? Il me fallut quelques minutes avant de comprendre : le silence. Le bourdonnement qui présidait à l'heure du repas s'était évanoui. Partout, les gens restaient sur place, immobiles. Plus personne ne bougeait. La circulation s'était arrêtée. Le cœur de la ville semblait avoir été saisi d'une crampe, comme si une énorme main invisible s'était emparée de lui et l'empêchait de battre, dans son étreinte folle.

Les bruits qui subsistaient, ne ressemblaient qu'au battement sourd d'un cœur, à un vague bourdonnement presque inaudible. Le silence devait donc s'insinuer dans le corps par le sang et les os. Comme une secousse souterraine, mais différente des coups de grisou que l'on ressent chaque jour, à Johannesburg.

Au bout d'un temps, je pris conscience d'un mouvement. Venant de la gare, un mur d'individus approchait, poussant le silence devant lui – une sombre et irrésistible phalange de Noirs. Pas de cris, pas de bruit. Les premiers rangs avançaient, poings brandis, comme ces branches qui émergent d'un courant indolent.

Dans les rues où nous nous trouvions, les Noirs se mirent à bouger, à rejoindre la masse compacte qui approchait. Ils étaient tout aussi silencieux, comme attirés par un énorme aimant. Nous, les Blancs, tout à coup isolés dans cette rue prise entre les masses tristes de béton, nous nous mîmes à reculer pour aller nous abriter derrière les piliers et les murs. Personne ne parlait. Pas un geste. Toute action était suspendue.

Un peu plus tard, j'appris qu'un verdict devait être rendu ce jour-là – un des nombreux procès de terroristes, de ces derniers mois. Et ces Noirs venaient de Soweto pour être présents à la lecture de ce verdict.

Ils n'arrivèrent jamais. Nous étions toujours là, lorsque les sirènes des cars de police se mirent à hurler et que, de toutes parts, apparurent les voitures blindées et les fourgons. Le bruit soudain nous fit brusquement sortir de notre transe. En un instant, le bruit submergea le centre ville comme une lame de fond. Mais je m'étais déjà éloigné, à ce moment-là.

Cela me fournit au moins un motif valable pour me faire pardonner mon retard. Et je me servis de l'enterrement pour me séparer très vite de ma dame-lilas. Mais le moment venu, je n'eus pas le courage d'aller y assister. Je ne pouvais faire face à cette idée.

J'achetai une carte de condoléances à la librairie de

Commissioner Street, je la signai dans le magasin et la postai dans Jeppe Street avant de regagner ma voiture. Puis je rentrai directement à la maison. Personne ne m'attendait au bureau, de toute façon. Je me remis, presque contraint et forcé, à fouiller les papiers de Ben.

Depuis, je n'ai pas reçu de mot de remerciements de Susan. Je n'avais pas mis, bien sûr, mon adresse sur l'enveloppe. Elle pouvait très bien ne pas savoir comment me joindre. C'est peut-être mieux ainsi, pour nous tous.

Nombreux étaient ceux qui trouvaient que Susan n'était pas la femme qu'il aurait fallu à Ben, mais je n'étais pas de cet avis. Il avait toujours eu besoin de quelqu'un pour le stimuler, pour l'empêcher de se laisser prendre dans des situations inextricables, pour lui définir des buts et lui insuffler la force de les atteindre. Si Susan n'avait pas été là, il aurait sûrement terminé sa vie dans quelque village retiré, ignoré, du veld, heureux d'enseigner un peu d'histoire et de géographie à des générations d'enfants, ou d'occuper ses loisirs à « élever » les enfants des pauvres. Son destin avait en fait voulu qu'il se débrouille pour terminer sa carrière dans l'une des meilleures écoles *afrikanders* de la ville. Qu'il ait pu être plus heureux dans d'autres circonstances, dans un environnement différent, n'a pas de sens. Comment suis-je à même de juger les composantes du bonheur de quelqu'un d'autre? Mais je crois sincèrement que Susan savait comment le manier, comment le laisser faire lorsqu'il avait l'une de ses idées folles en tête, comment le pousser lorsqu'il devait faire quelque chose de constructif.

Elle avait certainement hérité ces qualités de son père qui, de petit avocat de province, était devenu député. Sa mère, je crois, n'était qu'une petite midinette qui s'était contentée de suivre Son Seigneur et Maître là où son ambition l'avait conduit. Bien sûr, le fait qu'il ne soit jamais allé au-delà de la fonction de député avait dû ajouter à la détermination de Susan. Prise entre un père ambitieux mais sans vrais talents pour atteindre le sommet et un mari talentueux sans véritable ambition, elle avait très vite su qui prendrait les grandes décisions. Et, à ce stade, dans mes efforts pour clarifier et trier mes vagues souvenirs de Ben, il m'est plus facile de parler de Susan.

Il y avait quelque chose – un champ magnétique, une tension, une espèce d'électricité – entre nous, quand j'avais passé cette quinzaine de jours avec eux. Ça avait eu lieu juste avant que je ne quitte Capetown pour le nord, douze ans après leur mariage. Je l'avais déjà rencontrée plusieurs fois, bien sûr, mais pas assez longtemps pour vraiment la connaître. Je ne veux pas insinuer quoi que ce soit de déplacé en parlant de « champ magnétique ». Nous étions tous deux bien trop conditionnés par nos éducations respectives pour nous lancer dans une action téméraire et précipitée. Je crois aussi que, même si c'était pour des raisons différentes, nous respections la situation intermédiaire de Ben. Il est en même temps impossible de nier qu'on « reconnaît » parfois en un étranger son égal, son allié, son compagnon, quelqu'un d'important pour soi-même.

Ça n'arrive pas de manière rationnelle ou consciente. C'est intuitif. Une réaction physique. Appelez ça un appel au secours, tacite. C'est ce qui était arrivé quand j'avais rencontré Susan. A moins que ce ne soit l'écrivain à la mode qui parle en moi. Je ne sais pas : je n'ai pas l'habitude de ces inventaires, et la fiction me vient plus naturellement que la vérité brute et indécente.

Dès le début, elle avait prouvé qu'elle était une hôtesse parfaite, protégée par un mur impénétrable, fait de courtoisie, de correction et de gentillesse. N'étant pas apte à s'entendre avec les domestiques, elle faisait tout elle-même dans la maison. Et son bon goût apparaissait dans les moindres détails : draps repliés pour la nuit, petit bac à glace près de la carafe d'eau, délicieux décor floral sur le plateau du petit déjeuner qu'elle me servait chaque matin, au lit. Même à cette heure matinale, son maquillage était impeccable. Un simple trait de crayon sur les lèvres, un peu d'ombre à paupières et de mascara pour rehausser discrètement le bleu intense de ses yeux. Cheveux blonds et bouclés, coiffés avec adresse et naturel. Pendant les derniers jours de mon séjour, Susan s'était sentie de plus en plus à l'aise. Tard le soir, juste avant d'aller se coucher, Ben se retirait dans le bureau qu'il s'était aménagé dans ce qui auraient dû être les quartiers des domestiques, au fond du jardin. Peut-être attendait-il cet instant pour préparer ses cours du lendemain, mais j'avais le sentiment que la véritable raison était cette brève période de silence, pour lui tout seul. Plénitude, sérénité; rassuré, entouré par ses livres, par tous les objets familiers qu'il avait accumulés au fil des ans. Une fois qu'il s'était retiré, Susan m'apportait la dernière tasse de café dans ma chambre; elle s'asseyait sans cérémonie sur le bord de mon lit pour bavarder quelques instants avec moi.

Un vendredi, ils étaient attendus à une réunion scolaire, mais à l'heure du déjeuner, Susan annonça qu'elle ne se sentait pas d'humeur à faire ce « travail ennuyeux » et qu'elle préférait rester à la maison. « Après tout, ajouta-t-elle, nous avons des obligations envers notre invité.

– Je suis sûr qu'il ne verrait aucun inconvénient à rester seul pour une soirée. » Ben me regarda. « Il n'est pas un étranger qu'on doive distraire à tout prix.

– Je resterai avec plaisir, dis-je.

– De toute façon, je n'y serais pas allée, que tu sois là ou non », insista-t-elle, suggérant une volonté de fer sous la légère musicalité de sa voix.

Il partit donc seul. Mais il accomplit tout d'abord le rituel du soir : mettre ses enfants au lit; deux petites filles blondes – toutes deux, variations de la beauté de leur mère – Suzette, neuf ans, et Linda, si mes souvenirs sont exacts, cinq ans.

J'eus beau répéter qu'un tout petit souper me conviendrait fort bien, elle prépara un repas impressionnant et mit le couvert aussi solennellement que d'habitude : cristaux, candélabres, argenterie. Nous restâmes à table pendant des heures. Après avoir vidé la première bouteille, je me levai pour en chercher une autre, puis je remplis les verres de nouveau. Ensuite, ce fut la liqueur. Une ou deux fois, elle posa sa main sur son verre au moment où j'approchais la bouteille, mais à la fin elle ne put résister. Elle avait sans doute déjà trop bu. L'une des bretelles de sa robe avait glissé de son épaule bronzée. Elle ne chercha pas à la remettre en place. De temps à autre, elle passait une main dans ses cheveux et, à mesure que l'obscurité tombait, sa coiffure se faisait moins sévère, plus douce. En des moments pareils, on note des détails aussi futiles : la sensualité d'une tache de rouge à lèvres sur une serviette, la lueur d'une bougie qui effleure une bague au moment où la main fait un geste, la courbure d'un cou, une épaule nue, des perles de sueur sur l'arrondi d'une lèvre, une conversation à bâtons rompus derrière le mouvement hasardeux des mots.

Je ne chercherai pas à faire croire que je me souviens de tout ce que nous avons dit. C'était il y a dix-sept ans. Mais je peux me souvenir de l'atmosphère, de l'ambiance. Il était déjà très tard. Le vin avait empourpré ses joues.

« Je t'envie, tu sais. Chaque fois que je me retrouve au sein d'une famille comme la vôtre, je me mets à douter du sens d'une vie de célibataire comme la mienne.

– Toutes les familles heureuses se ressemblent. » Une petite ligne cynique souligna et raidit sa bouche. « Mais chaque famille malheureuse l'est à sa façon.

– Que veux-tu dire? demandai-je, intrigué.

– N'est-ce pas ce que disait Tolstoï?

– Oh! oui, bien sûr.

– Tu ne sembles pas très convaincu.

– C'est que je... eh bien, les sottises que j'écris à l'heure actuelle ne me permettent plus beaucoup d'être en communion avec Tolstoï. »

Elle haussa les épaules. L'étroite bretelle blanche resta de travers sur son bras.

« Cela a-t-il de l'importance? demanda-t-elle dans un bref élan de passion. Tu as la chance de pouvoir écrire, sottises ou pas. Tu as la possibilité de donner corps à tout ce qui t'arrive. Puis-je le faire, moi? »

Nous y revoilà, pensai-je. L'histoire de ma vie.

« De quoi te plains-tu? Tu as un bon mari, deux beaux enfants, des tas de talents... »

Elle prit sa respiration très lentement et très profondément.

« Mon Dieu! »

Je la regardai droit dans les yeux.

Elle resta un long moment immobile, sans détourner le regard, puis – la passion bouillonnait dans sa voix – elle me demanda : « C'est tout ce que tu peux me dire? Est-ce tout ce que je puis attendre? » Et, au bout d'un silence : « Dans un an, j'aurai trente-cinq ans. Tu te rends compte?

– C'est jeune. La meilleure décennie chez une femme.

– Si l'on doit en croire la Bible, j'ai déjà fait la moitié du chemin. Que puis-je fournir comme preuves? Mon Dieu! On n'arrête pas de se dire pendant des années : *un jour... un jour... un jour...* Tu entends les

30

gens parler de la " vie ". Tu te mets à en parler toi-même. Tu attends que quelque chose t'arrive. Et puis? Brusquement, tu t'en rends compte. *Voilà* " le jour " que j'attendais. Et " le jour " est n'importe quel autre jour. Et rien ne changera jamais. »

Elle resta muette pendant un long moment, avala une gorgée de liqueur et poursuivit, comme si elle cherchait vraiment à me choquer : « Tu sais, je comprends très bien pourquoi certaines femmes deviennent des terroristes. Ou des putains. Simplement pour savoir ce qu'" être vivante " veut dire. Le sentir violemment, furieusement, en se foutant éperdument de savoir si c'est correct ou pas.

– Est-ce si dur que ça, Susan? »

Elle regarda ailleurs, comme si elle ne s'adressait pas vraiment à moi – peut-être ne me parlait-elle pas. « Ils m'ont toujours tenue en laisse, quand j'étais petite. Ils disaient que j'étais trop sauvage, que je devais me contrôler. Les filles ne font pas ci, les filles ne font pas ça. Que vont penser les gens de toi? Je me disais qu'une fois grande les choses changeraient. Et puis j'ai rencontré Ben. Nous enseignions tous les deux à Lydenburg. Je ne crois pas qu'il avait quelque chose d'extraordinaire, de spécial. Mais, tu sais, chaque fois qu'il restait tranquillement assis pendant que les autres péroraient, j'essayais de savoir à quoi il pensait. Il me semblait spécial, différent. La manière dont il s'occupait des enfants, la façon dont il souriait pendant que les autres discutaient... et il n'essayait jamais, comme les autres, de m'imposer ses opinions. Je me suis donc dit qu'il était l'homme que j'attendais depuis si longtemps. Il semblait comprendre les gens, comprendre une femme. Il allait me permettre de vivre à ma façon. Je crois que j'étais injuste avec lui. J'essayais de l'imaginer tel que j'aurais aimé le voir. Et puis... » Elle se tut.

« Et puis quoi?

– Ça te dérange si je fume? » demanda-t-elle brusquement. Ça me surprit, car elle s'était mise en colère
plusieurs fois lorsque Ben avait voulu allumer sa pipe,
à table.

« Fais comme chez toi, dis-je. Puis-je...

– Ne te dérange pas. » Elle se leva, se dirigea vers le
manteau de la cheminée, alluma une cigarette et revint
vers moi. En s'asseyant de nouveau, elle reprit de
manière inattendue : « Ça n'est pas facile pour une
femme d'admettre qu'elle a épousé un perdant.

– Je ne crois pas que tu sois très juste avec Ben,
Susan. »

Elle me regarda, muette, prit une autre gorgée de
liqueur, puis remplit son verre de nouveau.

Elle me demanda : « Qui a dit que les gens qui ont
peur de la solitude ne devraient jamais se marier?

– Peut-être quelqu'un qui s'est brûlé les doigts.

– Au bout de douze ans, je ne le connais toujours
pas », poursuivit-elle. La petite ligne amère réapparut
sur ses lèvres. « Pas plus qu'il ne me connaît d'ailleurs. » Et, au bout d'un moment : « Le pire, je crois,
c'est que je ne me connais même pas. J'ai perdu tout
contact avec moi-même. »

Rageusement, elle écrasa sa cigarette à peine com-
mencée, se leva comme si elle cherchait quelque
chose, puis prit une autre cigarette sur le manteau de
la cheminée. Cette fois-là, je me levai pour lui offrir du
feu. Ses mains tremblaient au moment où je les
effleurai. Elle se tourna vers le piano, l'ouvrit, se mit à
tripoter les touches sans leur faire émettre de sons,
puis leva les yeux.

« Si j'avais été capable de bien jouer, tout aurait pu
être différent. Mais je ne suis qu'une dilettante. Un
peu de musique, un peu de radio, toutes sortes de
choses sans importance. Penses-tu que je doive me
résigner à la pensée que mes filles sauront un jour
accomplir quelque chose, à ma place?

– Tu sais que tu es belle, Susan? »

Elle se tourna, coudes posés sur le piano, poitrine pointée vers moi, gentiment provocante. Elle n'avait toujours pas remis sa bretelle en place.

« La vertu est censée survivre à la beauté », dit-elle avec une violence qui me surprit. « Tout ce que j'ai, c'est la famille heureuse dont tu parlais tout à l'heure. A plein temps. Pas un seul moment à moi.

– Ben t'aide beaucoup. Je l'ai remarqué. Surtout en ce qui concerne les enfants.

– Oui, bien sûr. » Elle retourna vers la table et nous nous assîmes de nouveau. « Pourquoi, dit-elle brusquement, pourquoi accepte-t-on d'être réduit à l'état d'animal domestique? Ne crois-tu pas que je veuille moi aussi faire quelque chose, créer quelque chose?

– Tu as de merveilleux enfants, Susan. Ne sous-estime pas ta créativité.

– N'importe quelle foutue vache laitière pourrait en faire autant. » Elle se pencha en avant. J'avais une fois de plus conscience de sa poitrine.

« Savais-tu, me demanda-t-elle, que j'avais fait une fausse couche?

– Non.

– Deux ans après Suzette. Ils croyaient que je ne pourrais plus avoir d'enfants après ça. J'ai dû me prouver à moi-même que j'en étais encore capable, que j'étais normale. J'ai donc eu Linda. Ça a été l'enfer. Neuf mois. L'horreur. Je me suis résignée à être mutilée à vie.

– Tu es plus belle que jamais.

– Qu'en sais-tu? Tu ne me connaissais pas bien à l'époque.

– J'en suis persuadé.

– Et dans six ans, j'aurai quarante ans. Comprends-tu ce que ça veut dire? Pourquoi doit-on être condamné à un corps? » Elle garda le silence si longtemps que je crus notre conversation terminée. Quand elle reprit la parole, elle était beaucoup plus calme : « J'ai toujours eu ce sentiment, depuis que j'ai commencé à me développer. » Elle me regarda droit dans les yeux. « Il y a eu un temps – j'avais quinze ou seize ans – où j'ai cru que je devais punir mon corps comme le faisaient certaines nonnes. Me débarrasser de mes vilains désirs. Je m'attachais une corde autour des hanches et je portais des sous-vêtements rugueux. J'ai même essayé la flagellation, mais à petites doses. Dans l'espoir de me libérer de mon corps.

– Ça t'a réussi ? »

Elle eut un petit rire. « Du moins, je ne porte plus de corde.

– Et que dirais-tu d'une ceinture de chasteté ? »

Une fois de plus, le regard insoutenable de ses yeux, mais elle ne répondit pas. Etait-ce de la défiance, une invitation, une confirmation ou de l'autodéfense ? Entre nous, la table et ses chandeliers – lueur traîtresse.

« Et Ben ?

– Quoi, Ben ?

– Il t'aime. Il a besoin de toi.

– Ben n'a besoin de personne. Il se suffit à lui-même.

– Il voulait que tu l'accompagnes, ce soir. »

Autre élan de passion. « C'est moi qui l'ai amené là où il en est, aujourd'hui. Je me demande ce qui lui serait arrivé si je n'avais pas été là. Il serait certainement resté à Krugersdorp, à faire l'aumône aux pauvres. Il aurait dû devenir missionnaire. C'est moi qui suis le cœur de cette famille.

– N'en fais-tu pas un peu trop ?

– Que crois-tu qu'il arriverait si je me laissais aller ? Je l'ai épousé parce que je croyais en lui. Aussi, comment peut-il... » Elle s'arrêta puis reprit sur un ton plus calme : « Je ne pense pas qu'il ait vraiment besoin de moi, de qui que ce soit d'ailleurs. Que sais-je de mon propre mari ? Si seulement tu savais...

– Quoi? »

Ses yeux bleus étaient sombres, à la lueur de la bougie. Ses mains jouaient sur l'épaule laissée nue par la bretelle qui avait glissé. Puis, en me regardant toujours droit dans les yeux, elle remit la bretelle à sa place, rejeta ses cheveux en arrière. « Je vais nous faire encore un peu de café. »

Elle s'absenta un long moment. Quand elle revint, elle était distante et solennelle. Nous allâmes nous installer dans les fauteuils plus confortables du salon et bûmes notre café en silence. Ben rentra à ce moment-là. Elle lui versa une tasse de café mais ne chercha pas à savoir comment s'était passée sa soirée. Un peu plus tard, il se leva et se dirigea vers la salle de bain. Elle arrangea les tasses vides sur le plateau puis s'arrêta brusquement et me regarda.

« Pardonne-moi d'avoir perdu mon sang-froid, ce soir.

– Mais, Susan...

– Oublie ce que je t'ai dit. J'ai bu trop de vin. Je ne suis pas comme ça habituellement. Je ne veux pas que tu croies que j'en veuille à Ben. C'est un bon mari, un bon père. Peut-être est-ce moi qui ne le mérite pas? »

Elle alla dans la cuisine.

Le lendemain, elle fit comme si elle ne se souvenait pas de notre conversation. Comme si tout avait été effacé, oublié, comme ça.

Imperturbable et calme, Ben poursuivait sa petite vie. Lever à l'aube, footing autour du pâté de maisons, douche froide et départ pour l'école à sept heures et demie. Retour pour le déjeuner; une heure de travail avant de repartir pour l'école; puis, entraînement au tennis. Retour à la maison vers cinq heures. Retraite dans le garage pour se vouer à son passe-temps :

l'ébénisterie, jusqu'à ce qu'il soit l'heure de baigner les enfants. Le dimanche, ils allaient tous ensemble à la messe : Susan, impeccable dans son tailleur, les fillettes en petites robes vaporeuses et chapeaux blancs. Leurs tresses blondes étaient si serrées qu'elles avaient les yeux en amande. Ben, en queue-de-pie. Il était diacre. Une vie arrangée, ordonnée. Une place et un temps pour tout. Je ne veux pas dire qu'il se soumettait servilement à son emploi du temps. Non, il tirait simplement un sentiment indispensable de sécurité de cette routine.

Il était amusé par ce qu'il appelait ma nature « instable », et jugeait mon ambition avec beaucoup d'ironie.

« Tu aimerais, toi aussi, prendre la tête? » lui dis-je un après-midi au garage. Il y fabriquait une maison de poupées pour ses filles.

« Tout dépend de ce que tu entends par " prendre la tête "? dit-il doucement en vérifiant le poli d'un morceau de bois. J'ai tendance à me méfier des esprits mathématiques, de leurs lignes droites de A à B et à C.

– Tu ne veux pas devenir proviseur un de ces jours, ou inspecteur?

– Non, je n'aime pas le travail administratif.

– Ne me dis pas que tu vas continuer toute ta vie à faire le travail que tu fais en ce moment?

– Pourquoi pas?

– Quand nous étions à l'université, tu avais des espoirs si définitifs, sur une " société heureuse ", sur " un nouvel âge ". Qu'est-il advenu de tout ça? »

Il poursuivit son travail, un rictus aux lèvres. « On découvre toujours assez vite qu'il ne sert à rien de vouloir changer le monde.

– Tu es donc content d'être en dehors du coup? »

Il leva les yeux. Regard gris, plus sérieux qu'avant.

« Je ne suis pas sûr qu'il s'agisse " d'être en dehors du coup ". Certaines personnes, je le pense, sont plus secrètes que d'autres, c'est tout. Plutôt que de bouleverser le monde, je crois qu'on peut en faire bien plus, calmement, avec nos deux mains. Et travailler avec des enfants est très réconfortant.

– Tu es heureux, alors?

– Heureux est un mot dangereux. » Il se mit à marquer le bois pour faire des encoches. « Disons que je suis satisfait. » Il continua de travailler pendant une minute ou deux puis ajouta : « Peut-être n'est-ce même pas exact. Comment puis-je t'expliquer? J'ai le sentiment que chaque homme possède en lui quelque chose auquel il est " destiné ", quelque chose que personne d'autre que lui ne peut faire. Alors, c'est une question de découverte. Certains le découvrent très tôt, d'autres mettent un temps fou. D'autres encore apprennent la patience et se préparent pour le jour où, brusquement, ils le reconnaîtront. Comme un comédien qui attend le *rôle* de sa vie. Est-ce que cela te semble tiré par les cheveux?

– Et tu es un de ceux-là? »

Il se mit à découper la première encoche. « Je ne fais que marquer le temps. » Il secoua la tête, pour rejeter en arrière les cheveux qui le gênaient. « L'essentiel est d'être prêt quand le moment arrive. Parce que si tu le laisses passer... quand il est passé, c'est fini, n'est-ce pas?

– En attendant, tu fabriques des maisons de poupées? »

Il se mit à glousser. « J'éprouve au moins une satisfaction à faire quelque chose de mes mains, à voir un morceau de bois prendre forme. A voir également la tête des enfants quand l'objet est terminé. » Il avait une voix pleine d'excuses. « C'est à ce moment-là que tu te rends compte que le jeu en vaut la chandelle.

– Tu es vraiment très attaché à tes enfants, n'est-ce pas?

– " Attaché " semble bien mièvre, bien facile. » Il jugeait visiblement ma question bien plus sérieusement que je ne m'y attendais. « Tu vois, quand tu es enfant, tu as tendance à vivre aveuglément. Ce n'est qu'après, une fois que tu as des enfants toi-même, que tu te regardes, à travers eux. Et, pour la première fois, tu commences à comprendre ce qui t'est arrivé et pourquoi c'est arrivé. » Il se mit à me confier ce qu'il me cachait. « C'est pourquoi j'aurais aimé avoir un fils, vois-tu, même si ça peut paraître égoïste de ma part. J'ai le sentiment que je ne peux pas m'entendre avec mes anciennes personnalités, à moins de revivre à travers un fils. Mais c'est, bien sûr, hors de question.

– Susan? »

Bref soupir. « Elle a connu de bien mauvais moments avec Linda. Je ne peux envisager l'idée de la faire passer de nouveau par des affres pareilles. »

Il y avait quelque chose de cruel dans mes questions mais je poursuivis quand même mon interrogatoire. Pourquoi? Parce que sa satisfaction, sa sérénité, mettaient en évidence mon instabilité, lançaient un défi à mon mode de vie? Ou bien parce que je refusais qu'on puisse être aussi tranquille, aussi serein? Quoi qu'il en soit, je lui demandai sur un ton délibérément provocant : « Crois-tu qu'il s'agisse du " ils furent très heureux et eurent beaucoup d'enfants ", dont je parle toujours dans mes romans?

– Certainement pas. » Il ne fit aucun effort pour éluder ma question. « Mais ça ne sert à rien de bouder ce qu'on n'a pas, n'est-ce pas? » Il prit un morceau de papier de verre et se mit à polir le bois. Puis, dans un éclat de rire : « Je sais que Susan avait dressé d'autres plans pour moi. Elle continue de rêver.

– Pas toi?

– Je rêve encore, bien sûr. Mais j'ai l'avantage d'avoir appris, tout jeune, à faire des concessions, devant la dure réalité.

– Ça veut dire quoi?

– Tu ne te souviens pas? Je suis sûr de te l'avoir déjà raconté, il y a longtemps. »

Ça me revint et il me rappela ce que j'avais oublié. Son père qui avait dû reprendre la ferme de ses beaux-parents dans l'Etat libre. Non sans succès, d'ailleurs. Puis était survenue la grande sécheresse de 33 – Ben avait neuf ou dix ans, à cette époque-là. Ils avaient dû transhumer avec les moutons, jusqu'au Griqualand occidental où, selon les rapports, il restait quelques pâturages. Une erreur fatale. Quand la sécheresse s'était abattue sur eux, dans le district éloigné de Danielskuil, ils n'avaient pas eu la possibilité de lui échapper.

« A ce moment-là, j'avais quelques brebis, dit Ben. Pas beaucoup. Mais chaque année, mon père marquait quelques bêtes, à mon intention. Cette année-là, mes premiers agneaux étaient nés. » Il resta muet pendant un long moment. Puis il me demanda, en colère : « As-tu jamais tranché la gorge d'un agneau qui vient de naître? Une si petite créature, blanche, qui gigote dans tes bras. Une si petite gorge. Un coup de couteau. Parce qu'ils n'avaient rien à manger, que les brebis n'avaient pas de lait. Même les buissons disparaissaient. Les épineux noircissaient. Le sol devenait de la pierre. Et, jour après jour, le soleil brûlait tout ce qui restait. Même les moutons devaient être abattus. Et quand tu lèves la tête, tu vois les oiseaux de proie, au-dessus de toi. Dieu seul sait d'où ils viennent, mais ils sont là. Où que tu ailles, d'où que tu viennes, ils te suivent. La nuit, tu te mets à rêver d'eux. Une fois que tu as connu une telle sécheresse, tu ne peux plus l'oublier. Il valait mieux que maman et ma sœur soient

39

restées à la ferme. Je ne pense pas qu'elles auraient pu le supporter. J'étais seul avec papa. » Son ton devint agressif. « Nous avions deux mille moutons quand nous nous sommes mis en route pour Danielskuil. Quand nous sommes revenus, un an plus tard, nous n'en avions plus que cinquante.

– Tu as donc dû abandonner?

– Oui. Ça a été la fin. Papa a dû vendre la ferme. Je n'oublierai jamais le jour où il a dû apprendre la nouvelle à maman. Il avait quitté la maison très tôt, ce matin-là, sans dire un mot à personne. Nous l'avons vu faire les cent pas dans les champs arides et desséchés – ça nous a semblé durer des heures. Puis il est revenu. Maman l'attendait dans le couloir et, sous le porche – qu'est-ce qui te pousse à te souvenir d'une chose aussi ridicule? – sous le porche donc, notre vieille domestique, Lizzie, tenait un pot de chambre à la main. Elle allait le vider, dehors. Quand elle a entendu papa dire à maman que nous devions nous en aller, elle a lâché le pot de chambre. Elle était absolument terrifiée, parce que maman avait un sacré caractère, mais ce matin-là, maman ne l'a même pas réprimandée.

– Et puis? » J'encourageai Ben au moment où il se taisait.

Il leva la tête comme s'il avait oublié ce dont il parlait. Puis il dit laconiquement : « Et puis nous avons quitté la ferme et papa a trouvé du travail dans les chemins de fer. Plus tard, il est devenu chef de gare. Nous aimions bien ça, nous les gosses – ma sœur Helena, et moi – ces longs voyages en train, lors des fêtes de Noël. Mais papa avait perdu son enthousiasme. Et maman ne lui facilitait pas les choses. Elle n'arrêtait pas de gémir, de se plaindre. Tellement qu'elle a fini par en mourir. N'arrivant pas non plus à vivre sans elle, papa est mort à son tour. »

Il me tourna le dos et poursuivit son travail. Il n'y avait plus rien à ajouter.

Le seul autre souvenir que je garde de ce séjour chez eux est cette dernière nuit où je restai pour garder les enfants. Susan répétait une pièce pour la S.A.B.C.[1]; Ben était allé à une réunion. Quand il revint, nous allâmes dans son bureau faire une partie d'échecs qui dura plus longtemps que prévu. Il était très tard quand je l'abandonnai à sa solitude et à son silence. Il bruinait quand je traversai la cour pour atteindre la cuisine. De petits insectes bourdonnaient dans l'herbe humide. Une fraîche odeur de terre. Quand j'entrai dans ma chambre, le plateau m'attendait déjà sur ma table de nuit. J'étais déçu, m'étant habitué à avoir une dernière conversation avec Susan, avant de m'endormir. J'avais dû probablement rester trop longtemps avec Ben.

J'étais déjà au lit lorsqu'elle entra. Un choc presque inaudible. Je n'étais pas très sûr d'avoir entendu frapper à ma porte. Au moment où j'allais parler, elle entra. Elle laissa la porte ouverte, comme d'habitude. Elle portait une légère robe de chambre. Ses cheveux fins et bouclés tombaient sur ses épaules. Odeur d'une femme qui s'est détendue dans un bain chaud – scène extraite de l'un de mes best-sellers.

Elle s'assit à sa place habituelle – au pied de mon lit – tandis que je buvais mon café. Je ne me souviens pas de quoi nous avons parlé, mais j'avais tout à fait conscience de sa présence, assise là, comme ça.

Lorsque j'eus terminé mon café, elle se leva pour prendre ma tasse. Penchée au-dessus de moi. Volontairement ou par accident, le devant de sa robe de chambre s'ouvrit, révélant brièvement, sous le matériau transparent – fin écran – ses seins, blancs et

1. S.A.B.C. : South African Broadcasting Corporation.

vulnérables, et les aréoles légèrement brunes de ses tétons.

Je tendis la main et refermai mes doigts autour de son poignet.

Elle se raidit, en me regardant droit dans les yeux. Que vis-je dans ses yeux? De la peur. De moi, d'elle-même? Une expression que je n'aurais eu aucun mal à décrire dans l'un de mes chapitres sentimentaux, mais que je ne puis définir qu'avec difficulté maintenant que je dois essayer d'être fidèle à ce qui s'est vraiment passé. Pure angoisse?

Je lâchai son bras. Elle m'embrassa nerveusement sur le front, avant de sortir et de refermer la porte.

Le véritable choc ne se produisit que plus tard. Neuf mois après, pour être exact. Quand elle donna le jour à leur fils, Johan.

Dans le cadre de nos trois vies privées, séparées et en même temps unies, cette quinzaine de jours est un épisode insignifiant. Maintenant que je dois parler de Ben, j'ai si peu d'éléments que je n'ai pas le choix : je dois explorer cette période. Je ne suis plus sûr d'avoir trouvé quoi que ce soit, mais je me devais d'essayer. Pour le reste, je suis seul avec ces papiers en désordre qu'il m'a envoyés : coupures de presse, lettres, photocopies, journaux intimes et notes, photographie d'une fille au visage gentiment provocant. Une autre photographie. Des noms – Gordon Ngubene, Jonathan Ngubene, capitaine Stolz, Stanley Makhaya, Melanie Bruwer. Et des possibilités suggérées par mon imagination souvent mal employée. Je dois m'immerger dans tout ça, à la façon dont il s'y est immergé, ce premier jour fatal. Il ne savait pas, bien sûr, et n'avait aucun moyen de savoir ce qui l'attendait : tandis que moi je suis retenu, soutenu par ce que je sais déjà. Ce qui était pour lui inachevé est complet pour moi. Ce qui était vie pour lui est une histoire pour moi. Première main devient seconde main. Je dois essayer de reconstruire des événements qui gisent entre ces lignes sibyllines. Je dois imaginer ce qui manque. Je dois développer ce qu'il ne fait que suggérer : *Il dit... il pense... il se souvient... il suppose.* Avec mon assortiment de possibilités, de souvenirs, et ses preuves éparpillées, je dois me frayer un chemin, me battre contre les sombres obstacles de l'inquiétude, de la confusion, en essayant de maintenir un semblant de confiance ou de certitude. Voilà le fardeau que je dois supporter, le risque que je dois courir, le défi que je dois relever. Tenter de réconcilier l'homme calme et réservé que j'ai connu avec le fuyard paranoïaque que j'ai rencontré ce jour-là, en ville.

Dans un sens, je le lui dois. Mieux, je le dois à Susan. Parle bien de ma cause et de moi! En même temps, je dois le saisir pour sortir de mon ornière stérile. Un facteur de complications et d'aggravations.

Peut-être serais-je parvenu à accepter qu'il passe de lui-même sous cette voiture, pour donner au suicide l'apparence plus respectable d'un accident. Mais quelque chose clochait. Je n'arrivais pas à mettre le doigt dessus. Je savais pourtant que quelque chose n'avait pas de sens. Maintenant, l'ultime lettre est arrivée, une bonne semaine après ses obsèques, et remit ainsi tout en place. Maintenant, je n'ai pas le choix. Et ça ne sert à rien de le blâmer, car il est mort.

Première partie

1

EN ce qui concerne Ben, tout a commencé avec la mort de Gordon Ngubene. Mais, d'après ses notes, d'après les coupures de presse, le problème était beaucoup plus ancien. Il remontait à la mort de Jonathan, fils de Gordon, au moment des émeutes de jeunes de Soweto. Et même au-delà. A l'époque où Ben, deux ans auparavant – cela figure dans ses papiers sous la forme d'un reçu sur lequel sont griffonnées quelques lignes – avait entrepris de payer la scolarisation de Jonathan, alors âgé de quinze ans.

Gordon était le balayeur noir de l'école où Ben enseignait l'histoire et la géographie aux élèves de classe terminale. Dans ses journaux intimes les plus anciens, il mentionne occasionnellement « Gordon N... » ou simplement « Gordon ». On trouve de temps à autre, dans ses ennuyeux rapports financiers, des rubriques du genre : « Gordon, cinq rands », ou bien « reçu de Gordon (remboursement) cinq rands », etc. Parfois, Ben lui donnait des instructions spéciales sur son tableau noir. Il le contactait quelquefois pour lui demander de petits travaux. Un jour, une somme d'argent ayant disparu d'une salle de classe, un ou deux professeurs avaient immédiatement accusé Gordon de ce larcin. Ben avait pris le balayeur sous sa protection et fait une enquête qui avait révélé que les coupables étaient des élèves de classe terminale. A partir de ce jour-là, Gordon lui-même avait décidé de laver la voiture de Ben, une fois par semaine. Et, lorsque, après la naissance de Linda, Susan avait dû rester immobilisée pendant un certain temps, c'est Emily, la femme de Gordon, qui était venue prêter main-forte et faire tout le travail à la maison.

Au fur et à mesure qu'ils apprenaient à mieux se connaître, Ben découvrait le passé de Gordon. Enfant, il était venu du Transkei avec ses parents, quand son père avait trouvé un emploi dans les mines. Comme il montrait, dès son plus jeune âge, un intérêt très vif pour la lecture et l'écriture, ses parents l'avaient envoyé à l'école. Entreprise difficile pour une famille comme celle-là. Gordon était arrivé jusqu'au cours élémentaire deuxième année. Puis, son père était mort dans un éboulement et Gordon avait dû quitter l'école pour travailler et venir en aide à sa mère qui recevait une bien maigre pension. Pendant un certain temps, il avait été domestique d'une riche famille juive de Houghton, puis il avait trouvé un travail mieux rémunéré, comme garçon de courses d'un cabinet d'avocats, puis comme vendeur dans une librairie. Il s'était quand même débrouillé pour continuer à lire et le directeur de la librairie, enthousiasmé par son intérêt, l'avait aidé à poursuivre ses études. Il était ainsi arrivé à passer avec succès son certificat d'études.

A ce stade-là, Gordon était retourné au Transkei. Expérience traumatisante, car il n'y avait pas de travail, là-bas. Il ne pouvait qu'aider son grand-oncle aux travaux de la ferme, errer sur le veld en compagnie d'un chien efflanqué, à la recherche de lièvres, rester assis toute la journée sous le porche. Il avait quitté la ville parce qu'il ne supportait plus d'y vivre. Mais c'était pire, dans cette ferme. Il y avait quelque chose d'instable en lui, après toutes ces années d'absence. Tout l'argent qu'il avait rapporté était parti avec la *lobola* – la dot de l'épouse. Un an après son arrivée au Transkei, il était retourné au seul endroit qu'il connaissait vraiment : Johannesburg, Gouthini. Peu de temps après, il avait atterri dans l'école où enseignait Ben.

Ses enfants étaient nés : Alexandra, Moroka, Orlando. L'aîné, son favori, s'appelait Jonathan. Au début, Gordon avait décidé de l'élever dans les traditions de sa tribu. Et quand Jonathan avait eu quatorze ans, Gordon l'avait envoyé au Transkei pour qu'il y soit circoncis et initié.

Un an plus tard, Jonathan – ou Sipho; Gordon disait que c'était son « vrai » prénom – était revenu. Il n'était plus un *kwedini*, mais un homme.

Gordon avait souvent parlé de ce jour-là. A partir de maintenant, son fils et lui seraient deux alliés, deux hommes dans la maison. Les points de friction ne manquaient pas entre eux, car Jonathan avait bel et bien son caractère, mais ils tombaient toujours d'accord sur l'essentiel : Jonathan irait à l'école aussi longtemps que possible.

C'est au moment où il réussit son passage en sixième, que l'école secondaire devint un poids financier et qu'ils durent se tourner vers Ben pour lui demander de l'aide.

Ben se renseigna à l'école de Jonathan, à l'église que fréquentait la famille. Constatant que tout le monde tombait d'accord sur l'intelligence, la persévérance et la brillante destinée du garçon, il offrit à Gordon de payer tous les frais scolaires, aussi longtemps que Jonathan continuerait à bien travailler. Il était très impressionné par l'adolescent : un jeune homme mince, timide, poli, toujours tiré à quatre épingles; une chemise aussi blanche que ses dents. En échange de ce soutien financier, Gordon veillait à ce que Jonathan vienne l'aider à entretenir le jardin de Ben, tous les week-ends.

A la fin de la première année, tout le monde eut le sourire devant le carnet de notes de Jonathan. Elles étaient toutes supérieures à la moyenne. En récompense, Ben lui offrit un vieux costume de son fils Johan – les deux garçons avaient à peu près le même âge – ainsi qu'une paire de chaussures presque neuves, plus deux rands.

Mais pendant la seconde année, Jonathan changea. Bien qu'il continuât à travailler correctement, il semblait avoir perdu tout intérêt et se comportait souvent en chenapan. Il ne venait plus faire de jardinage, le week-end, et son attitude était devenue méprisante. Une ou deux fois, il avait été volontairement insolent avec Ben. Selon Gordon, il passait plus de temps dans la rue qu'à la maison. Il ne pouvait assurément pas en sortir grand-chose de bon.

Ses craintes se concrétisèrent un jour, lorsqu'il y eut du grabuge dans un bar. Une bande de *tsotsis* – des voyous – attaqua un groupe d'hommes âgés. Et lorsque le propriétaire du bar essaya de les chasser, ils pillèrent les lieux, brisant tout sur leur passage. La police arriva peu après et embarqua tous les voyous qu'elle put arrêter dans les parages. Au nombre de ceux-là, Jonathan.

Le garçon soutint qu'il n'avait rien à voir avec l'incident, qu'il se trouvait là par hasard, mais des témoins confirmèrent l'avoir vu avec les autres. Le procès fut bref. Gordon ne put y assister à cause d'un malentendu : on lui avait dit que le procès devait avoir lieu l'après-midi. Mais quand il se présenta dans la salle d'audience, tout était terminé.

Il tenta de protester contre la condamnation (six coups de fouet), mais celle-ci avait été déjà administrée.

Le lendemain, il amena le garçon chez Ben. Jonathan marchait avec difficulté.

« Baisse ton pantalon et montre au Baas », lui ordonna Gordon.

Jonathan protesta, mais Gordon lui défit rapidement sa ceinture et fit glisser le pantalon taché de sang, dévoilant ainsi les six entailles, pareilles à six estafilades de couteau.

« Ça n'est pas de ça que je me plains, Baas, dit Gordon. Si je savais qu'il avait mal agi, je lui donnerais une correction supplémentaire. Mais il dit qu'il est innocent et ils l'ont pas cru.

— Ne lui ont-ils pas donné le temps de s'expliquer devant le tribunal?

— Qu'est-ce qu'il comprend au tribunal? Avant de savoir ce qu'il se passait, tout était déjà terminé.

— Je ne pense pas que nous puissions faire quelque chose, maintenant, Gordon, dit Ben, d'un air malheureux. Je peux te trouver un avocat pour faire appel, mais ça ne guérira pas pour autant les fesses de ton fils.

— Je sais. » Pendant que Jonathan remontait son pantalon, furieux, Gordon le regardait. Au bout d'un moment, il leva les yeux et dit en guise d'excuse : « Ces fesses elles guériront en temps voulu, Baas. Je ne m'inquiète pas pour elles. Mais ces marques, elles sont là. » Il posa la main sur sa poitrine, avec une indignation à peine réprimée. « Et je crois pas qu'elles guériront jamais. »

Les faits devaient lui donner raison. Jonathan ne montra plus beaucoup d'intérêt pour l'école. Selon Gordon, il était devenu rancunier et haineux, à l'égard des « boere » et refusait d'apprendre l'afrikaans. Il se mit à parler de Pouvoir noir, de Congrès national africain, ce qui déprimait et effrayait son père. Jonathan échoua à la fin de l'année. Il ne semblait pas y accorder grande importance. Pendant des jours, racontait Gordon, il disparaissait de la maison et refusait de répondre quand on lui demandait où il était allé. Ben n'était pas d'accord pour jeter l'argent par les fenêtres. Mais Gordon le supplia.

« Baas, si vous vous arrêtez maintenant, ça sera la fin de Jonathan, et il contaminera les autres enfants de la maison. Parce que c'est une mauvaise maladie et seule l'école, elle peut le guérir. »

Ben accepta à contrecœur. Et, à sa grande surprise, l'année suivante débuta sous de meilleurs auspices. Jonathan continuait de se taire, chez lui. Il était mélancolique ou soudainement saisi d'un accès de rage. Mais il était retourné à l'école. Jusqu'en juin; le 16 pour être exact, ce mercredi où Soweto explosa. Enfants qui se massent sur les terrains de jeu comme des essaims d'abeilles se préparant à quitter leurs ruches. Marches. Police. Coups de feu. Morts et blessés que l'on transporte. A partir de ce jour-là, Jonathan ne se montra plus chez lui. Angoissée et effrayée, Emily gardait ses petits à la maison, en écoutant les explosions, les sirènes, les véhicules blindés. La nuit, les feux de joie : bars, bâtiments administratifs, écoles, marchands de vin. Et, dans les rues, carcasses calcinées des autobus.

Ça arriva en juillet, lors d'une de ces manifestations, devenue rituel quotidien : enfants et adolescents qui s'assemblent pour une marche sur Johannesburg, forces de police qui convergent dans leurs véhicules blindés, longues rafales d'armes automatiques, pluie de pierres, de briques et de bouteilles. Un car de police avait même été retourné et incendié. Coups de feu, cris, chiens. Nuages de poussière et de fumée. Quelques enfants courent chez les Ngubene pour leur apprendre, hors d'haleine, qu'ils ont vu Jonathan dans la foule encerclée et traquée par la police. Que s'est-il ensuite passé? Ils n'en savent rien.

A la fin de la journée, Jonathan n'était toujours pas rentré.

Gordon partit voir un ami, un chauffeur de taxi noir, Stanley Makhaya, un homme qui savait tout sur la vie des agglomérations. Il le supplia de se renseigner par l'intermédiaire de ses « sources », des deux côtés de la barrière – parmi les flics comme dans les recoins les plus sombres du monde clandestin. Si vous voulez savoir quelque chose sur Soweto, disait Gordon, Stanley Makhaya est le seul homme susceptible de vous aider.

Ça n'était pas, semblait-il, le cas cette fois-là. Stanley paraissait, lui aussi, coincé. La police avait embarqué tant de personnes ce jour-là qu'il allait falloir attendre une semaine sinon plus pour obtenir une liste exhaustive de noms.

Tôt le lendemain, Gordon et Emily prirent place dans la grosse Dodge de Stanley, son *etembalani*, pour se rendre à l'hôpital Baragwanath. Il y avait foule et ils durent attendre jusqu'à trois heures de l'après-midi avant qu'un infirmier les accompagne dans une pièce verte et fraîche, où des tiroirs en métal étaient alignés le long des murs. Des corps d'enfants, essentiellement. Certains vêtus de haillons poussiéreux, d'autres nus. Certains mutilés, d'autres pas – comme intacts, endormis. Avant qu'on ne remarque l'impact de la balle, dans la tempe ou dans la poitrine, et la petite croûte de sang coagulé. Certains portaient des étiquettes autour du cou ou du poignet, du coude ou du gros orteil : un nom griffonné. La plupart n'en avaient pas. Et Jonathan ne figurait pas parmi eux.

Retour à la police. A cette époque-là, les téléphones ne marchaient pas, à Soweto. Les liaisons en autobus étaient suspendues et, pour l'instant, il n'y avait pas de trains. Une fois de plus, ils durent faire appel à Stanley Makhaya et à son taxi pour les emmener, aussi hasardeux que fût le voyage, à John Vorster Square. Une longue journée d'attente ne donna aucun résultat. Les hommes de service travaillaient sous tension et il était compréhensible qu'ils soient irrités, brusques, quand on venait leur demander des renseignements sur les détenus.

Toujours sans nouvelles de Jonathan au bout de deux jours, Gordon alla demander de l'aide à Ben. Personne n'avait été surpris de ne pas le voir à son travail. L'intimidation régnait parmi les travailleurs noirs des agglomérations et peu se risquaient à se rendre à leur travail, en ville.

Ben fit de son mieux pour lui redonner du courage. « Il est certainement allé se cacher chez des amis. Si quelque chose de grave s'était produit, je suis sûr que tu en aurais déjà entendu parler. »

Gordon refusa de se laisser convaincre. « Vous allez leur parler, Baas. Quand je leur demande, ils me mettent à la porte. Mais si vous le leur demandez, ils vous répondront. »

Ben pensa qu'il était plus sage de prendre contact avec un avocat dont le nom avait été souvent mentionné dans la presse, ces derniers temps.

Une secrétaire lui répondit : « Mr. Levinson, dit-elle avec regret, est occupé. Puis-je vous donner un rendez-vous, pour dans trois jours? » Ben insista : « Le problème est urgent et je n'ai besoin que de cinq minutes pour tout expliquer par téléphone à Mr. Levinson. »

Levinson semblait irrité, mais il consentit à prendre quelques notes. Quelques heures plus tard, sa secrétaire rappela Ben pour lui dire que la police n'avait pas pu leur donner de renseignements, mais qu'on s'occupait du cas. Ils s'en occupaient toujours lorsque Ben se présenta au bureau de Levinson, trois jours plus tard.

« Mais c'est ridicule! protesta-t-il. Ils doivent certainement connaître les noms des gens qu'ils détiennent. »

Levinson haussa les épaules. « Vous ne les connaissez pas aussi bien que moi, Mr. Coetzee.

– Du Toit.

– Oh! oui. » Il poussa vers Ben un étui en argent. « Cigarette?

« – Non, merci. »

Ben attendit impatiemment, tandis que l'avocat allumait la sienne et rejetait la fumée avec un soulagement poli, évident. C'était un grand homme bronzé, athlétique. Longues pattes, moustache soigneusement entretenue. Clark Gable réincarné. Grandes mains manucurées. Deux grosses bagues en or; boutons de manchette en œil de tigre. Il travaillait en bras de chemise, mais la cravate pourpre et large ainsi que la chemise à rayures, amidonnée, donnaient une certaine solennité à la nonchalance étudiée de son comportement. Ce fut un entretien difficile, constamment interrompu : par le téléphone, par la voix admirablement modulée d'une secrétaire dans l'interphone, par une série d'assistantes – toutes, jeunes, blondes, élancées, compétentes, avec cette allure de candidates à un concours de beauté. Allées et venues, dossiers en main, papiers bruissants ou messages chuchotés à l'oreille. Ben s'arrangea simplement pour que Levinson accepte de soutenir ses appels téléphoniques à la police par une demande écrite pour plus amples renseignements.

« Maintenant, ne vous inquiétez plus. » Avec ce geste magnanime qui lui rappelait celui d'un entraîneur d'une équipe de football offrant son pronostic optimiste à la veille d'un match. « Nous allons leur donner du fil à retordre. A propos, avons-nous votre adresse pour la note d'honoraires? Je pense que vous prenez les dépenses en charge? A moins que... » Il jeta un coup d'œil sur ses notes. « A moins que ce Ngubene ait de l'argent.

– Non, je m'en occupe.

– Très bien. Je vous tiens au courant, Mr. Coetzee.

– Du Toit.

– Bien sûr. » Il serra la main de Ben avec un air de conspirateur et la secoua de bas en haut, comme une mère oiseau nourrit son petit. « A bientôt. Au revoir. »

Une semaine plus tard, après un autre coup de téléphone, une lettre arriva de John Vorster Square : votre demande, disait la lettre, a été soumise à l'inspecteur principal de la police. Une autre semaine s'écoula sans qu'aucune réaction n'ait lieu. Levinson se décida à envoyer directement une lettre à l'inspecteur principal. Ils reçurent, cette fois-ci, une réponse rapide leur conseillant de saisir l'officier responsable de l'affaire, à John Vorster Square.

Aucune réponse à leur seconde lettre. Mais quand Levinson passa un nouveau coup de fil à John Vorster Square, un officier non identifié l'informa sèchement qu'ils n'avaient pas de Jonathan Ngubene sur leurs listes.

Même à ce moment-là, Gordon ne perdit pas espoir. Tant de jeunes avaient fui le pays pour trouver asile au Swaziland ou au Botswana que Jonathan pouvait très bien se trouver parmi eux. Cela correspondrait tout à fait à son attitude de ces derniers mois. Ils devaient simplement s'armer de patience. Ils finiraient par recevoir une lettre. En attendant, ils devaient s'occuper des autres enfants.

Mais l'incertitude, l'angoisse, le doute persistaient. Et ils furent à peine surpris lorsque, un mois après la disparition de Jonathan, une jeune infirmière noire se présenta chez eux.

Elle avait essayé de les joindre depuis une semaine, dit-elle. Elle travaillait dans la section réservée aux Noirs, à l'hôpital central. Il y a dix jours, un jeune Noir de dix-sept ou dix-huit ans avait été admis dans une chambre particulière. Son état semblait grave. Sa tête était enveloppée de bandages, et on pouvait l'entendre parfois geindre ou même hurler.

Mais le personnel habituel n'avait pas eu l'autorisation de l'approcher et ils avaient posté des agents devant sa porte. Elle avait entendu une fois le nom de « Ngubene ». Et puis elle avait appris par Stanley – oui, elle le connaissait. Qui ne le connaît pas? – que Gordon et Emily recherchaient leur fils. Voilà pourquoi elle était venue.

Ils ne dormirent pas de toute la nuit. Le lendemain matin, ils se rendirent à l'hôpital où une matrone impatiente nia avoir jamais entendu parler d'un malade nommé Ngubene dans son service. Pas plus que d'agents postés devant la porte d'une chambre. Auriez-vous à présent l'amabilité de vous en aller? Mon temps est trop précieux.

Retour vers Ben. Retour vers Dan Levinson.

L'intendant de l'hôpital : « C'est faux. J'aurais été au courant si une telle chose s'était produite dans mon hôpital, n'est-ce pas? Vous cherchez toujours à faire des histoires. »

Deux jours plus tard, ils reçurent de nouveau la visite de la jeune infirmière. Elle venait d'être renvoyée, leur annonça-t-elle. Personne ne lui avait donné les raisons de ce renvoi. Il y a quelques jours à peine, elle avait été louée pour sa conscience professionnelle. Et, tout d'un coup, on n'avait plus besoin de ses services. Elle leur déclara que le jeune Noir ne se trouvait plus là. Elle s'était faufilée la veille à l'intérieur du bâtiment, avait grimpé le long de canalisations pour jeter un coup d'œil par une bouche d'aération, mais le lit était vide.

La police n'accusa même pas réception de deux autres lettres envoyées par Dan Levinson.

Peut-être, insistait tristement Gordon, peut-être n'était-ce qu'une rumeur. Peut-être finiraient-ils par recevoir une lettre de Mbabane au Swaziland ou de Gaberone au Botswana.

C'est Stanley Makhaya qui, pour finir, découvrit le

premier indice positif. Il avait eu un contact, dit-il, avec un balayeur de John Vorster Square, et l'homme lui avait confirmé que Jonathan était bien détenu dans les cellules, au sous-sol. C'est tout ce que cet homme avait pu lui dire. Non, il n'avait pas vu Jonathan de ses propres yeux, mais il savait que Jonathan y était. Ou plutôt, y avait été, jusqu'à hier matin. Parce que dans l'après-midi, il avait reçu l'ordre de nettoyer la cellule et avait enlevé le sang qui couvrait le sol de béton.

« C'est inutile d'écrire une autre lettre ou de passer un autre coup de fil, dit Ben à Levinson, vert de rage. Cette fois-ci, vous *devez* faire quelque chose. Même si cela veut dire une interdiction du tribunal.

— Laissez-moi m'en occuper. J'attendais un incident de cet ordre. C'est maintenant que nous allons leur donner du fil à retordre. Tout le tremblement. Et si nous en faisions part aux journaux ?

— Ça ne ferait que tout compliquer.

— Très bien. Comme vous voudrez. »

Mais avant que Levinson ait pu dresser son plan d'action, la Section spéciale lui téléphonait pour lui transmettre un message à l'adresse de son client. Gordon Ngubene. Ayez l'amabilité de lui faire part de la mort de son fils, Jonathan. De causes naturelles, la nuit dernière.

2

Une fois de plus, Gordon et Emily mirent leurs habits du dimanche et firent le voyage jusqu'à John Vorster Square — les trains avaient recommencé à rouler — pour s'enquérir du corps : où était-il ? Quand pourraient-ils le récupérer, pour les obsèques ? On aurait pu s'attendre à ce que ce soit une simple formalité, mais leur demande tomba dans une nouvelle impasse. On les renvoya de bureau en bureau; on leur demanda d'attendre, puis de revenir.

Cette fois, Gordon, malgré toute la politesse due à son éducation, refusa de bouger tant qu'il n'aurait pas reçu de réponses à ses questions. Tard dans l'après-midi, un fonctionnaire plutôt sympathique les reçut. Il leur demanda de l'excuser pour ce retard, mais il restait, leur annonça-t-il, quelques formalités à remplir. Et une autopsie. Mais tout serait réglé d'ici à lundi.

Quand ils se virent refoulés le lundi suivant, ils se retournèrent vers Ben et, avec lui, vers l'avocat.

Comme les autres fois, l'homme aux allures de Clark Gable dominait avec une incroyable suffisance l'énorme bureau, couvert de dossiers, de téléphones, de documents, de tasses vides et de cendriers décoratifs. Ses dents luisaient contre le hâle de son visage.

« Maintenant, c'en est assez », s'exclama-t-il. Avec une mise en scène élaborée et volontairement efficace, il téléphona immédiatement aux quartiers généraux de la police et exigea de parler à l'officier responsable, qui lui promit de faire une enquête.

« Vous avez intérêt à vous secouer, lui dit Dan Levinson agressivement, en faisant un clin d'œil à son audience attentive. Je vous donne exactement une heure. Je n'accepte plus votre baratin à partir de maintenant, d'accord? » Il tourna son poignet, regarda son énorme montre en or. « Si je n'ai pas de vos nouvelles d'ici trois heures et demie, je téléphone à Pretoria, à chaque journal de ce pays. » Il raccrocha brutalement le récepteur en esquissant un autre petit sourire à l'intention de ceux qui l'observaient. « Ça fait des siècles que vous auriez dû faire exploser l'affaire dans les journaux.

– Nous voulons Jonathan Ngubene, Mr. Levinson, dit Ben, agacé. Pas de la publicité.

– Vous n'irez pas très loin sans publicité, Mr. Du Toit. Interrogez-moi. J'en connais un bout sur le sujet. »

A la grande surprise de Ben, la Section spéciale rappela à trois heures et demie. Levinson ne dit pas grand-chose. Il écouta, visiblement suffoqué par ce que lui disait son interlocuteur. Après cette conversation, il resta assis, récepteur en main, dévisageant Ben comme s'il s'attendait à ce qu'il fasse quelque chose.

« Je n'aurais jamais...

– Qu'ont-ils dit? »

Levinson leva les yeux et se frotta la joue. « Jonathan n'a jamais été détenu. Selon eux, il aurait été tué lors des récentes émeutes et, comme personne ne venait réclamer son corps, ils l'auraient enterré, il y a un mois.

– Pourquoi nous ont-ils dit la semaine dernière...? »

Levinson haussa les épaules comme pour les blâmer du tour que prenait l'affaire.

« Et l'infirmière? dit Gordon. Et le balayeur de John Vorster Square? Ils ont tous les deux parlé de Jonathan.

– Ecoutez-moi. » Levinson pressait les bouts de ses doigts les uns contre les autres. « Je vais leur adresser une lettre officielle pour exiger une copie du rapport médico-légal. Ça suffira. »

Mais dans la réponse adressée par la police, une semaine plus tard, l'affaire était ainsi close : « Le rapport médico-légal n'est malheureusement pas disponible. »

Il est facile d'imaginer la scène. La cour de Ben au crépuscule. Johan et ses amis font les fous dans la piscine des voisins. Susan prépare le dîner, dans la cuisine. Ils doivent manger tôt, car elle se rend à une réunion. Ben, sur le pas de la porte. Gordon, son vieux chapeau pressé contre sa maigre poitrine. Son costume d'occasion – celui que Ben lui a donné à Noël, l'an dernier – sa chemise sans col.

« C'est tout ce que je dis, Baas. Si ça tenait qu'à moi, très bien, et si ça tenait qu'à Emily, très bien. Nous sommes plus tout jeunes. Mais c'est mon enfant, Baas. Jonathan il est mon enfant. Mon temps et votre temps ils s'envolent, Baas. Mais le temps de nos enfants il fait qu'arriver. S'ils se mettent à tuer nos enfants, pourquoi alors nous avons vécu? »

Ben était déprimé. Il avait mal à la tête et n'avait pas de réponse à lui offrir.

« Que pouvons-nous faire, Gordon? Il n'y a rien que toi ou moi puissions changer.

– Baas, le jour où ils l'ont fouetté, vous avez dit aussi que nous pouvions rien faire. Nous pouvions pas guérir ses fesses, mais si nous avions fait quelque chose ce jour-là, si quelqu'un il avait entendu ce que nous avions à dire, peut-être que Jonathan il aurait pas nourri la folie et le meurtre dans son cœur. Je dis pas que ça soit ça, Baas. Je dis *peut-être*. Comment nous pouvons le savoir?

– Je sais que ce qui est arrivé est une chose terrible, Gordon. Mais tu as d'autres enfants pour lesquels tu dois vivre. Et je t'aiderai si tu veux les envoyer à l'école, eux aussi.

– Comment il est mort Jonathan, Baas?

– C'est ce que nous ne savons pas.

– C'est ce que je dois savoir, Baas. Comment je peux être de nouveau en paix si je sais pas comment il est mort, où ils l'ont enterré?

– A quoi cela te sert-il, Gordon?

– A rien, Baas. Mais un homme il doit tout savoir sur ses enfants. » Il se tut pendant un long moment. Il ne pleurait pas. Pourtant les larmes roulaient sur ses joues décharnées, sur le col élimé de sa veste grise. « Un homme il doit savoir, car s'il sait pas, il reste aveugle.

– Sois prudent, je t'en prie, Gordon. Ne commets pas d'imprudence. Pense aux tiens. »

Tandis que les enfants continuaient à faire les fous de l'autre côté du grand mur blanc qui les séparait des voisins, Gordon répéta calmement mais avec entêtement, comme si les mots étaient restés coincés dans sa gorge : « Si ça tenait qu'à moi, ça serait bien. Mais il est mon enfant et je dois savoir. Dieu il est aujourd'hui mon témoin : je peux pas m'arrêter tant que je sais pas ce qui lui est arrivé, où ils l'ont enterré. Son corps il m'appartient. C'est le corps de mon fils. »

Ben était toujours sur le pas de la porte, lorsque les garçons revinrent de chez le voisin – serviettes aux couleurs vives, jetées sur leurs épaules lisses et hâlées. En reconnaissant Gordon, Johan l'accueillit joyeusement, mais le Noir fit celui qui ne se rendait compte de rien.

3

Afin de vouer tout son temps à son enquête – devenue son obsession majeure – Gordon donna sa démission à l'école. Ben, bien sûr, n'apprit l'existence de cette enquête que bien plus tard. Trop tard.

L'une des premières choses à faire était de retrouver le maximum de gens ayant assisté à la fusillade. Mais peu d'entre eux se souvenaient de ce jour chaotique. Plusieurs, jeunes et vieux, confirmèrent qu'ils avaient vu Jonathan parmi les manifestants. Mais ils étaient moins sûrs de ce qui s'était passé ensuite.

Gordon n'était pas découragé. Le premier indice lui parvint quand un garçon, blessé le jour fatal, sortit de l'hôpital. Il avait été aveuglé par une décharge de chevrotines, mais se souvenait avoir vu – juste avant que ça ne lui arrive – Jonathan embarqué avec d'autres garçons, dans un car de police.

Gordon fila les témoins un à un : certains avaient vu Jonathan arrêté et emmené; d'autres l'avaient, en fait, retrouvé à John Vorster Square. A partir de là, les témoignages divergeaient. Certaines des personnes arrêtées avaient été retenues pour la nuit, d'autres avaient été transférées à Modder Bee, Pretoria et Krugersdorp. D'autres encore avaient été traduites devant le tribunal. Il n'était pas facile de retrouver la trace de Jonathan, dans cette foule. Seule preuve indéniable : Jonathan avait été tué au cours des émeutes.

Laborieusement, comme une fourmi, Gordon réunit ses preuves, dans l'amour et la haine. Il ne pouvait pas dire ce qu'il comptait faire une fois qu'il aurait réuni tout ce qu'il cherchait. Emily l'avait constamment interrogé à ce sujet, mais il n'avait pas pu ou n'avait pas voulu lui répondre. Collecter des preuves semblait n'être devenu qu'une fin en soi.

Puis, en décembre, tout un groupe de détenus, attendant encore d'être jugés, fut relâché par la Section spéciale. Parmi eux, un jeune homme, Wellington Phetla, longtemps emprisonné avec Jonathan. Même après avoir été mis dans des cellules différentes, ils avaient continué d'être interrogés ensemble. Selon Wellington, la Section spéciale avait essayé de leur faire avouer qu'ils étaient les meneurs de ces émeutes, qu'ils avaient été en cheville avec des agents du C.N.A.[1] et qu'ils avaient reçu de l'argent de l'étranger.

Wellington hésita d'abord à en parler avec Gordon.

---

1. Congrès national africain.

Selon Emily, il y avait quelque chose de fou dans son attitude. Quand on lui parlait, il regardait toujours autour de lui comme s'il avait peur d'être attaqué par surprise. Et il était affamé, comme un animal mis en cage pendant une longue période. Mais il était peu à peu redevenu normal et avait semblé moins terrifié. Il finit par laisser Gordon écrire ce qu'il avait à raconter, notamment :

a) A partir du deuxième jour de détention, leurs vêtements leur avaient été enlevés et ils étaient restés nus, tout le temps.

b) Ils avaient été ainsi emmenés un après-midi « dans un endroit en dehors de la ville ». Où ils avaient été obligés de ramper sous des fils de fer barbelé, « éperonnés » par des policiers noirs qui les avaient bastonnés et fouettés.

c) A une occasion, il avait été interrogé ainsi que Jonathan par des équipes différentes, pendant plus de vingt-quatre heures. Les trois quarts du temps, ils avaient été obligés de rester debout sur des blocs de béton, séparés par une trentaine de centimètres, une demi-brique attachée à leurs organes génitaux.

d) En différentes occasions, Jonathan et lui avaient été contraints de se mettre à genoux. Des jantes de bicyclettes avaient été enroulées autour de leurs poignets, puis gonflées doucement jusqu'à ce qu'ils perdent connaissance.

e) Un jour, tandis qu'il était interrogé, seul dans un bureau, il avait entendu des gens crier, engueuler et battre Jonathan, dans la pièce voisine. A la tombée de la nuit, il y avait eu beaucoup de bruit dans la pièce d'à côté – comme des tables et des chaises qu'on aurait renversées. Les cris de Jonathan s'étaient transformés en un gémissement sourd, bientôt suivi par le silence. Puis il avait entendu une voix appeler plusieurs fois : « Jonathan! Jonathan! Jonathan! » Le lendemain, quelqu'un lui avait dit que Jonathan avait été transporté à l'hôpital. Il n'entendit plus jamais parler de lui.

Gordon, à force de supplier, persuada Wellington Phetla de répéter son témoignage sous la foi du serment, devant un avocat noir. En même temps, la déposition de la jeune infirmière noire, que Stanley Makhaya leur avait envoyée, fut également enregistrée. Mais le balayeur qui avait découvert le sang dans la cellule de Jonathan avait trop peur pour témoigner par écrit.

C'était du moins un début. Et le jour vint où Gordon crut qu'il allait enfin savoir ce qui était arrivé à son fils – du jour de son arrestation à ce mercredi matin où les nouvelles de sa prétendue mort naturelle lui étaient parvenues – qu'il allait se mettre à chercher la tombe de son fils. Pourquoi ? Peut-être avait-il l'intention de voler le cadavre et de lui offrir un véritable enterrement à *Umzi wabalele*, la Cité des morts, le cimetière Doornkop à Soweto, près de chez lui.

Mais ça n'alla jamais aussi loin que ça. Le lendemain des dépositions de Wellington Phetla et de l'infirmière, il fut emmené par la Section spéciale. Et, avec lui, les dépositions disparurent sans laisser de traces.

4

Ben était la seule personne à qui Emily pouvait demander de l'aide. Stanley Makhaya l'emmena dans sa grosse Dodge blanche. Pendant que Ben faisait ses cours, Emily attendit patiemment sous le porche, devant le petit bureau de la secrétaire. Ça faisait à peine quinze jours que l'école avait rouvert ses portes, après les fêtes du Nouvel An. Quand la cloche annonça la récréation, la secrétaire alla, d'un air désapprobateur, dire à Ben qu'il avait une visite. Pendant que les autres professeurs se réunissaient pour prendre le thé, il sortit et alla voir Emily.

« Que se passe-t-il, Emily? Qu'est-ce qui t'amène, ici?

– C'est Gordon, mon Baas. »

Il comprit au moment même où elle prononça ces mots. Cependant il voulut l'entendre elle-même raconter ce qui s'était passé, avant de le croire.

« Qu'est-il arrivé à Gordon?

– La Section spéciale elle est venue le chercher.

– Quand?

– La nuit dernière. Je sais pas l'heure. J'étais trop terrifiée pour regarder le réveil », dit-elle en tripotant la frange noire de son châle. Elle le regarda d'un air désespéré. Une grande femme informe, au visage vieilli avant l'heure. Mais très droite, les yeux secs.

Ben était immobile. Il ne pouvait rien faire, soit pour l'encourager soit pour l'arrêter.

« Nous dormions, poursuivit-elle au bout d'un moment, toujours préoccupée par la frange de son châle. Ils ont frappé à la porte, si fort que nous étions morts de peur. Avant que Gordon il ait pu se lever pour aller leur ouvrir, ils l'avaient déjà enfoncée. Et toute la maison elle a été envahie par la police.

– Qu'ont-ils dit?

– Ils ont dit : " Kaffir, c'est toi Gordon Ngubene? " Le bruit il a réveillé les enfants et le petit il s'est mis à pleurer. Ils devraient pas faire ça devant les enfants, Baas, dit-elle d'une voix étouffée. Quand ils sont partis, mon fils Orlando, il était très mal. C'est l'aîné depuis la mort de Jonathan. Je lui ai dit de se tenir tranquille, mais il voulait pas m'écouter. Il est trop en colère. Baas, un enfant qu'il a vu la police emmener son père, il oubliera jamais. »

Ben écoutait, ahuri, incapable de répondre.

« Ils ont mis toute la maison sens dessus dessous, Baas, poursuivit Emily. La table, les chaises, les lits. Ils ont roulé le tapis, éventré les matelas, jeté par terre les tiroirs de la commode. Ils ont regardé dans la Bible. Partout, partout. Et puis ils se sont mis à frapper Gordon, à le traîner à travers la maison en lui demandant où il cachait ses papiers. Mais qu'est-ce qu'il pouvait cacher, je vous le demande, mon Baas? Ensuite, ils l'ont poussé dehors en lui disant : " Tu viens avec nous, kaffir! "

– C'est tout ce qu'ils ont dit?

– C'est tout, Baas. Je suis sortie avec eux, les deux petits dans les bras. Et quand nous sommes arrivés près de la voiture, un des hommes il m'a dit : " *Ja*, vaut mieux que tu lui dises au revoir. Tu le reverras pas. C'était un grand type maigre aux cheveux blancs. Je me souviens que trop bien de son visage. Il avait une estafilade, là, sur la joue. » Elle toucha son propre visage. « Ils ont emmené Gordon. Les voisins ils sont venus pour m'aider à nettoyer et à ranger la maison. J'ai essayé de rendormir les enfants. Mais qu'est-ce qu'il va lui arriver, maintenant? »

Ben secoua la tête, incrédule. « Ce doit être une erreur, Emily. Je connais Gordon aussi bien que toi. Ils vont le relâcher. J'en suis sûr. Bientôt.

– Mais ce sont les papiers...

– Quels papiers? »

C'était la première fois que Ben entendait parler de l'enquête menée ces derniers mois par Gordon, des témoignages sur la mort de Jonathan. Même à ce moment-là, il refusa de considérer l'affaire comme très sérieuse. Une erreur administrative. Une regrettable erreur. Pas plus. Il ne leur faudrait pas beaucoup de temps pour se rendre compte que Gordon était un homme honorable. Il essaya de consoler Emily du mieux qu'il pouvait. Elle l'écouta en silence, mais elle ne semblait pas convaincue.

La cloche sonna de nouveau. La récréation était terminée.

Ben fit le tour du bâtiment avec elle, jusqu'au taxi de Stanley Makhaya. Stanley sortit de voiture en les voyant approcher. C'était la première fois que Ben le rencontrait. Un homme corpulent, plus d'un mètre quatre-vingts, un cou de taureau, plusieurs doubles mentons. Il ressemblait à ces représentations traditionnelles qu'on donnait au XIXᵉ siècle du chef zoulou Dingane. Très noir, avec des paumes très claires. Ben les remarqua au moment où Stanley lui tendait la main en disant : « Comment va? C'est ton Boer, Emily? C'est le *lanie*? »

– Je vous présente Stanley Makhaya, Baas, dit Emily à Ben. C'est l'homme qui nous a aidés pendant tout ce temps.

– Eh bien, qu'en dis-tu, vieux? » dit Stanley, un sourire sur son large visage jovial, qui exprimait quelque secret, quelque joie perpétuelle. Ben découvrit très vite que chaque fois qu'il riait, c'était comme une éruption volcanique.

Ben répéta ce qu'il avait déjà dit à Emily. Ils ne devaient pas s'inquiéter outre mesure. C'était une grossière erreur. Pas plus. Gordon serait de retour dans un jour ou deux. Il en était persuadé.

Stanley ne faisait pas attention. « Qu'est-ce que tu dis? répéta-t-il. Gordon n'a jamais fait de mal à une mouche et regarde ce qu'ils lui font. C'était un vrai père de famille. Une honte. Et il disait toujours...

– Pourquoi parlez-vous de lui au passé? dit Ben, agacé. Je vous dis qu'il sera de retour dans quelques jours. »

Le sourire s'élargit un peu plus. « Lanie, chez nous, quand un homme se fait ramasser par la Section spéciale, nous parlons de lui au passé. C'est tout. »

Un dernier geste de sa grosse main et la voiture démarra.

Ben fit demi-tour et tomba sur le principal, qui l'attendait.

« Mr. Du Toit, n'êtes-vous pas censé faire classe aux terminales, en ce moment?

– Oui, désolé, monsieur. J'avais à voir quelques personnes. »

Le principal était également un homme corpulent, un peu plus en chair que Stanley Makhaya, plus gélatineux. Un fin réseau de veines bleues et rouges couvrait son nez et ses mâchoires. Des cheveux de plus en plus clairsemés. Un petit muscle battait contre sa joue dès qu'il se sentait obligé de regarder quelqu'un dans les yeux.

« Qui était-ce?

– Emily Ngubene, la femme de Gordon. Vous vous souvenez? Gordon travaillait ici. » Ben grimpa les marches ocres pour se mettre au niveau du principal. « Il vient d'être arrêté par la police de sûreté. »

Le visage de Mr. Cloete s'empourpra un peu plus. « Ça vous prouve quelque chose, n'est-ce pas? Nous ne pouvons plus leur faire confiance, de nos jours. Nous nous sommes débarrassés de lui à temps.

– Vous connaissez Gordon aussi bien que moi, Mr. Cloete. Ce doit être une erreur.

– Moins nous avons affaire à ces gens-là, mieux ça vaut. Nous ne voulons pas que le nom de l'école soit mêlé à tout ça, n'est-ce pas?

– Mais, monsieur! » Ben le dévisagea, ahuri. « Je vous assure qu'ils ont commis une erreur.

– La police de sûreté ne commettrait pas une erreur pareille. Si elle arrête un homme, vous pouvez être certain qu'elle a de bonnes raisons de le faire. » Il respirait profondément. « J'espère ne pas être obligé de vous réprimander de nouveau pour ce genre d'attitude. Votre classe vous attend. »

Entre les quatre murs sordides de son bureau, cette nuit-là, il n'avait pas allumé le plafonnier, se contentant du cercle de lumière que dispensait sa lampe de bureau. Plus tôt, dans la soirée, un orage avait éclaté sur la ville. A présent, le tonnerre s'était calmé. Une lune brisée luisait à travers les nuages. L'eau s'égouttait des toits. Mais dans la pièce, la sensation d'étouffement qui régnait avant l'orage flottait encore – recroquevillée dans l'obscurité, présence sombre, presque physique.

Pendant un moment, Ben essaya de se concentrer sur ses copies. Sa veste, jetée sur le dossier d'une chaise, sa chemise bleue déboutonnée, la manche droite retenue par un élastique. A présent, le stylo à bille rouge reposait sur le tas de copies. Ben contemplait les étagères, en face de lui. Les livres tranquilles dont il se rappelait les titres même s'il était impossible de les voir dans le noir. Léger mouvement du rideau de gaze dissimulant la fenêtre ouverte.

Dans ce silence, dans ce petit cercle défini de lumière blanche, tout ce qui était arrivé semblait irréel, sinon totalement improbable. Le visage de Stanley couvert de sueur, le grondement souterrain de sa voix, de son rire, les yeux immobiles malgré le large sourire esquissé par ses lèvres. Sa familiarité, le ton moqueur : *c'est ton Boer? C'est le lanie?* Emily sous le porche du bâtiment de briques rouges. Le fichu bleu, la vieille robe trop longue en chintz démodé, le châle noir avec ses franges. Toute une vie à la ville ne l'avait pas changée. Elle appartenait toujours aux collines du Transkei. Son aîné dormirait-il plus calmement cette nuit? Etait-il dehors avec des amis pour briser des vitrines, mettre le feu aux écoles, incendier des voitures? Tout ça à cause de ce qui était arrivé à son père. Gordon et sa maigreur, ses rides encadrant sa bouche, la sombre lueur de ses yeux, son sourire timide. *Oui, Baas.* Ses mains serrant son chapeau, contre sa poitrine. *Comment je peux être de nouveau en paix si je sais pas comment il est mort, où ils l'ont enterré. Son corps il m'appartient.* Et puis, hier. *Vous parlez de lui au passé.*

Susan entra si calmement avec son plateau qu'il ne se rendit compte de sa présence que lorsqu'elle le posa sur le bureau. Elle venait de prendre son bain et son corps suggérait encore le luxe de la nudité, le plaisir de l'eau chaude. Une veste d'intérieur à motif floral, entrouverte. Cheveux défaits et peignés – d'un blond légèrement trafiqué, qui cachait les premières touches de gris.

« Tu as terminé de corriger tes copies?

– Je n'arrive pas à me concentrer, ce soir.

– Tu viens te coucher?

– Dans un petit moment.

– Qu'est-ce qu'il y a, Ben?

– C'est cette histoire de Gordon.

– Pourquoi prends-tu cette affaire tellement à cœur? Tu as dit toi-même que ce n'était qu'une erreur.

– Je ne sais pas. Je suis simplement fatigué, je crois. A cette heure, les choses n'ont plus le même aspect.

– Tu te sentiras mieux après une bonne nuit.

– Je t'ai dit que je venais dans un petit moment.

– Ça n'a vraiment rien à voir avec toi, Ben. Tout rentrera dans l'ordre, tu sais. »

Il ne la regardait pas. Il étudiait le stylo rouge, immobile et menaçant sur la copie non corrigée.

« On lit toujours des choses semblables, dit-il d'un air absent. Mais ça fait partie d'un monde totalement différent. On ne s'attend jamais à ce que ça arrive à quelqu'un qu'on connaît bien.

– Tu ne connaissais pas Gordon aussi bien que ça. Il n'était que le balayeur de ton école.

– Je sais, mais on ne peut pas s'empêcher de penser, n'est-ce pas? Où est-il cette nuit, pendant que nous parlons, dans cette pièce? Où dort-il? Dort-il? Peut-être est-il debout dans un bureau quelconque, sous une ampoule nue, les pieds sur des briques, un poids accroché aux couilles.

– Inutile d'être obscène.

– Désolé, dit-il en soupirant.

– Ton imagination te joue des tours. Pourquoi ne viendrais-tu pas plutôt te coucher, avec moi? »

Il leva les yeux rapidement, l'attention retenue par quelque chose dans sa voix, conscient de la chaleur de son corps – le bain – de son odeur. Derrière les plis de sa veste d'intérieur, la promesse subtile de ses seins, de son ventre. Elle n'en faisait pas souvent part aussi ouvertement.

« J'arrive dans cinq minutes. »

Elle resta calme un instant. Puis resserrant les pans de sa veste, elle noua la ceinture.

« Ne laisse pas refroidir ton café.

– Non. Merci, Susan. »

Après son départ, il put de nouveau écouter le bruit de l'eau qui s'égouttait des toits. Petits sons humides et intimes de la pluie qui recommençait à tomber.

Demain, je me rendrai moi-même à John Vorster Square, pensa-t-il. J'irai leur parler personnellement. D'une certaine manière, il le devait à Gordon. C'était bien peu de chose. Une brève conversation pour effacer un simple malentendu.

5

A l'autre bout de Commissioner Street, laissant le centre ville derrière vous, là où la cité devient miséreuse et minable, avec ces affiches à peine lisibles, ces réclames pour le Baume du Tigre, pour des décoctions chinoises, collées sur des murs aveugles, au-delà des terrains vagues, des ornières et des bouteilles cassées, surgit le bâtiment, presque déplacé en ces lieux : immense, sévère et rectiligne; béton et verre bleuté, massif; assez creux et transparent cependant pour offrir une vue irréelle des voitures roulant sur la bretelle qui mène à l'autoroute M.1 au-delà.

Des agents arpentent la chaussée, volontairement oisifs. Cyprès et aloès. A l'intérieur, atmosphère d'hôpital. Tristes corridors; portes ouvertes laissant voir des hommes assis, derrière leurs bureaux; portes fermées, murs nus. A l'arrière du bâtiment, dans le parking souterrain, l'ascenseur dénudé, sans boutons ni tableau lumineux, s'élève comme une flèche vers un étage prédéterminé dès l'instant où vous entrez. Des caméras de télévision suivent vos moindres mouvements. A l'étage, la bulle de verre antiballes dans laquelle une armoire à glace vous dévisage, méfiant, pendant que vous donnez les renseignements demandés.

« Un instant. »

Une minute étrangement longue. Puis l'armoire à glace vous invite à la suivre, à passer la porte blindée grinçante, soigneusement refermée derrière vous, coupant ainsi tout lien avec le monde extérieur.

« Colonel Viljoen. »

Derrière la table, au centre du bureau, un homme d'âge moyen repousse sa chaise et se lève pour vous accueillir.

« Entrez, Mr. Du Toit. Comment allez-vous? » Une figure rougeaude et amicale. Cheveux gris, coupés court.

« Je vous présente le lieutenant Venter. » C'est le jeune homme bien bâti, aux cheveux bruns et bouclés, qui feuillette un journal et sourit timidement, près de la fenêtre. Tenue de safari; grandes jambes hâlées et poilues. Un peigne dépasse de sa chaussette bleu pâle.

Le colonel Viljoen fait un geste vers la personne, près

de la porte. « Capitaine Stolz. » L'homme acquiesce sans sourire. Grand, mince, veste de sport à carreaux, chemise vert olive, cravate assortie, pantalon de flanelle grise. Au contraire de ses collègues, il n'a pas besoin de se cacher derrière un journal; adossé au mur, il joue avec une orange qu'il lance et rattrape, relance et rattrape de nouveau; chaque fois qu'elle tombe dans sa main blanche, il s'arrête un instant et la caresse brièvement, voluptueusement, avec un regard imperturbable. Il reste désagréablement hors de votre vue, dans votre dos, quand vous vous asseyez sur la chaise que le colonel vous offre. Sur le bureau, vous remarquez une petite photographie encadrée : une femme au visage plaisant et deux garçons blonds aux dents de devant manquantes.

« On dirait que vous avez des problèmes.

— Pas vraiment, colonel. Je suis simplement venu vous voir pour que vous sachiez... pour parler avec vous de ce Gordon que vous avez arrêté. Gordon Ngubene. »

Le colonel jette un coup d'œil sur le papier, devant lui, et le repasse soigneusement du revers de la main. « Je vois. Si je puis faire quoi que ce soit...

— Je pensais que je pouvais peut-être vous aider. Je veux dire, au cas où il y aurait un malentendu.

— Qu'est-ce qui vous fait croire qu'il y a un malentendu?

— Je connais assez bien Gordon pour vous assurer... voyez-vous, ce n'est pas le genre d'homme à contrevenir à la loi. Un homme honnête, décent, qui se rend régulièrement à l'église.

— Vous seriez surpris de savoir combien nous rencontrons d'hommes honnêtes et pratiquants, Mr. Du Toit. » Le colonel s'installe confortablement et se balance sur sa chaise. « J'apprécie néanmoins votre désir de nous aider. Je peux vous assurer que s'il coopère avec nous, il reverra sa famille, très bientôt.

– Merci, colonel. » Vous aimeriez accepter tout ça implicitement, reconnaître le soulagement. Vous pensez cependant qu'il est nécessaire de persister, en croyant que vous pouvez être franc avec l'homme qui se trouve en face de vous. C'est un père de famille comme vous, qui a vu les bons et les mauvais côtés de la vie. Il a peut-être quelques années de plus que vous. Vous ne seriez pas surpris de le voir parmi les Anciens de la congrégation, chaque dimanche. « Que cherchez-vous exactement, colonel? Je dois admettre que son arrestation m'a particulièrement étonné.

– Une simple enquête de routine, Mr. Du Toit. Je suis certain que vous comprenez. Il est de notre devoir de soulever chaque pierre, dans notre volonté d'assainir les agglomérations.

– Bien sûr. Mais si vous pouviez seulement me dire...

– Et ça n'est pas non plus une tâche très agréable, je vous assure. Nous ne pouvons pas lever le petit doigt sans voir la presse se récrier et nous insulter. Surtout celle de langue anglaise. Il lui est si facile de critiquer de l'extérieur, n'est-ce pas? Alors qu'elle serait la première à hurler si les communistes prenaient le pouvoir. J'aimerais être en position pour vous dire ce que nous avons découvert depuis le début des émeutes. Avez-vous une idée de ce qui pourrait arriver à ce pays si nous n'enquêtions pas dès que nous tenons une piste? Nous avons un devoir, une obligation envers notre peuple, Mr. Du Toit. Vous avez votre travail et nous, le nôtre.

– Je comprends très bien, colonel. » Vous éprouvez le sentiment bizarre – dans une telle situation – d'être vous-même accusé. Vous devenez étrangement conscient des sous-entendus sinistres dans tout ce que vous dites. « Mais nous avons de temps à autre besoin de nous assurer – et c'est pourquoi je suis venu – que, dans votre recherche des criminels, vous ne faites pas de mal, sans le savoir, à des gens innocents. »

Le calme règne dans le bureau. Barreaux aux fenêtres – ça vous frappe au plexus solaire – et vous vous rendez brusquement compte que le sympathique garçon aux cheveux bouclés, vêtu d'une tenue de safari, n'a pas tourné une seule page de son journal depuis que vous êtes arrivé. Vous commencez à vous demander – votre cou vous gêne et vous pique – ce que fait l'homme mince, en veste à carreaux, dans votre dos. Vous ne pouvez pas vous empêcher de vous retourner. Il est toujours debout, adossé au mur. Il jette et rattrape son orange, à un rythme lent et mécanique. Ses yeux sont calmes et francs comme s'il n'avait pas détourné le regard une seule seconde. Des yeux sombres et étranges pour un visage si pâle. Une cicatrice étroite et décolorée sur sa joue. Et vous comprenez tout à coup. Vous feriez mieux de vous souvenir de son nom. Capitaine Stolz. Sa présence n'est pas un hasard. Il a un rôle à jouer. Vous le reverrez. C'est *sûr*.

« Mr. Du Toit, dit le colonel Viljoen, derrière son bureau, ça ne vous gênerait pas de répondre à mes questions concernant Gordon Ngubene?

– Je vous en prie. Avec plaisir.

– Depuis combien de temps le connaissez-vous?

– Oh! ça fait des années. Quinze ou seize ans, je crois. Et, dans tout ce temps...

– En quoi consistait son travail, à votre école?

– Il était balayeur. Mais parce qu'il savait lire et écrire, il donnait également un coup de main aux archives, etc. On pouvait totalement lui faire confiance. Je me souviens qu'une ou deux fois, le Département l'a surpayé par erreur. Et il a immédiatement rapporté l'argent en trop. »

Le colonel ouvre un dossier et prend un stylo à bille jaune; mais, en dehors de quelques griffonnages sur le papier, il ne prend aucune note.

« Avez-vous jamais rencontré les membres de sa famille?

– Sa femme nous rendait parfois visite. Ainsi que son fils aîné. »

Pourquoi cette tension soudaine dans vos mâchoires quand vous prononcez ces mots? Pourquoi ce sentiment de divulguer une information – tout en omettant volontairement certaines choses?

Derrière vous, vous le savez, l'officier élancé vous observe de son regard imperturbable et fiévreux tandis que l'orange s'élance dans l'air, retombe dans sa main, y est un moment caressée, avant de repartir en l'air.

« Vous faites allusion à Jonathan?

– Oui. » Vous ne pouvez pas vous empêcher d'ajouter, avec un rien de malice : « Celui qui est mort, il y a peu de temps.

– Que savez-vous des activités de Gordon, depuis la mort de Jonathan?

– Rien. Je ne l'ai pas revu depuis. Il a démissionné de l'école.

– Et vous croyez cependant le connaître suffisamment pour témoigner et répondre de lui?

– Oui. Au bout de tant d'années.

– Vous a-t-il jamais parlé de la mort de Jonathan? »

Que devriez-vous répondre? Qu'attend-t-il de vous? Quelle réponse espère-t-il de vous? Après un moment d'hésitation, vous déclarez, laconiquement : « Non, jamais.

– En êtes-vous bien certain, Mr. Du Toit? Je veux dire... si vous le connaissiez si bien que ça.

– Je ne me souviens pas. Je vous ai dit que c'était un homme profondément religieux. »

Pourquoi le passé, comme Stanley?

« Je suis sûr qu'il a dû apprendre à se résigner.

– Vous voulez dire qu'il ne l'était pas au début? Comment *était-il*, Mr. Du Toit? En colère? Révolté?

– Colonel, si l'un de vos enfants devait mourir aussi subitement... » Vous indiquez d'un mouvement de la tête la photographie, sur le bureau. « Et si personne n'était prêt à vous dire comme c'est arrivé, ne seriez-vous pas troublé, peiné, vous aussi? »

Soudain changement dans l'approche.

« Qu'est-ce qui vous a tout d'abord attiré en Gordon, Mr. Du Toit?

– Rien de particulier, j'en suis sûr. » Censurez-vous de nouveau quelque chose dont vous n'êtes même pas conscient? « Nous parlions de temps en temps. Quand il était à court d'argent, je lui prêtais un rand ou deux.

– Et vous payiez la scolarité de Jonathan?

– Oui. C'était un élève plein de promesses. Je pensais qu'aller à l'école valait mieux pour lui que vagabonder dans les rues.

– Ça n'a pas changé grand-chose pour finir, n'est-ce pas?

– Non, je ne crois pas. »

Il y a quelque chose de sincère et d'intime dans l'attitude de l'officier quand il secoue la tête et dit : « Voilà ce que je ne parviens pas à comprendre. Regardez ce que le gouvernement fait pour eux... et, en échange, ils brûlent et détruisent tout ce qui leur tombe sous la main. Pour finir, ce sont eux qui en font les frais. »

Vous haussez les épaules, découragé.

« Aucun enfant de race blanche ne se comporterait de la sorte, insiste-t-il. Vous n'êtes pas d'accord avec moi, Mr. Du Toit?

– Je ne sais pas. Tout dépend, je crois. » Une autre bouffée de colère, plus forte que la précédente. « Mais si vous aviez le choix, colonel, ne seriez-vous pas plutôt un enfant blanc qu'un enfant noir, dans ce pays? »

Y a-t-il le moindre mouvement dans votre dos? Une

fois de plus, vous ne pouvez pas résister à la tentation de tourner la tête pour voir le capitaine Stolz qui vous observe toujours, presque immobile. Il continue de jongler avec son orange, comme s'il n'avait même pas cillé des yeux dans l'intervalle. Et, quand vous vous retournez, vous apercevez le sourire engageant qui se dessine sur le visage du jeune homme au journal.

« Je crois que ça nous suffit », dit le colonel Viljoen, en posant son stylo sur la feuille recouverte de gribouillis. « Merci de votre compréhension, Mr. Du Toit. »

Vous vous levez, frustré et maladroit, mais plein d'espoir, malgré tout. « Dois-je comprendre que Gordon va bientôt être relâché?

— Dès que nous serons convaincus de son innocence. » Il se lève et tend la main en souriant. « Je peux vous assurer que nous savons ce que nous faisons, Mr. Du Toit. Et c'est pour votre bien, également. Nous voulons être sûrs que vous et votre famille puissiez dormir en paix. »

Il vous accompagne jusqu'à la porte. Le lieutenant Venter lève sa main en un geste cordial. Le capitaine Stolz fait un signe de tête. Pas un sourire.

« Puis-je vous demander un service, colonel?

— Je vous en prie.

— L'épouse de Gordon et ses enfants se font beaucoup de soucis pour lui. Ce serait leur faciliter les choses que de les autoriser à lui apporter de la nourriture et des vêtements de rechange pendant qu'il se trouve encore ici.

— Il est très certainement bien alimenté. Mais s'ils ont envie de lui apporter du linge de rechange, de temps à autre... » Il lève ses larges épaules. « Nous verrons ce que nous pouvons faire.

— Merci, colonel. Je compte sur vous.

— Vous connaissez le chemin?

— Je crois, oui. Merci, au revoir. »

6

L'inquiétude de Ben au sujet de Gordon eut des retombées mineures sur les membres de sa famille; de manière imperceptible, au début.

Les deux petites filles blondes d'il y a quelques années avaient grandi et quitté la maison. Suzette, « l'enfant chérie à sa maman », très douée pour la danse et la musique – l'une des cent activités que Susan leur avait choisies – devait avoir vingt-cinq ou vingt-six ans. Elle avait épousé un garçon plein d'avenir, un jeune architecte de Pretoria qui commençait à décrocher d'importants contrats auprès de l'administration provinciale du Transvaal, pour quelques-uns de ses projets les plus spectaculaires. Après avoir terminé son B.A. à Pretoria, elle avait obtenu un diplôme d'art commercial, passé deux ans dans une agence de publicité féminine, puis avait accepté un poste de rédactrice dans un journal de décoration d'intérieur. Son travail la poussait à faire de fréquents voyages, la plupart à l'étranger, ce qui ne lui laissait pas beaucoup de temps pour s'occuper de son petit garçon, qu'elle avait mis au monde entre deux travaux. Cela faisait de la peine à Ben. Ce dut être à peu près à la même époque, juste après le retour de Suzette d'un autre voyage aux Etats-Unis et au Brésil, que Ben se décida à lui en parler, en mettant les points sur les i. Comme d'habitude, Suzette fit celle qui s'en moquait et éluda.

« Ne t'inquiète pas, papa. Chris a tellement de conférences, de consultations, qu'il se rend à peine compte de ma présence ou de mon absence, à la maison. Et, de toute façon, il y a quelqu'un pour s'occuper du bébé. Il reçoit tous les soins dont il a besoin.

« – Mais tu as pris tes responsabilités le jour où tu t'es mariée, Suzette! »

En souriant, elle eut un visage moqueur et dit en secouant ses cheveux fins et souples : « Tu es vraiment vieux jeu, papa.

– Ne sous-estime pas ton père, dit Susan en entrant dans la pièce avec un plateau. Il a développé ces derniers temps un intérêt extra-muros, bien à lui.

– C'est-à-dire? demanda Suzette, intriguée.

– Il est devenu le champion des prisonniers politiques. » La voix de Susan était froide et dure. Pas vraiment sarcastique, mais empreinte de ce grinçant moelleux acquis au fil des ans.

« Maintenant, tu exagères, Susan! » Il réagit plus brutalement qu'il n'était nécessaire. « Seul Gordon m'intéresse. Et tu sais très bien pourquoi. »

Suzette éclata de rire. « Tu ne vas tout de même pas me dire que tu te transformes en James Bond, en vieillissant? A moins que ce ne soit le Saint?

– Je ne trouve pas ça très amusant, Suzette.

– Moi si. » Elle secoua ses cheveux encore une fois. « Ce rôle ne te va pas du tout, papa. Reste le vieux bonhomme rétrograde dont nous sommes toutes si amoureuses. »

Linda était plus facile à manier. Elle était restée « son » enfant depuis l'époque où Susan, trop malade, n'avait pu s'occuper d'elle. Linda était devenue une très jolie fille – vingt et un ans – mais beaucoup moins belle que sa sœur. Beaucoup plus introvertie et, depuis la puberté, après avoir triomphé d'une très grave maladie, profondément religieuse. Une fille plaisante, agréable, bien adaptée, « sans complications ». En vacances ou pendant les week-ends, quand elle revenait à la maison, elle accompagnait souvent Ben lorsqu'il allait faire son footing le matin ou se promener tard dans l'après-midi. Au cours de sa deuxième année d'université, elle avait rencontré Pieter Els, un étudiant en théologie plus âgé qu'elle. Peu après, elle avait abandonné l'idée d'enseigner et s'était tournée vers le travail social afin d'être plus qualifiée pour aider Pieter, un jour.

Ben ne s'opposa jamais ouvertement à ce jeune homme gentil, insipide; cependant, la présence de Pieter le paralysait face à Linda, comme s'il était blessé à l'avance, par la seule idée de la perdre. Pieter était décidé à devenir missionnaire. Après avoir terminé l'université, il œuvra pendant deux ans parmi les Ndebeles, près de Pretoria; mais son idéal était de prêcher la bonne parole à travers l'Afrique ou l'Extrême-Orient, sauver des âmes, dans un monde courant à sa perte. Ben ne méprisait pas son idéalisme, mais le considérait exagéré – révolté à l'idée de l'inévitable souffrance et des privations que cela allait causer à sa fille.

Au contraire de Suzette, Linda partageait les préoccupations de Ben au sujet de Gordon. Non pas qu'ils aient eu de véritables discussions à ce sujet – elle était la plupart du temps à Pretoria et ne revenait que de temps à autre pour le week-end, avec ou sans son fiancé – mais Ben était encouragé par sa sympathie. Linda était par-dessus tout pratique. Une seule chose lui importait : Emily et sa famille ne devaient pas souffrir matériellement de l'absence de Gordon. Elle avait tout prévu en ce qui concernait la nourriture, les vêtements, le loyer. Comme Ben, mais en plus positive, elle était persuadée que tout serait réglé d'ici peu de temps.

« Après tout, nous *savons* qu'il n'a rien fait de mal, dit-elle à Ben, en se promenant avec lui autour du lac du jardin zoologique, le premier week-end après son arrestation. La police s'en rendra compte très bientôt.

– Je sais. » Il se sentait déprimé, malgré lui. « Mais le malheur frappe parfois.

– Ce sont des êtres humains, comme nous, papa. N'importe qui peut commettre une erreur.

– Oui, je le pense.

– Tu verras. Ils vont relâcher Gordon. Ce n'est qu'une question de jours. Nous lui trouverons ensuite un bon travail. »

Son Pieter adoptait une approche légèrement différente. « Nous devons, après sa libération, le faire tout d'abord venir à l'église néerlandaise réformée. Les sectes sont le creuset de toutes sortes de maux et mènent ces pauvres ouailles confiantes dans la mauvaise direction. Avec de plus solides fondations, ils n'auraient pas autant d'ennuis.

– Je ne pense pas honnêtement que l'église ait quelque chose à voir avec leurs problèmes », dit Ben, maladroitement. Puis il se tut et tira sur sa pipe éteinte.

Et puis il y avait Johan, le fils que Ben avait toujours voulu et qui était né au moment où on ne l'attendait plus. Alors que Ben était toujours prêt à le gâter, Susan était très dure avec lui. *Ne sois pas une poule mouillée, je t'en prie. Les garçons ne pleurent pas. Tu es sans espoir, comme ton père. Allez, il faut t'endurcir.*

Un garçon en pleine santé. Un joueur d'échecs plein de promesses. Un bon athlète. Tendu comme un jeune poulain qui bronche et ne sait quelle direction prendre.

Ce vendredi-là, Ben et Johan rentraient à la maison après l'entraînement. Johan tambourinait du bout des doigts sur la boîte à gants – rythmant quelque chanson inaudible.

« Ce sont les meilleurs mille mètres que tu aies jamais courus, dit Ben, avec chaleur. Tu devançais ce Kuhn d'au moins vingt mètres. Et il t'avait battu, l'autre jour.

– J'étais plus en forme, mercredi. Une sept de mieux. Pourquoi n'es-tu pas venu me voir?

– J'avais des choses à faire, en ville.

– Quelles choses?

– Je suis allé à la police de sûreté.

– Ah! bon? Pourquoi?

– Pour avoir des renseignements sur Gordon. »
Johan parut intrigué. « Ils t'ont dit quelque chose de Jonathan?

– Non. Ça ne me paraît pas très bien engagé. »
Johan garda le silence pendant une minute. « Bon Dieu, s'exclama-t-il soudainement. C'est étrange d'y penser, n'est-ce pas? Je veux dire... il venait travailler dans notre jardin. Je l'aimais bien. C'est lui qui m'a fait cette voiture en fil de fer, tu te souviens?

– Et maintenant ils ont également arrêté Gordon.

– Tu es arrivé à les convaincre?

– Je ne sais pas. Le colonel semblait très compréhensif. Il m'a promis qu'ils le relâcheraient dès que possible.

– Tu as vu Gordon?

– Non, bien sûr. Personne n'a le droit de voir un détenu. Une fois qu'ils te tiennent... » Il s'arrêta à un croisement et attendit que le feu passe au vert. Il reprit la parole après avoir redémarré. « Ils acceptent que sa famille lui apporte du linge de rechange, si elle en a envie. » Il ajouta au bout d'un temps : « Si ça ne te fait rien, j'aimerais que tu ne dises pas à ta mère que je suis allé les voir. Elle pourrait ne pas être contente. »

Avec un sourire de conspirateur, Johan se tourna vers lui : « Tu peux être tranquille. Je ne lui dirai rien. »

7

C'est en fait le linge de rechange qui créa un nouveau développement dans l'affaire Gordon.

Dix jours environ après que Ben eut envoyé un message à la famille, suite à la promesse du colonel Viljoen, un étranger apporta des nouvelles à Emily qui alla immédiatement les communiquer à Ben. L'homme, apprit-on, avait été emprisonné à John Vorster Square pendant quelques jours. On le soupçonnait d'attaque à main armée. Après avoir établi qu'il y avait eu confusion sur son nom, il avait été relâché. Mais, pendant sa détention, disait-il, il avait vu Gordon brièvement et avait été choqué par son état physique : incapable de marcher ou de parler correctement, le visage décoloré et tuméfié, il n'entendait plus d'une oreille et son bras droit était pris dans une attelle. Ben pouvait-il faire quelque chose?

Sans hésitation ni retard, il téléphona à la Section spéciale et exigea de parler personnellement au colonel Viljoen. L'officier sembla, au début, tout à fait cordial, mais devint de plus en plus sec au fur et à mesure que Ben répétait ce qu'on lui avait raconté.

« Dieu du Ciel, Mr. Du Toit! Vous n'êtes pas sérieux quand vous me rapportez une histoire aussi échevelée? Ecoutez-moi. Il est impossible qu'un détenu de droit commun puisse communiquer avec un détenu politique. Je peux vous assurer que Gordon Ngubene est en parfaite santé. » Changement de ton, léger mais significatif. « J'apprécie l'intérêt que vous portez à cette affaire, Mr. Du Toit, mais vous ne nous facilitez pas les choses. Nous avons assez de problèmes comme ça. Un peu de confiance et de bonne volonté nous seraient plus utiles.

– Je suis soulagé par ce que vous me dites, colonel. C'est pourquoi je vous ai téléphoné. Maintenant, je vais pouvoir dire à la famille de ne pas s'inquiéter.

– Nous savons ce que nous faisons. » Pendant un moment, l'officier parla d'un ton paternel : « Dans votre intérêt, Mr. Du Toit, ne croyez pas les rumeurs qui circulent, je vous en prie. »

Ben aurait été soulagé et aurait accepté, s'il avait pu voir Gordon de ses propres yeux. Mais il ne pouvait s'empêcher d'imaginer le capitaine Stolz, quelque part en arrière-plan, tandis que le colonel parlait – visage inexpressif, fine cicatrice sur la joue. Et, quoiqu'il ait essayé de rassurer Emily, une certaine insatisfaction subsistait en lui.

Une semaine plus tard, un autre événement se produisit. Emily et ses deux enfants avaient laissé du linge de rechange pour Gordon, à John Vorster Square. Quand ils rentrèrent à la maison et qu'Emily voulut laver les vêtements sales qu'on lui avait rendus, elle découvrit des taches de sang sur le pantalon. Un examen plus approfondi révéla la présence de trois dents cassées dans la poche revolver.

Emily se rendit chez Ben, dans le taxi de Stanley Makhaya. Elle apportait le pantalon enveloppé dans un exemplaire froissé du *World*. C'était une situation difficile à affronter non seulement à cause de l'état semi-hystérique d'Emily, mais aussi parce que les Du Toit avaient des invités à dîner, ce soir-là. Deux amis de Susan, de la S.A.B.C. Le jeune pasteur, quelques collègues de Ben, le principal inclus. Ils venaient à peine de passer à table lorsqu'on frappa à la porte.

« C'est pour toi », annonça Susan sèchement. Elle ajouta dans un murmure : « Essaie, pour l'amour du Ciel, de t'en débarrasser au plus vite. Je ne veux pas faire attendre nos invités. »

Stanley était moins bavard que la dernière fois. En fait, il paraissait presque agressif, comme s'il reprochait à Ben ce qui était arrivé. Et son haleine sentait fort l'alcool.

Que pouvait-on faire à cette heure-là, à la veille du week-end? Ben suggéra de téléphoner à l'avocat. Mais il ne fallut pas moins de trois tentatives avant de dénicher le bon Levinson, dans l'annuaire. Pendant tout ce temps, Ben avait conscience du regard de

Susan posé sur lui – regard silencieux et chargé de reproches. Autour de la table, la conversation s'était arrêtée et les convives tentaient de suivre ce qui se passait. Assurément, le vendredi n'était pas la soirée qu'il fallait pour parler à Dan Levinson. Pourquoi, Bon Dieu, cela ne peut-il pas attendre, jusqu'à lundi? cria-t-il. Mais quand Ben sortit pour en faire part à Emily, elle se montra catégorique. D'ici à lundi, Gordon, il peut mourir.

« Et l'avocat noir? demanda Ben à Stanley – celui qui avait aidé Gordon à réunir les dépositions?

– Pas possible, répondit Stanley dans un éclat de rire, rauque et méchant. Julius Nqakula a été banni, il y a trois jours. Knock-out au premier round. »

L'air sombre, Ben retourna auprès du téléphone; il tenta d'éviter le regard des invités tout en composant de nouveau le numéro sur son cadran. Cette fois, Dan Levinson explosa : « Bon Dieu, je ne suis pas un putain de docteur; je ne suis pas de service vingt-quatre heures sur vingt-quatre. Qu'est-ce que ces gens attendent de moi?

– Ce n'est pas de leur faute, dit Ben d'un ton misérable. Ils y sont poussés. Ne comprenez-vous pas que c'est une question de vie ou de mort, Mr. Levinson?

– Très bien. Mais, bon Dieu!...

– Mr. Levinson, je comprends très bien que vous ne vouliez pas être dérangé pendant le week-end. Si vous préférez nous recommander un autre avocat...

– Pourquoi? Ils n'ont plus confiance en moi? Nommez-moi un seul avocat qui ait fait ce que j'ai fait ces derniers mois pour nettoyer le foutoir de Soweto. Et maintenant ils voudraient me lâcher? C'est ça la reconnaissance? »

Ben eut du mal à placer un mot. Ils tombèrent finalement d'accord pour se retrouver à son bureau le lendemain matin. Dan Levinson désirait y voir tous ceux qui étaient susceptibles de les aider : Stanley, Emily, l'homme qui leur avait parlé de l'état de Gordon, etc.

Stanley n'escomptait visiblement pas une réponse positive. Mains sur les hanches, il attendait que Ben vienne faire son rapport. Emily pleurait en silence, assise sur les marches, la tête contre un pilier. Autour du porche, papillons et insectes voletaient. « Tu veux dire qu'il va nous aider? demanda Stanley. Tu as réussi à le décider? » Explosion de joie, rire, reconnaissance. « Tu es peut-être un *lanie*... » Sa langue rouge caressait les syllabes de ce mot *tsotsi* méprisant, « mais tu en as un, là-dedans ». D'un geste théâtral, il se frappa la poitrine. « Tope là. » Et il tendit la main à Ben.

Ben hésita puis la saisit. Pendant un moment, Stanley la secoua énergiquement. Il était difficile de dire si cette effusion était due à l'émotion ou à un surcroît d'alcool. Il lâcha la main de Ben aussi vite qu'il l'avait prise et se retourna pour aider Emily à se relever.

« Allez, tante Emily. Tout ira mieux, demain. »

Ben resta dehors jusqu'à ce que la grosse voiture ait disparu au coin de la rue, dans un énorme fracas. Les chiens couraient derrière en aboyant. Le cœur lourd, il regagna la salle à manger.

Susan leva les yeux et annonça d'une voix sourde et tendue : « Ton dîner est dans le four. Tu ne pensais tout de même pas que nous allions t'attendre.

– Bien sûr que non. Je suis désolé, mes amis. » Il s'assit en bout de table. « De toute façon, je n'ai pas faim. » Comme si de rien n'était, il but un peu de vin. Tous le regardaient en silence.

Susan : « Tu as réglé tes problèmes? A moins que ce ne soit un secret? » Sans lui laisser le temps de répondre, elle se tourna vers ses invités et déclara, avec un petit sourire amer : « Ben a instauré ces derniers temps toute une nouvelle série de priorités. J'espère que vous voudrez bien lui pardonner. »

Il répondit, légèrement irrité : « Je vous ai prié de m'excuser, n'est-ce pas? » Il posa son verre; quelques gouttes éclaboussèrent la nappe blanche. Il nota le regard désapprobateur de Susan, mais l'ignora. « Un jeune garçon est mort, l'autre jour. Prévenir une seconde mort est le moins que nous puissions faire.

– Votre femme nous en a parlé », dit l'un des convives – Viviers, un professeur d'afrikaans, jeune, enthousiaste, récemment diplômé de l'Université. « Il est grand temps que quelqu'un se décide à faire quelque chose. On ne peut pas rester tout le temps à ne rien faire. Le système s'effondre autour de nous et personne ne lève le petit doigt.

– Que peut faire un seul homme contre tout un système? demanda gentiment l'un des camarades de Susan.

– Ben aime encore se voir dans le rôle du preux chevalier, dit Susan en souriant. Un peu plus Don Quichotte que Lancelot, néanmoins.

– Ne sois pas stupide. Il ne s'agit pas d'un homme contre tout un système. Le système ne me concerne pas. Je ne fais que prendre quelques mesures pratiques.

– De quel genre? » demanda le principal, Mr. Cloete, avec son éternel air désapprobateur. Sans cérémonie, il repoussa sa chaise et se leva pour remplir une nouvelle fois son verre. Puis il regagna sa place.

« J'ai pris un rendez-vous pour demain avec l'avocat, dit Ben brièvement. Nous allons essayer de faire lancer une mesure d'interdit par la Cour suprême.

– N'est-ce pas dramatiser les choses? demanda le jeune pasteur, le révérend Bester, sur un ton de reproche amical.

– Si seulement vous saviez ce qui s'est passé. » Brièvement et à contrecœur, Ben leur fit part des nouvelles. Le pantalon, le sang, les dents cassées.

« Nous sommes encore à table, je t'en prie, s'exclama Susan.

– Ne m'a-t-on pas posé une question?

– Comment peut survivre un système qui accepte que de telles choses se produisent? », dit Viviers, visiblement secoué. Il alluma une cigarette sans demander la permission – chose que Susan réprouvait en temps normal. « Pour l'amour du Ciel, pouvez-vous imaginer...

– Je ne parle pas du système, répéta Ben, d'un air plus calme. Je sais que nous vivons dans une situation exceptionnelle et que nous ne devons pas faire de concessions. Je suis également prêt à accepter que la police de sûreté en sache souvent plus que nous. Je ne remets pas ça en question. Je suis seulement concerné par deux personnes que je connais intimement. Je ne vais pas prétendre bien connaître Jonathan. D'après ce que je sais, il peut très bien avoir été impliqué dans des affaires illégales. Et même si c'était vrai, je veux savoir ce qui lui est arrivé et pourquoi c'est arrivé. Pour ce qui est de Gordon, je peux me porter garant de lui. Quelques-uns d'entre vous le connaissent assez bien, aussi. » Il regarda le principal droit dans les yeux. « S'ils arrêtent quelqu'un comme Gordon, il est clair qu'il se passe quelque chose de bizarre. C'est ce que je tente de circonvenir.

– Pourvu que vous laissiez l'école en dehors de tout ça, dit Cloete d'un air sombre. Nous, les professeurs, nous devons rester en dehors de la politique. »

Comme un jeune chien agressif, Viviers se tourna vers lui :

« Et le rassemblement du Parti, dans le hall, il y a trois semaines? N'était-ce pas de la politique, ça?

– C'était en dehors des heures de cours, dit Cloete en vidant son verre. Ça n'avait rien à voir avec l'école.

– Vous nous avez personnellement présenté le ministre!

– Mr. Viviers! » Cloete sembla gonfler. « Malgré tout le respect que j'ai pour vous, vous n'êtes qu'un novice en politique. Ce que vous savez des affaires de l'école...

– Je voulais simplement mettre les choses au clair. »

Ils se regardaient tous les deux, avec un air de défi. Susan préféra changer de sujet. « J'aimerais bien savoir qui va payer tout ça? Pas toi, j'espère.

– Là n'est pas la question, dit Ben, fatigué. Pourquoi ne payerais-je pas, si je le dois?

– Peut-être le pasteur pourra-t-il organiser une quête? », dit un des hommes de la S.A.B.C., pour plaisanter. Ils se mirent à rire. Cette diversion écarta tout danger d'incident. Quelques minutes plus tard l'atmosphère s'améliorait encore grâce aux délicieuses pâtisseries de Susan. Au moment où la conversation se remit à tourner autour de Gordon, la tension était retombée, l'humeur plus détendue.

« Tout bien considéré, ce serait peut-être une bonne chose de passer devant le tribunal, dit le jeune pasteur. Trop de secrets ne font jamais de bien à personne. Je suis sûr que la police de sûreté envisagerait ce geste avec bienveillance. Je veux dire que ça lui donnerait la possibilité de plaider son point de vue, n'est-ce pas? Et quand tout serait dit, il y aurait deux versions pour chaque affaire.

– Il n'y a, semble-t-il, pas grand doute dans cette affaire, rétorqua Viviers.

– Qui sommes-nous pour juger? », demanda Cloete, en se calant dans son siège avec une satisfaction évidente. Sa serviette blanche était étalée sur son ventre. « Souvenez-vous de ce que dit la Bible au sujet de la première pierre, n'est-ce pas, monsieur le pasteur?

– C'est vrai, acquiesça le révérend Bester. Mais n'oubliez pas que Jésus n'a pas hésité à châtier les usuriers.

– Parce qu'Il savait qu'il n'y avait aucune malice en Lui », dit Cloete, en rotant doucement derrière sa main.

Ben remplit de nouveau son verre en regardant droit devant lui, l'air absent.

« Et tes invités? lui rappela Susan.

– Désolé. J'étais ailleurs.

– Peut-on offrir un centime? dit Cloete en ricanant.

– Seul Dieu peut sonder nos cœurs, dit le jeune pasteur.

– Et ce qui sera, dit le producteur de la S.A.B.C., sera.

– C'est, précisément, contre quoi je proteste, dit Viviers en colère. Nous voulons tout laisser à Dieu. A moins que nous ne nous décidions à faire quelque chose, nous sommes bons pour une explosion très grave. » Il leva son verre. « A la bonne tienne, Oom Ben. Donne-leur du fil à retordre! »

Et, brusquement, ils levèrent tous leurs verres, rayonnants de générosité et de bienveillance – unanimité imprévisible, une minute auparavant. Satisfaite, sa confiance recouvrée, Susan les dirigea vers les sièges plus confortables du salon, pour prendre le café et les liqueurs. Ce n'est qu'une heure plus tard, seuls dans leur chambre, qu'elle se décida à montrer son mécontentement devant le miroir, tout en ôtant méticuleusement son maquillage.

« Tu as bien failli gâcher toute la soirée. J'espère que tu t'en rends compte.

– Je suis désolé, Susan. Ça s'est finalement bien passé. »

Elle ne chercha même pas à lui répondre – tout en se penchant en avant et en étalant de la crème sur ses joues – sa robe de chambre pendait sur ses épaules; il pouvait voir, dans le miroir, les poires douces et allongées de ses seins. Sans le vouloir, il sentit un désir sourd remuer en lui. Mais il savait qu'elle resterait inaccessible, cette nuit.

« Qu'essaies-tu de faire, Ben? », lui demanda-t-elle à brûle-pourpoint. Elle était déterminée à ne pas en rester là. Elle jeta le morceau de coton dans la corbeille, près de sa coiffeuse, en prit un autre. « Que cherches-tu vraiment? Dis-moi. Je dois savoir.

– Rien. » Il se mit à boutonner sa veste de pyjama, à rayures.

« Je te l'ai déjà dit. J'ai simplement essayé de les aider. A partir de là, la loi suit son cours.

– Te rends-tu compte des draps dans lesquels tu te mets?

– Oh, ça suffit! » Il défit son pantalon et le laissa tomber à ses pieds. La boucle de sa ceinture tinta. Il plia le pantalon, le mit sur le dossier d'une chaise, puis enfila son pyjama.

« Devais-tu t'y prendre ainsi? Pourquoi n'en as-tu pas d'abord parlé avec la police de sûreté? Je suis certaine qu'ils auraient tout réglé, très vite.

– Je suis déjà allé les voir. »

Elle baissa la main et le dévisagea dans le miroir.

« Tu ne m'en avais rien dit. »

Il haussa les épaules et se rendit dans la salle de bain.

« Pourquoi ne m'en as-tu rien dit?

– Quelle différence cela aurait-il fait?

– Je suis ta femme.

– Je ne voulais pas te mettre en colère. » Il se mit à brosser ses dents.

Elle se dirigea à son tour vers la salle de bain et s'accouda à la porte. D'une voix plus urgente, elle dit : « Ben, pour l'amour du Ciel, fais attention à ne pas gâcher tout ce que nous avons construit durant toutes ces années.

– Que veux-tu dire?

– Nous avons une vie agréable. Il se peut que nous n'ayons pas tout ce que nous aurions pu avoir si tu avais été plus ambitieux, mais nous avons une petite place en ce monde.

– On dirait que tu t'attends à me voir aller en prison?

– Je ne veux pas que tu fasses quelque chose d'imprudent, Ben.

– Non, je te le promets. Mais comment puis-je abandonner ces gens que je connais depuis tant d'années...

– Je sais. » Elle soupira. « Fais attention, je t'en prie. Voilà presque trente ans que nous sommes mariés et il me semble parfois que je ne te connais pas vraiment. Il y a quelque chose en toi pour lequel je ne suis pas prête, je le sens.

– Ne t'inquiète pas pour moi. » Il s'avança, lui prit impulsivement le visage entre les mains et l'embrassa brièvement sur le front.

Elle retourna à sa coiffeuse et s'assit. Tendant le cou, elle entreprit de masser la peau distendue de sa gorge.

« Nous vieillissons, dit-elle brusquement.

– Je sais. » Il se coucha, tira les couvertures sur ses jambes. « J'y pense de plus en plus ces derniers temps. Il est terrible de vieillir sans avoir jamais vraiment vécu.

– Est-ce si mal?

– Je ne crois pas. » Couché, les mains sous la nuque, il regardait le dos de Susan. « Nous sommes fatigués, je crois. Tout ira mieux, un de ces jours. »

Une fois la lumière éteinte, il ne put s'endormir, aussi fatigué fût-il. Il se souvenait de trop de choses. Le pantalon taché de sang, dans le papier journal, qu'ils lui avaient apporté. Les dents cassées. Ça lui donnait la nausée. Il changea de position, mais dès qu'il fermait les yeux, les images revenaient. Loin dans la maison, il entendit des bruits. Il souleva la tête et écouta. La porte du réfrigérateur. Johan cherchait quelque chose à manger ou à boire. C'était terrifiant et en même temps rassurant de savoir son fils si proche. Il se rallongea. Susan se retourna, en soupirant. Il ne put savoir si elle dormait ou non. Sombre et silencieuse, la nuit le cernait, sans limites, infinie. La nuit et ses multitudes de pièces. Certaines sombres, d'autres vaguement obscures ou aveuglantes de lumière, avec des hommes, jambes écartées, sur des briques, des poids attachés aux couilles.

La mesure d'interdit demandée au tribunal faillit échouer lorsque l'homme qui reconnaissait avoir vu Gordon à John Vorster Square refusa de signer une déposition, affolé à l'idée de ce qui pourrait lui arriver s'il était identifié. Mais grâce aux preuves que constituaient le pantalon taché de sang et les dents, Dan Levinson s'arrangea pour étayer sa cause par un dossier suffisamment impressionnant, présenté au juge consultant ce samedi après-midi-là. Sur injonction provisoire de la cour, la police de sûreté se vit empêchée de battre ou de maltraiter Gordon. Et le jeudi suivant fut fixé comme date limite au ministre de la police pour fournir des témoignages contraires à ceux de la défense. Et Mr. Justice Reynolds souligna qu'il étudiait très sérieusement cette affaire.

Mais à l'audition officielle, la semaine suivante, la situation changea radicalement. La Section spéciale soumit ses témoignages : un du colonel Viljoen niant catégoriquement que le détenu ait été maltraité; un autre d'un magistrat qui avait rendu visite à Gordon peu de temps avant et qui certifiait que le détenu lui avait paru normal, en parfaite santé; un troisième d'un médecin qui affirmait avoir été appelé par la police la semaine précédente au chevet de Gordon qui se plaignait d'une rage de dents. Il avait enlevé trois dents au prisonnier sans noter quoi que ce soit d'anormal dans son état.

L'avocat instruit par Dan Levinson pour défendre les intérêts de la famille protesta contre le secret entourant l'affaire et souligna les implications destructrices causées par les rumeurs.

Mais le juge devait visiblement rejeter les allégations fondées sur la spéculation et les on-dit. Et il n'avait donc pas le choix : il ne pouvait pas rendre un arrêt final.

Aussi peu satisfaisants qu'aient pu paraître certains aspects de l'affaire, dit-il, il est impossible de savoir, sur la base de preuves acceptables, s'il y a bien eu mauvais traitements. Le reste est hors ma compétence.

Ben n'entendit plus parler d'Emily. Une quinzaine de jours plus tard, il était seul chez lui – Susan était à la S.A.B.C. où elle enregistrait une pièce. Johan était allé assister à une rencontre d'athlétisme, à Pretoria – lorsque la radio annonça qu'un prisonnier, détenu selon les termes de l'Acte sur le terrorisme, un certain Gordon Ngubene, avait été retrouvé mort dans sa cellule, ce matin. Selon un porte-parole de la police de sûreté, l'homme s'était apparemment suicidé en se pendant aux barreaux de sa cellule avec sa couverture, qu'il avait, au préalable, découpée en morceaux.

Deuxième partie

1

Pour la première fois de sa vie, il prit le chemin des agglomérations noires de Soweto. *Sofasonke City*, comme disait Stanley, assis près de lui : yeux protégés par des lunettes de soleil énormes et rondes, mégot aux lèvres; casquette à carreaux sur le crâne, chemise à rayures et cravate multicolore, pantalon sombre, chaussures blanches. Ils étaient dans l'énorme Dodge qui arborait un papillon rose en plastique sur le capot. Le volant était orné de chatterton jaune et rouge; une manette y avait été fixée. En verre ou en plastique transparent, elle contenait une blonde, nue et voluptueuse. Une paire de gants de boxe miniatures pendait au rétroviseur. La peau de mouton qui recouvrait les sièges était d'un vert venimeux. La radio jouait à pleins tubes des morceaux de musique sauvage, interrompus par les commentaires incompréhensibles du disque-jockey de Radio-Bantou.

L'hôtellerie de « L'oncle Charlie » marquait la limite de la ville. Jaune pâle et marron délavé, le veld nu, en cette fin d'été, s'étendait désolé, immobile, sous un ciel blanc et impitoyable. Un nuage noir obscurcissait les agglomérations. Pas un souffle de vent n'avait dissipé la fumée de la veille; celle des centaines de milliers de poêles à charbon.

« Ça fait combien de temps que tu conduis cette

voiture, Stanley? », demanda Ben pour rompre le silence – conscient de la désapprobation tacite de son compagnon.

« Celle-là? » Stanley remua ses grosses fesses avec l'air satisfait du propriétaire. « Trois ans. J'avais un *bubezi*, avant ça. Une Ford. Mais l'*etembalani*, c'est mieux. » D'un geste sensuel, comme s'il caressait une femme, il déplaça doucement sa main sur la courbe du volant.

« Tu aimes conduire?

– C'est mon métier. »

C'était difficile de le faire parler, aujourd'hui. Son attitude semblait dire : *Tu m'as demandé de t'amener ici, mais ça ne veut pas dire que j'approuve pour autant.*

« Ça fait longtemps que tu es chauffeur de taxi? insista Ben.

– De nombreuses années, lanie. » Il utilisa de nouveau le mot méprisant. « Trop d'années. » Il se confia momentanément. « Ma femme me dit constamment d'arrêter avant que quelqu'un ne me fasse *pasa* avec un *gonnie* », dit-il en faisant le coup du lapin de la main gauche pour clarifier ces expressions tsotsi qu'il semblait adorer. La Dodge fit une légère embardée.

« Pourquoi? C'est dangereux d'être chauffeur de taxi? »

Stanley explosa de rire. « Indique-moi quelque chose qui ne soit pas dangereux, lanie. » La lumière passa fugitivement sur ses verres fumés. « Non. Le fait est que ça n'est pas un taxi ordinaire. Je suis un chauffeur-pirate.

– Pourquoi n'exerces-tu pas légalement?

– C'est mieux comme ça, crois-moi. Je ne m'ennuie jamais. Tu veux faire un régime, tu veux sentir un peu de *kuzak* dans ta poche revolver, tu ne vois pas d'inconvénients à te payer un moment d'aventure. Alors, c'est ça la vie, mec. Comme ça. Des instants. »

100

Il tourna la tête et regarda Ben de derrière ses gros verres ronds et fumés. « Mais qu'est-ce que tu sais de tout ça, Ianie ? »

La dérision, l'agressivité de cet homme énervaient Ben : Stanley semblait enclin à le mettre en boîte. Etait-ce une forme de mise à l'épreuve ? Pourquoi ? Dans quel but ? Cette lumière d'après-midi, dépourvue d'imagination, les séparait. Au contraire de leur rencontre précédente qui avait eu lieu dans le noir : une soirée qui, avec le recul, semblait presque irréelle.

D'abord, il y avait eu la nuit des nouvelles, à la radio. La sensation bizarre d'être complètement seul dans la maison. Susan et Johan sortis. Personne d'autre que lui. Un peu plus tôt, il avait travaillé dans son bureau. Il était presque vingt et une heures quand il était allé dans la cuisine pour manger. Il avait mis la bouilloire à chauffer pour le thé, s'était beurré une tartine. Dans le buffet, il avait trouvé une boîte de sardines. Plus par besoin de compagnie que par curiosité, il avait allumé le poste pour écouter les informations. Adossé contre le buffet qu'il avait fabriqué pour Susan il y a des années, il avait siroté son thé en piquant de temps à autre une sardine du bout de sa fourchette. Un peu de musique. Puis les informations. *Un détenu, selon les termes de l'Acte sur le terrorisme, un certain Gordon Ngubene.* Bien après avoir entendu la nouvelle, il était toujours là avec sa boîte de sardines à moitié vide à la main. Il se sentait stupide comme s'il s'était fait prendre en flagrant délit. Il avait posé la boîte et s'était mis à faire les cent pas dans la maison, d'une pièce à l'autre, sans but, éteignant et allumant les lumières au fur et à mesure de sa progression. Il ne savait pas ce qu'il cherchait. La succession de pièces vides était devenue un but en elle-même, comme s'il marchait à travers les pièces de son propre cerveau, à travers les passages et les recoins de ses propres artères, de ses glandes, de ses viscères.

Dans cette pièce, Suzette et Linda avaient dormi lorsqu'elles habitaient encore à la maison – deux petites filles blondes qu'il avait baignées et mises au lit chaque soir. Il jouait avec elles à la tortue, au cheval; il leur racontait des histoires, riait de leurs plaisanteries, sentait leur haleine chaude dans son cou, leurs baisers humides sur son visage. Et puis la bizarre séparation, l'éloignement – chacune de leur côté. La chambre de Johan en désordre, remplie d'odeurs étranges : murs couverts de posters (voitures de course, chanteurs pop et pin-up). Etagères et commodes débordant d'avions miniatures et de pièces diverses (carcasses de postes transistor, ossements, squelettes d'oiseaux, livres, bandes dessinées, *Scope*, trophées, mouchoirs et chaussettes sales, battes de cricket et raquettes de tennis, lunettes de plongée, etc.). Une folie désordonnée dans laquelle il se sentait un instrus. La chambre matrimoniale, la sienne et celle de Susan : lits jumeaux séparés par des tables de nuit identiques, là où, des années de ça, se trouvait un lit à deux places. Photos des enfants, garde-robes respectives, face aux lits. Disposition rigoureuse des flacons et tubes de cosmétiques de Susan, sur la coiffeuse. Ordre seulement détruit par ce soutien-gorge qui pendait mollement sur le dossier d'une chaise. Salle à manger, salon, cuisine, salle de bain. Il se sentait comme ce visiteur venu d'un pays lointain, qui arriverait dans une ville dont les habitants auraient été touchés par la peste. Tous les symptômes de vie seraient conservés, intacts, mais aucun être humain n'aurait survécu au désastre. Il était seul dans cet espace incompréhensible. Et ce n'est que plus tard, en retournant dans son bureau – qui lui apparut également étranger – que ses pensées se remirent à couler.

Demain, pensa-t-il, Emily viendra me demander de l'aide ou un conseil. Il faudrait que je fasse quelque chose. Mais il se sentait engourdi et ne savait par où commencer. Il fut donc tout à fait soulagé de ne pas la voir arriver, le lendemain. En même temps, il eut l'impression d'être exclu, comme si quelque chose d'important lui était refusé. Que pouvait-il faire? Quelles exigences pouvait-il avoir? Que savait-il de la vie privée de Gordon? Pendant toutes ces années, il était resté éloigné de tout ça et ne s'était pas senti le moins du monde gêné. Pourquoi cela devait-il le déranger, à présent?

Il passa un coup de fil à Dan Levinson, mais il n'y avait rien, bien sûr, que l'avocat puisse faire sans instructions de la famille. Et, en raccrochant, Ben ne put s'empêcher de se sentir un tout petit peu idiot. Par-dessus tout, prétentieux.

Il passa même un coup de fil à la Section spéciale, mais au moment où la voix lui répondait à l'autre bout de la ligne, il raccrocha tranquillement. Il eut une discussion avec Susan parce qu'elle lui reprochait d'avoir mauvais caractère. Il eut une altercation avec Johan parce qu'il lui reprochait de négliger ses devoirs à la maison. Le malaise persistait.

Puis survint la nuit où Stanley Makhaya lui rendit visite. Effrayée à l'idée d'ouvrir la porte à une heure pareille, Susan lui fit faire le tour de la maison et l'envoya au bureau. Puis elle alla dans la cuisine et tapa contre la vitre. C'était sa manière d'appeler Ben ou d'attirer son attention. Quand il leva les yeux, Stanley était déjà sur le seuil de son bureau. C'était une nuit chaude; la porte était ouverte. Etonnamment discret pour un homme aussi grand, aussi énorme. Ben fut surpris; il lui fallut un moment avant de reconnaître son visiteur. Même dans l'obscurité, Stanley portait ses verres fumés. Mais quand il entra dans le bureau, il les mit sur son front, comme un pilote. Susan continuait de tambouriner contre la fenêtre de la cuisine et d'appeler : « Ben, tout va bien? » Irrité, Ben se dirigea vers la porte et alla la rassurer. Pendant une

minute, lui et Stanley se regardèrent, anxieux, mal à
l'aise.

« Emily n'est pas venue avec toi?

– Non. C'est elle qui m'envoie. »

Stanley haussa ses lourdes épaules.

« Ce qui est arrivé est une chose terrible, dit Ben,
maladroitement.

– Nous savions de toute façon que ça allait arriver,
n'est-ce pas? »

Ben fut choqué par la nonchalance de Stanley.
« Comment peux-tu dire ça? J'ai tout le temps espéré...

– Tu es blanc. » Comme si ça résumait tout.
« L'espoir t'est facile. Tu en as l'habitude.

– Ça n'a sûrement rien à voir avec le fait d'être
blanc ou noir!

– N'en sois pas si sûr. » Pendant un moment, son
rire violent emplit la petite pièce.

« Quand sera-t-il enterré? demanda Ben pour changer de sujet.

– Pas avant dimanche. Nous attendons toujours le
corps. Ils ont dit demain ou après-demain.

– Puis-je faire quelque chose? J'aimerais participer
aux frais d'enterrement. N'importe quoi.

– Tout est fait.

– Et le prix? Les enterrements sont chers, de nos
jours.

– Il avait une assurance sur la vie. Et puis il a
beaucoup de frères.

– Je ne savais pas qu'il en avait.

– Je suis son frère. Nous le sommes tous. » Une fois
de plus, son énorme voix fit trembler les murs.

« Quand ont-ils fait part de la nouvelle à Emily?

– Ils ne sont jamais venus. » Stanley se retourna
pour cracher par la porte ouverte.

« Que veux-tu dire? Ils ont envoyé un message?

– Non. Elle l'a appris par la radio, comme nous
tous.

104

– Quoi?

– L'avocat a téléphoné le lendemain pour savoir. Les flics ont dit qu'ils étaient désolés mais qu'ils ne savaient pas où et comment la contacter. »

Dans le lourd silence, Ben se rendit brusquement compte qu'ils étaient restés debout; il fit un geste vers l'un des deux fauteuils. « Assieds-toi. »

Stanley s'exécuta aussitôt.

Ils restèrent silencieux un moment, puis Ben se leva pour aller prendre sa pipe, sur son bureau. « Je suis désolé. Je n'ai pas de cigarettes, dit-il, d'un air contrit.

– Ça va. J'en ai. »

Au bout d'un moment, Ben demanda : « Pourquoi Emily t'a-t-elle envoyé? A-t-elle besoin de quelque chose?

– Non. » Stanley croisa ses jambes massives. Une des jambes de son pantalon était retroussée et révélait une chaussette rouge au-dessus d'une chaussure blanche.

« Je devais venir par ici, pour amener un client. Elle m'a simplement demandé de passer te voir, juste pour te dire de ne pas t'inquiéter.

– Mon Dieu, que doit-elle penser de *moi?*

– Interroge-moi. » Il ricana tout en faisant une série de ronds de fumée.

« Stanley, comment as-tu fait la connaissance de Gordon et de sa famille? Depuis combien de temps étiez-vous amis? Comment se fait-il que tu sois toujours là lorsqu'ils ont besoin d'aide? »

Un éclat de rire. « J'ai une voiture, mec. Tu ne le savais pas?

– Quelle différence cela fait-il?

– Une énorme différence, lanie. » Encore ce nom, comme une petite balle d'argile qui vous frapperait avec méchanceté entre les deux yeux. Stanley s'assit plus confortablement. « Si tu as, comme moi, un taxi, tu es toujours là, mec. Tout le temps. Tu vois ce que je veux dire? Là, tu as un type qui s'est fait faire *pasa* par les tsotsis et il faut que tu l'emmènes à l'hôpital Baragwanath ou que tu le ramènes chez lui. Là, t'en as un qui a crevé à cause d'une *atshishi,* même chose. Là, c'est un type qui a trop arrosé son divorce. Là, ce sont d'autres mecs qui cherchent *phata-phata.* » Il illustra ces derniers mots en introduisant son pouce entre deux de ses doigts. « Tu leur trouves donc une *skarapafet* – une pute. Tu vois ce que je veux dire? T'es toujours sur le tas, mec. Tu les charges, tu écoutes leurs histoires, tu es leur banque quand ils ont besoin d'un peu de *magageba* », dit-il en frottant ses doigts les uns contre les autres. « Tout le temps, je te le dis. T'as un taxi, tu es donc le premier à savoir quand les *gattes* vont faire une rafle. Tu peux avertir les copains. Tu connais tous les truands, tu connais leurs prix. Tu sais où trouver un endroit pour dormir ou pour se cacher. Tu connais les bars clandestins. L'homme qui a besoin d'un *stinka,* il vient directement te voir.

– Un stinka? »

Heureux, non sans mépris peut-être, Stanley le regarda fixement puis se remit à rire. « Un passeport. Un laissez-passer. Un *domboek.*

– Ça fait longtemps que tu as rencontré Gordon?

– Trop longtemps. Quand Jonathan avait cette taille-là. » Il tendit la main à cinquante centimètres du sol. Derrière son rire, toutes les choses tues se mouvaient, telles des ombres.

« Tu es xhosa, toi aussi?

– Bon Dieu, tu me prends pour qui? » Un autre grondement. « Je suis zoulou, lanie. Tu ne le sais pas? Mon père m'a amené du Zoulouland quand j'étais enfant. » Soudainement, sur le ton de la confidence, il se pencha et se débarrassa de sa cigarette. « Ecoute-moi, lanie. Un de ces jours, je ramènerai mes enfants, là-bas. Cette ville n'est pas un endroit pour des enfants.

106

– J'aurais aimé emmener les miens loin d'ici, quand ils étaient petits, dit Ben avec passion. Ils auraient eu une vie différente.

– Pourquoi? C'est ta place, n'est-ce pas? C'est ta ville. C'est toi qui l'as faite. »

Ben secoua la tête. Pendant un long moment, il regarda fixement la fumée qui s'élevait du fourneau de sa pipe.

« Non, ça n'est pas ma place. Là où j'ai grandi... » Il sourit brièvement. « Tu sais, j'avais quatorze ans quand j'ai mis des chaussures pour la première fois. Sauf pour aller à l'église. Tu aurais dû voir les plantes de mes pieds, épaisses et dures à force de marcher dans le veld et d'y garder les moutons.

– Moi aussi, j'ai gardé des moutons quand j'étais petit, dit Stanley en ricanant, révélant ainsi ses solides dents blanches. Nous nous battions souvent avec les *kieries,* au bord de l'eau.

– Nous nous battions avec des bâtons d'argile.

– Et nous faisions des bœufs en argile. Et nous faisions rôtir des tortues.

– Et nous pillions les nids d'oiseaux et nous attrapions des serpents. »

Ils éclatèrent tous les deux de rire sans vraiment savoir pourquoi. Quelque chose avait changé; quelque chose d'inconcevable, quelques minutes plus tôt.

« Nous nous sommes au moins débrouillés pour survivre, en ville, dit enfin Stanley.

– Tu as certainement mieux réussi que moi.

– Tu blagues?

– Non, je suis sérieux. Tu crois qu'il m'a été facile de m'adapter? »

Le ricanement sardonique de Stanley l'arrêta. Dissimulant sa gêne, Ben dit : « Tu veux un peu de café?

– Je viens avec toi.

– Non, ne te dérange pas. Reste ici (en pensant : *Susan...*). Je ne serai pas long. » Sans attendre, il sortit de la pièce. L'herbe était craquante sous le pied. Elle avait été tondue l'après-midi et l'odeur verte flottait encore dans la brise nocturne. A son grand soulagement, il entendit Susan dans la salle de bain, en dehors de son chemin, en sécurité.

Quand la bouilloire se mit à chanter, il eut un moment d'incertitude. Devait-il offrir à Stanley l'une des tasses neuves que Susan gardait à l'intention des invités, ou une vieille tasse? C'était la première fois de sa vie qu'il devait recevoir et traiter un visiteur noir. Ennuyé par sa propre hésitation, il ouvrit et referma le buffet, sans but. Il prit finalement deux tasses et deux soucoupes dépareillées que Susan avait mises hors service, y mit deux cuillerées de café instantané et versa l'eau bouillante. Il posa le sucre et le lait sur le plateau et, se sentant coupable, sortit rapidement de la cuisine.

Stanley se tenait devant une étagère couverte de livres, le dos à la porte.

« Tu es donc un passionné d'histoire?

— D'une certaine façon, oui. » Il posa le plateau sur le bureau. « Sers-toi.

— *Ta.* » Puis en riant, il ajouta, provocant : « Et que t'a donc appris ton histoire? »

Ben haussa les épaules.

« Putain d' bordel de merde, s'écria Stanley en regagnant son fauteuil. Tu veux savoir? Vous, lanies, vous persistez à croire que l'histoire se fait là où vous êtes et nulle part ailleurs. Pourquoi ne viens-tu pas un jour avec moi? Je te montrerai à quoi ressemble l'histoire. Celle au cul nu, celle qui pue la vie. Viens du côté de chez moi, à Sofasonke City.

— J'aimerais bien, Stanley, dit Ben, gravement. Je dois voir Gordon avant qu'on l'enterre.

— Pas question.

— Ne recule pas à présent. Tu viens de dire que je devais y aller. Et je dois voir Gordon.

– Il ne sera pas joli à voir. Surtout après l'autopsie et tout ça.

– Je t'en prie, Stanley. »

Le grand homme le regarda fixement puis se pencha pour prendre sa tasse à laquelle il ajouta quatre cuillerées de sucre en poudre. « Merci », dit-il évasivement en remuant son café. Puis il s'exclama d'une voix moqueuse : « Tu sais, ta femme ne voulait même pas m'ouvrir la porte, tout à l'heure.

– Il était déjà très tard. Elle ne t'avait jamais vu. Tu dois comprendre...

– Ne t'excuse pas, vieux. » Stanley se mit à rire et fit tomber du café dans sa soucoupe. « Tu crois que *ma* femme t'aurait ouvert, à cette heure de la nuit ? » Il rota en testant la chaleur de la tasse sur ses lèvres. « Excepté pour les *gattes,* bien sûr. Les flics.

– Tu n'es certainement pas inquiété par la police ?

– Pourquoi ça ? Jamais un moment creux, crois-moi. Je sais comment les manier. Mais ça ne veut pas dire qu'ils me laissent en paix, pour autant. A toute heure de la nuit, mec. Parfois, pour le plaisir de me faire chier. Je ne me plains pas. En fait, chaque fois que je les vois, je me sens intérieurement soulagé. Une vraie gratitude. C'est seulement parce qu'ils sont pleins d'égards que nous tous, ma femme, mes enfants et moi, nous ne sommes pas en prison. » Il se tut et regarda fixement quelque chose par la porte entrou-verte, dans l'obscurité. Il se tourna finalement vers Ben. « Il y a des années de ça, quand j'étais encore un gamin, c'était touche et pars. Tu sais ce que c'est que d'avoir une mère veuve, un père mort, une sœur qui fréquente les *rawurawu,* les gangsters, et un frère... » Il avala une gorgée de café. « Ce frangin, c'était un vrai tsotsi. C'était mon héros, je te le dis. Je voulais faire tout ce que Shorty et sa bande faisaient. Mais ils ont fini par l'attraper. Zap, d'un coup !

– Pourquoi ?

– Tu le dis. Tout. A gauche, à droite et au centre. Il avait tout fait. Cambriolage, vol à main armée, viol, meurtre même. Tout. C'était un *roerie guluva,* je te le dis, lanie. »

Ben évita son regard et contempla la nuit, mais ce qu'il vit – il en eut le sentiment – était différent de ce qu'avait imaginé Stanley.

« Et puis?

– La corde. Quoi d'autre?

– Tu veux dire que...

– *Ja.* Autour du cou.

– Désolé.

– Pourquoi? » Stanley ôta ses lunettes pour essuyer ses larmes de rire. « Qu'est-ce que ça peut te faire? »

Ben se pencha et posa sa tasse sur le plateau.

« Je suis allé le voir, tu sais, poursuivit Stanley. Une semaine avant qu'il soit pendu. Juste pour lui dire adieu. Nous avons eu une longue conversation. C'est marrant, Shorty, vois-tu, n'avait jamais été du genre bavard. Mais ce jour-là, il était différent. Y'a plus de vingt ans et je m'en souviens encore. Morve et larmes. Sur la vie en prison. Sur la peur de mourir. Ce frangin qui n'avait jamais eu peur de l'eau ou du feu. Il m'a raconté comment les condamnés chantaient avant leur exécution. Sans s'arrêter, pendant toute la dernière semaine, jour et nuit. Même le dernier jour, en allant au gibet. Ils chiaient dans leurs frocs, mais ils chantaient. » Stanley eut l'air gêné tout à coup par sa franchise. « *Ag,* et puis merde. C'est du passé. Peu importe. Je suis rentré à la maison et j'ai rapporté à ma mère ma conversation avec Shorty. Elle était là dans la *mbawula,* cette putain de petite cabane dans laquelle nous vivions à cette époque-là. La fumée envahissait tout et elle, elle toussait en préparant le porridge. Je peux encore la voir, d'ici. Le bidon de pétrole recouvert de journaux, le poêle, le seau sur le plancher, et une photo de notre chef de kraal, au mur. Et les boîtes et les valises sous le lit, surélevé, sur ses briques. Elle m'a dit : " Tout va bien pour Shorty? " Et j'ai répondu : " Tout va bien, maman. Il se porte comme un charme. " Comment pouvais-je lui dire qu'il allait être exécuté, la semaine d'après? »

Ils se turent pendant quelques minutes.

« Encore un peu de café?

– Non, merci. Il faut que j'y aille. » Stanley se leva.

« Tu me diras quand vous aurez récupéré le corps de Gordon?

– Si tu veux.

– Et puis tu m'emmèneras à ce moment-là à Soweto?

– Je t'ai dit que c'était inutile. Il y a eu des émeutes et des manifestations dans toute l'agglomération. Tu as oublié? Ne cherche pas les ennuis. Tu es en dehors de tout ça. Pourquoi ne restes-tu pas à l'écart?

– Ne comprends-tu pas que je dois y aller?

– Je t'ai prévenu, lanie.

– Tout ira bien. Avec toi. »

Stanley le regarda fixement puis dit brusquement : « Très bien. »

Ça avait eu lieu deux jours avant. Et maintenant, ils y allaient. Peu après avoir dépassé les vieilles mines, près de l'usine à gaz, Stanley quitta la route principale et se fraya un chemin à travers un labyrinthe de pistes poussiéreuses courant dans un paysage désolé de terrils. (« Sois sur le qui-vive. Regarde si tu aperçois un car de police. Ils patrouillent tout le temps. »)

Une sensation d'étrangeté totale en atteignant les premières rangées de bâtiments de briques – tous identiques. Non pas une autre ville, mais un autre pays, une autre dimension, un monde totalement différent : enfants jouant dans des rues sales; carcasses de voitures dans des jardinets minables; barbiers faisant leur travail aux coins des rues; espaces ouverts sans le moindre signe de végétation; tas d'ordures fumants et garçons disputant une partie de football. En de nombreux endroits, ruines ou carcasses hideuses d'autobus ou de bâtiments incendiés. Petits groupes d'enfants qui courent devant la Dodge blanche en agitant les bras et en riant, comme si toutes ces ruines, ces carcasses n'existaient pas, n'avaient jamais existé. Groupes d'agents en tenue de combat patrouillant dans les centres commerciaux, les bars et les écoles.

« Où allons-nous, Stanley?

– Nous y sommes presque. »

Il suivit un bout de macadam qui menait au pied d'une colline dénudée. La voiture passa dans un fossé d'érosion jonché de boîtes de conserve rouillées, de cartons, de bouteilles, de haillons innombrables, et s'arrêta près d'un long bâtiment chaulé qui ressemblait à un abri et portait cette inscription :

D'ICI A LA VIE ÉTERNELLE
CHAPELLE ARDENTE

Sur le seuil, un vieil homme, à quatre pattes, s'agitait avec ses brosses, ses chiffons et son encaustique. Dans une longue et étroite mare d'eau et de boue – à côté du bâtiment – un groupe d'enfants se figea – petites statues de bois – lorsque la grosse voiture s'immobilisa et que les deux hommes en sortirent. Les restes de deux bicyclettes gisaient au pied des marches. Elles étaient couvertes de rouille et les roues manquaient.

Stanley adressa la parole en zoulou au vieil homme, sous le porche. Celui-ci pointa son index vers une porte grillagée sans interrompre son travail. Mais avant qu'ils aient pu l'atteindre, elle s'ouvrit et un petit homme noir apparut : cravate noire, pantalon noir, chaussures noires sans lacets ni chaussettes, chemise blanche.

« Mes condoléances, messieurs », murmura-t-il sans même lever les yeux.

Après une brève discussion avec Stanley, il les fit pénétrer dans le bâtiment. Entre ces murs frais, sinistrement blancs, le soleil n'était plus qu'un vague souvenir. Le sol était nu, à l'exception de deux tréteaux au centre de la pièce, déposés là à l'intention du cercueil.

« Je n'ai pas tout à fait terminé, dit l'ordonnateur des pompes funèbres dans un murmure rauque. Mais si vous aviez l'amabilité... »

Il les conduisit jusque dans l'arrière-cour – retour choquant à la blancheur d'un soleil aveuglant. Un appentis était rempli de cercueils. La plupart en sapin et à peine travaillés – juste quelques planches clouées ensemble. D'autres, plus luisants et plus chers, avaient des poignées étincelantes.

« Ici. »

Le petit homme ouvrit une porte en métal, dans un mur de briques. Un air glacial les frappa au visage comme si on les avait giflés avec un linge invisible. Une fois la porte refermée, ils se retrouvèrent dans l'obscurité. Une ampoule nue pendait au plafond et dispensait une petite lumière jaune, pas très efficace. Un bourdonnement sourd émanait du système électrique de la chambre froide. Au-dehors, le soleil et les enfants – éloignés et irréels.

De chaque côté de la porte, des étagères en métal sur lesquelles étaient entassés les cadavres. Ben en dénombra sept comme s'il était important d'en faire l'inventaire. Son estomac se contracta. Mais il n'arrivait pas à détourner le regard. Une pile de trois, une autre de quatre. Bouches et narines bourrées de coton, noir de sang. Tous étaient nus, à l'exception de deux corps enveloppés dans du papier brun : ceux-là, dit Stanley, ont déjà été identifiés par la famille.

Les autres étaient encore anonymes. Une vieille

femme au visage grave – simple crâne recouvert de cuir. Des seins réduits à l'état de plis; des aréoles énormes et écailleuses, comme des têtes de tortue. Un jeune homme avec une blessure béante sur un côté de la tête. L'orbite vide permettait de voir l'intérieur du crâne. Sur le sommet de la pile, sur la gauche, une jeune fille à l'adorable visage, comme paisiblement endormie. Un bras replié cachait en partie ses jeunes seins, mais elle était complètement écrasée et réduite à l'état de bouillie, au-dessous de la ceinture. Une énorme femme obèse, une hache plantée dans le crâne. Un vieil homme squelettique avec de petites touffes ridicules de cheveux blancs sur la tête, des anneaux de cuivre aux oreilles, une expression de consternation sur le visage comme si le poids de tous ces corps lui devenait trop dur à porter.

Le cercueil était par terre. C'était l'un des plus voyants, avec des cordons en cuivre, capitonné de satin blanc. Gordon y reposait. Incongru, vêtu d'un costume noir des dimanches, mains croisées sur la poitrine, comme les serres d'un oiseau de proie, visage gris. Une figure méconnaissable; le côté gauche, défiguré, d'un pourpre noirâtre. Des points de suture cousus en hâte, sur le crâne et sous le cou – le col empesé ne les cachait pas complètement.

Maintenant, il devait le croire. Maintenant, il l'avait vu de ses propres yeux. Mais tout cela restait insaisissable. Il devait se forcer, même là, devant ce cercueil, pour accepter que ce fût bien Gordon : cette petite tête ronde, ce corps abîmé dans ce costume élégant. Il cherchait le contact, le souvenir qui aurait un sens mais il en fut incapable. Il se sentait mal à l'aise, presque vexé, tout en s'agenouillant devant le cercueil pour toucher le corps, désagréablement conscient de la présence de Stanley, de celle de l'ordonnateur des pompes funèbres.

Le soleil était aveuglant quand ils ressortirent. Ils ne

parlèrent pas. Après que Stanley eut remercié le vieil homme, ils firent le tour du bâtiment chaulé et regagnèrent l'endroit où les enfants avaient repris leurs joyeux ébats dans la boue. C'était au tour de la chapelle ardente de prendre une couleur irréelle. Un lointain souvenir. Il était en même temps impossible de s'en défaire. Ça le hantait comme une mauvaise conscience, dans ce soleil explosif où la vie poursuivait sa course agitée et obscène. Il était absurde de se laisser envahir par ça, en cette journée d'été, quand le monde était fertile et lumineux.

Stanley lui lança un coup d'œil en claquant la portière, mais ne dit rien. La voiture reprit sa route compliquée entre des maisons identiques, comme s'ils passaient et repassaient toujours au même endroit. Murs couverts de slogans. Enseignes partant en morceaux. Garçons jouant au ballon. Coiffeurs. Carcasses et bâtiments incendiés. Poulets, tas d'ordures.

La maison d'Emily ressemblait à toutes celles de l'agglomération – Orlando West – ciment et tôle ondulée, petit jardin obstinément installé contre la route poussiéreuse. A l'intérieur, déploiement de vieux calendriers, d'images pieuses. Pas de plafond pour dissimuler le toit de tôle. Une table, des chaises, deux lampes à pétrole, une machine à coudre, un poste transistor. Un groupe d'amis l'entouraient – surtout des femmes. Mais elles s'écartèrent sans dire mot lorsque Ben et Stanley entrèrent. Quelques enfants jouaient par terre. L'un avait le derrière à l'air.

Elle leva les yeux. Peut-être ne reconnut-elle pas Ben dans ce soleil. Peut-être ne s'attendait-elle pas à le voir. Sans expression, elle le regarda fixement.

« Oh! mon Baas, dit-elle enfin.

– Je suis allé à la chapelle ardente pour le voir, Emily, dit-il, raide et maladroit, ne sachant que faire de ses mains.

– C'est bien. » Elle baissa les yeux sur son ventre.

Un fichu noir cachait son visage. Quand elle releva les yeux, ses traits étaient tout aussi dénués d'expression. « Pourquoi ils l'ont tué? demanda-t-elle. Il leur avait rien fait. Vous connaissiez Gordon, Baas. »

Ben se tourna vers Stanley comme s'il voulait lui demander de l'aide, mais le grand homme se tenait sur le seuil et murmurait quelque chose à l'oreille d'une femme.

« Ils disent qu'il s'est pendu, poursuivit Emily, de sa voix basse et psalmodiante, dépourvue d'émotion. Mais quand ils ont amené le corps ce matin, je suis allée lui faire sa toilette. Je l'ai entièrement lavé, Baas, parce que c'était mon mari. Et je sais qu'un homme qu'il se pend, il ressemble pas à ça. » Un silence. « Il est brisé, Baas. C'est un homme écrasé par un camion. »

Tandis qu'il la regardait d'un air hagard, d'autres femmes prirent la parole :

« Le maître il doit pas se sentir insulté par Emily. Elle est à vif, à l'intérieur. Qu'est-ce que nous pouvons dire nous qui sommes là avec elle, aujourd'hui? Nous avons de la chance. Ils ont embarqué mon mari l'année dernière, mais ils l'ont gardé trente jours seulement. La police elle a été gentille avec nous. »

Et une autre femme, avec un corps et les seins d'une matrone : « J'avais sept fils, monsieur. Il y en a cinq qu'ils sont plus avec moi. Ils ont été emmenés l'un après l'autre. Un il a été tué par les tsotsis. Un autre il a été lardé de coups de couteau au cours d'un match de foot. Le troisième il était conducteur de train et il est tombé de la locomotive et il a été écrasé par les roues. Le quatrième il est mort dans la mine. La police elle a embarqué le cinquième. Mais il m'en reste deux. Et je répète à Emily qu'elle doit être heureuse. Elle a encore des enfants autour d'elle. La mort elle est toujours avec nous. »

Remue-ménage. Un jeune homme entra précipitamment dans la petite maison. Il était déjà à l'intérieur avant d'avoir noté la présence d'étrangers.

« Orlando, dis bonjour au Baas, lui ordonna Emily. Il est venu voir ton père. » Elle se tourna brièvement vers Ben. « C'est Orlando, mon aîné. D'abord c'était Jonathan, mais maintenant c'est lui. »

Orlando recula, le visage haineux.

« Orlando, dis bonjour au Baas, répéta Emily.

– Je dirai pas bonjour à un enculé de Boer!, explosa-t-il en se tournant et en s'enfuyant vers la lumière extérieure.

– Orlando, j'aimerais t'aider! bégaya Ben, désespéré.

– Va t' faire foutre! D'abord tu le tues et maintenant tu veux nous aider! », cria Orlando. Il oscillait comme un serpent prêt à passer à l'attaque, submergé par la colère mélodramatique de ses seize ans.

« Mais je n'ai rien à voir avec sa mort.

– Quelle différence? »

Un vieux prêtre noir qui était resté en retrait jusqu'à ce qu'Orlando éclate, se frayait à présent un passage entre les femmes. Il s'approcha et prit doucement le bras du jeune homme. Mais, avec une force surprenante, Orlando se libéra et s'enfuit.

Seul le bruit d'un bourdon contre la vitre vint troubler le silence, à l'intérieur.

« *Morena*, dit le vieux prêtre en faisant claquer sa langue, ne soyez pas en colère contre ce garçon. Nos enfants ils ne comprennent pas. Ils voient ce qui arrive ici et ils sont comme ce bourdon quand vous lui brûlez son nid. Mais nous qui sommes vieux, nous sommes heureux que vous soyez venu. Nous vous voyons. »

Ben avait les oreilles qui sifflaient. C'était une curieuse expérience. Ses sens percevaient avec acuité ce qui se passait autour de lui. Pourtant, il semblait ne pas être là. Désorienté, étranger à cette scène, un intrus dans leur chagrin, qu'il voulait, cependant, si désespérément partager, il regarda la femme au milieu de la pièce.

« Emily », dit-il, étonné par sa propre voix dans ce silence. Seul le bourdon faisait du bruit, séparé de son élément extérieur par la vitre. « Vous devez me dire, si vous avez besoin de quoi que ce soit. Promettez-le-moi, je vous en prie. »

Elle le regarda fixement comme si elle ne l'avait pas entendu.

« *Morena,* vous êtes bon avec nous », dit le prêtre.

Sans le vouloir, Ben fourra sa main dans la poche de son pantalon et en sortit un billet de dix rands. Il le posa sur la table, en face d'elle. Elles le regardaient – toutes ces pleureuses – comme si elles essayaient d'ignorer la verte coupure sur la nappe à carreaux, en plastique.

Après qu'il eut dit au revoir, il se retourna sur le pas de la porte, presque suppliant. Ils étaient tous debouts, immobiles, comme un portrait de famille.

La grosse Dodge était un véritable four sous ce soleil, mais Ben s'en rendit à peine compte. Même la bande de jeunes, au bas de la rue, qui criait et levait le poing en le voyant sortir de la maison, s'imprima à peine dans son esprit. Il claqua la portière et resta le regard perdu devant lui, de l'autre côté du pare-brise, sur les multiples rangées de maisons qui tremblaient et étincelaient dans la chaleur. Stanley s'installa près de lui.

« Eh bien, lanie? », dit-il tout fort.

Ben serra les mâchoires.

« Nous rentrons à la maison, maintenant? », demanda Stanley. La question avait beaucoup plus l'air d'une accusation.

Incapable d'expliquer sa réaction – avec un soupçon de panique à l'idée de tout ce qui se terminait si abruptement, si bêtement – Ben dit : « Crois-tu que nous pourrions aller quelque part et rester tranquillement assis pendant un moment ?

– Bien sûr, si tu en as envie. On ferait mieux de partir d'ici, avant que cette foule se mette à lapider la voiture. » Il indiqua les jeunes qui approchaient – phalange menaçante. Sans attendre, il mit le moteur en marche, prit la rue la plus proche après avoir fait une marche arrière et démarra en faisant crisser les pneus. Des voix lointaines les atteignirent. On pouvait les voir dans le rétroviseur, danser dans la poussière, bras tendus.

Un poulet caquetant passa près de la voiture et sauva sa vie de quelques centimètres en y laissant cependant des plumes. Stanley éclata de rire.

Du dehors, la maison de Stanley ne différait pas des autres. Peut-être ne voulait-il pas attirer l'attention. Intérieurement, c'était mieux que chez Emily. Un peu plus élégant, un peu plus à la mode. Rien de remarquable cependant. Linoléum de couleur claire, mobilier de chez Lewis; cabinet à liqueur bien en vue; assiettes et objets brillants sur le buffet; grand plateau couvert d'oiseaux multicolores; porte-disques. La pochette vide d'un disque d'Aretha Franklin était posée sur le dessus.

« Whisky ?

– Je n'aime pas vraiment ces alcools forts.

– Tu en as besoin. Allez. » En riant, Stanley alla dans la cuisine où Ben l'entendit parler à voix basse. Il revint avec deux gobelets. « Désolé, dit-il, il n'y a pas de glace. Ce putain de réfrigérateur à pétrole est encore givré. A la bonne tienne! »

Ben eut un frisson en buvant la première gorgée. La seconde descendit plus facilement.

« Ça fait combien de temps que tu vis ici? » demanda-t-il, mal à l'aise.

Stanley éclata de rire. « Tu cherches à faire la conversation? Qu'est-ce que ça peut te foutre?

— J'aimerais savoir.

— Tu veux dire : déculotte-toi et je me déculotterai à mon tour? C'est ce que tu veux dire?

— Quand tu es venu me voir l'autre soir, nous nous entendions très bien, dit Ben, enhardi par le whisky. Pourquoi es-tu constamment sur la défensive, aujourd'hui? Pourquoi joues-tu au chat et à la souris avec moi?

— Je t'avais dit qu'il valait mieux que tu ne viennes pas.

— Mais je voulais. Il le fallait. » Il regarda Stanley droit dans les yeux. « Et maintenant, je suis là.

— Et tu crois que ça change quelque chose?

— Bien sûr. Je ne sais pas très bien quoi, mais je sais que c'était important. C'était nécessaire.

— Tu n'as pas vraiment apprécié ce que tu as vu, n'est-ce pas?

— Je ne suis pas venu ici pour apprécier. Il fallait que je voie. Je devais voir Gordon.

— Et alors? » Stanley, assis, le regardait fixement comme un aigle en colère.

« Je devais voir de mes propres yeux. Maintenant, je sais.

— Qu'est-ce que tu sais? Qu'il ne s'est pas suicidé?

— Oui. Ça aussi. » Ben leva de nouveau son verre.

« Qu'est-ce que ça représente pour toi, Ianie? » Derrière son agressivité flottait quelque chose de différent, d'impatient presque. « Ce genre de choses se produit tout le temps, vieux. Pourquoi se faire du souci pour Gordon?

— Parce que je le connaissais. Et parce que... » Il ne savait pas comment le dire, mais il ne cherchait pas à l'éviter non plus. Il baissa son verre et regarda Stanley dans le blanc des yeux. « Je ne crois pas que je le *savais* déjà. Ou, si je le savais, je ne me sentais pas directement concerné. C'était comme... eh bien, c'était comme la face cachée de la lune. Même si l'on reconnaît son existence, on peut très bien ne pas se sentir obligé de vivre avec. » Esquisse d'un sourire. « Maintenant, des gens y ont posé le pied.

– Tu es sûr que tu ne peux plus vivre comme avant?

– C'est exactement ce que je devais savoir. Tu ne comprends pas? »

Stanley le regarda silencieusement comme s'il poursuivait, sans dire un mot, une interrogation bien plus urgente qu'avant. Ben regarda en arrière. C'était comme un jeu d'enfants. C'était à celui qui arriverait le premier à faire baisser les yeux de l'autre. Seulement, ça n'était pas un jeu. Ils levèrent tous les deux leurs verres. En silence.

Ben finit par demander : « La famille était-elle représentée à l'autopsie?

– Bien sûr. J'ai veillé à ce qu'un docteur y assiste. Suliman Hassiem. Je le connais depuis des années, depuis qu'il a réussi ses examens à Wits. » Il ajouta en grimaçant : « Ça n'est pas pour autant une garantie. Ces boere connaissent toutes les ficelles.

– Ils ne s'en sortiront pas comme ça devant le tribunal, Stanley, insista-t-il. Nos tribunaux ont toujours eu la réputation d'être impartiaux. »

Stanley ricana.

« Tu verras! s'exclama Ben.

– Je verrai ce que je verrai. » Stanley se leva, son verre vide à la main.

« Qu'est-ce que ça veut dire?

– Rien. » Stanley quitta la pièce. De la cuisine, il s'écria : « Souviens-toi seulement de ce que je t'ai dit! » Il revint, son verre dans une main, une bouteille dans l'autre. « Puis-je te resservir un petit coup?

– Non, merci. Pas pour moi.

– Allez, vieux, sois mon pote! » Sans attendre, il versa une large rasade dans le verre de Ben.

« Emily a besoin d'aide, dit Ben.

– Ne t'inquiète pas. Je vais m'occuper d'elle. » Stanley avala la moitié de son whisky, puis ajouta nonchalamment : « Il faudra, bien sûr, qu'elle quitte sa maison.

– Pourquoi?

– C'est comme ça, vieux. Elle est veuve, à présent.

– Où ira-t-elle?

– Je lui dénicherai quelque chose. » Rictus malicieux. « Nous sommes entraînés pour ce genre de travail. » Ben le regarda intensément, puis secoua doucement la tête.

« J'aimerais bien savoir ce qui se passe en toi, Stanley.

– Ne cherche pas trop, dit-il, plié en deux de rire.

– Comment fais-tu pour survivre? Comment te débrouilles-tu pour ne pas avoir d'ennuis?

– Il suffit de savoir s'y prendre. » Il essuya sa bouche du revers de sa main, regardant Ben comme s'il essayait de se rappeler quelque chose. De la cuisine, leur parvenaient des bruits sourds, intraduisibles; au-dehors, les enfants criaient, un chien aboyait. Une fois même, une voiture passa à toute allure.

« Le jour où ils ont emmené mon frère, dit brusquement Stanley, j'ai décidé que je marcherai droit. Je ne voulais pas terminer comme lui. Je suis donc devenu jardinier à Booysens. Ça n'était pas des gens méchants et j'avais une chambre au fond de la cour. Tout se passa bien, pendant un bon bout de temps. Puis je pris une petite amie. Elle était gouvernante à un ou deux pâtés de maisons de là. Elle s'appelait Noni. Ils l'appelaient Annie. Gentille fille. Je me suis mis à coucher avec elle. Mais une nuit, on a frappé à la porte. Son maître. Il est entré précipitamment dans notre chambre, le fouet à la main. Il nous a passé une sacrée dérouillée avant qu'on ait le temps d'enfiler nos vêtements. Je suis sorti à quatre pattes, en sang, comme au jour de ma naissance. » Il semblait trouver tous ces souvenirs amusants. Il se mit à rire de plus belle. « Bref, je me suis sauvé la même nuit, avant qu'il puisse remettre la main sur moi. Lanie, cette nuit-là, j'ai compris quelque chose que je n'avais jamais compris. Je n'étais pas mon propre maître. Ma vie appartenait à mon Baas blanc. C'était lui qui organisait mon travail, lui qui me disait où je devais habiter, ce que je devais faire ou ne pas faire. Tout. Cette nuit-là, ce type a failli me rompre les os. Mais ce n'était pas ce qui m'inquiétait. C'était ça : savoir que je ne serais jamais un homme à part entière. Je devais d'abord me libérer. Qu'ai-je donc fait? J'ai commencé par le début. J'ai trouvé du travail au marché. Puis j'ai acheté des emplacements pour vendre à la criée dans les agglomérations pendant le week-end avant de pouvoir ouvrir mon magasin à Diepkloof. Mais ça ne rapportait pas. Pour amasser un capital sufisant, j'ai dû emprunter aux lanies, aux gros bonnets d'iGoli. Retour au point de départ. Ils venaient chaque semaine vérifier mes livres de comptes et prendre leur part de gâteau. Tu appelles ça la liberté? A la fin, nous nous sommes mis à plusieurs pour acheter une voiture. Un an encore et j'ai pu acheter la mienne. Je ne me suis jamais retourné.

– Et maintenant tu es ton propre maître? »

Stanley regarda ses chaussures et les épousseta de la main, l'air absent. « Exactement. » Il leva les yeux. « Mais ne te leurre pas, bébé. Je suis libre autant que les maîtres blancs me le permettent. Compris? Simple comme bonjour. D'accord, j'ai appris à le prendre pour ce que ça vaut. On apprend à ne plus attendre l'impossible. On apprend à vivre avec. Mais mes enfants? Je te le demande. Et les enfants de Gordon? Et cette foule qui brandissait le poing, là-bas dans la rue? Ils n'en peuvent plus, vieux. Ils ne savent pas ce que nous, les plus âgés, nous savons depuis longtemps. Peut-être le savent-ils après tout. Peut-être sont-ils mieux que nous, qui peut le dire? Tout ce que je sais, c'est que quelque chose d'horrible a commencé. Personne ne sait ce qui va arriver ensuite.

— C'est ce que j'ai voulu voir par moi-même en venant ici, dit Ben calmement.

— Faut y aller, maintenant, dit Stanley en vidant son verre et en le posant. Avant que les gens rentrent du travail, que les agglomérations se remplissent de nouveau. Je ne pourrais plus rien te garantir. » En dépit de ses mots brusques, son attitude était moins menaçante qu'avant. En sortant, il posa même sa main sur l'épaule de Ben, brièvement, dans un geste d'amitié, rétablissant ainsi la confiance de la première nuit.

Ils rentrèrent silencieusement en traversant un labyrinthe de bâtiments qui ressemblaient à des maisons. Et, dans ce silence, derrière les événements de l'après-midi et la lumière implacable du soleil, gisait le souvenir de Gordon, petit et mutilé au fond de son cercueil, dans la grande pièce fraîche et nue – ses serres grises repliées sur son étroite poitrine. Le reste semblait interchangeable, sans importance. Mais tout cela subsistait. Et, avec lui, la conscience aiguë de quelque chose qui remuait doucement, mais inéluctablement.

En arrivant devant le buisson d'aubépine avec ses fruits orange, lumineux, Stanley dit : « Si je continue à venir ici, comme ça, ils vont te mettre leur marque sur le dos.

— Quelle marque? Qui?

— Aucune importance. » Il sortit un paquet de cigarettes vide de sa poche, prit un stylo à bille dans la boîte à gants et gribouilla un numéro au dos du paquet. « Au cas où tu aurais besoin de moi. Laisse un message si je ne suis pas là. Ne donne pas ton nom, dis seulement que le lanie a téléphoné, d'accord? Ou bien écris-moi. » Il ajouta une adresse, puis sourit. « Au revoir, vieux. Ne t'inquiète pas. Tu vas bien? »

Ben sortit de la voiture qui redémarra aussitôt. Il fit le tour de la maison, ouvrit la grille de fer forgé au sommet de laquelle trônait la boîte aux lettres. Tout à coup, c'était *ça* qui lui semblait étranger : non pas ce qu'il avait vu au cours de son incroyable après-midi, mais ça : sa maison, avec le jet d'eau sur la pelouse. Cette maison aux murs blancs, au toit de tuiles orangées, avec ses fenêtres et son porche. Et, sa femme sur le seuil, comme s'il ne l'avait jamais vue.

2

Les obsèques. Ben voulait y assister, mais Stanley avait catégoriquement refusé. Il y aura peut-être des troubles, avait-il dit. Et il y en eut effectivement. Peu de gens connaissaient Gordon, mais sa mort avait suscité une violente et fugitive riposte – inconcevable durant sa vie. Surtout parce que sa mort survenait peu de temps après celle de Jonathan. Une société entière semblait avoir soudainement saisi cette occasion pour donner libre cours à toutes les tensions et les passions de ces derniers mois : une énorme et nécessaire catharsis. Des gens qui, quelques semaines auparavant, ne savaient même pas qui était Gordon Ngubene envoyaient des lettres et des télégrammes. Emily qui aurait préféré enterrer son mort dans l'intimité devint la vedette d'un spectacle public. Une photographie d'elle, assise à sa table de cuisine et regardant fixement au loin, de l'autre côté de sa bougie, gagna même une récompense internationale.

The World continua d'étaler l'affaire en première page : bientôt, le nom du docteur Suliman Hassiem – qui avait assisté à l'autopsie, au nom de la famille – devint presque aussi familier que celui de Gordon Ngubene. Sur les instructions de la Section spéciale, le docteur Hassiem avait refusé toute interview, mais des renseignements alarmants continuèrent de parvenir aux journaux *The World* et *The Daily Mail,* avant d'être repris comme des faits établis, en dépit des démentis catégoriques et sarcastiques du ministre. Des appels furent envoyés aux personnes concernées pour que les obsèques aient lieu dans le calme. Mais, au même moment, une grande importance était donnée à des rumeurs faisant état d'envoi de renforts de police de tout le Reef, vers Soweto. Et le dimanche, les agglomérations ressemblaient à un camp militaire retranché, sillonné de voitures blindées, de tanks et d'escadrons de policiers armés de pistolets automatiques, tandis que des hélicoptères surveillaient la scène d'en haut.

Dès le matin, des foules entières s'étaient mises à affluer. Les gens étaient tendus, mais calmes, et il n'y eut pas d'« incidents ». Hormis le bus de Mamelodi, arrêté par la brigade antimanifestations, aux abords de Pretoria. Tous les passagers avaient reçu l'ordre de descendre, de passer entre deux rangées de policiers qui s'étaient mis à les frapper à coups de bâton, et à les fouetter : il y avait quelque chose de calme et d'ordonné dans toute cette opération : violence pure, non altérée, qui n'avait besoin d'aucun prétexte, d'aucune excuse et suivait simplement son cours, avec précision, sans bavures. Le bus avait ensuite repris sa route, jusqu'à Soweto.

Les obsèques durèrent des heures – prières, cantiques, discours. En dépit de la tension, tout était incroyablement calme. Pourtant, après le service, alors que les gens sortaient du cimetière pour le lavage rituel des mains dans la maison du disparu, un cordon de police tenta de séparer la majorité des invités. Quelques jeunes se mirent à lancer des pierres et un car de police fut touché. Soudain, ce fut la folie. Sirènes. Gaz lacrymogène. Salves. Escadrons passant à l'attaque avec des matraques. Chiens. Dès qu'une agglomération redevenait silencieuse sous un nuage de gaz lacrymogène, la violence faisait irruption ailleurs. L'émeute se prolongea bien après la tombée de la nuit – illuminée de façon spectaculaire par les immeubles en flammes : centres administratifs des Affaires bantoues, magasins de vins et spiritueux; une école à Mofolo. Explosions de véhicules. A l'aube, tout semblait rentré dans l'ordre – selon les médias, « sous contrôle ». Un nombre indéfini et non communiqué de blessés avaient été transportés dans les hôpitaux de Johannesburg. D'autres avaient disparu dans le labyrinthe des maisons. Le chiffre officiel des morts était de quatre. Chiffre étonnamment bas vu l'importance de l'émeute.

Le fils aîné d'Emily, Orlando, disparut au cours de la nuit. Plus d'une semaine passa avant qu'elle n'ait de ses nouvelles. Il lui envoya une lettre du Botswana. Avec ses enfants, rassemblés autour d'elle, Emily se retira finalement, ahurie et épuisée, dans sa cuisine où trônait une photo de Gordon, entourée de fleurs fanées. Et au cimetière de Doornkop, une montagne de couronnes recouvrait la dalle sous laquelle reposait le petit homme inconnu pour lequel tout ça avait eu lieu de manière si inexplicable.

Le lendemain, on annonça que le docteur Suliman Hassiem avait été arrêté selon les termes de la loi de Sécurité intérieure.

L'image qui se présente est une image d'eau. Une goutte retenue une dernière seconde par sa propre inertie, quoique gonflée de son propre poids, avant de tomber irrévocablement; ou la tension à la surface qui empêche l'eau de couler du verre même si elle a commencé à déborder. Comme si, sentant déjà sa chute imminente, elle se retenait – contre la force de gravité – à sa stabilité précaire et tentait de prolonger ce moment, le plus longtemps possible. Le changement d'état ne vient pas facilement ou naturellement. Il existe des obstacles internes qu'il faut surmonter.

La résistance de Ben fut difficilement éprouvée par l'arrestation du docteur Hassiem. Même à ce moment-là il essaya de rester raisonnable. Sa première réaction fut de téléphoner à Stanley.

Le chauffeur de taxi n'était pas là, mais la femme qui répondit à Ben lui promit de transmettre le message. Quel nom? Dites-lui simplement que le lánie a téléphoné, dit-il, en obéissant aux instructions de Stanley.

Le téléphone sonna le mardi après-midi alors que Ben travaillait dans son garage; depuis longtemps, il avait trouvé refuge là, parmi ses scies et ses burins, ses perceuses et ses marteaux.

« Lanie? » Stanley ne donna pas son nom, mais Ben reconnut immédiatement sa voix profonde. « Tu as des ennuis?

– Non, bien sûr que non. Mais j'aimerais te parler. Tu as quelques minutes à m'accorder?

– Je dois passer dans ta banlieue, ce soir. Disons huit heures, d'accord? Je viendrai te prendre au garage, là où nous avons bifurqué pour aller chez toi, la dernière fois. Au revoir. »

Heureusement pour Ben, il lui était facile de s'en aller sans explications, car Susan devait assister à une réunion et Johan à une séance de groupe, à l'école. Quand Ben arriva au garage, à huit heures, la voiture blanche l'attendait déjà, dissimulée derrière une rangée de pompes. L'odeur lourde de l'essence flottait dans la chaleur du jour. Un petit point lumineux à la place du chauffeur trahissait Stanley. Il fumait tranquillement.

« Que se passe-t-il, lanie ? Quel est ton problème, vieux ? »

Ben prit place auprès de lui en laissant la portière ouverte.

« As-tu entendu parler du docteur Hassiem ? »

Stanley mit le moteur en marche. « Bien sûr. Ferme ta portière. » Une fois qu'ils eurent fait un bloc ou deux, il s'exclama gaiement : « Ces boers connaissent leur boulot, je te l'avais dit.

— Et maintenant ?

— S'ils veulent jouer aux méchants, nous pouvons faire comme eux.

— C'est pourquoi je voulais te voir, dit Ben d'un ton urgent. Je ne veux pas, qu'à ce stade-là, tu gâches tout.

— Que je gâche tout ? De quoi parles-tu, vieux ? Gordon est-il mort ? Oui ou non ?

— Je sais, Stanley, mais nous sommes allés assez loin comme ça. »

Eclat de rire brutal. « Ne te leurre pas, toi-même. Ça vient à peine de commencer.

— Stanley. » Il avait envie de supplier pour sa propre vie en posant sa main sur le poignet de cet homme, là sur le volant, comme pour le retenir physiquement. « Ça n'est plus entre nos mains, maintenant. Nous devons laisser la loi suivre son cours. Et celui qui est coupable paiera l'addition. »

Stanley ricana. « Ils jouent tous le même jeu, lanie. »

Ben préféra l'ignorer. « Nous pouvons faire une chose. Nous *devons* même la faire : il faut que la famille soit défendue par le meilleur avocat de Johannesburg.

– A quoi bon?

– Je veux que tu ailles voir Dan Levinson, avec moi. Demain. Il faut qu'il désigne un avocat aussi vite que possible. Un avocat qui ne leur permette pas de s'en sortir comme ça. Quel qu'en soit le prix.

– L'argent n'est pas le problème.

– D'où vient-il?

– Ça ne te regarde pas.

– Viendras-tu avec moi, demain? »

Stanley soupira, irrité. « Oh! et puis merde. D'accord. Mais je te dis que ça ne sert à rien. »

Ils revinrent à la station d'essence, s'arrêtèrent dans le même coin obscur, derrière les pompes, là où l'odeur venait frapper leurs narines avec une violence renouvelée.

« Tout ce que je te demande, c'est de donner sa chance au tribunal, Stanley. »

Eclat de rire amer. « D'accord. A demain, dans le bureau de notre joli cœur libéral. Veille à ce qu'il nous désigne un avocat qui ressuscite Gordon et Jonathan.

– Ce n'est pas ce que j'ai dit.

– Je sais, lanie. » Sa voix était presque apaisante. « Mais tu crois encore aux miracles. Pas moi. »

4

L'enquête judiciaire sur la mort de Gordon Ngubene coïncida avec les vacances scolaires (21 avril – 9 mai), ce qui permit à Ben d'assister à toutes les séances.

L'intérêt du public, motivé par les obsèques deux mois auparavant, semblait être retombé. Un nombre important de Noirs garnissait les galeries ouvertes au public. Certains d'entre eux étaient très bruyants – ils criaient « *Amandla!* Liberté! » en brandissant le poing. Mais en dehors de l'inévitable groupe des journalistes, il n'y avait que très peu de Blancs : quelques étudiants et lecteurs de Wits, représentants du *Black Sash* et du parti réformiste progressiste, un délégué néerlandais de la Commission internationale des juristes qui se trouvait en Afrique du Sud pour consultations, et quelques autres.

Un compte rendu des séances, utile et dénué de passion, fut finalement publié par l'Institut des relations raciales. Il fut, peu après, interdit, mais il y en avait une copie dans les papiers de Ben.

GORDON NGUBENE (cinquante-quatre ans), travailleur sans qualification – d'Orlando West, Soweto – au chômage à l'époque de son arrestation, a été emprisonné le 18 janvier de cette année selon les termes de l'article 6 de l'Acte sur le terrorisme et détenu à John Vorster Square. Sur la base de certaines informations reçues par sa famille, une demande a été introduite le 5 février auprès de la Cour suprême pour empêcher la police de sûreté de maltraiter Mr. Ngubene ou de l'interroger de manière illégale, mais le 10 février l'appel a été rejeté pour manque de preuves. Le 25 février, la S.A.B.C. a annoncé la mort de Mr. Ngubene en détention – nouvelle confirmée par la police le lendemain, bien que la famille n'ait pas été officiellement prévenue. Le 26 février, une autopsie a été pratiquée sur le corps de Mr. Ngubene par le médecin légiste, le docteur P.J. Jansen, en présence du docteur Suliman Hassiem, représentant de la famille. Mr. Ngubene a été inhumé le dimanche 6 mars. Le lendemain, le docteur Hassiem a été arrêté selon les termes de la loi de Sécurité intérieure – ce qui interdisait aux représentants légaux de la famille de le consulter. Dans l'optique d'une libération anticipée du docteur Hassiem l'enquête sur la mort de Mr. Ngubene, originellement prévue pour le 13 avril, a été rejetée *sine die*. Peu de temps après, le magistrat a été informé qu'il y avait peu de chance de voir le docteur Hassiem libéré dans un avenir proche. Vu qu'il avait également signé le compte rendu d'autopsie établi par le docteur Jansen, une nouvelle date fut fixée pour l'enquête. L'audience commença au tribunal de Johannesburg, le 2 mai.

Selon le rapport médical, soumis le premier jour, le docteur Jansen avait pratiqué une autopsie sur le corps nu d'un Bantou d'âge moyen et de sexe masculin, identifié comme étant celui de Gordon Vuyisile Ngubene, le 26 février.

Poids : 51,75 kg. Taille : 1,77 m. Lividité d'autopsie en cours sur les membres inférieurs, sur le scrotum, recto et verso. Fluide sanguin coagulé narine droite. Langue faisant saillie entre les dents.

Le rapport énumérait les blessures suivantes :

1 – Marques de ligature autour du cou entre cartilage thyroïdien et menton; marque de ligature, quatre centimètres de largeur, plus apparente latéralement. Pas de traces de coups ou d'hémorragie dans tissus profonds du cou. Trachée comprimée. Os hyoïde intact.

2 – Boursouflure au-dessus de la pommette droite avec dommages des tissus internes et fracture de l'os lui-même.

3 – Trois petites abrasions rondes, trois millimètres, dans l'oreille gauche et une abrasion plus large de même nature dans l'oreille droite.

4 – Hématome dans la région sacro-lombaire.

5 – Septième côte droite cassée à la jonction costo chondrale.

6 – Abrasions et marques de lacération sur les deux poignets.

7 – Boursouflure marquée à la base du scrotum. Le spécimen prélevé avait l'apparence d'un parchemin desséché et révélait la présence de traces de cuivre sur la peau.

8 – Lacérations horizontales et abrasions sur les deux omoplates, sur la poitrine et l'abdomen.

9 – Cubitus droit cassé à six centimètres au-dessous du coude.

10 – Extrême congestion du cerveau. Petites hémorragies. Liquide cervical taché de sang. Congestion modérée et présence d'eau dans les poumons.

11 – Marques et abrasions variées, concentrées sur les genoux, les chevilles, l'abdomen, le dos et les bras.

Le docteur Jansen conclut que la mort avait été provoquée par tension imprimée sur le cou et due à la pendaison. Après vérifications, il concéda qu'une telle tension pouvait être exercée de mille autres façons. Il souligna que spéculer sur de telles possibilités était au-delà de sa compétence. Il admit cependant que certaines blessures étaient plus vieilles que d'autres. Certaines dataient de quatorze ou vingt jours, d'autres de trois ou quatre jours; d'autres encore étaient plus récentes. Il confirma la présence du docteur Hassiem lors de l'autopsie et dit que son rapport, à ce qu'il savait, était à peu près semblable au sien. A une question posée par l'avocat de la famille, Jan De Villiers, S.A., le docteur Jansen répondit qu'il ne comprenait pas pourquoi le docteur Hassiem aurait pris le temps et la peine de rédiger un rapport séparé puisqu'il avait cosigné le rapport principal.

Plusieurs témoins de la Section spéciale furent ensuite appelés à déposer. Le capitaine F. Stolz affirma que le mardi 18 janvier, à quatre heures du matin, agissant d'après certaines informations, il s'était rendu à la maison du défunt, accompagné par les lieutenants B. Venter et M. Botha ainsi que par des agents noirs de la sûreté. Mr. Ngubene avait tenté de résister et il avait fallu faire appel à la force pour venir à bout de lui. Mr. Ngubene avait été interrogé à plusieurs reprises. La police avait des raisons de croire que le défunt avait été impliqué dans des activités subversives. Plusieurs documents avaient été d'ailleurs trouvés chez lui. Puisqu'il s'agissait de la sécurité de l'Etat, ces documents ne pouvaient malheureusement pas être transmis au tribunal.

Selon le capitaine Stolz, le défunt avait refusé de coopérer bien qu'il ait été traité avec courtoisie. En réponse à une question de l'avocat Louw, avocat de la police, le capitaine Stolz appuya sur le fait que Mr. Ngubene n'avait jamais été maltraité en sa présence, qu'il avait toujours joui d'une bonne santé durant sa détention, à l'exception de maux de tête intermittents. Le 3 février, Mr. Ngubene s'était également plaint de maux de dents. Le lendemain, il avait été examiné par un médecin, le docteur Bernard Herzog. A sa connaissance, le docteur Herzog lui avait enlevé trois dents et lui avait prescrit des comprimés. Comme il certifiait ne rien trouver d'anormal chez le défunt, la police avait poursuivi ses interrogatoires habituels. Quand on lui demanda ce qu'il entendait par « habituel », le capitaine Stolz rétorqua que le détenu était extrait de sa cellule tous les matins à huit heures et amené dans son bureau où il restait jusqu'à quatre ou cinq heures de l'après-midi. Pendant la durée de sa détention, les policiers qui l'interrogeaient lui avaient apporté à manger en « y étant de leur poche ». Il ajouta que le défunt avait eu, tout le temps, le droit de s'asseoir ou de rester debout. A sa guise.

Le matin du 24 février, le défunt montra, de manière inattendue, des signes d'agressivité et tenta de se jeter par l'une des fenêtres du bureau du capitaine Stolz. Il se comportait comme « un fou » et dut être maîtrisé par six membres de la Section spéciale. Mesure préventive : on lui passa les menottes et on attacha ses pieds à sa chaise. A ce stade-là, il parut plus calme et, à midi, annonça qu'il était prêt à faire un compte rendu exhaustif de ses activités subversives. A la demande du capitaine Stolz, le lieutenant Venter prit trois pages de notes. Mr. Ngubene se plaignit ensuite d'être fatigué. Il fut alors ramené dans sa cellule. Le lendemain matin, 25 février, un certain sergent Krog apprit au capitaine Stolz que Mr. Ngubene avait été retrouvé mort, dans sa cellule. Un mot trouvé sur son corps fut présenté au tribunal. Il disait : *John Vorster Square, 25 février. Cher capitaine. Vous pouvez poursuivre votre interrogatoire sur mon cadavre. Peut-être obtiendrez-vous de lui ce que vous cherchez. Je préfère mourir plutôt que de trahir mes amis. Amandla! Votre ami, Gordon Ngubene.*

De nouveau interrogé par l'avocat De Villiers, le capitaine Stolz répéta que le défunt avait toujours été bien traité. Quand on lui demanda comment il pouvait répondre des blessures trouvées sur son corps, il dit qu'il n'en avait aucune idée, les détenus se blessant très souvent volontairement et de façon différente. Certaines des blessures avaient dû être provoquées par la rixe. L'avocat De Villiers voulait savoir s'il n'était pas excessif de faire appel à six policiers pour calmer un homme squelettique, qui ne pesait plus que cinquante kilos à sa mort. Le capitaine Stolz répondit que le défunt s'était comporté comme « un fou ». A la question : « Pourquoi n'y avait-il pas de barreaux aux fenêtres pour empêcher le détenu de se jeter dans le vide? », le capitaine répondit que les barreaux avaient été provisoirement enlevés pour réparer l'encadrement de la fenêtre.

En venant au mot prétendument trouvé sur le cadavre, l'avocat De Villiers déclara qu'il trouvait étrange que ce mot portât la date du 25 puisque le corps, découvert ce matin-là à six heures du matin, offrait déjà des signes de rigidité cadavérique avancée.

Capitaine Stolz : « Peut-être avait-il l'esprit embrouillé. »

De Villiers : « Résultat des tortures qui lui avaient été infligées? »

Capitaine Stolz : « Il n'a pas été torturé. »

De Villiers : « Pas même le 3 ou le 4 février quand il s'est plaint de maux de tête et de dents? »

Le capitaine Stolz protesta auprès du magistrat : l'avocat essayait de jeter le doute sur la Section spéciale. Le magistrat, Mr. P. Klopper, demanda conseil pour mettre un terme aux insinuations, mais permit à De Villiers de poursuivre son contre-interrogatoire. Le témoin ne fit que répéter ce qu'il avait déjà dit. Il accepta seulement d'offrir les preuves qu'il détenait sur les prétendues activités du défunt au sein de l'A.N.C., sur ses « activités mettant la sécurité de l'Etat en danger ». A la question concernant le rapport écrit, pris l'après-midi du 24 février, le capitaine Stolz déclara que celui-ci contenait des renseignements qui ne pouvaient être divulgués devant le tribunal, car cela pouvait mettre un frein aux travaux actuels de la police de sûreté, dans une enquête importante.

De Villiers : « Je vous ferai remarquer que les seules " activités subversives " auxquelles se soit adonné le défunt ont été ses efforts pour établir ce qui était arrivé à son fils, Jonathan Ngubene, soi-disant tué lors d'une émeute en juillet de l'année dernière. Plusieurs témoins pouvant prouver que Jonathan est bien mort en détention en septembre, soit deux mois plus tard, ont été retrouvés. »

L'avocat de la police, Mr. Louw, éleva une objection : « Ces insinuations ne peuvent être prouvées et deviennent par là même irrecevables. »

De Villiers : « Votre Honneur, le témoin s'est écarté de son chemin pour accuser le défunt " d'activité subversive " par des accusations erronées. Il est de mon devoir et de mon droit de donner l'autre version de l'affaire, surtout si elle peut étayer mon argumentation qui veut que nous nous occupions d'un innocent mort entre les mains de la police de sûreté, en des circonstances que l'on pourrait qualifier de très douteuses. Si la police de sûreté veut blanchir sa réputation, elle ne refusera pas que les faits réels soient présentés devant le tribunal? »

A ce stade, le magistrat Klopper leva la séance. Le lendemain, lors de la reprise, il annonça que c'était une enquête ordinaire sur la mort d'une personne spécifique. En conséquence, il ne pouvait permettre à De Villiers de donner des preuves ou de faire des allégations sur la mort de Jonathan Ngubene.

De Villiers : « En ce cas, Votre Honneur, je n'ai plus de questions à poser au capitaine Stolz. »

Au cours du deuxième jour, d'autres témoins de la police de sûreté furent appelés pour corroborer les preuves données par le capitaine Stolz. Cependant, après contre-interrogatoire, des divergences d'opinions apparurent sur l'enlèvement des barreaux devant la fenêtre, sur les raisons et la nature exactes de l'incident du 24 février. De surcroît, le lieutenant Venter avoua, après contre-interrogatoire, qu'un autre incident avait eu lieu dans son bureau, le 3 février, veille du jour où le médecin avait été appelé au chevet de Mr. Ngubene. A la question : « Quelqu'un a-t-il rendu visite au détenu avant sa mort? », le lieutenant répondit qu'un magistrat lui avait effectivement rendu une visite de routine le 12 février, accompagné par le capitaine Stolz et lui-même, mais que le défunt ne s'était plaint de rien.

De Villiers : « Cela vous étonne qu'il ne se soit pas plaint? »

Lieutenant Venter : « Votre Honneur, je ne comprends pas votre question. »

Mr. Klopper : « Mr. De Villiers, je vous ai déjà demandé de cesser vos insinuations. »

De Villiers : « Selon le bon vouloir de Votre Honneur. Lieutenant, pouvez-vous me dire si le capitaine Stolz était également présent lorsque le médecin a examiné le défunt, le 4 février? »

Lieutenant Venter : « J'étais absent, mais je pense que le capitaine était là. »

Ensuite, le sergent Krog et deux officiers de police qui avaient découvert le corps le matin du 25 février furent appelés à la barre. L'une des couvertures, dans la cellule du défunt, avait été, paraît-il, découpée en lamelles avec une lame de rasoir (devant le tribunal), pour former une corde – une des extrémités attachée aux barreaux de la fenêtre, l'autre autour du cou de Mr. Ngubene. Les témoins n'étaient pas d'accord. (Sergent Krog : « J'ai dit que ses pieds flottaient à quelques centimètres du sol. » L'officier de police Welman : « Il était très haut pendu; sa tête touchait presque les barreaux; ses pieds devaient être au moins à trente centimètres du sol. » Agent Lamprecht : « Autant que je m'en souvienne, ses pieds touchaient le sol. ») Ils étaient cependant d'accord pour dire que personne n'avait vu le détenu « vivant », après qu'il eut été enfermé dans sa cellule, aux alentours de dix-sept heures trente la veille. Selon le sergent Krog, les cellules étaient censées être visitées toutes les heures, au cours de la nuit. Malheureusement, on avait oublié de le faire cette nuit-là. « Nous étions très occupés et je crois qu'il y a eu malentendu. Personne ne savait qui devait faire ces rondes, cette nuit-là. »

De Villiers : « Et si je vous disais que le capitaine Stolz ou quelque autre officier de la Section spéciale vous avait donné ordre de rester éloigné de cette cellule pendant cette nuit-là, précisément? »

Sergent Krog : « Je m'oppose formellement à cette hypothèse, Votre Honneur. »

Quand l'enquête reprit le 4 mai, l'avocat Louw, avocat de la police, soumit quatre témoignages de détenus. Ils affirmaient avoir vu Gordon Ngubene entre le 18 janvier et le 24 février, l'avoir chaque fois trouvé en parfaite santé et avoir été eux-mêmes parfaitement traités par ces mêmes officiers responsables des interrogatoires concernant Mr. Ngubene. Cependant, lors d'un contre-interrogatoire, le premier de ces détenus, Archibald Tsabalala, nia avoir jamais rencontré Mr. Ngubene, lors de sa détention. Il affirma même, devant le tribunal, qu'il avait été obligé de signer la déposition. « Le capitaine Stolz m'a frappé plusieurs fois avec un morceau de tuyau en caoutchouc et m'a dit qu'il me tuerait si je ne signais pas. » Puis il enleva sa chemise et montra son dos mutilé aux membres du tribunal. Quand le capitaine Stolz fut de nouveau appelé à comparaître à la barre des témoins, il affirma que Tsabalala était tombé dans les escaliers, quelques jours plus tôt. Pour lui, Mr. Tsabalala avait volontairement témoigné. Après contre-interrogatoire, le capitaine Stolz reçut l'autorisation de ramener Mr. Tsabalala à John Vorster Square.

Suite à ce témoignage, l'avocat Louw, au nom de la police, annonça que les trois autres détenus dont les dépositions avaient été communiquées au tribunal, ne pouvaient venir subir un contre-interrogatoire, dans la mesure où cela pouvait porter préjudice à la sûreté de l'Etat. Devant l'opposition de De Villiers, le président décida que le tribunal considérerait leurs témoignages comme des preuves.

Le docteur Bernard Herzog, un médecin de Johannesburg, certifia qu'il avait été appelé le matin du 4 février pour examiner un détenu, un certain Gordon Ngubene. Il n'avait rien trouvé d'anormal. Mr. Ngubene se plaignait d'une rage de dents et, comme trois molaires montraient des signes de pourrissement avancé, il les avait extraites et avait donné à Mr. Ngubene un peu d'aspirine pour calmer sa douleur.

Il avait revu le détenu le matin du 25 février. Il l'avait trouvé mort, gisant sur le sol de sa cellule, vêtu d'un pantalon gris, d'une chemise blanche et d'un jersey marron. Le sergent Krog lui avait dit qu'il avait lui-même découvert le corps, une demi-heure auparavant, pendu aux barreaux de la fenêtre, et qu'il l'avait déposé à terre. Selon le sergent, les morceaux de couverture avaient été si fermement noués autour du cou qu'il avait dû les couper avec un rasoir, découvert dans la cellule. La rigidité cadavérique ayant déjà atteint un stade avancé, il en avait conclu que la mort devait avoir eu lieu douze heures avant.

De Villiers se lança alors dans un contre-interrogatoire de manière agressive, affirmant que le docteur Herzog n'avait pas jugé nécessaire d'examiner plus soigneusement le défunt, le 4 février (docteur Herzog : « Pourquoi aurais-je dû le faire? Il ne se plaignait que de maux de dents? »), et qu'il ne pouvait pas se rappeler si le capitaine Stolz ou quelqu'un d'autre avait assisté à cet examen. Accusé par De Villiers de s'être « laissé intimider » par la police de sûreté ou d'avoir même volontairement coopéré avec elle « en jouant son ignoble petit jeu de cache-cache », le docteur Herzog éleva une objection et demanda la protection du tribunal. En ce qui concernait l'examen préliminaire du cadavre, il refusa de donner son opinion sur l'heure du décès, en soulignant que la rigidité cadavérique pouvait être influencée par un nombre important de circonstances extérieures. Il ne pouvait pas expliquer pourquoi le cadavre était nu, lorsque le médecin légiste, le docteur Jansen, avait pratiqué son autopsie, le 26 février.

A la demande de l'avocat De Villiers, le capitaine Stolz fut une nouvelle fois appelé à comparaître à la barre des témoins, mais il fut incapable de dire ce qu'il était advenu des vêtements que le défunt portait au moment de sa mort ni pourquoi ils n'avaient pas été transmis au laboratoire, pour examen. Il proposa cependant, au nom de la police de sûreté, de dédommager la famille pour la perte des vêtements.

L'audience fut momentanément levée pour donner le temps à l'assistant de la morgue de venir témoigner. Mais il fut incapable de se rappeler si le corps était habillé ou non, quand on le lui avait apporté.

Le dernier témoin appelé par l'avocat Louw était un graphologue de la police. Celui-ci déclara que l'écriture du mot trouvé sur le cadavre était bien celle de Gordon Ngubene. Un spécialiste appelé par De Villiers contesta vivement ces conclusions et énuméra une longue série d'impossibilités entre l'écriture du mot et celle trouvée dans les autres papiers de Mr. Ngubene. Emily Ngubene, épouse du défunt, ne reconnut pas non plus l'écriture de son mari. Elle affirma également que Mr. Ngubene avait été « battu et bousculé » lors de son arrestation, le 18 janvier, qu'un détenu relâché de John Vorster Square lui avait rapporté dix jours plus tard que son mari était violemment brutalisé, que lorsqu'elle avait apporté des vêtements de rechange, le 4 février, elle avait découvert du sang sur le pantalon qui lui avait été rendu en plus des trois dents trouvées dans la poche revolver (devant le tribunal). Elle affirma que, lors d'une conversation avec le médecin de famille – le docteur Suliman Hassiem, qui avait assisté à l'autopsie – celui-ci avait exprimé de sérieux doutes sur une mort par pendaison, comme cela avait été dit. Sans lui laisser le temps de poursuivre, l'avocat Louw s'éleva contre des preuves fondées sur des rumeurs et reçut l'approbation du président. Louw réussit également à rejeter le témoignage du spécialiste, en affirmant que la seconde signature sur le rapport d'autopsie ne pouvait pas ne pas être celle du docteur Hassiem. Les preuves présentées par l'avocat De Villiers alléguant la torture ou les mauvais traitements contre le capitaine Stolz furent rejetées. Non fondées et hors de propos.

Après des preuves de nature plus technique, l'avocat De Villiers causa un effet de surprise en appelant à la barre des témoins une jeune fille, Grace Nkosi (dix-huit ans). Elle avait, elle aussi, été détenue à John Vorster Square. D'abord arrêtée le 14 septembre de l'année dernière, dit-elle, elle avait été soumise par quelques membres de la police de sûreté à un interrogatoire (capitaine Stolz et lieutenant Venter inclus) pendant plusieurs jours. Puis elle avait été emmenée dans le bureau de Stolz le matin du 3 mars. Plusieurs accusations avaient été portées contre elle; elle avait été fouettée chaque fois qu'elle avait nié. Au bout d'un temps, elle était tombée par terre; ils l'avaient alors frappée à la tête et dans l'estomac. A coups de pied.

Quand elle s'était mise à cracher du sang, ils lui avaient ordonné de lécher le sol. Puis le capitaine Stolz lui avait jeté une grande serviette blanche sur la tête et en avait serré les extrémités autour du cou. Elle montra au tribunal comment il s'y était pris. Elle avait essayé de se débattre mais elle avait perdu connaissance. Selon Miss Nkosi, cela avait été répété à de nombreuses reprises. La dernière fois, elle avait entendu le capitaine Stolz lui dire : « Allez, *meid,* parle. A moins que tu aies envie de mourir comme Gordon Ngubene ? » Puis elle avait de nouveau perdu connaissance. Elle avait été ramenée dans sa cellule et avait été libérée le 20, aucune charge n'ayant été retenue contre elle.

En dépit de plusieurs tentatives de l'avocat Louw

pour la convaincre d'avoir tout inventé ou d'avoir mal entendu dans son état comateux, Miss Nkosi jura qu'elle avait dit la vérité.

Après que les deux avocats eurent conclu, l'audience fut levée. Jusqu'à l'après-midi, pour lecture du verdict. Mr. Klopper lut son rapport en moins de cinq minutes. Bien qu'il soit impossible d'expliquer toutes les blessures relevées sur le cadavre, dit-il, les preuves ne sont pas suffisantes pour prouver que des membres de la police de sûreté se soient rendus coupables de mauvais traitements ou d'autres irrégularités de ce genre. Quelques indications prouvent que le détenu s'est montré agressif en plus d'une occasion et qu'il a dû être calmé par la force. Le tribunal a des preuves suffisantes pour conclure que la mort a eu lieu par suite d'un traumatisme dû à la pression exercée sur le cou – pendaison.

En conséquence, Gordon Ngubene s'est suicidé en se pendant lui-même, le matin du 25 février. Sa mort, d'après les preuves données, ne peut être attribuée à aucun acte ou négligence équivalant à un délit criminel de la part de quiconque.

Pour l'amour de la formalité, les minutes de l'enquête furent transmises à l'avocat général, mais le 6 juin, celui-ci annonça que l'enquête en resterait là par manque de cas *prima facie* contre une ou plusieurs personnes.

5

Elle l'attendait sur les marches du tribunal. C'était le deuxième ou le troisième jour de l'enquête, après qu'ils eurent levé la séance pour la journée : la petite fille aux cheveux noirs, aux grands yeux sombres. Il l'avait déjà vaguement remarquée parmi les journalistes. Il s'était dit en la voyant qu'elle avait l'air bien jeune pour tenir un poste si lourd, avec tant de responsabilités, entourée par tous ces journalistes, plus âgés, plus cyniques, plus coriaces. Il avait été frappé par sa jeunesse. Vulnérable, ouverte, franche, tendre. Maintenant, en regardant son petit visage ovale de près, il était surpris de s'apercevoir qu'elle était bien plus âgée qu'il ne le pensait. Plus proche certainement de trente ans que de dix-huit ou vingt. Lignes délicates sous les yeux, lignes plus profondes et plus précises de chaque côté de la bouche – détermination ou souffrance? Encore assez jeune pour être sa fille, mais mûre, sans illusions. Affirmation d'une invincible féminité.

Ben était irrité, énervé, perdu dans ses pensées lorsqu'il sortit. Non seulement à cause de ce qui s'était passé au tribunal, mais par quelque chose de spécifique : il s'était habitué à la présence de tout un contingent de la police de sûreté, dans la salle d'audience, qui se relayait pour surveiller les spectateurs, les faire se sentir coupables même quand ils n'avaient aucune raison de l'être. Mais cet après-midi-là, pour la première fois, le colonel Viljoen était également présent. Et quand leurs yeux s'étaient soudainement rencontrés, son expression avait révélé quelque chose... De la surprise? De la désapprobation? Même pas. La simple indication qu'il prenait note de sa présence. Et ça avait dérangé Ben. Il ne fit donc pas attention à la fille en sortant, et ne se rendit compte de sa présence qu'une fois en face d'elle, lorsqu'elle dit d'une voix plus profonde qu'on aurait pu l'attendre de sa part.

« Mr. Du Toit? »

Il la regarda, surpris, comme s'il s'attendait à ce qu'elle l'ait pris pour quelqu'un d'autre.

« Oui?

– Je suis Melanie Bruwer. »

Il resta sur la défensive.

144

« Je crois que vous le connaissiez, n'est-ce pas?

– Qui?

– Gordon Ngubene.

– Vous êtes journaliste?

– Oui. *The Mail*. Mais je ne vous demande rien pour mon journal.

– Je préférerais ne pas en parler », dit Ben d'un ton définitif, qu'il aurait pu employer en parlant à Linda ou à Suzette.

Il fut surpris par sa réaction.

« Je comprends. C'est dommage. J'aurais aimé en savoir plus sur lui. Ce devait être un homme spécial.

– Qu'est-ce qui vous fait dire ça?

– La façon dont il s'est entêté à découvrir la vérité sur son fils.

– Tout parent aurait fait la même chose.

– Pourquoi éludez-vous?

– Je n'élude pas. C'était une personne très ordinaire. Comme moi, comme n'importe qui d'autre. Vous ne comprenez pas? Tout le problème est là. »

Elle sourit brusquement.

« C'est exactement ce qui m'intrigue. Il n'y a plus beaucoup de gens ordinaires, de nos jours.

– Que voulez-vous dire? » Il la regarda avec un soupçon de méfiance. Il était cependant désarmé par son sourire.

« Je veux dire que peu de gens semblent prêts à être simplement des êtres humains, à en prendre la responsabilité. N'êtes-vous pas d'accord?

– Je ne peux pas juger. » D'une façon curieuse, elle le faisait se sentir coupable. En fait, qu'avait-il fait? Il avait attendu, remis à plus tard, pris quelques rendez-vous. C'était tout. Se moquait-elle de lui?

« Comment le savez-vous? demanda-t-il prudemment. Je veux dire... comment saviez-vous que je connaissais Gordon?

– Stanley me l'a dit.

– Parce que vous connaissez aussi Stanley.

– Qui ne le connaît pas?

– Il n'a pas dû vous faire une très jolie description de moi.

– Oh! Stanley a un petit faible pour vous, Mr. Du Toit. » Elle le regarda droit dans les yeux. « Mais vous m'avez dit que vous préfériez ne pas en parler. Aussi, je ne vous retiendrai pas. Au revoir. »

Il la regarda descendre les marches. Arrivée au pied des escaliers, elle se retourna et lui fit un signe. Il leva la main, plus pour la rappeler que pour lui dire au revoir, mais elle était déjà partie. En descendant les marches à son tour, l'image de ses grands yeux francs était encore gravée dans son esprit. Il avait conscience d'un sentiment de perte : comme s'il avait raté quelque chose, merveilleusement et fugitivement possible, même s'il ne pouvait pas se l'expliquer, lui-même.

Elle ne le laissa pas en paix pendant le reste de la journée et durant toute la nuit. Ce qu'elle avait dit de Stanley, ce qu'elle avait dit de Gordon, de lui-même. Son étroit visage aux yeux sombres; sa bouche fragile.

Deux jours plus tard, à l'heure du déjeuner, alors qu'il prenait son thé avec un toast, dans un petit café grec, bondé, non loin du tribunal, elle apparut soudain près de lui. Elle dit : « Ça vous dérange si je m'installe là? Il n'y a pas de place, ailleurs. »

Ben se leva d'un bond, heurta le bord de la table et répandit un peu de thé dans sa soucoupe.

« Bien sûr. » Il tira une chaise, face à lui.

« Je ne veux pas vous déranger, si vous n'êtes pas d'humeur à parler, dit-elle, l'œil moqueur. Je peux m'occuper, toute seule.

– Ça ne me dérange pas de parler. Tout s'est si bien passé au tribunal, ce matin.

– Vous trouvez?

« – Vous étiez là, n'est-ce pas? » Il ne put réprimer son excitation. « Avec ce Tsabalala qui se retourne contre eux et tout ça... toute leur affaire est en train de s'effondrer. De Villiers va les réduire en poudre. »

Elle sourit légèrement. « Croyez-vous vraiment que ça change quoi que ce soit, pour finir?

– Bien sûr. C'est clair comme de l'eau de roche. De Villiers, les étouffe dans leurs propres mensonges.

– J'aimerais en être sûre. »

Le serveur lui apporta un menu sale recouvert d'un plastique déchiré. Elle lui passa immédiatement sa commande.

« Pourquoi êtes-vous aussi sceptique? », demanda Ben, une fois le serveur parti.

Coudes appuyés sur la table, elle mit son menton entre ses mains. « Qu'allez-vous faire si ça ne marche pas?

– Je n'y ai pas encore réfléchi.

– Vous avez peur?

– De quoi?

– De rien en particulier. Juste peur.

– J'ai peur de ne pas du tout vous comprendre. » Ses yeux insistants refusèrent de le laisser s'échapper.

« Je crois que vous me comprenez très bien, Mr. Du Toit. Vous souhaitez désespérément que ça marche.

– Ne le voulons-nous pas, tous tant que nous sommes?

– Si. Mais vous le voulez pour une raison différente. Parce que, vous, vous êtes impliqué.

– Vous ne cherchez donc qu'une histoire pour votre journal? dit-il, amèrement déçu.

– Non. » Elle le regardait toujours, immobile. « Je vous l'ai déjà dit, avant-hier. Je veux savoir, pour moi. Je *dois.*

– Vous devez?

– Moi aussi, je m'arrange pour être constamment impliquée. Je sais que je suis une journaliste. Je suis censée être objective et ne pas me laisser entraîner dans ces choses-là. Mais je n'aurais pas pu vivre avec moi-même si ça n'avait pas été plus que ça, autre chose. C'est... eh bien, on se pose parfois des questions sur ses motivations. C'est pourquoi j'ai pensé que vous pouviez m'aider.

– Vous ne me connaissez même pas, Melanie.

– Non. Mais je suis prête à prendre le risque.

– Est-ce vraiment un risque?

– Vous ne pensez pas? » Il y avait quelque chose d'ironique dans le ton grave de sa voix. « Quand une personne se trouve par hasard près d'une autre personne, ne croyez-vous pas que ce soit la chose la plus dangereuse qui puisse arriver?

– Ça dépend, dit-il calmement.

– Vous n'aimez pas les réponses franches, n'est-ce pas? Chaque fois que je vous pose une question, vous me répondez : " Ça dépend " ou " Peut-être " ou " Je ne vois pas ce que vous voulez dire ". Je veux savoir *pourquoi*. Parce que je sais que vous êtes différent.

– Qu'est-ce qui vous fait croire ça?

– Stanley.

– Supposez qu'il ait commis une erreur?

– Il connaît trop la vie pour commettre ce genre d'erreurs.

– Dites-m'en davantage sur lui », dit Ben, soulagé de trouver une issue de secours.

Melanie éclata de rire. « Il m'a beaucoup aidée, dit-elle. Je ne veux pas seulement parler de mes articles... ça aussi, de temps à autre... mais je veux dire qu'il m'a aidée à trouver mon équilibre. Surtout au début quand je suis devenue journaliste. Ne vous laissez pas avoir par son côté " joie de vivre ". Il y a autre chose en lui.

– Je présume que son taxi n'est qu'une façade pour d'autres choses.

– Bien sûr. Ça lui facilite ses allées et venues. Il fait certainement du trafic d'herbe, sinon de diamants. » Elle sourit. « C'est une espère de diamant lui-même, vous ne trouvez pas? Un gros diamant noir, brut. J'ai découvert, il y a longtemps, que si nous avions vraiment besoin de quelqu'un, d'un homme en qui nous puissions avoir totalement confiance, c'était bien Stanley. »

Le serveur arriva avec ses sandwiches et son thé.

Après son départ, elle remit adroitement la conversation sur Ben : « C'est pourquoi j'ai décidé de tenter ma chance et de vous parler. »

Il se versa une seconde tasse de thé, sans sucre, en la regardant toujours très sérieusement. « Vous savez, admit-il, je n'arrive pas à me faire une idée à votre sujet. Ou je vous crois, ou vous êtes une journaliste beaucoup plus douée que je ne le pensais.

– Mettez-moi à l'épreuve.

– En dépit de ce que vous pouvez croire, s'exclama-t-il, je ne peux vous raconter que bien peu de chose sur Gordon. »

Elle haussa légèrement les épaules en mâchonnant son sandwich. Quelques miettes restèrent collées sur ses lèvres. Elle les ôta d'un coup de langue – mouvement rapide et normal qui le remua sensuellement.

« Ce n'est pas pour ça que je suis venue m'asseoir ici.

– Non, je sais. » Il sourit, sa méfiance quelque peu calmée. Il avait l'impression d'être un écolier.

« J'ai été secouée de voir Archibald Tsabalala dans le box, ce matin, dit-elle. Là, debout, il leur disait bien en face ce qu'ils lui avaient fait, tout en sachant qu'il allait, quelques minutes plus tard, être rendu à ses bourreaux. » Ses yeux sombres se tournèrent vers lui, dans un mouvement de confiance : « Pourtant, dans un sens, je peux comprendre ça. Tous ces Tsabalala. Peut-être sont-ils les seuls à pouvoir se le permettre. Ils n'ont rien à perdre. A part leurs vies. Et que reste-t-il de la vie quand on a été à ce point dévêtu? Ça ne peut pas être pire. Ça ne peut que s'améliorer. Pourvu qu'ils soient en nombre suffisant. Comment un gouvernement peut-il gagner une guerre contre une armée de cadavres? »

Il ne dit rien, sentant bien qu'elle n'avait pas fini.

« Mais *vous,* déclara-t-elle au bout d'un moment, vous avez tout à perdre. Qu'en est-il pour vous?

– Ne parlez pas ainsi, je vous en prie. Je n'ai encore rien fait. »

Elle secoua la tête lentement tout en le regardant. Ses longs cheveux noirs bougèrent doucement, lourdement autour de son étroit visage.

« A quoi pensez-vous, Melanie?

– Il est temps d'y retourner. La séance va bientôt reprendre. Vous risquez de ne pas avoir de place. »

Il la regarda fixement, quelques secondes encore, puis leva la main pour appeler le serveur. En dépit de ses protestations, il paya aussi sa part. Et puis ils retournèrent au tribunal sans dire un mot.

Le dernier jour de l'enquête, immédiatement après le verdict, il sortit du tribunal, ahuri et épuisé, et s'arrêta sur la chaussée. Il y avait foule à l'extérieur. Surtout des Noirs qui criaient, brandissaient le poing et chantaient des chants de liberté. Les gens passaient devant lui. Certains le bousculaient. Il en était à peine conscient. Tout s'était terminé si brusquement. Le verdict avait été trop sévère. Il essayait encore de le comprendre. *En conséquence je déclare que Gordon Ngubene s'est suicidé en se pendant, le matin du 25 février. D'après les preuves qui nous ont été données, sa mort ne peut être attribuée à aucun acte ou*

150

négligence équivalant à un délit criminel de la part de quiconque.

Deux personnes se détachèrent de la foule et se dirigèrent vers lui. Il ne s'en aperçut que lorsqu'elles le touchèrent. Stanley, avec ses verres fumés et son éternel sourire. Et, accrochée à son bras, une masse informe, Emily. Elle essaya de parler, mais n'y parvint pas. Puis elle se jeta à son cou et se mit à sangloter contre sa poitrine. Son poids le fit chanceler. Il dut passer ses bras autour d'elle pour conserver son équilibre. Elle continua de pleurer pendant que les caméras filmaient les marches. Elle s'agrippa à lui jusqu'à ce que Stanley la reprenne doucement mais résolument.

Comme elle, Ben était trop secoué pour parler.

Mais Stanley tenait fermement les commandes. Posant une lourde main sur l'épaule de Ben, il dit de sa voix profonde et résonnante : « Ne t'inquiète pas, lanie. Nous sommes encore vivants. »

Puis ils disparurent tous deux dans la foule.

Un instant plus tard, une petite silhouette aux longs cheveux s'approcha de lui et le prit par le bras.

« Venez », dit-elle.

Au même moment, la police arriva avec les chiens pour disperser la foule. Dans la confusion, ils se sauvèrent et gagnèrent leur misérable petit café grec. Il était presque vide à cette heure-là. L'un des néons du plafonnier s'était éteint et l'autre s'allumait par intermittence. Ils prirent place à une table cachée derrière une énorme plante en pot et commandèrent du café.

Ben n'était pas d'humeur à parler. Il rêvassait et ressassait ses sombres pensées. Sans faire de commentaires, Melanie but sa tasse en silence. Elle finit par lui demander :

« Ben, vous attendiez-vous à un verdict différent ? »

Il leva la tête, surpris par cette question et acquiesça en silence.

« Et maintenant?

– Pourquoi me demandez-vous ça? », dit-il en colère.

Sans répondre, elle fit signe au serveur et redemanda du café.

« Pouvez-vous *le* comprendre? », demanda-t-il, en lui lançant un défi.

Elle répondit calmement : « Oui, bien sûr, je le peux. Que pouvaient-ils décider d'autre? Ils ne peuvent pas reconnaître qu'ils ont tort, n'est-ce pas? C'est la seule façon pour eux de continuer.

– Je ne le crois pas, dit-il avec obstination. Ça n'était pas n'importe quoi. C'était une cour de justice.

– Vous devez l'admettre, Ben. Ça n'est pas vraiment la tâche d'un tribunal de décider du juste ou de l'injuste. Son premier devoir est d'appliquer la loi.

– Qui vous a rendue si cynique? », s'exclama-t-il, abasourdi.

Elle secoua la tête. « Je ne suis pas cynique. J'essaie seulement d'être réaliste. » Son regard s'adoucit. « Vous savez, je me souviens très bien que mon père jouait au père Noël quand j'étais petite. Il me gâtait toujours, mais son jeu favori était celui du père Noël. Quand j'ai eu cinq ou six ans, j'ai découvert que toute cette histoire de père Noël ne voulait rien dire. Mais je ne pouvais pas me décider à lui en faire part parce que ça *l*'amusait tellement.

– Qu'est-ce que ça a à voir avec Gordon? demanda-t-il, l'air sombre.

– Nous n'arrêtons pas, tous tant que nous sommes, de jouer aux pères Noël. Nous avons peur de découvrir la vérité, mais c'est inutile. Un jour ou l'autre, nous devons l'affronter.

– Et " la vérité " veut dire que vous rejetez l'idée de justice? dit-il, furieux.

– Pas du tout. » Elle semblait prête à le calmer

comme si c'était elle la plus âgée. « Je ne rejette pas l'idée de justice. J'ai seulement appris que ça ne servait à rien de l'attendre, dans certaines situations.

– Quelle est l'utilité d'un système où il n'y a plus place pour la justice? »

Elle le regardait, silencieuse, d'un air ironique.

« Exactement. »

Il secoua la tête lentement. « Vous êtes encore bien jeune, Melanie. Vous pensez encore en termes de tout ou rien.

– Certainement pas. J'ai rejeté les absolus le jour où j'ai rejeté le père Noël. Mais vous ne pouvez pas espérer vous battre pour la justice, si vous ne connaissez pas très bien l'injustice. Vous devez d'abord apprendre à connaître votre ennemi.

– Etes-vous bien sûre de connaître votre ennemi?

– Du moins n'ai-je pas peur de le regarder en face. »

Irrité, il repoussa sa chaise et se leva avant même d'avoir touché à sa seconde tasse de café. « Je m'en vais, déclara-t-il. Ça n'est pas un endroit pour parler. »

Sans protester, elle le suivit. La circulation avait diminué. Les rues semblaient vides. Un air chaud et odorant flottait en ondes nonchalantes entre les bâtiments.

« N'y pensez pas trop, dit Melanie quand ils furent sur le trottoir. Essayez d'abord de dormir et d'oublier. Je sais ce que ça représentait pour vous. Vous avez passé un bien mauvais moment.

– Où allez-vous? demanda-t-il presque affolé à l'idée de la voir l'abandonner.

– Je vais prendre mon bus à Market Street.

– Melanie... »

Elle se retourna, faisant ainsi bouger sa lourde chevelure.

« Puis-je vous ramener chez vous?

« – Si ça ne vous écarte pas trop de votre chemin.

– Où habitez-vous ?

– Westdene.

– C'est très facile. »

Ils restèrent l'un en face de l'autre pendant un moment, leur fragilité exposée dans la triste lumière de l'après-midi. En de tels moments insignifiants, écrivit-il plus tard, une vie peut se décider à prendre un autre cours.

« Merci », dit-elle.

Ils ne parlèrent plus en se dirigeant vers le parking, ni dans la voiture, en traversant le pont, en descendant Jan Smuts Avenue et en prenant Empire Road. Peut-être le regrettait-il maintenant. Il aurait préféré être seul, rentrer seul. La présence de Melanie l'affectait comme une lumière sur des yeux mal protégés.

La maison était dans la partie la plus ancienne de la banlieue, à flanc de colline ; une maison à deux étages, entourée d'un grillage défoncé. Une horrible maison des années vingt ou trente, avec une véranda inclinée, abritant le porche rouge ; colonnades recouvertes de bougainvillées ; volets verts déformés et pendants, gonds cassés. Mais le jardin était attrayant : pas de pelouses, pas de ruisseaux ou de recoins exotiques, mais des parterres de fleurs bien entretenus, des buissons, des arbres ; un morceau de végétation luxuriante.

Ben descendit pour lui ouvrir la portière, mais quand il eut fait le tour de la voiture, elle était déjà sortie. Hésitant, maladroit, il attendit.

« Vous habitez seule ? finit-il par demander, incapable de faire aller cette maison avec elle.

– Avec mon père.

– Bien. Il vaudrait mieux que je m'en aille. » Il se demanda s'il devait lui tendre la main.

« Vous ne voulez pas entrer un moment ?

– Non, merci. Je ne suis pas d'humeur à rencontrer d'autres personnes en ce moment.

– Papa n'est pas à la maison, elle plissa les yeux pour le voir dans les dernières lueurs du jour. Il est allé faire de l'alpinisme dans le Magaliesberg.

– Tout seul?

– Oui. Je suis un peu inquiète parce qu'il a presque quatre-vingts ans et n'est pas en très bonne santé. Mais personne ne peut l'empêcher d'aller dans la montagne. D'habitude, j'y vais avec lui, mais cette fois-ci, je devais rester pour l'enquête.

– Ça n'est pas trop difficile de vivre dans un endroit aussi isolé?

– Non. Pourquoi? Je peux aller et venir à ma guise. » Au bout d'un moment. « Et on a besoin d'un endroit comme celui-ci pour se retirer quand on en a envie.

– Je sais. J'ai tendance à faire la même chose. » Il était peut-être en train de donner beaucoup plus qu'il ne comptait le faire. « Mais je suis plus vieux que vous.

– Qu'est-ce que cela change? Nos besoins dépendent de nous seuls.

– Oui, mais vous êtes jeune. Vous ne préférez pas la compagnie d'autres personnes pour vous amuser?

– Qu'appelez-vous " s'amuser "? dit-elle, légèrement ironique.

– Ce que les jeunes veulent normalement dire par ce mot.

– Oh! je me suis amusée à ma façon quand j'étais plus jeune, dit-elle. Je m'amuse encore. Vous savez, j'ai même été mariée, à une époque. »

Il avait du mal à le croire. Elle avait l'air si jeune. Mais en la regardant de nouveau droit dans les yeux, il se sentit moins sûr de lui.

« Vous avez dit que vous étiez pressé de rentrer chez vous, Mr. Du Toit », lui rappela-t-elle.

Elle l'avait d'abord appelé par son prénom et ce fut cette brusque solennité qui le poussa à dire : « J'entre si vous m'offrez une tasse de café. Je n'ai pas bu ma deuxième tasse lorsque nous étions dans ce bar.

– Ne vous croyez pas obligé. » Elle franchit la grille de fer en mauvais état et suivit la petite allée inégalement pavée qui menait au porche. Il lui fallut du temps pour trouver la clé dans son sac. Puis elle ouvrit la porte.

« Suivez-moi. »

Elle le précéda dans un grand bureau : deux pièces dont les cloisons avaient été abattues, laissant ainsi une vaste arche, soutenue de chaque côté par une énorme défense d'éléphant. La plupart des murs étaient tapissés de livres; quelques bibliothèques vitrées, anciennes. Le reste n'était que planches de sapin en équilibre précaire sur des briques. Quelques tapis persans usés, quelques dépouilles d'oryx et de gnous. Les rideaux des grandes baies vitrées étaient en velours fané – un velours qui avait dû être vieil or dans le temps, d'un brun jaunâtre maintenant. Entre les bibliothèques, des reproductions de tableaux : *Les Trois Jeunes Filles sur le pont* de Münch, un *Titus* par Rembrandt, une nature morte de Braque, un Picasso première époque, *Les Cyprès* de Van Gogh. Plusieurs fauteuils avec des chats endormis dessus. Une charmante table sculptée. Un jeu d'échecs avec des pièces en ivoire et en ébène, d'inspiration orientale. Un vieux piano, un bureau. Tous les espaces disponibles – bureau, tables, sol inclus – étaient recouverts de papiers et de livres. Par terre, un entrelacs de fils allait du pick-up aux deux énormes baffles. Toute la pièce sentait le tabac froid, les chats, la poussière, le renfermé.

« Mettez-vous à votre aise », dit Melanie en enlevant un tas de livres, de journaux, de manuscrits, d'un fauteuil et en persuadant l'un des innombrables chats, ensommeillé et bien gras, de s'en aller. Elle se dirigea vers la discothèque. Les étagères étaient si bien garnies que les battants ne fermaient plus. Elle alluma une lampe, dont la lueur éclaira le chaos splendide de la pièce. D'une façon étrange, Melanie semblait appartenir à cette pièce, et semblait en même temps totalement déplacée dans cet environnement. Elle y appartenait parce qu'elle était tout à fait chez elle et trouvait très facilement son chemin dans ce labyrinthe. Déplacée parce que tout était trop vieux, trop moisi par rapport à elle, si jeune, si intacte.

« Vous voulez vraiment du café? » La lumière touchait ses épaules, une joue, une partie de ses cheveux sombres et lumineux. « Vous ne préférez pas quelque chose de plus fort?

– Vous prenez quelque chose, vous aussi?

– Je crois que nous en avons besoin après une journée pareille. » Elle passa sous l'arche flanquée des surprenantes défenses d'éléphant. « Cognac?

– Oui, s'il vous plaît.

– Avec de l'eau?

– Merci. »

Elle sortit. Il se mit à explorer la double pièce, trébucha sur les fils, fit machinalement courir sa main sur les reliures. Il semblait y avoir le même manque d'ordre parmi les livres que dans la pièce elle-même. Rangés au hasard, les uns à côté des autres, un Homère, la Vulgate, un assortiment de commentaires sur la Bible, des travaux philosophiques, de l'anthropologie, des journaux de voyage, anciens, reliés plein cuir, de l'histoire de l'Art, de la musique, les *Oiseaux d'Afrique,* de la botanique, des dictionnaires d'anglais, d'espagnol, d'allemand, d'italien, de portugais, de suédois, de latin. Des livres de poche. Rien ne semblait neuf. Tout était usé, feuilleté, lu. Les quelques livres qu'il sortit et ouvrit étaient cornés, annotés, soulignés.

Il resta quelques instants devant l'échiquier, toucha doucement les pièces délicatement sculptées, exécuta quelques mouvements classiques – harmonie satisfaisante conçue par Ruy Lopez : blanc-noir, noir-blanc – et ressentit pour la première fois une envie : jouer avec un jeu comme celui-là après avoir joué avec son jeu usé, abîmé. Vivre en contact permanent avec lui, comme cette Melanie.

Elle entra si doucement qu'il ne l'entendit pas. Il fut surpris lorsqu'elle dit : « Je pose votre verre ici. »

Ben se retourna. Elle avait ôté ses chaussures et s'installait confortablement dans le fauteuil qu'elle avait débarrassé quelques instants plus tôt. Jambes repliées, un chat sur les genoux. Il libéra une chaise en face d'elle et prit le verre qu'elle avait posé sur une pile de livres. Deux gros chats s'approchèrent de lui, la queue en l'air, en ronronnant.

Dans l'atmosphère douillette, sombre, de cette pièce désordonnée, ils restèrent longtemps assis, à boire. Il sentait la fatigue exsuder de lui, comme un manteau trop lourd glisse peu à peu d'un cintre, sur le sol. Au-dehors, le crépuscule tombait. Et dans la pénombre de la pièce, caressés par la lueur jaune de l'unique lampe, les chats se déplaçaient en silence, invisibles dans l'espace que la lumière ne pouvait atteindre.

Provisoirement – provisoirement seulement – les dures réalités de cette longue journée s'effacèrent : le tribunal, la mort, les mensonges, les bourreaux, Soweto, la ville, tout ce qui avait été si insupportable dans le petit café minable. Cela ne disparaissait pas totalement, non. C'était comme un dessin au fusain que la main aurait légèrement estompé, atténuant ainsi la dureté des traits.

« Quand rentre votre père? »

Elle haussa les épaules. « Je ne sais pas. Il n'est jamais tenu par un emploi du temps défini. Encore quelques jours, je pense. Il est parti il y a une semaine.

– Ici, tout ressemble au bureau du docteur Faust. »

Elle ricana. « C'est bien lui, oui. Si seulement il croyait au Diable, il se serait peut-être décidé à lui vendre son âme.

– Que fait-il? » C'était un soulagement de parler de son père, d'oublier ce qui s'était passé, d'oublier leurs petites personnes.

« Il était professeur de philosophie. A la retraite depuis des années. Maintenant, il fait ce dont il a envie. Et, de temps à autre, il part dans la montagne pour ramasser des plantes, toutes sortes de choses. Il a parcouru tout le pays, jusqu'au Botswana et à l'Okavango.

– Ça ne vous fait rien de rester ici?

– Pourquoi?

– Je ne faisais que vous poser la question.

– Nous nous entendons parfaitement. » Dans l'obscure lueur dorée de la lampe, entourée par tout ce qui lui était familier, elle semblait moins réticente. « Voyez-vous, il avait presque cinquante ans quand il est revenu de guerre et qu'il a épousé ma mère, à Londres. Elle était... oh! bien plus jeune que lui. La fille d'un vieil ami. Et, après une belle histoire de trois semaines – elle n'était qu'une enfant lorsqu'il avait fait sa connaissance; il n'avait pas fait attention à elle – ils se sont mariés. Mais elle n'arrivait pas à s'habituer à l'Afrique du Sud. Un an après ma naissance, ils ont divorcé. Elle est retournée à Londres et nous ne nous sommes plus revues depuis. Il m'a élevée, tout seul. Je ne sais pas comment il s'est débrouillé. C'est l'homme le plus dépourvu de sens pratique que je connaisse. » Tout fut calme pendant un moment, hormis le ronronnement des chats et le craquement du fauteuil lorsqu'elle bougea les jambes. « Il a d'abord fait du droit. Il est devenu avocat, puis, lassé, il a tout laissé tomber et est parti pour l'Allemagne où il est allé étudier la philosophie. C'était au début des années trente. Il a passé quelque temps à Tübingen, à Berlin, et un an à Iéna. Mais il était si déprimé par ce qui se passait qu'il est revenu ici vers 1938. Quand la guerre a éclaté, il a rejoint l'armée pour se battre contre Hitler et a fini la guerre en passant trois années dans un camp, en Allemagne.

– Et vous, dans tout ça? »

Elle leva les yeux et l'étudia pendant une minute. « Il n'y a pas grand-chose à dire de moi.

– Qu'est-ce qui vous a poussée à devenir journaliste?

– Je me pose parfois la question. » Elle se tut de nouveau, puis comme si elle venait de prendre brusquement une décision, elle dit : « Très bien, je vais vous le dire. Je ne sais pas pourquoi. Je déteste parler de moi. »

Il attendit calmement, conscient d'une détente de plus en plus grande, d'une ouverture rendue possible par l'obscurité extérieure, par l'atmosphère douillette de la vieille maison.

« J'ai été éduquée de façon très sécurisante, dit-elle. Mon père n'était pas possessif – pas ouvertement, en tout cas. Je crois qu'il avait assez vu la confusion qui régnait dans le monde pour vouloir me protéger du mieux qu'il pouvait. Il n'était pas contre la souffrance en tant que telle, mais contre toute souffrance inutile. Et plus tard, à l'université, j'ai choisi une matière bien tranquille. Littérature surtout, en espérant devenir professeur. Puis j'ai épousé un garçon que j'avais rencontré pendant mes études. C'était l'un de mes anciens professeurs. Il m'adorait; il aurait fait n'importe quoi pour moi, comme papa. » Elle secoua la tête. Sa chevelure remua. « Je suppose que c'est là que les ennuis ont commencé.

– Pourquoi? » Ben ressentit tout à coup le besoin impérieux de voir Linda.

« Je ne sais pas. Peut-être y avait-il quelque chose

de contraire en moi. A moins que ce ne soit l'inverse? Je suis Gémeaux, voyez-vous. » Sourire provocant. « Profondément, je pense que je suis simplement paresseuse. Rien ne me serait plus facile que de me laisser aller, que de me laisser porter, que de m'enfoncer comme dans l'un de ces fauteuils. Mais c'est dangereux. Vous comprenez ce que je veux dire? Je peux vivre une existence si préservée que je m'arrête en fait de vivre, de sentir. Je finis par me moquer de tout, comme si j'étais en transes, comme si je vivais constamment dans les nuages. » Elle jouait avec son verre. « Et puis, un jour, je découvre que la vie elle-même s'enfuit et que je ne suis qu'un parasite, quelque chose de blanc, pareil à un ver, pas vraiment un être humain, juste une chose adorable et velléitaire. Même si j'essaie d'appeler à l'aide, ils ne me comprennent pas, ils ne m'entendent pas. Ou ils se disent que ce n'est qu'une autre de mes folies et ils font de leur mieux pour flatter mon caprice.

– Qu'est-il donc arrivé? Qu'est-ce qui vous a sortie de là?

– Je ne suis pas vraiment sûre que quelque chose de dramatique ou de spectaculaire soit nécessaire. Ça arrive, c'est tout. Un matin, vous ouvrez les yeux et vous ressentez une agitation intérieure. Vous ne savez pas ce qui se passe. Vous prenez un bain, vous retournez dans votre chambre et, brusquement, en passant devant la glace, vous vous apercevez. Vous vous regardez. Vous contemplez votre corps nu, un corps que vous avez vu chaque jour de votre vie. Et vous ressentez un choc, parce que vous dévisagez un étranger. Vous regardez vos yeux, votre nez, votre bouche. Vous pressez votre visage contre la surface lisse et froide de la glace, jusqu'à ce qu'elle soit couverte de buée, vous essayez de passer de l'autre côté du miroir, de vous regarder dans le blanc des yeux. Vous reculez, vous contemplez votre corps.

Vous vous touchez, mais tout cela reste étrange. Vous n'arrivez pas à vous réconcilier avec tout cela. Un besoin urgent naît en vous. Un besoin de courir dans la rue, comme vous êtes, nu, et de crier les pires obscénités auxquelles vous pouvez penser. Mais vous réprimez votre désir, bien entendu. Et ça vous fait vous sentir encore plus prisonnier qu'avant. Puis vous vous rendez brusquement compte que vous avez attendu toute votre vie quelque chose de spécial, quelque chose de vraiment valable. Mais ce qui arrive, c'est que le temps s'enfuit. C'est tout.

– Je sais, dit Ben calmement. Vous croyez que je ne le sais pas? Attendre, attendre. Comme si la vie était un avoir dans une banque, un dépôt qui vous serait restitué un jour, une fortune. Et puis vous ouvrez les yeux et vous découvrez que la vie ne vaut guère plus que la petite monnaie qui se trouve dans votre poche revolver, aujourd'hui. »

Elle se leva et se dirigea vers la fenêtre. Petite silhouette contre le soir – sans défense, puérile, aux épaules fragiles.

« Si un incident m'a vraiment ouvert les yeux, dit-elle en se tournant vers lui, c'est vraiment quelque chose de banal en soi. Un jour, notre domestique est tombée malade, j'ai dû la ramener chez elle, à Alexandra. Elle travaillait pour nous depuis des années. D'abord pour papa et moi; puis, après mon mariage, pour Brian et moi. Nous nous entendions très bien. Nous lui donnions un bon salaire, etc. Mais c'était la première fois que je mettais les pieds chez elle, vous savez. Et ça m'a secouée. Une petite maison de briques. Pas de plafond, pas d'électricité, un sol en ciment. Dans la salle à manger, une table recouverte d'un morceau de toile cirée, deux chaises branlantes et un petit buffet. Dans l'autre pièce, un lit à une place et quelques bidons de pétrole. C'était tout. C'était là qu'elle vivait, avec son mari, trois de ses plus jeunes enfants. Ils dormaient dans le lit, chacun leur tour. Les autres dormaient par terre. Pas de matelas. C'était l'hiver et les enfants toussaient. » Sa voix s'étrangla. « Vous comprenez? Ça n'était pas la pauvreté en tant que telle; on connaît la pauvreté, on lit les journaux; on n'est pas aveugle; on a même une " conscience sociale ". Mais je croyais connaître Dorothy. Elle avait aidé papa à m'élever. Elle avait vécu chaque jour de ma vie dans la même maison que moi. C'est la première fois que j'ai vraiment eu l'impression de jeter un coup d'œil dans la vie de quelqu'un d'autre. Comme si, pour la première fois, je découvrais que d'autres vies *existaient.* Et, pire, j'avais le sentiment de connaître aussi peu ma vie que la leur. » D'un mouvement brusque, elle fit le tour du bureau et saisit son verre vide. « Je vais en chercher encore un peu.

– C'est assez pour moi », dit-il. Mais elle avait déjà disparu, suivie par deux chats silencieux.

« Vous n'avez certainement pas divorcé à cause de ça? » demanda-t-il lorsqu'elle revint.

Le dos tourné, elle mit un disque sur la platine – l'une des dernières sonates de Beethoven. La musique flottait imperceptiblement dans la pièce surchargée d'objets.

« Comment peut-on prendre une telle décision? », dit-elle en se lovant de nouveau dans son fauteuil. « Ça n'est pas la seule chose qui se soit produite. Bien sûr que non. Je souffrais de plus en plus de claustrophobie. Je devenais irritable, pas très raisonnable. Le pauvre Brian n'avait aucune idée de ce qui se passait. Papa non plus, d'ailleurs. En fait, je suis restée loin de lui pendant un an environ; je n'arrivais pas à me faire à l'idée de l'affronter; je ne savais pas quoi lui dire. Et après le divorce, je me suis installée dans un appartement.

– Et maintenant vous êtes revenue vivre avec lui, lui rappela-t-il.

– Oui, mais je ne suis pas revenue pour me faire bichonner de nouveau. Je suis seulement revenue parce qu'il avait cette fois besoin de moi.

– Et puis vous êtes devenue journaliste?

– J'ai pensé que ça me forcerait, que ça m'aiderait à m'exposer. Pour m'empêcher de retomber dans la vieille euphorie. Pour m'obliger à voir ce qui se passait autour de moi.

– N'était-ce pas plutôt rigoureux?

– Je devais faire quelque chose d'énergique et de rigoureux. Je me connaissais trop bien. Il ne me fallait pas beaucoup pour retomber doucement dans l'autosatisfaction et le doux plaisir d'être chouchoutée par les autres. Mais je ferai tout ce qu'il faut pour que ça ne se reproduise pas. Vous me comprenez?

– Et ça a marché? » demanda Ben. Le second cognac renforçait l'effet du premier et le poussait à se détendre, à flotter dans un bien-être étrange.

« J'aimerais vous donner une réponse directe. » Elle le cherchait des yeux comme si elle espérait découvrir un indice.

Elle poursuivit au bout de quelques instants : « J'ai d'abord fait un long voyage. Surtout en Afrique.

– Comment avez-vous pu le faire avec un passeport sud-africain?

– Ma mère était anglaise; vous vous souvenez? J'avais donc un passeport britannique. Ça me sert bien lorsque le journal veut envoyer un reporter.

– Et vous êtes sortie de tout ça, intacte? »

Bref éclat de rire, presque amer. « Pas toujours. Mais je ne pouvais pas en espérer tant, n'est-ce pas? Après tout, c'était l'une des raisons pour lesquelles j'avais rompu.

– Qu'est-il arrivé? »

Elle haussa les épaules. « Je ne vois pas pourquoi je devrais vous raconter toutes mes histoires mélodramatiques.

– A présent, c'est vous qui éludez. »

Elle le regarda droit dans les yeux, le jaugea en réfléchissant. Puis, comme si elle était obligée d'échapper à quelque chose, elle se releva et se mit à faire les cent pas dans la pièce, remit les livres en ordre.

« J'étais au Mozambique en 74, finit-elle par dire. Juste au moment où le Frelimo perdait le contrôle après l'indépendance. » Pendant un instant, elle sembla se raviser, puis, le dos tourné, elle ajouta : « Une nuit, alors que je regagnais mon hôtel, j'ai été arrêtée par un groupe de soldats saouls. Je leur ai montré ma carte de presse mais ils me l'ont jetée à la figure.

– Et puis?

– Qu'est-ce que vous croyez? Ils m'ont entraînée dans un terrain vague et ils m'ont violée. Ensuite, ils m'ont abandonnée, là. » Rire inattendu. « Vous savez ce qui a été le plus dur? C'est de rentrer à l'hôtel bien après minuit et de découvrir qu'il n'y avait pas d'eau chaude. »

Il fit un geste rageur, désespéré. « Mais vous ne pouviez pas porter plainte, faire quelque chose?

– Me plaindre à qui?

– Et le lendemain, vous êtes rentrée?

– Bien sûr que non. Je devais terminer mon reportage.

– C'est de la folie! »

Elle haussa les épaules, amusée par sa colère. « Deux ans plus tard, j'étais en Angola.

– Ne venez pas me raconter que vous avez été de nouveau violée?

– Oh! non. Mais j'ai été arrêtée avec un groupe de journalistes étrangers. Nous avons été enfermés dans une salle de classe jusqu'à ce qu'ils aient pu vérifier tous nos papiers. Nous avons été gardés pendant cinq jours. Nous étions cinquante ou soixante dans la pièce. Si nombreux en fait que nous n'avions pas la place de nous allonger pour dormir. Nous devions nous adosser les uns aux autres. » Autre gloussement. « Le problème n'était pas tant la chaleur, le manque d'air ou la vermine que le dérangement intestinal. La plus horrible colique de ma vie. Et je ne pouvais absolument rien faire. Je suis repartie avec le même jean que je portais, à l'heure de mon arrestation. »

Elle remplit les deux verres de cognac.

« Peu après, le journal m'a envoyée au Zaïre, poursuivit-elle. Au début de la rébellion. Mais ça n'était pas aussi mal. Sauf un soir. Nous étions sur le fleuve, dans un petit canot à moteur. Soudainement, nous avons été pris dans un tir croisé. Nous avons dû nous laisser porter en aval, en nous raccrochant aux débris du bateau. Nous espérions qu'ils n'allaient pas nous mettre en charpie. L'homme qui était avec moi s'en est quand même sorti, malgré une balle en pleine poitrine. Heureusement, il faisait de plus en plus nuit. Ils n'ont donc pas pu nous voir. »

Au bout d'un long moment, il demanda, ahuri : « Ça ne vous a pas complètement bousillée ? Ce jour-là, au Mozambique... Vous n'avez pas eu l'impression que vous ne seriez plus jamais la même ?

— Peut-être ne voulais-je plus être la même.

— Mais... pour quelqu'un comme vous... éduquée comme vous l'aviez été... une fille... une femme...?

— Est-ce que ça fait une différence ? Peut-être cela m'a-t-il facilité les choses.

— Dans quel sens ?

— Pour sortir de moi-même. Pour me libérer de mes complexes. Pour apprendre à en demander moins. »

Il vida son verre d'un trait, secoua la tête.

« Pourquoi cela vous surprend-il ? demanda-t-elle. J'ai dû apprendre toutes ces choses qui vous sont venues naturellement quand vous avez commencé à vous occuper de Gordon. J'ai dû me pousser à chaque mètre du chemin pour en arriver là. Parfois, ça m'affole de penser que je n'y suis pas encore arrivée.

Peut-être " qu'y arriver " ne fait partie que de la grande illusion?

– Comment pouvez-vous dire que les choses me viennent " naturellement "? » protesta-t-il.

C'est en *lui* que ça se passait à présent. Une soudaine libération, comme un vol de pigeons, enfuis de leur cage. Sans même essayer de l'endiguer ou de le vérifier, encouragé par les confessions de Melanie, par l'atmosphère douillette de la pièce qui rendait les confidences possibles, Ben la laissa s'échapper de lui spontanément, après toutes ces années d'emprisonnement. Son enfance sur une ferme de l'Etat libre, la terrible sécheresse dans laquelle ils avaient tout perdu. Leur vie nomade lorsque son père travaillait dans les chemins de fer. Le voyage annuel en train jusqu'à la mer. Ses années d'université. Et la ridicule guérilla qu'il avait menée contre l'assistant qui avait renvoyé son ami de classe; et Lydenburg où il avait rencontré Susan; la brève satisfaction d'avoir travaillé au milieu des pauvres de Krugersdorp, jusqu'à ce que Susan exige un changement, gênée de vivre dans un endroit où les gens étaient bien plus pauvres qu'eux; et ses enfants, Suzette forte tête et brillante, Linda douce et affectueuse, Johan frustré et agressif. Il lui parla aussi de Gordon : de Jonathan qui travaillait dans leur jardin pendant les week-ends, qui devenait de plus en plus maussade et récalcitrant, qui avait des relations douteuses et disparaissait dans les émeutes; des efforts de son père pour savoir ce qui s'était passé, pourquoi il était mort; de Dan Levinson et de Stanley, de sa visite à John Vorster Square, du capitaine Stolz avec cette petite cicatrice sur la pommette et de son attitude contre la porte : il lançait et rattrapait une orange qu'il pressait avec une satisfaction presque sensuelle chaque fois qu'elle retombait dans sa main; de chaque chose dont il pouvait se souvenir, importante ou non, jusqu'à aujourd'hui.

Après ça, tout fut tranquille. Dehors, la nuit était tombée. De temps à autre, un bruit – une voiture qui passait, la sirène éloignée d'une ambulance ou d'un car de police, l'aboiement d'un chien, des voix dans la rue – étouffé par le velours des rideaux, par tous les livres qui capitonnaient les murs. La sonate de Beethoven était terminée depuis longtemps. Seul mouvement dans la pièce : celui des chats qui, presque invisibles, passaient de temps à autre à la recherche d'un nouveau coin pour dormir.

Bien plus tard, Melanie se leva et vint reprendre son verre.

« Vous voulez boire quelque chose? »

Il secoua la tête.

Pendant un instant, elle se tint près de lui, si près qu'il put humer l'odeur légère de son parfum. Puis elle se détourna et s'en alla avec les verres. Sa robe battait contre ses jambes. Ses pieds nus ne faisaient pas de bruit sur le sol. Dans la grâce tranquille et silencieuse de ses mouvements, Ben trouva quelque chose de si sensuel qu'il sentit la chaleur envahir son visage, sa gorge se serrer. Une conscience d'eux seuls, dans cette maison presque obscure, avec la richesse des livres, les ombres des chats et, au-delà des murs de la double pièce aux défenses d'éléphant grotesques, la suggestion – simple remous subconscient – d'autres pièces, d'autres crépuscules, d'autres obscurités, d'un vide disponible, de lits, de douceur, de silence. Conscience, par-dessus tout, de sa présence à elle, cette jeune femme, Melanie, invisible et mouvante, accessible, « touchable », surprenante dans sa féminité, franche, sans pudeur.

Terrifié, il se leva. Et, quand elle revint, il dit : « Je ne me rendais pas compte qu'il était si tard. Je ferais mieux de rentrer. »

Sans dire un mot, elle l'accompagna jusqu'à la porte d'entrée. Il faisait très sombre sous le porche. La chaleur du jour flottait encore sur les pierres. Elle n'alluma pas.

« Pourquoi m'avez-vous dit d'entrer? demanda-t-il brusquement. Pourquoi m'avez-vous éloigné du tribunal?

– Vous étiez bien trop seul », dit-elle, sans aucun signe de sentimentalisme dans sa voix. Une simple constatation.

« Au revoir, Melanie.

– Vous devez me tenir au courant. Au cas où vous décideriez de faire quelque chose.

– Quelque chose? De quel genre?

– Réfléchissez-y d'abord. Ne vous pressez pas. Mais si vous vous décidiez à suivre l'affaire de Gordon, et si vous aviez besoin de moi pour quoi que ce soit... » Elle le dévisagea dans l'obscurité. « Je serais très heureuse de vous aider.

– Je ne sais pas encore très bien où j'en suis.

– Je le sais. Mais je serai là si vous avez besoin de moi. »

Il ne répondit pas. Son visage brûlait dans la brise du soir. Elle resta sur le seuil tandis qu'il se dirigeait vers sa voiture. Il ressentait un besoin irrésistible, ridicule, de se retourner, de rentrer dans la maison avec elle, de fermer la porte derrière eux, de rejeter ainsi le monde extérieur; mais il savait que c'était impossible. Elle le renverrait à ce même monde auquel elle s'était donnée. Il se précipita vers la voiture. Il mit le moteur en marche, démarra, fit quelques mètres, tourna dans une contre-allée et redescendit la côte en passant une nouvelle fois devant sa maison. Il ne put voir si elle était toujours sous le porche. Mais il savait qu'elle devait être quelque part dans l'obscurité.

« Où étais-tu? Pourquoi es-tu si en retard? », demanda Susan, vexée, pleine de reproches, en le voyant sortir du garage. « Je commençais à me dire qu'il t'était peut-être arrivé quelque chose. J'étais sur le point d'appeler la police.

– Pourquoi m'arriverait-il quelque chose? demanda-t-il, fâché.

– Tu sais l'heure qu'il est?

– Je n'ai pas pu rentrer directement à la maison, Susan. » Il voulait éluder, mais elle restait dans l'encadrement de la porte. « Le tribunal a rendu son verdict, cet après-midi.

– Je sais. J'ai entendu les informations.

– Alors, tu dois comprendre. »

Elle le regarda, soudainement envahie par le doute et le dégoût. « Tu sens l'alcool.

– Je suis désolé. » Il ne fit aucun effort pour s'expliquer.

Indignée, elle s'écarta pour le laisser passer. Mais quand il entra dans la cuisine, elle se laissa attendrir. « Je savais que tu serais fatigué. Je t'ai fait du *bobone*. »

Reconnaissant, coupable, il la dévisagea. « Tu n'aurais pas dû te donner tout ce mal.

– Johan devait manger tôt. Il allait au club d'échecs. Mais j'ai mis notre dîner au chaud.

– Merci, Susan. »

Elle l'attendait dans la salle à manger. Il revint de la salle de bain, cheveux mouillés, bouche barbouillée de dentifrice. Elle avait sorti l'argenterie, ouvert une bouteille de Château Libertas et allumé quelques bougies.

« En quel honneur, tout ça?

– Je savais que cette affaire te bouleverserait, Ben. J'ai pensé que nous méritions une soirée tranquille. »

Il s'assit. Elle lui tendit machinalement la main pour la prière du soir, puis elle remplit les assiettes de viande émincée, de riz, de légumes, à sa manière brusque et efficace. Il eut envie de dire : *Vraiment,*

Susan, je n'ai pas du tout faim. Mais il n'osa pas la contrarier et fit semblant de se régaler, en dépit de sa fatigue, de sa lassitude.

Elle parla beaucoup, essaya de le mettre de bonne humeur, de le détendre, mais provoqua l'effet contraire. Linda a téléphoné pour t'embrasser; Pieter et elle ne pourront malheureusement pas venir le week-end prochain parce qu'il suit un cours sur la Bible. Maman a également téléphoné, du Cap. Père doit inaugurer un bâtiment administratif, à Vanderbijlpark, dans quelques semaines. Ils essaieront de passer. Ben se résigna à ce flot de paroles, trop épuisé pour y résister.

Mais elle s'en rendit compte et se tut en plein milieu d'une phrase. « Ben, tu ne m'écoutes pas. »

Il leva les yeux, surpris. « Pardon? » Puis il soupira. « Je suis désolé, Susan. Je suis absolument crevé, ce soir.

— Je suis si heureuse que ce soit terminé, dit-elle avec une émotion soudaine, en posant sa main sur la sienne. Tu m'as fait faire du souci ces derniers temps. Tu ne devrais pas prendre ces choses à cœur. Peu importe, tout ira mieux à partir de ce soir.

— Mieux? Je croyais que tu avais entendu le verdict aux informations. Après tout ce que l'enquête a révélé...

— Le président avait tous les faits en main, Ben. » Elle voulait le calmer.

« Je les ai entendus, moi aussi, rétorqua-t-il. Et laisse-moi te dire que...

— Tu es un profane, comme nous, dit-elle, patiente. Que savons-nous de la loi?

— Qu'en sait le président? Il n'est pas un juriste, lui non plus. Il n'est qu'un fonctionnaire.

— Il doit savoir ce qu'il fait. Il a des années d'expérience derrière lui. » Avec un sourire : « Allez, Ben, l'affaire a suivi son cours. Elle est classée, à présent. Personne ne peut plus rien y faire.

— Ils ont tué Gordon. Ils ont d'abord tué Jonathan.

Et lui, maintenant. Comment peuvent-ils si facilement oublier?

— S'ils avaient été coupables, le tribunal l'aurait dit. J'étais aussi choquée que toi quand nous avons appris la mort de Gordon, Ben. Mais ça ne sert à rien de revenir là-dessus. » Elle pressa sa main plus désespérément. « C'est fini, maintenant. Tu es de retour à la maison. tu peux te reposer. » Avec un sourire — essayait-elle de lui redonner courage? essayait-elle de s'en donner? — elle insista : « Maintenant, termine ton plat et allons nous coucher. Une bonne nuit de sommeil et tout rentrera dans l'ordre. »

Il ne répondit pas. Il l'écoutait, l'air absent, comme s'il ne comprenait pas un mot de ce qu'elle lui disait, comme si elle parlait un langage différent.

6

Le dimanche matin, la photographie d'Emily enlaçant Ben fit la une d'un journal de langue anglaise. La légende disait : « Visage de la douleur », et une colonne résumant brièvement les faits du procès (*suite page 2*) parlait de « Mrs. Emily Ngubene, épouse de l'homme mort en détention, réconfortée par un ami de la famille, Mr. Ben Du Toit ».

Ça l'ennuyait, mais il s'en fichait, après tout. Cet étalage était un peu gênant, mais Emily avait perdu la tête. Elle ne savait visiblement plus ce qu'elle faisait.

Susan était en colère. Tellement d'ailleurs qu'elle refusa de se rendre à l'église, ce matin-là.

« Comment pourrais-je y aller et sentir tous ces regards braqués sur nous? Que vont penser tous ces gens de toi?

– Je t'en prie, Susan, Ce n'était vraiment pas le moment, je te le concède, mais quelle importance ? Que pouvais-je faire d'autre ?

– Si tu étais resté en dehors de tout ça, depuis le début, tu n'aurais pas attiré cette honte sur nous. Te rends-tu compte des ennuis que cela peut créer à mon père ?

– Tu fais une montagne d'un rien, Susan. »

Un peu plus tard, le téléphone se mit à sonner. Deux amis, moqueurs et amusés, demandèrent à Susan si Ben avait « une nouvelle danseuse »; une ou deux autres personnes – le jeune Viviers inclus – voulurent les assurer de leur sympathie et de leur soutien. Mais les autres – presque tous sans exception – furent négatifs, sinon ouvertement hostiles. Le principal fut particulièrement sévère dans son commentaire : Ben se rendait-il compte qu'il était un employé du ministère de l'Education et que l'action politique des professeurs était catégoriquement désapprouvée ?

« Mais, Mr. Cloete, qu'est-ce que ça a à voir avec la politique ? Cette femme a perdu son mari. Elle était accablée de chagrin.

– Une *Noire*, Du Toit ! », s'écria Cloete très froidement.

Ben perdit son sang-froid. « Je ne vois pas la différence.

– Seriez-vous par hasard aveugle ? Et vous venez me dire que ça n'est pas de la politique, ça ! Que faites-vous donc des lois d'Immoralité de ce pays ? »

L'un des collègues de Ben, l'un des Anciens de la congrégation, Hartzenberg, lui téléphona peu après le service du matin. « Je n'ai pas été surpris par ton absence, ce matin, à l'église. Tu as trop honte pour t'y montrer, je pense. »

Ce qui fit le plus de mal à Ben fut le coup de fil de Suzette, après le déjeuner. « Dieu du ciel, papa ! j'ai toujours su que tu étais naïf, mais tu as dépassé les limites, à présent! Enlacer des Noires en public!

– Suzette, si tu avais le moindre sens de la perspective...

– Qui parle de sens de la perspective? As-tu seulement envisagé les conséquences que pourrait entraîner ton attitude, pour tes enfants?

– J'ai toujours montré plus de considération pour mes enfants que tu n'en as jamais montré pour le tien, Suzette.

– Tu ne parlais tout de même pas de cette façon à Suzette? demanda Susan quand il revint à table.

– Si. Je m'attendais à un peu plus de bon sens de sa part.

– Tu ne crois pas que quelque chose ne tourne pas rond si tout le monde se met à te critiquer? demanda-t-elle sèchement.

– Tu ne peux pas laisser papa tranquille? dit Johan. Pour l'amour de Dieu, qu'a-t-il fait de mal? Suppose que quelque chose lui soit arrivé... N'aurais-tu pas été bouleversée, toi aussi...?

– Je ne me serais certainement pas jetée dans les bras de mon jardinier, dit-elle, glaciale.

– Maintenant, tu exagères, s'écria Ben.

– Qui a commencé, je me le demande? »

Le téléphone sonna de nouveau. Cette fois-là, c'était sa sœur Helena, mariée à un industriel. Plus amusée qu'autre chose. Elle n'arriva pourtant pas à retenir son venin.

« Je n'aurais jamais cru! Tu m'as accusée pendant des années de rechercher la publicité dès qu'un photographe me reconnaissait à une réception ou un cocktail. Regarde-toi un peu, maintenant!

– Je ne crois pas que ce soit très amusant, Helena.

– C'est inestimable, tu veux dire. Mais je pense qu'il existe d'autres moyens plus faciles pour obtenir sa photo dans le journal. »

Même Linda lui fit un doux reproche, en début de soirée.

« Papa, je savais que tu voulais bien faire, mais il vaut mieux rester en dehors des journaux. Surtout si tu es sincère lorsque tu dis que tu veux aider les gens.

– J'ai l'impression d'entendre Pieter », remarqua-t-il, incapable de dissimuler son chagrin. Il avait attendu son appel toute la journée, persuadé qu'elle saurait le comprendre.

Linda se tut, puis ajouta : « En fait, *c'est* Pieter qui me l'a fait remarquer. Mais je suis d'accord avec lui.

– Crois-tu vraiment que je me sois spécialement assuré le concours des photographes, Linda?

– Non, bien sûr que non! » Dans son esprit, il pouvait la voir rougir d'indignation. « Je suis désolée, papa. Je ne voulais pas te compliquer les choses. Mais j'ai eu une journée plutôt déprimante.

– Dans quel sens? demanda-t-il, immédiatement concerné par tout ce qui la touchait.

– Oh! eh bien, tu sais... tous les étudiants... ils ne m'ont pas facilité la tâche. Et il est inutile de discuter avec eux. »

Un appel ne vint jamais. Non pas qu'il l'attendît. C'était impensable. Cependant, durant cette journée oppressante, elle avait été la plus proche – aussi présente dans ses pensées qu'elle l'avait été dans l'ombre ou dans les lueurs de la vieille maison de Westdene, deux nuits auparavant.

Après l'appel de Linda, Ben décrocha le téléphone et sortit se promener. Les rues étaient désertes. La soirée apporta le repos et le calme à ses pensées agitées et confuses.

Susan était déjà dans la chambre quand il rentra. Elle était assise devant sa coiffeuse – visage tiré, pâle, démaquillé.

« Tu te couches déjà? dit-il, incapable de réprimer un sentiment de culpabilité.

« – Ne crois-tu pas que ça suffise pour aujourd'hui?

– Je t'en prie, essaie de me comprendre, dit-il en tendant les mains vers elle, et en les laissant retomber.

– Je suis fatiguée d'essayer.

– Pourquoi es-tu si malheureuse? »

Elle tourna la tête rapidement, presque affolée, mais se composa très vite une attitude. « Tu n'as jamais été capable de me rendre heureuse, Ben, dit-elle, le visage dénué d'expression. Je t'en prie, ne viens pas te flatter maintenant de pouvoir me rendre malheureuse. »

Surpris, il la regarda fixement. Elle détourna le regard et pressa son visage entre ses mains. Ses épaules tremblaient.

Il s'approcha d'elle et la toucha maladroitement.

Elle se raidit. « S'il te plaît, laisse-moi tranquille, dit-elle d'une voix étouffée. Tout va bien.

– Ne peut-on pas en parler? »

Elle secoua la tête, se leva et se dirigea vers la salle de bain sans le regarder, puis ferma la porte derrière elle. Au bout de quelques minutes, il sortit et gagna son bureau pour y retrouver le calme; comme il l'avait souvent fait par le passé. Il ouvrit l'un de ses manuels d'échecs et répéta l'une des stratégies d'un jeu ancien, sur son échiquier usé. Mais cette nuit-là, il n'en retira aucune joie. Il se sentait un intrus, un amateur dans une partie disputée par deux maîtres, morts depuis longtemps. Contrarié, il abandonna l'échiquier et le rangea dans un tiroir. Puis, dans un effort pour retrouver son sang-froid, pour effacer la confusion de son esprit, il se mit à prendre des notes : un catalogue bref, de tout ce qui lui était arrivé, depuis le début. Ça l'aidait de voir tout cela inscrit sur le papier – aussi propre et inévitable que le dessin des veinules sur une feuille d'arbre. De cette façon-là, c'était plus facile à manier, à juger, à évaluer. Mais, pour finir, tout se réduisait à la brève interrogation de Melanie.

Et maintenant?

Car ça n'était pas fini, comme Susan l'avait supposé. Maintenant, après le journal, moins que jamais. Peut-être cela commençait-il à peine. Si seulement il pouvait en être certain.

A vingt-trois heures, sur une impulsion, il se leva, alla au garage et monta dans sa voiture. Arrivé devant la maison du pasteur, il faillit changer d'avis en remarquant que les fenêtres, à l'exception d'une, n'étaient pas éclairées. Mais il vainquit son hésitation et frappa à la porte.

Un long moment s'écoula avant que le révérend Bester ne vienne ouvrir – robe de chambre rouge et pantoufles.

« Oom Ben? Mon Dieu, qu'est-ce qui vous amène à cette heure-ci? »

Il regarda son étroit visage. « Révérend, je viens vous voir comme Nicodème, ce soir. Il faut que je vous parle. »

Pendant un moment, le révérend Bester sembla hésiter avant de s'écarter. « Bien sûr, entrez. » Soupir dans la voix.

Ils traversèrent la maison et se dirigèrent vers le bureau aux murs nus.

« Puis-je vous offrir un peu de café?

– Non, merci. » Il sortit sa pipe. « J'espère que la fumée ne vous dérange pas?

– Non, je vous en prie, faites. »

Maintenant qu'il était là, il ne savait plus très bien comment présenter le sujet, par où commencer. Ce fut finalement le pasteur qui suggéra d'une voix « professionnelle » : « Je veux bien croire que vous êtes venu pour me parler de cette affaire de journal.

– Oui. Vous étiez chez moi la nuit où Emily est venue me demander de l'aide, vous vous souvenez?

– Oui, bien sûr.

– Vous savez donc très bien que cette histoire dure depuis très longtemps.

– Que se passe-t-il, Oom Ben? »

Ben tira sur sa pipe. « C'est une chose terrible. Depuis le début, Révérend, dit-il. Savoir que l'affaire serait portée devant le tribunal, qu'elle serait exposée au grand jour m'avait donné confiance. J'étais sûr qu'un bon verdict serait rendu. C'est ce que je n'arrêtais pas de dire à tout le monde – aux gens moins préparés que moi pour croire en l'issue du procès.

– Et alors?

– Pourquoi me le demandez-vous, révérend? Vous savez très bien ce qui s'est passé.

– Le tribunal a tout étudié en profondeur.

– Vous n'avez pas lu les journaux, révérend? Ce qui est apparu au grand jour vous satisfait?

– Bien sûr que non. Il y a quelques jours, j'ai même dit à ma femme que c'était une honte terrible que le Seigneur nous avait apportée. Mais l'affaire est close et la justice a suivi son cours.

– Vous appelez ça la justice?

– Quoi d'autre?

– J'étais *présent!* dit Ben fou de rage. J'ai entendu chaque mot, chaque phrase. Comme l'a dit l'avocat De Villiers...

– Oom Ben, vous savez très bien que les avocats ont la manie d'exagérer. Ça fait partie de leur travail.

– Est-ce le travail d'un président de prétendre que les faits exposés n'existent pas?

– Etait-ce bien des faits, Oom Ben? Comment peut-on en être certain? Il y a tant de mauvaise foi de par le monde, de tous côtés.

– Je connaissais Gordon. Et ce qu'ils en disaient – qu'il complotait contre le gouvernement – est un mensonge ignoble.

– Personne d'autre que Dieu ne peut voir ce qui se trouve vraiment dans nos cœurs, Oom Ben. N'est-il pas présomptueux de croire que nous pouvons parler pour quelqu'un d'autre?

– Ne croyez-vous pas en vos frères, révérend? N'aimez-vous pas votre prochain?

– Un instant, dit Mr. Bester avec patience – habitué à discuter avec des récalcitrants. Au lieu de critiquer aveuglément, ne croyez-vous pas que nous avons des raisons d'être fiers de notre système judiciaire? Et si nous étions en Union soviétique : que pensez-vous qu'il serait arrivé? Ou dans l'un des Etats africains? Je peux vous garantir que l'affaire ne serait jamais venue devant les tribunaux.

– A quoi cela sert-il de passer devant un tribunal si une poignée de gens a le pouvoir de décider de ce qui va être dit devant ce tribunal, et par qui? Le seul qu'ils aient autorisé à parler pour lui-même, ce jeune Archibald Tsabalala, n'a-t-il pas immédiatement nié ce qu'ils l'avaient obligé à dire dans son témoignage? Et la fille qui a parlé des tortures qu'elle avait endurées?

– Ne comprenez-vous pas que c'est la manœuvre la plus vieille et la plus facile du monde que de blâmer la police quand vous voulez sauver votre peau?

– Archibald Tsabalala a-t-il sauvé sa peau? Il aurait été bien plus facile pour lui de s'en tenir au témoignage dicté sous la contrainte. Il aurait pu sortir libre du tribunal au lieu d'être remis en cellule par le même homme qu'il avait accusé d'être son bourreau.

– Ecoutez-moi, Oom Ben, dit le jeune homme, avec irritation cette fois. Personne ne peut nier que le mal et même les délits criminels existent dans notre société. Comme dans toutes les autres d'ailleurs. Mais si vous commencez à douter de vos autorités, vous agissez contre l'esprit chrétien. Elles sont investies de l'autorité de Dieu. Loin de nous de douter de leurs décisions. Rendez à César ce qui appartient à César.

– Et si César se met à usurper ce qui appartient à Dieu? S'il se met à avoir droit de vie et de mort, dois-je lui donner un coup de main?

– Il n'existe pas de mal qui ne puisse être soigné par la prière, Oom Ben. Ne croyez-vous pas que nous devrions plutôt nous agenouiller, prier pour notre gouvernement et pour chaque homme investi d'une autorité ?

– C'est trop facile, révérend, de rejeter nos propres responsabilités en les rapportant à Dieu.

– Je ne suis pas sûr que ça ne soit pas sacrilège, Oom Ben. Ne *Lui* faites-vous plus confiance ?

– Il ne s'agit pas de Lui faire confiance ou non, révérend. Il peut se débrouiller sans moi. Il s'agit plutôt de savoir s'Il attend de *me* voir faire quelque chose. De mes deux mains.

– Qu'est-ce à dire ?

– C'est pour ça que je suis venu vous voir, révérend. Que puis-je faire ? Que dois-je faire ?

– Je doute que vous ou moi puissions faire quoi que ce soit.

– Même si nous voyons l'injustice de nos propres yeux ? Croyez-vous que je vais tourner la tête de l'autre côté ?

– Non. Tout le monde doit s'assurer que son petit coin du monde est en ordre. Qu'il est pur dans son cœur. Pour le reste, nous devons nous en remettre à Son assurance que chaque prière fervente d'un homme vertueux vaut mieux que tout. Les malheurs ne pourront pas s'arrêter tant que les hommes essaieront de détenir la justice entre leurs mains. Dieu a créé l'ordre dans le monde, pas le chaos. Il attend de nous que nous obéissions. Souvenez-vous de ce que Samuel a dit à Saül : obéir vaut mieux que sacrifier.

– J'ai un problème qui ne peut se résoudre par un texte, révérend, dit Ben d'une voix étranglée. Aidez-moi !

– Prions », dit le jeune homme en se levant.

Ben le dévisagea un instant, sans comprendre, furieux, puis il renonça. Ils s'agenouillèrent. Mais Ben ne put fermer les yeux. Tandis que le pasteur priait, il regardait fixement le mur. Quoiqu'il fît un effort pour écouter, il ne pouvait saisir les mots – ils étaient trop prévisibles. Il avait besoin de quelque chose d'autre.

Quand ils se relevèrent, le révérend Bester dit, presque jovialement : « Que diriez-vous d'une bonne tasse de café?

– Non, je préférerais rentrer chez moi, révérend.

– J'espère que vous y voyez plus clair, à présent, Oom Ben.

– Non. »

Effaré, le jeune homme le regarda droit dans les yeux. Ben se sentait presque désolé pour lui.

« Que voulez-vous alors? demanda le pasteur.

– Je veux la justice. Est-ce trop demander?

– Que savons-nous de la justice si nous agissons hors de la volonté de Dieu?

– Que savons-nous de la volonté de Dieu? rétorqua-t-il.

– Oom Ben, Oom Ben. » Le jeune homme le regarda, suppliant. « Pour l'amour du Ciel, ne commettez pas d'imprudences. La situation est déjà bien assez difficile comme ça.

– Imprudences? Je ne sais pas si c'est imprudent. Je ne sais plus rien, c'est tout.

– Pensez-y, je vous en prie, Oom Ben. Pensez à tout ce qui est en jeu.

– Je pense, révérend, qu'on devrait une seule fois dans sa vie, rien qu'une fois, croire suffisamment en quelque chose pour tout risquer pour ça.

– On peut gagner le monde et cependant perdre son âme. »

A travers la fumée que sa pipe avait dégagée dans la petite pièce renfermée, Ben contempla le révérend de ses yeux brûlants. « Tout ce que je sais, dit-il, c'est qu'il ne me servira à rien d'avoir une âme si je laisse commettre cette injustice. »

Ils longèrent le couloir jusqu'à la porte d'entrée.

« Que comptez-vous faire, Oom Ben? demanda le révérend Bester lorsqu'ils atteignirent l'air frais, sous le porche.

– J'aimerais pouvoir vous répondre. J'aimerais le savoir moi-même. Tout ce que je sais, c'est que je dois faire quelque chose. Dieu m'aidera peut-être. » Il descendit les marches doucement, épaules voûtées. Dos tourné au jeune homme, il dit : « Priez pour moi, révérend, j'ai le sentiment qu'à partir de maintenant, quoi qu'il arrive, il n'existera plus qu'une arête bien mince entre enfer et paradis. »

Puis il disparut dans la nuit.

7

Il fut retenu pendant trois heures dans le bureau du médecin, par la fille mince à la chevelure oxygénée. Sa présence l'avait ennuyée dès la première minute, quand elle s'était rendue compte qu'il n'avait pas pris rendez-vous. Pour tout arranger, il avait refusé de lui dire pourquoi il voulait voir le docteur Herzog. Il n'avait pas non plus voulu rencontrer les autres médecins disponibles.

« Le docteur Herzog est en consultation extérieure. Il ne reviendra pas avant quelques heures.

– J'attendrai.

– Il peut très bien ne pas revenir de la journée.

– J'attendrai quand même.

– Même s'il revient, il a tant à faire le lundi qu'il n'aura certainement pas le temps de vous voir.

– Je tente quand même ma chance. »

Il ne semblait même pas se rendre compte qu'il l'avait vexée. Il s'assit et feuilleta les vieux exemplaires du *Time*, de *Punch* et de *Scope*, brochures sur le planning familial, aides de première nécessité et immunisation. De temps à autre, il se levait pour regarder par la fenêtre le mur aveugle du bâtiment d'en face. Mais il ne semblait pas s'impatienter. Il y avait, dans son attitude, quelque chose d'un chat prêt à monter la garde devant un trou de souris une demi-journée sans s'ennuyer.

Peu avant midi et demi, le docteur Herzog apparut et, ignorant tous les malades qui l'attendaient, échangea quelques messes basses avec sa secrétaire puis poussa la porte qui arborait son nom en noir et blanc. La fille le suivit en hâte. Par la porte entrebâillée, on pouvait les entendre parler à voix basse. Le docteur Herzog passa la tête et regarda Ben. Puis la porte se referma et la fille regagna son bureau, l'air bêtement triomphant.

« Le docteur Herzog est navré, mais il ne pourra pas vous recevoir aujourd'hui. Si vous voulez bien prendre rendez-vous pour mercredi...

– J'en ai pour cinq minutes. »

Ignorant les protestations indignées de la secrétaire, Ben se précipita vers la porte close, frappa et entra sans attendre.

Le médecin leva les yeux. « Miss Goosen ne vous a-t-elle pas dit que j'étais occupé? demanda-t-il de mauvaise humeur.

– Si, mais c'est urgent, répondit Ben en tendant la main. Je m'appelle Ben Du Toit. »

Sans se lever, le docteur Herzog tendit la main à contrecœur.

« Que puis-je faire pour vous? Je suis vraiment débordé, aujourd'hui. »

C'était un gros homme au physique de boucher. Des cheveux gris en broussaille entouraient un crâne chauve. Des sourcils poivre et sel; un visage marqué de petite vérole et couvert d'un réseau de veines pourpres;

des touffes de poils dans les oreilles et dans les narines.

« C'est à propos de l'affaire Gordon Ngubene », dit Ben en s'asseyant sans y avoir été convié.

L'homme resta immobile. Son expression sembla se figer. Derrière ses yeux, d'invisibles volets semblèrent se fermer.

« Que voulez-vous savoir sur Gordon Ngubene?

– J'aimerais savoir tout ce que vous savez sur lui, dit Ben calmement.

– Pourquoi ne demandez-vous pas une copie des minutes de l'enquête au procureur général? suggéra Herzog d'un geste magnanime. Tout est là.

– J'ai assisté à l'enquête, du début à la fin, s'exclama Ben. Je sais tout ce qui a été dit, mot pour mot.

– Alors vous en savez autant que moi.

– Pardonnez-moi, mais ça n'est pas exactement mon impression.

– Puis-je vous demander quel est votre intérêt dans cette affaire? » La question était simple, mais la voix ne semblait contenir qu'un sombre avertissement.

« Je connaissais Gordon et j'ai décidé de ne pas me reposer tant que la vérité n'aurait pas été faite.

– L'enquête avait le même but, Mr. Du Toit.

– Vous savez aussi bien que moi, j'en suis certain, que l'enquête n'a pas répondu à une seule question importante.

– Mr. Du Toit, ne vous promenez-vous pas en des terrains plutôt dangereux? » Herzog tendit la main et prit un cigare, en faisant exprès de ne pas en offrir à Ben. Sans quitter son visiteur des yeux, il ôta méticuleusement la bague et alluma le cigare avec un petit briquet kitsch – une fille nue émettait une flamme de son sexe.

« Dangereux pour qui? »

Le médecin haussa les épaules et rejeta la fumée.

« Vous n'aimeriez pas que toute la lumière soit faite? insista Ben.

– En ce qui me concerne, l'affaire est close. » Herzog se mit à classer ses papiers. « Et je vous ai déjà dit que j'étais extrêmement occupé. Aussi, si vous n'y voyez pas d'inconvénient...

– Pourquoi la Section spéciale vous a-t-elle convoqué ce vendredi matin, le 4 février? S'il s'était vraiment plaint de maux de dents, ils auraient certainement appelé un dentiste?

– J'ai l'habitude de pourvoir à tous les soins médicaux des détenus.

– Parce que Stolz s'entend bien, professionnellement parlant, avec vous?

– Parce que je suis médecin des prisons.

– Aviez-vous un assistant avec vous?

– Mr. Du Toit... » Le gros homme posa ses mains sur les accoudoirs de son fauteuil comme s'il allait se propulser en avant. « Je ne suis pas prêt à discuter de cette affaire avec un étranger.

– Je ne faisais que vous poser une question. Je pensais qu'un assistant était indispensable s'il fallait arracher des dents. Pour passer les instruments, etc.

– Le capitaine Stolz m'a offert toute l'aide dont j'avais besoin.

– Il était donc présent lorsque vous avez examiné Gordon. Vous avez dit devant le tribunal que vous ne vous en souveniez pas.

– C'est assez, maintenant! dit Herzog, furieux, en se redressant sur ses bras poilus. Je vous ai déjà demandé de vous en aller. Si vous ne sortez pas immédiatement, je n'aurai pas d'autre choix que de vous faire vider.

– Je ne partirai pas avant de savoir ce pourquoi je suis venu. »

Se déplaçant à une vitesse incroyable pour un homme aussi corpulent, Herzog fit le tour du bureau et se planta devant Ben.

« Dehors!

– Désolé, docteur Herzog, dit Ben en essayant de rester calme mais vous ne pourrez pas m'obliger à me taire, comme la Section spéciale a obligé Gordon à le faire. »

Il s'attendit pendant quelques instants à ce que Herzog le frappe. Mais le médecin resta immobile, face à lui. Il respirait difficilement; ses yeux le transperçaient de dessous ses sourcils. Puis, toujours furieux, il retourna vers son fauteuil et reprit son cigare.

« Ecoutez-moi, Mr. Du Toit, pourquoi se donner tant de mal? Pourquoi risquer tant de problèmes pour ce pauvre type?

– Parce qu'il se trouve que je connaissais bien ce pauvre type. Et parce que trop de gens se débarrassent trop facilement de certains problèmes en agissant de la sorte. »

Le médecin sourit – révélant ainsi ses dents en or – avec un cynisme désinvolte. « Vous, libéraux, avec votre incroyable idéalisme! Si vous aviez dû travailler avec ces gens comme j'ai dû le faire, jour après jour, peut-être fredonneriez-vous un tout autre air.

– Je ne suis pas un libéral, docteur Herzog. Je ne suis qu'un homme très ordinaire qui en a simplement ras le bol. »

Autre rictus plein de bienveillance. « Je vois ce que vous voulez dire. Ne croyez pas que je vous en tienne grief. J'apprécie vos sentiments : vous connaissiez le type, etc. Mais, écoutez-moi, ça ne vaut pas le coup d'être impliqué dans ce genre d'affaires. Vos ennuis n'en finiront pas. Quand j'étais plus jeune, je m'emportais, moi aussi, sur des choses de ce genre. Mais on finit par apprendre.

– Parce qu'il est plus sûr de coopérer?

– Qu'attendez-vous d'un homme dans ma position, Mr. Du Toit? Mettez-vous à ma place, bon sang!

– Vous avez donc vraiment peur d'eux? »

– Je n'ai peur de personne! » Toute son agressivité remontait à la surface. « Mais je ne suis pas fou, je vous le dis.

– Pourquoi avez-vous prescrit des comprimés à Gordon si vous n'aviez trouvé rien d'anormal dans son état physique?

– Il m'a dit qu'il avait mal à la tête.

– Dites-moi, docteur Herzog, d'homme à homme. Etiez-vous inquiet pour lui lorsque vous l'avez vu ce jour-là?

– Bien sûr que non.

– Il est pourtant mort quinze jours plus tard. »

Le docteur Herzog rejeta la fumée de son cigare sans daigner répondre.

« Etes-vous bien sûr de ne pas l'avoir revu durant cette quinzaine?

– Le tribunal m'a posé la même question et j'ai répondu négativement.

– Mais nous ne sommes plus au tribunal. »

Le docteur inspira profondément puis expira. L'odeur de cigare envahissait la pièce.

« Vous l'avez revu, n'est-ce pas? Ils ont de nouveau fait appel à vous.

– Quelle différence cela fait-il?

– C'est donc vrai?

– Je n'ai rien dit.

– Supposez que je puisse produire les témoins qui vous ont suivi pendant ces quinze jours? Supposez qu'ils soient prêts à témoigner que vous êtes bien retourné à John Vorster Square avant que Gordon ne meure?

– Où pourriez-vous trouver ces témoins-là?

– Je vous pose la question. »

Se penchant en avant, le docteur Herzog regarda intensément le visage de Ben à travers la fumée. Puis il eut un petit rire bref. « Laissez tomber, dit-il. Le bluff ne vous amènera nulle part.

– Quels vêtements portait Gordon quand vous l'avez vu ce matin-là?

– Comment voulez-vous que je me souvienne de ce détail? Savez-vous combien de malades je vois chaque jour?

– Vous vous souveniez très bien des vêtements qu'il portait quand vous avez examiné le corps, dans la cellule.

– J'avais dû faire un rapport immédiatement après. C'est pour ça.

– Mais vous savez certainement s'il portait les mêmes vêtements que la première fois? Ce genre de souvenir tend à recouper d'autres souvenirs du même genre. »

Rire de dérision. « Vous êtes un amateur, Mr. Du Toit. Maintenant, je vous en prie, allez-vous-en, j'ai beaucoup de travail.

– Vous rendez-vous compte qu'il est en votre pouvoir d'étaler ou d'oblitérer la vérité? »

Le docteur Herzog se leva et se dirigea vers la porte. « Mr. Du Toit? dit-il en se retournant. Qu'auriez-vous fait à ma place?

– Je vous demande ce que *vous* avez fait, docteur.

– Vous êtes sur une mauvaise piste », dit le docteur Herzog aimablement. Il ouvrit la porte et rencontra le regard de sa secrétaire. « Miss Goosen, dites au docteur Hughes que je suis prêt à le voir, maintenant. »

A contrecœur, malheureux, Ben se leva et se dirigea à son tour vers la porte.

« Etes-vous bien sûr de ne pouvoir rien me dire d'autre, docteur?

– Rien de plus, je vous l'assure. » Ses couronnes en or luisaient. « Ne croyez pas que je ne prenne pas à cœur vos intérêts, Mr. Du Toit. Il est bon de savoir qu'il existe encore des gens comme vous, et je vous souhaite beaucoup de chance. » Il parlait, à présent, facilement, tranquillement, plein de bienveillance et de compréhension, avec la faconde d'un commentateur de télévision. « Mais, ajouta-t-il en souriant, c'est une telle perte de temps. »

8

Au moment où il ouvrit la porte et vit sept hommes sous le porche, il sut – avant même de les reconnaître – ce qui se passait. C'était le premier jour du trimestre et il venait de rentrer de l'école.

Stolz sortit une feuille de papier de sa poche. « Mandat de perquisition », annonça-t-il sans que cela soit nécessaire. Sur sa joue, la fine cicatrice blanche. « Nous sommes venus pour fouiller la maison. J'espère que vous voudrez bien coopérer. » Ça n'était pas une question, mais une affirmation.

« Entrez; je n'ai rien à cacher. »

Il ne ressentit aucun choc, aucune peur à les voir devant lui, sous son porche. Cela semblait inéluctable et logique. Il eut seulement le sentiment de ne pas être concerné par ce qui se passait, comme s'il regardait une mauvaise pièce, comme si les messages que lui envoyait son cerveau restaient bloqués à mi-parcours, avant d'avoir atteint ses membres.

Stolz se tourna vers ses acolytes pour les lui présenter. Mais la plupart des noms échappèrent à Ben, à part un ou deux qu'il connaissait déjà. Lieutenant Venter, le jeune homme souriant aux cheveux bouclés qu'il avait rencontré à John Vorster Square. Et, à cause de l'enquête, il se souvenait également de Vosloo, gros et lourdaud, de Koch, athlétique et large d'épaules, aux sourcils épais. Ils ressemblaient à des joueurs de rugby attendant le départ de l'autocar, tous propres et bien rasés, en veste de sport ou saharienne, tous pères de famille probablement, jeunes hommes exemplaires, rayonnants de santé. On pouvait les imaginer accompagnant leurs épouses dans les supermarchés, un samedi matin.

« Allez-vous nous laisser entrer ? demanda Stolz, d'un ton un peu plus sévère.

— Bien sûr. » Ben s'écarta et les laissa pénétrer dans le hall.

« Vous nous attendiez ? », demanda Stolz.

Cette question fit sortir Ben de sa léthargie. Il arriva même à sourire. « Je ne vous dirai pas que je restais assis à vous attendre, capitaine. Mais votre visite ne me surprend pas, non plus.

— Ah ! vraiment ?

— Vous êtes bien allé perquisitionner chez Gordon dès que vous avez appris qu'il enquêtait sur la mort de son fils.

— Cela voudrait-il dire que vous avez, vous aussi, commencé votre enquête ? »

Pendant un moment, tout fut très calme dans le hall, malgré les hommes qui y étaient rassemblés.

« Je suppose que là réside le but de votre visite, dit Ben platement. C'est le docteur Herzog qui vous en a parlé ?

— Vous êtes allé voir le docteur Herzog ? » Les yeux sombres de Stolz restèrent sans expression.

Ben haussa les épaules.

L'arrivée de Susan mit un terme à leurs petites attaques.

« Ben ? Que se passe-t-il ?

— Police de sûreté », dit-il d'une voix neutre. Et, se tournant vers Stolz. « Ma femme.

— Enchanté, Mrs. Du Toit. » Une fois de plus, l'officier présenta ses hommes. « Désolé de vous déranger, mais nous devons fouiller la maison. » Se tournant vers Ben. « Où se trouve votre bureau, Mr. Du Toit ?

– Dans le jardin. Je vous y conduis. » Les hommes s'adossèrent au mur pour le laisser passer.

Pâle et tendue, Susan les dévisageait, n'en croyant pas ses yeux. « J'ai peur de ne pas très bien comprendre.

– J'aimerais que vous veniez avec nous, madame », dit Stolz en ajoutant avec un petit sourire pincé : « au cas où vous vous sauveriez pour aller avertir quelqu'un.

– Nous ne sommes pas des criminels, capitaine! rétorqua-t-elle, piquée au vif.

– Je suis désolé, mais nous ne prenons jamais assez de précautions. Si vous voulez donc être assez gentille...? » Dans la cuisine, il demanda : « Y a-t-il d'autres personnes, dans cette maison?

– Mon fils, répondit Ben. Mais il est en classe.

– Des domestiques?

– Non. Je fais tout moi-même, déclara Susan froidement.

– Alors, allons-y. »

Le bureau était trop petit pour tant de monde. Après que Susan eut sèchement refusé de s'asseoir, Ben prit place dans le fauteuil, près de la porte, pour ne pas gêner, tandis qu'elle restait sur le seuil, tendue et silencieuse. L'un des hommes montait la garde, à l'extérieur, cigarette à la main, dos contre la porte. Les six autres fouillaient la pièce systématiquement – aussi affairés qu'un essaim de sauterelles. Les tiroirs du bureau furent tous sortis et mis en tas sur le sol avant d'être vidés et fouillés, l'un après l'autre, par Stolz et l'un des lieutenants. Venter était accroupi devant l'un des petits meubles de rangement que Ben avait fabriqués pour y mettre ses papiers : examens, circulaires, notes, mémorandums, emplois du temps, rapports d'inspection. Koch et un autre de ses collègues passaient au peigne fin le meuble d'angle et triaient les documents personnels : comptes, reçus, rôles, relevés bancaires, certificats, correspondance et albums de famille, journaux qu'il avait sporadiquement tenus au fil des ans. Pendant ses années d'université, il avait régulièrement tenu un journal. Comme jeune enseignant à Lydenburg, puis à Krugersdorp, il avait pris l'habitude de noter tout ce qui l'intéressait ou l'amusait : phrases extraites des essais de ses meilleurs élèves, expressions de ses enfants, bribes de conversations qui pourraient un jour se révéler utiles, perles, commentaires et réflexions sur les matières qui le concernaient, sur les livres qu'il lisait. Matériaux incompréhensibles pour des étrangers. Ces dernières années, il avait pris des notes plus intimes, sur Susan et lui-même, sur Linda, Suzette ou Johan, sur ses amis. Et Koch et son collègue fouillaient tout ça, méticuleusement, tandis que le dernier agent examinait le mobilier, à la recherche de cachettes éventuelles – sous les coussins (Ben dut se lever), derrière les étagères, dans l'échiquier et dans un petit saladier rempli de pierres semi-précieuses du Sud-Ouest africain. Il roula même le tapis pour jeter un coup d'œil en dessous.

« Si seulement vous pouviez me dire ce que vous cherchez, dit Ben au bout d'un moment. Je pourrais peut-être vous permettre d'économiser votre temps et vos forces. Je ne cache rien. »

Stolz leva les yeux – il passait au peigne fin le troisième tiroir du bureau – et répondit laconiquement : « Ne vous inquiétez pas, Mr. Du Toit. Si nous cherchons quelque chose qui nous intéresse, nous finirons bien par le trouver.

– J'essayais simplement de vous faciliter la tâche.

– C'est notre travail.

– Vous êtes très méticuleux, très précis. »

Les yeux sombres le fusillèrent par-dessus la pile de tiroirs. « Mr. Du Toit, si vous saviez ce que nous faisons chaque jour de notre vie, vous comprendriez pourquoi nous devons être méticuleux et précis.

– Oh ! je sais », dit-il, amusé.

Mais Stolz répondit sérieusement, sèchement : « Je n'en suis pas si sûr. C'est le problème avec les gens qui critiquent. Ils ne comprennent pas qu'ils en font que paver la route de leur ennemi. Vous n'attraperez pas ces communistes en gueulant, souvenez-vous de ce que je vous dis. Ils travaillent clandestinement, jour et nuit.

– Je ne vous accusais de rien, capitaine. »

Bref silence, puis Stolz reprit : « Je voulais simplement m'assurer que vous me compreniez. Nous n'éprouvons pas toujours du plaisir à faire ce que nous faisons.

– Mais il existe peut-être plus d'une façon de le faire, capitaine.

– Je comprends très bien que vous soyez en colère en nous voyant fouiller votre appartement, mais croyez-moi...

– Je ne vous parlais pas de cette petite visite. »

Les hommes s'arrêtèrent brusquement de fouiller la pièce. Le bruissement – comme une multitude de vers à soie qui mangeraient dans une grosse boîte – s'évanouit. Au-dehors, un timbre de bicyclette criailla dans le lointain.

« Eh bien, de quoi parliez-vous alors? », demanda Stolz.

Ils l'attendaient tous. Il décida de relever le défi.

« Je parlais de Gordon Ngubene et de Jonathan. Et de beaucoup d'autres encore.

– Est-ce que je vous comprends bien? » demanda Stolz, très calmement. La cicatrice, sur son visage, devint plus blanche qu'avant. « Nous accusez-vous de...

– J'ai simplement dit qu'il existait peut-être plus d'une façon de faire votre travail.

– Voulez-vous dire que...

– Je laisse cela à votre conscience, capitaine. »

En silence, l'officier s'assit et le dévisagea par-dessus

la pile de tiroirs. Tous les autres le dévisageaient également. Une pièce remplie d'yeux. Mais ils étaient hors du coup. Ben et Stolz étaient isolés. En un clin d'œil, Ben se rendit compte qu'il ne s'agissait plus « d'eux » – vague assortiment de gens, quelque chose d'aussi abstrait qu'un « système » – mais de *cet homme*. Ce jeune homme mince, en face de lui, à ce moment précis, derrière son bureau, entouré par toutes les reliques de sa vie, éparpillées autour d'eux. *C'est toi. Je te connais, maintenant. Ne crois pas que tu puisses me réduire au silence comme ça. Je ne suis pas Gordon Ngubene.*

Ce fut la fin de leur conversation. Ils ne poursuivirent pas leur fouille. Comme s'ils avaient perdu tout intérêt. Peut-être n'avaient-ils jamais eu sérieusement l'envie de fouiller – un simple réflexe des muscles, pas plus.

Après avoir remis les tiroirs en place, fermé les meubles, Venter trouva une feuille de papier sur le bureau; elle portait le nom d'Herzog et une série de notes brèves sur l'entretien. Elle fut confisquée avec d'autres papiers, d'autres lettres qui se trouvaient également sur le bureau. Ainsi que les journaux intimes de Ben. Ils lui donnèrent un reçu, écrit à la main et en gardèrent le double.

Ils demandèrent ensuite à voir la chambre. Susan tenta de s'interposer. Elle avait le sentiment que c'était trop privé, trop humiliant. Stolz présenta ses excuses, mais insista pour terminer sa fouille. Concession fut faite en permettant à Susan de rester dans la salle de séjour en compagnie du jeune Venter, tandis que Ben montrait aux autres le chemin de la chambre. Ils voulurent savoir quel était son lit, quelle garde-robe était la sienne. Ils examinèrent rapidement ses vêtements, regardèrent sous son oreiller. L'un des hommes grimpa sur une chaise pour vérifier le dessus de la penderie. Un autre feuilleta la Bible et deux autres livres sur la table de chevet. Puis ils regagnèrent la salle de séjour.

« Puis-je vous offrir un peu de café? demanda Susan, sèchement.

– Non, merci, Mrs. Du Toit. Nous avons encore beaucoup de travail. »

Sur le pas de la porte, Ben dit : « Je suppose que je devrais vous remercier de votre comportement civilisé? »

Sans sourire, Stolz répondit : « Je crois que nous nous comprenons, Mr. Du Toit. Si nous avons des raisons de croire que vous nous cachez quelque chose, nous reviendrons. Sachez que nous avons tout le temps devant nous. Nous pouvons mettre cette maison sens dessus dessous si tel est notre désir. »

Derrière la solennité de son attitude, Ben entr'aperçut en un éclair – du moins se l'imagina – un homme dans un bureau fermé, sous une ampoule électrique, poursuivant méthodiquement son travail, pendant des jours et des nuits. Jusqu'au bout, si nécessaire.

Après leur départ, Ben resta derrière la porte, conscient de l'éloignement qu'il ressentait entre lui-même et le monde.

Presque de la tranquillité. Peut-être même de la satisfaction.

Il entendit la porte de leur chambre se refermer, une clef tourner dans la serrure. Comme si c'était nécessaire! Il n'était pas d'humeur à affronter Susan, de toute façon.

Sentiments et pensées encore suspendus. Il ne pouvait pas – ne voulait pas – analyser ce qui venait de se passer. Toutes ses réactions étaient machinales.

Il se rendit au garage et se mit à raboter un morceau de bois – sans but, pour s'occuper, simplement. Peu à peu, son activité prit une signification plus particulière – même s'il n'avait pas pris de décision. Il se mit à fabriquer un double fond pour sa boîte à outils, un double fond aussi parfait que possible, qui se confonde avec le reste, un double fond que personne ne puisse détecter. Dans l'avenir, s'il avait quelque chose à cacher aux autres, c'est là qu'il le cacherait.

Pour le moment, la seule action physique suffisait en elle-même. Ce n'était pas un acte d'autoprotection, mais une contre-offensive, quelque chose de positif, de constructif, de décisif. Un nouveau commencement.

9

Mercredi 11 mai. Jour étrange. Visite de la Section spéciale, avant-hier. Difficile d'en parler par écrit, mais je le dois. Aligner des phrases est salutaire, comme de respirer profondément. Vais essayer. Une frontière traversée. Si définie qu'à partir de maintenant, je peux scinder ma vie en Avant et en Après. De la façon dont on parle du Déluge ou de la pomme. Fruit de la chute, cette connaissance périlleuse. On peut tout de suite spéculer là-dessus, mais on n'est pas prêt lorsque ça se produit. Une finalité – comme la mort, je suppose – qu'on ne peut connaître qu'en en faisant l'expérience. Même lorsque cela avait lieu, je ne m'en rendais pas compte aussi clairement qu'à présent. Trop ahuri, je pense. Mais maintenant : aujourd'hui.

Tout est étrange. Les enfants qui disent « Bonjour », dont vous voyez les visages sans les reconnaître, sans savoir pourquoi ils vous adressent la parole. Une cloche qui vous envoie de cours en cours et à laquelle vous obéissez sans en connaître la raison. Vous ouvrez la bouche sans savoir ce qui va se passser. Vos paroles vous semblent étranges, votre voix vient de très loin. Chaque bâtiment, chaque pièce – les tables et les bancs, le tableau noir et les morceaux de craie – tout est étrange. Rien n'est totalement digne de confiance. Vous devez croire que vous vous êtes jadis débrouillé pour vous frayer un chemin à travers tout ça, que d'une quelconque et mystérieuse façon vous « avez appartenu » à tout ça, mais aujourd'hui c'est inexplicable. En vous, une façon de savoir que vous ne pouvez partager avec personne. Rien de plus ordinaire qu'un « secret » (devinez : ils ont fouillé ma maison, hier).

Quelque chose de fondamentalement différent. Comme si vous existiez dans un autre temps, dans une autre dimension. Vous pouvez toujours voir les autres; vous échangez des sons, mais tout n'est que coïncidence et tromperie. Vous êtes *de l'autre côté*. Comment puis-je l'expliquer avec les mots de « ce côté-ci » ?

Troisième récréation. Me suis promené dans le jardin de rocaille. Etait-ce l'air de l'automne, les feuilles qui tombaient, le squelette visible des arbres ? Pas de masques, pas d'ambiguïté. Mais plus étrange que jamais. De temps à autre, une voix dans la classe, une phrase sans lien avec quoi que ce soit d'autre. A l'autre bout du bâtiment, quelqu'un faisait des gammes, toujours les mêmes. Aussi fondamental que les arbres, aussi terrifiant et insignifiant.

Le chœur qui chante dans le couloir. L'hymne national. Pour la visite de l'administrateur, dans une semaine ou deux. Musique fragmentée. Premier groupe, deuxième groupe, filles, garçons, et maintenant tous ensemble. *Mourir ou vivre selon ta volonté, Ô Afrique du Sud, mon pays bien-aimé!* Encore une fois, s'il vous plaît. *Mourir ou vivre selon ta volonté.* C'est mieux. Maintenant, depuis le début. *Carillonnant de nos cieux bleus.* Ouvrez la bouche. Vivre selon ta volonté, vivre selon ta volonté, vivre selon ta volonté ou mourir ou mourir ou mourir. Nous mourrons tous;

vous aussi, charmants enfants, jeunes voix innocentes qui chantez, jeunes filles rougissantes qui lorgnez les garçons en catimini, en espérant que le produit que vous avez mis ce matin contre l'acné dissimule bien les dégâts, garçons qui vous donnez des coups de règle dans les côtes ou qui vous passez des bouts de papier de mains moites en mains moites. *Mourir ou vivre selon ta volonté, Ô Afrique du Sud, mon pays bien-aimé !*

Dans quelques minutes, nous serons tous de retour en classe ; nous reprendrons notre travail comme si de rien n'était. Je vous parlerai de ce pays, de ses vents prédominants, de ses endroits pluvieux, des courants, des océans, des chaînes de montagne, des fleuves et des produits nationaux, des efforts faits pour obtenir la pluie, pour contrôler les ravages de la sécheresse. Je vous apprendrai d'où vous venez : je vous parlerai des trois petits bateaux qui ont amené les premiers hommes blancs, des premiers trocs avec les Hottentots de Harry, de la première vigne et des premiers citoyens libres qui se sont installés sur les rives de la Liesbeeck en 1657. Je vous parlerai de l'arrivée des huguenots, de la dynastie des gouverneurs Van der Stel et des options qui s'ouvraient à eux : Simon voulait une concentration blanche au Cap, permettant ainsi le développement des différences de classe. Son fils, Willem Adriaan, optait pour l'expansion, encourageant les fermiers à explorer l'intérieur et à s'installer parmi les autochtones. Frictions raciales, disputes, guerres de frontière. 1836 : les émigrants boers partent en un exode massif, à la recherche de la liberté et de l'indépendance. Quelque part ailleurs. Massacres, annexions de terrains nouvellement conquis. Victoire provisoire de la République boer. Suivie par la découverte de diamants à Kimberley, d'or dans le Witwatersrand. Afflux des étrangers et triomphe des intérêts impérialistes britanniques. Guerre anglo-boer, camps de concentration, Lord Milner, anglicisation dans les écoles. 1910 : unification et nouveau commencement. « Afrique du Sud d'abord. » Les Boers se rebellent contre la décision de leur gouvernement de soutenir la Grande-Bretagne en 1914. Les fermiers ruinés affluent vers les villes. Révolte des mines en 22; Boers et bolcheviks contre impérialistes. Reconnaissance officielle de la langue afrikaans. Traduction de la Bible, 1933. Gouvernement de coalition. Guerre. Action clandestine des Afrikaners au sein de la Ossewa Brandwag. Rêve indestructible d'une république. Et, enfin, un gouvernement nationaliste au pouvoir. Vous pouvez donc voir par vous-mêmes, jeunes gens, jeunes filles, que nous avons fait du chemin. Souvenez-vous des paroles du jeune Bibault dans sa révolte contre Van der Stel, en 1706 : « Je n'irai pas – je suis un Afrikaner et même si le *Landdrost* me fait mettre en prison ou me tue, je refuserai de tenir ma langue. » Notre histoire tout entière, mes enfants, peut être interprétée comme une recherche constante de la liberté, comme une révolte contre les diktats des conquérants successifs venus d'Europe. Liberté exprimée en termes de ce nouveau pays, de ce continent. Nous, les Afrikaners, nous avons été les premiers combattants de la liberté, en Afrique. Nous avons montré le chemin aux autres. Et maintenant que nous avons enfin pris le pouvoir, dans notre pays, nous voulons offrir le même droit d'autodétermination à toutes les autres nations autour de nous. Elles doivent avoir leurs propres territoires, bien définis. Coexistence pacifique. Développement pluriel. C'est l'expression de notre sens de l'humour, de notre dignité, de notre altruisme. Après tout, nous n'avons pas le choix. En dehors de ce vaste pays, nous ne savons pas où aller. Tel est notre destin. *Mourir ou vivre selon ta volonté, Ô Afrique du Sud, mon pays bien-aimé!* Non, j'ai peur que ça ne soit pas très bon. Essayons encore une fois.

Vaste pays. Voyages en train de mon enfance. Dernière étape jusqu'à notre station : sept heures pour parcourir ces quarante-cinq kilomètres. Arrêts à tous les passages à niveau; déchargements des bidons de lait, chargements de charbon ou d'eau. Arrêts au milieu de nulle part, dans le veld qui s'étend à perte de vue, vagues de chaleur qui ondoient à l'horizon. Un nom peint sur un panneau blanc, plusieurs mètres au-dessus du niveau de la mer, à tant de kilomètres de Kimberley, à tant de Capetown. Insignifiance de tout cela. Que la station s'appelle ainsi, qu'elle se trouve à tant de kilomètres de la suivante, quelle importance?

Dès le plus jeune âge, on accepte ou l'on croit que certaines choses existent d'une certaine manière. Par exemple : que la société est fondée sur la notion de justice et que, chaque fois que quelque chose va mal, on peut faire appel au bon sens ou à la notion de légalité chez l'être humain, pour espérer la correction d'une erreur. Puis, sans aucun avertissement, arrive ce que Melanie a dit et que j'avais refusé de croire : on découvre que ce qu'on avait accepté comme prémices ou conditions de base – vous ne pouvez qu'accepter si vous voulez survivre – n'existe pas. Là où l'on attendait quelque chose de solide, il n'y a rien. Derrière le panneau qui porte un nom, des distances, il n'y a qu'un vide dissimulé – au mieux, par un petit bâtiment en tôle ondulée, par des bidons de lait, une rangée de seaux à incendie, vides. Rien.

Tout ce que l'on avait l'habitude de prendre pour argent comptant – avec tant d'assurance qu'on ne cherchait même pas à vérifier – se révèle n'être que pure illusion. Toutes les certitudes ne sont que mensonges vérifiés. Qu'arrive-t-il si l'on se met à approfondir? Doit-on d'abord apprendre un nouveau langage?

« Humanité. » On utilise normalement ce mot comme synonyme de compassion, de charité, d'honnêteté, d'intégrité. « Il est si humain. » On doit à présent chercher de nouveaux synonymes. Cruauté, exploitation, manque de scrupules. Dieu sait quoi d'autre?

L'obscurité descend.

Pourtant il reste Melanie. Lueur dans les ténèbres. (Mais pourquoi? Dois-je y penser?)

Une fois que vous avez entr'aperçu le problème, une fois que vous vous êtes mis à le suspecter, inutile de croire qu'il est différent. Melanie avait raison. Melanie. La seule question qui importe est celle qu'elle a posée : *Et maintenant?*

Ça a commencé. Un mouvement pur, élémentaire. Quelque chose est arrivé. J'ai réagi. Quelque chose s'est opposé à moi. Une énorme chose maladroite et informe s'est mise à bouger. Est-ce là la raison de ma stupéfaction? Essayons d'être raisonnable, objectif. Ne suis-je pas totalement inutile, en fait déplacé, dans un mouvement si vaste, si compliqué? La seule idée d'un individu essayant d'intervenir n'est-elle pas absurde?

A moins que je ne pose la mauvaise question? Est-il rationnel d'être « raisonnable », de chercher des arguments « pratiques »? Si je devais considérer ce que je peux « accomplir » au sens pratique, je n'aurais certainement pas le moindre espoir de commencer. Ce doit donc être quelque chose d'autre. Mais quoi? Peut-être faire simplement ce que l'on a à faire, parce qu'on est *soi*, parce qu'on est *là*.

Je suis Ben Du Toit. Je suis ici. Personne d'autre que moi, ici, aujourd'hui. Il existe bien quelque chose que personne d'autre que moi ne peut faire : non pas parce que c'est « important » ou « efficace », mais parce qu'il n'y a que moi pour le faire. Je dois le faire *parce que* je suis Ben Du Toit. Parce que personne d'autre au monde ne s'appelle Ben Du Toit.

Il est donc absolument inutile de demander : que va-t-il advenir de moi? Ou : comment puis-je agir contre mes frères?

Peut-être cela fait-il partie du choix : j'ai toujours considéré « mes frères » comme une chose allant de soi, et maintenant il faut que je reprenne tout à zéro. Ça n'a jamais été un problème, auparavant. « Mes frères » ont toujours été autour de moi et avec moi. Sur la ferme, dans laquelle j'ai grandi, à l'église le dimanche, lors des ventes aux enchères, à l'école, dans les gares, dans les trains ou dans les villes, dans les taudis de Krugersdorp, dans ma banlieue. Des êtres qui parlent ma langue, qui invoquent le nom de mon Dieu, qui partagent mon histoire. Cette histoire que Gée appelle « l'histoire de la civilisation européenne en Afrique du Sud ». Mes frères ont survécu pendant trois siècles, ont pris le pouvoir. Ils sont à présent menacés d'extinction.

« Mes frères. » Et puis il y avait « les autres ». Le boutiquier juif, le pharmacien anglais, ceux qui avaient trouvé un habitat naturel en ville. Et les Noirs. Les garçons qui gardaient les moutons et volaient des abricots avec moi, qui faisaient peur aux gens des huttes en agitant des fantômes fabriqués avec des citrouilles, qui étaient punis avec moi – tout en étant différents de moi cependant. Nous habitions une maison, ils habitaient des huttes de boue séchée avec des pierres sur le toit. Ils portaient nos vieux vêtements. Ils venaient frapper à la porte de la cuisine. Ils dressaient notre table, élevaient nos enfants, vidaient nos pots de chambre, nous appelaient *Baas* et *Miesies.* Nous les surveillions et évaluions leurs services, leur apprenions l'Evangile, les aidions en sachant que leur vie était plus difficile que la nôtre. Mais le problème du « nous » et du « eux » subsistait. C'était une division confortable et pratique. Il était normal que les gens ne se mélangent pas, que chacun ait sa parcelle de terre, où agir et vivre parmi les siens. Si ça n'était pas explicitement dit dans les Ecritures, c'était certainement sous-entendu dans la création bigarrée d'un Père omniprésent. Et il ne nous venait pas à l'esprit de nous mêler de Son travail, d'essayer de l'améliorer en faisant naître d'impossibles hybrides. C'était comme ça. Ça avait toujours été comme ça.

Mais brusquement rien ne va plus. Quelque chose a irrévocablement changé. Je me suis agenouillé près du cercueil d'un ami. J'ai parlé à une femme en deuil, dans une cuisine. Ma mère aurait pu agir comme elle. J'ai vu un père chercher son fils comme j'aurais pu moi-même le faire. Ce deuil, cette quête, ce sont « mes frères » qui en sont la cause.

Mais qui sont « mes frères », aujourd'hui? Envers qui dois-je être loyal? Il doit bien y avoir quelqu'un, quelque chose. A moins que l'on reste seul, abandonné sur ce veld dénudé, près du nom d'une station qui n'existe pas!

Le seul souvenir qui m'ait poursuivi toute la journée, infiniment plus réel que les solides bâtiments de l'école, est cet été lointain où papa et moi nous sommes restés seuls avec nos moutons. La sécheresse nous enlevait tout, nous abandonnant, brûlés, parmi ces blancs squelettes.

Ce qui était arrivé avant cette sécheresse ne m'avait pas dit grand-chose. C'était la première fois que je me découvrais, que je découvrais le monde.

J'ai l'impression d'être à la lisière d'une autre saison blanche et sèche, peut-être pire que celle que j'ai connue, enfant.

Et maintenant?

Troisième partie

1

C'ÉTAIT une ville différente dans l'obscurité. Le soleil était couché lorsqu'ils atteignirent l'auberge de L'oncle Charlie. Au moment où ils quittèrent la route principale à la hauteur des grosses cheminées de l'usine à gaz, la lueur rouge s'obscurcissait déjà, derrière l'écran de fumée et de poussière, barbouillée comme de la peinture. Une prémonition d'hiver, dans l'air. Réseau de chemins étroits et érodés, à travers le veld. Puis passage des rails de chemin de fer, tournant en épingle à cheveux avant de se retrouver parmi les rangées innombrables de maisons basses et trapues. C'était enfin là, autour d'eux, aussi impressionnant que la dernière fois, mais d'une manière différente. L'obscurité semblait apaiser la violence de la confrontation, cachait les détails qui avaient assailli et offensé le regard, niait le sordide. Tout était toujours là, étonnant par sa seule présence étrange, menaçant même. La nuit était cependant rassurante. Pas d'yeux pour épier. La lueur qui filtrait par les petites fenêtres carrées des innombrables maisons – mortelle pâleur du gaz, lueur jaune plus chaude des bougies ou des lampes à pétrole – avait toute l'intimité nostalgique d'un train filant dans la nuit. L'endroit était encore très vivant; vie réduite à des bruits. Pas le genre de bruit que l'on entend avec ses oreilles, mais quelque chose de souterrain et de sombre, qui fait directement appel aux os et au sang. Les centaines de milliers de vies individuelles dont on avait eu conscience la première fois – enfants jouant au football, coiffeurs, femmes aux coins des rues, jeunes aux poings serrés – s'étaient fondues en un seul organisme omniprésent, qui vous dévorait, comme une « énorme bouchée ».

« Qu'est-ce que tu regardes? demanda Stanley.

– J'essaie de me souvenir du chemin.

– Laisse tomber, tu es un étranger. » Sa phrase n'était pas méchante, plutôt chaleureuse. « Peu importe, je suis là de toute façon pour te guider, non?

– Je sais. Mais suppose que je doive revenir ici, tout seul? »

Stanley éclata de rire, fit une embardée pour éviter un chien errant. « N'essaie surtout pas.

– Je ne veux pas être un boulet autour de ton cou, Stanley.

– Au diable le boulet, s'il te plaît. Nous sommes tous les deux concernés. »

Ça le toucha plus que tout ce que Stanley avait déjà pu lui dire. Melanie avait donc raison : il avait été – d'une manière indéfinissable – « accepté ».

Il avait téléphoné la veille à Stanley après cette journée de réflexion. Il était allé dans une cabine téléphonique pour que Susan ne soit pas au courant de son appel. Ils étaient convenus de se retrouver entre quatre heures et quatre heures et demie, mais Stanley avait du retard. En fait, il était presque cinq heures et demie quand la grosse Dodge blanche était arrivée au garage. Aucun mot d'excuse. Stanley avait semblé surpris par l'agacement de Ben.

Stanley ne portait pas ses verres fumés, aujourd'hui. Ils dépassaient de la poche de sa veste marron. Chemise à rayures, cravate à fleurs, boutons de manchette fantaisie.

Ils démarrèrent sur les chapeaux de roue, dans le vrombissement du moteur, sous les yeux d'un jardinier surpris.

« J'ai pensé que je devais parler à Emily. En ta présence, bien sûr. »

Stanley attendit, en sifflotant d'un air satisfait.

« La Section spéciale est venue fouiller ma maison, il y a deux jours. »

Le gros homme tourna rapidement la tête. « Tu rigoles?

– Ils sont venus. »

Il ne savait pas très bien la réaction qu'il attendait. Certainement pas cet énorme rire venu des profondeurs.

« Qu'est-ce qu'il y a de si drôle?

– Ils ont vraiment fouillé ta maison? » Stanley se mit à rire de plus belle et flanqua une bourrade sur l'épaule de Ben. « Serre-moi la pogne, vieux. » Il lui fallut du temps pour se calmer. Il essuya ses larmes et demanda : « Pourquoi ont-ils fait ça? Qu'en penses-tu?

– J'aimerais bien le savoir. Je crois qu'ils ont été mis au parfum par le docteur Herzog. Celui qui était au tribunal. Je suis allé le voir pour lui demander ce qu'il savait sur Gordon.

– Il t'a dit quelque chose?

– Nous ne saurons rien de lui. Mais je suis sûr qu'il en sait plus qu'il ne veut en dire. Ou il a peur de la police ou il travaille avec elle.

– A quoi t'attendais-tu? » Stanley se remit à rire. « Alors comme ça il t'a mis les flics sur le dos? Ils ont emporté quelque chose?

– Quelques vieux journaux, de la correspondance. Pas grand-chose. Il n'y avait pas grand-chose de toute façon. Ils voulaient certainement me faire peur. C'est tout.

– N'en sois pas si sûr.

– Que veux-tu dire?

– Avec tout ce que tu sais, ils croient peut-être que tu es au centre de quelque chose de sérieux.

– Ils ne sont pas aussi stupides que ça!

– Lanie. » Petit ricanement satisfait. « Ne sous-estime jamais la stupidité des membres de la Section spéciale. Ils peuvent être rapides comme l'éclair et mettre leur nez partout. Si tu les laisses croire qu'ils sont tombés sur une conspiration, je te le dis, mon vieux, plus rien ne saura les arrêter. Ils sont pires que des sangsues. Pour ce qui est de l'entêtement, personne ne peut surpasser les gattes. Je les connais depuis des années, vieux. S'ils ont décidé qu'ils recherchaient une bombe, tu peux leur foutre le nez dans une merde, ils te jureront leurs grands dieux que c'est une bombe. »

Malgré lui, Ben sentit ses mâchoires se contracter. Mais il refusa de se laisser convaincre. « Je te dis que c'était pour me faire peur, Stanley.

– Pourquoi n'as-tu pas eu peur, alors?

– Précisément parce qu'ils ont essayé. S'ils veulent m'intimider, je dois savoir pourquoi. Je ne peux rien faire, sans toi. Mais si tu veux bien m'aider, nous pouvons découvrir ce qu'ils essaient de nous cacher. Je sais que ça ne sera pas facile; nous ne pouvons pas attendre tout de suite de gros résultats. Mais nous pouvons travailler ensemble, Stanley, toi et moi. C'est le moins que nous puissions faire pour Gordon.

– Tu en es tout à fait sûr, lanie? Ça n'est vraiment pas le moment rêvé pour faire un show, tu sais.

– Te souviens-tu du jour où j'ai dit que nous devions faire attention avant que ça n'aille trop loin? C'est toi, à ce moment-là, qui t'es moqué de moi. Tu m'as dit que ça ne faisait que commencer. Et tu avais raison. Je le sais maintenant. J'irai jusqu'au bout. Si tu veux bien m'aider.

– Ça veut dire quoi " jusqu'au bout ", lanie?

210

– Je ne peux le savoir qu'en continuant.

– Tu crois qu'ils vont te laisser aller jusqu'au bout? »

Ben prit sa respiration profondément et dit : « Ça ne sert à rien de regarder trop loin, Stanley. Nous devons faire face aux événements, au fur et à mesure qu'ils se présentent. »

La seule réaction du gros homme, derrière le volant, fut un éclat de rire satisfait.

Ils continuèrent de rouler dans la fumée et la poussière, jusqu'à ce que Stanley arrête la voiture dans ce qui aurait pu être un terrain vague ou une rue éloignée – un trou noir dans l'obscurité.

Au moment où Ben allait ouvrir la portière, Stanley lui dit : « Attends-moi, ici. C'est un peu plus loin. Je veux d'abord vérifier.

– Tu n'as pas prévenu Emily?

– Si. Mais je ne veux pas que les gens sachent. » Notant le regard circonspect de Ben, il ajouta : « Le quartier est plein d'indics, lanie. Tu as assez de problèmes comme ça. A tout de suite. » Il claqua la portière et disparut dans la nuit.

Ben baissa sa vitre de quelques centimètres. Une odeur oppressante de fumée pénétra dans la voiture. La conscience de bruits intraduisibles devenait de plus en plus forte. Et, une fois de plus – mais moins intensément qu'avant – Ben eut le sentiment d'être à l'intérieur d'un énorme animal aux entrailles frémissantes, au cœur sombre. En l'absence de Stanley, tout cela prenait un aspect plus néfaste. Ce qui l'obligeait à rester là, chaque muscle tendu, un goût amer dans la bouche, n'était pas la peur d'une bande de tsotsis ou d'une patrouille de police, mais quelque chose d'immense et de vague, comme la nuit elle-même.

Il ne savait même pas où se trouvait Stanley. Et si, pour une raison quelconque, Stanley ne revenait pas, il ne serait jamais capable de sortir de là. Il n'avait ni carte ni compas, aucun sens de l'orientation dans l'obscurité, aucun souvenir sur lequel se reposer, aucune intuition pour l'aider, aucun fait, aucune certitude. Exposé à l'angoisse pure, il restait assis, immobile, sentant les gouttes de sueur glacée sur son visage, à l'endroit où l'air venait le gifler.

Dans cette non-visibilité totale, Soweto lui apparaissait plus réel que la première fois, à la lumière du jour. Parce que Stanley n'était plus avec lui. Il n'avait jamais aussi précisément ressenti l'isolation totale de leurs mondes respectifs, mondes qui ne pouvaient se rejoindre qu'à travers eux, provisoirement. Grâce à Gordon, cela avait été rendu possible. Gordon. Encore lui. Tout revenait toujours à lui.

Pris dans la violence de ses pensées, Ben patienta dans la voiture, jusqu'à ce que, brusquement, Stanley réapparaisse.

« Tu as vu un fantôme?

– Peut-être, oui. » Le soulagement lui faisait la tête légère. « Maintenant, je sais ce que ce Péril noir représente. Pourquoi les gens en ont si peur », dit-il d'un air moqueur.

Quelque part dans une rue avoisinante, une femme se mit à hurler – long cri perçant, déchirant la nuit.

« Que se passe-t-il, Stanley?

– Comment veux-tu que je le sache? Meurtre, viol, tout est possible.

– On ne peut rien faire?

– Tu as envie de mourir, lanie? »

Les hurlements se transformèrent en un cri sourd d'animal blessé et se perdirent dans le bourdonnement général.

« Mais, Stanley...

– Allez. Tante Emily t'attend. »

Ben le suivit, mais en marchant, il s'aperçut qu'il tendait l'oreille et attendait un autre cri de cette femme. Les lampadaires, éloignés les uns des autres, créaient une atmosphère de camp de concentration. De temps en temps, Ben titubait sur des détritus – boîtes de conserve, pare-chocs, ordures méconnaissables qui jonchaient la chaussée. Stanley, lui, se frayait un chemin aisément comme un gros chat noir, dans la nuit.

Ils franchirent la petite barrière en mauvais état et gravirent les marches du perron. Stanley frappa à la porte. Ça avait l'air d'un code. Ça faisait partie de sa passion puérile pour les romans de cape et d'épée. Emily ouvrit immédiatement, comme si elle avait attendu, la main sur la poignée. Enorme, informe dans sa vieille robe, longue et démodée, elle s'écarta pour les laisser entrer. Une lampe à pétrole brûlait dans la petite pièce. Contre le mur le plus éloigné, quelques enfants dormaient sous une couverture grise – petits paquets alignés les uns contre les autres, comme des miches de pain mises à lever. Le transistor jouait en sourdine sur le buffet. Tout semblait inchangé : des calendriers sur les murs à la machine à coudre sur la table, du vieux poêle au vase rempli de fleurs en plastique. Les rideaux à motif floral étaient tirés. L'atmosphère sentait le renfermé et l'odeur rance des corps. Près de la table, un petit homme gris, dans un vieux costume noir. Il ressemblait à un lézard fripé avec deux grands yeux brillants qui luisaient entre les nombreux plis et replis de son visage.

« Je vous présente le père Masonwane, de notre église », dit Emily, comme pour s'excuser de sa présence.

Le petit homme sourit, dévoilant ainsi ses gencives édentées. « Nous nous sommes déjà rencontrés, dit-il, quand le *morena* était là, la dernière fois.

– Le Baas il doit s'asseoir, dit Emily. Prenez cette chaise-là, l'autre elle est trop cassée. »

Ben s'assit, bien droit, à distance de la table.

« Eh bien, dit Stanley, sur le pas de la porte. Je

m'en vais. Vous pouvez discuter en paix. Au revoir. »

Ben, affolé, se leva. « Pourquoi ne restes-tu pas?

– J'ai un client qui m'attend. Ne t'inquiète pas, je vais revenir. » Avant que Ben ait pu protester, il était déjà dehors. La lampe à pétrole sifflotait, sur la table.

« Je vais mettre de l'eau à chauffer pour le thé, déclara Emily, mais ça va prendre du temps. » Elle resta près du poêle, trop mal à l'aise pour s'asseoir en présence de Ben.

« Je ne voulais pas vous déranger, dit Ben en s'adressant au prêtre.

– Le père Masonwane il est d'une grande aide pour moi », déclara Emily.

Le petit homme sourit mystérieusement.

« Je suis venu vous parler, Emily.

– Oui, c'est bien, Baas.

– Maintenant que le tribunal nous a laissés tomber, nous devons réunir toutes les preuves possibles. Stanley va m'y aider. Nous devons tout savoir sur Gordon et sur Jonathan afin d'effacer la honte qui les a souillés. »

Il s'arrêtait après chaque phrase, attendant la réaction d'Emily, mais elle ne répondit pas. Le prêtre resta, muet, lui aussi. L'un des enfants qui dormait par terre toussa; un autre marmonna brièvement.

« Nous ne pouvons pas les ressusciter, constata Ben, mais nous pouvons nous assurer que ce genre de choses ne se reproduira plus jamais.

– C'est bien, morena », dit enfin le vieux prêtre. Il parlait doucement et très correctement, comme s'il soupesait chaque mot séparément. « Mais il vaut mieux pardonner. Si nous gardons la douleur intacte, la haine et l'amertume resteront en nous.

– L'air doit être épuré afin que nous puissions de nouveau respirer.

– L'air ne peut être épuré que si nous parvenons à oublier l'orage d'hier.

– Non, dit Emily brusquement. Non, le Baas il a raison. C'est pas que je veux continuer avec cette affaire, parce qu'elle est une mauvaise chose. Que Jonathan il soit mort, que Gordon il soit mort... » Elle se tut un moment pour contrôler sa voix. « C'est déjà bien assez difficile comme ça à supporter, mais je peux le pardonner. Le père Masonwane il m'a beaucoup appris. » Elle leva les yeux. La lumière tombait directement sur son visage rond. « Mais ils ont couvert de boue le nom de Gordon. Ils ont dit des choses qu'il a jamais faites, qu'il était pas capable de faire et nous devons blanchir son nom. Sinon, il trouvera jamais la paix, dans sa tombe.

– Ça n'est pas comme ça qu'il faut s'y prendre, Sis Emily », dit le vieux prêtre en secouant la tête. Sa voix sèche se fit plus pressante. « Les gens qui l'ont fait souffrir et mourir sont de pauvres pécheurs qui ne savent pas ce qu'ils font. Nous devons être patients avec eux. Nous devons apprendre à les aimer. Sinon tout s'effondrera.

– Ils ont tué Gordon, dit Ben en colère. C'était un homme qui n'aurait pas fait de mal à une mouche. Et ils ont tué Jonathan qui n'était qu'un enfant. Comment pouvez-vous dire qu'ils ne savaient pas ce qu'ils faisaient ? »

Le prêtre secoua sa tête grise. « Je vous répète qu'ils ne savent pas. Vous ne me croyez pas ? Je sais que c'est une chose terrible à dire, mais c'est vrai. Ils ne savent pas. Même quand ils tuent nos enfants, ils ne savent pas ce qu'ils font. Ils croient que ça n'a pas d'importance. Ils ne croient pas que nos enfants soient des êtres humains. Ils pensent que ça ne compte pas. Nous devons les aider. C'est la seule manière d'agir. Ils ont besoin de notre aide. Pas de haine, morena, mais de l'amour.

– Ça vous est facile de parler, dit Ben. Vous êtes prêtre. »

Le vieil homme ricana, dévoilant une fois de plus ses gencives édentées. « J'ai dû supporter tout ça moi aussi, quand ils ont emmené mes fils en prison, morena, s'exclama-t-il. Et chaque fois que je vais en ville, je dois montrer mon laissez-passer aux agents de police. Certains me traitent avec respect. D'autres, les jeunes, plus jeunes que mes fils, le jettent par terre après l'avoir regardé. Il y a eu une époque où, moi aussi, je les haïssais, quand mon cœur était amer comme une amande. Mais j'en suis venu à bout, morena, et je sais, maintenant. Maintenant, j'ai pitié d'eux, je prie pour eux et je demande au Seigneur de m'aider afin d'apprendre à les aimer.

– Ils ont couvert de boue le nom de Gordon, répéta Emily, en regardant droit devant elle, comme si elle n'avait pas entendu ce qu'il avait dit.

– Vous n'avez pas peur, Sis Emily ? » lui reprocha le vieux prêtre.

Elle secoua la tête. « Non. A la longue, on finit par être fatigué d'avoir peur.

– Cet après-midi même, vous pleuriez encore votre mari. Et maintenant vous êtes prête à sécher vos larmes ainsi ?

– J'ai trop pleuré, père Masonwane. Le Seigneur il m'a envoyé le Baas.

– Vous devez y réfléchir. »

Emily regarda fixement la semi-obscurité où dormaient ses enfants. « Père, vous m'avez toujours dit de faire confiance au Seigneur. Vous m'avez toujours dit qu'Il pouvait faire des miracles. Cette nuit, Il m'a envoyé le Baas, un Blanc. Vous croyez pas que c'est un miracle ? » Au bout d'un moment, elle répéta avec la même détermination et le même calme : « Ils ont couvert de boue le nom de Gordon. Nous devons le blanchir.

– En ce cas, je dois m'en aller », dit le vieil homme. Il se leva en soupirant. « Vous avez des fourmis dans le cœur, ce soir, Sis Emily. » Avec un sourire contrit, il ouvrit la porte et se faufila sans bruit au-dehors.

Ils étaient seuls dans la maison, Emily, lui et les enfants endormis. Pendant un moment, ils se regardèrent fixement, mal à l'aise. Ils furent tous deux soulagés de découvrir que la bouilloire s'était mise à chanter. Ça donnait à Emily quelque chose à faire. Elle versa le thé dans une tasse blanche au pourtour doré légèrement fané; elle secoua la tête lorsqu'il fit un geste dans sa direction. Elle resta derrière la chaise du prêtre pendant que Ben remuait son thé. L'un des enfants ronflait légèrement.

« Qu'est-ce que je dois faire, Baas?

– Nous devons rassembler tous les renseignements possibles. Vous et Stanley, vous devez travailler ensemble. Essayez de trouver toutes les personnes susceptibles de nous dire quelque chose sur Jonathan ou sur Gordon. Même si ça ne semble pas important, apportez-moi ces renseignements. Ou envoyez-moi Stanley. Vous êtes ici, vous avez des oreilles et des yeux, dans ce quartier. Je me mettrai au travail avec ce que vous pourrez m'amener.

– J'ai quelque chose pour vous, Baas.

– Quoi? »

Elle attendit qu'il finisse sa tasse de thé avant de dire : « Je sais pas si je peux vous le donner.

– Faites-moi voir.

– C'est tout ce qui me reste de Gordon.

– J'y ferai attention, promis. »

Tout à coup, elle sembla nerveuse et alla d'abord fermer la porte; le dos tourné, elle glissa sa main dans son corsage pour en extraire quelque chose. Hésitante, elle revint vers Ben et plaça l'objet devant lui. C'était un petit bout de papier froissé.

Deux papiers en fait. C'est ce qu'il découvrit en le

dépliant. Le premier papier était quadrillé comme un cahier d'exercices. Le second était un morceau de papier hygiénique. Les deux papiers étaient griffonnés au crayon, presque illisibles à force d'avoir été tripotés et maniés. Le style en était bizarrement solennel.

Le premier papier était le plus facile à lire :

Ma chère femme, tu dois pas t'inquiéter pour moi, mais tu me manques ainsi que les enfants. Surveille-les bien et éduque-les dans la crainte du Seigneur. J'ai faim et je comprends pas ce qu'ils attendent de moi. Il y a beaucoup de bruit, mais je crois que je rentrerai un de ces jours. Je pense à toi tout le temps.

Ton mari.

Le morceau de papier hygiénique semblait plus difficile à déchiffrer :

Ma chère femme, je vis toujours dans ces conditions (quelques mots illisibles). *Trop de souffrance. Tu dois essayer de m'aider car ils veulent pas* (illisible). *Occupe-toi bien des enfants et si tu as besoin d'argent, demande à l'église ou à mon* (illisible) *maître qu'il est bon avec nous. Je sais pas si je rentrerai vivant; ils sont très* (illisible), *mais Dieu il nous aidera et tu me manques beaucoup. Essaie de m'aider parce que...*

Le mot se terminait de façon abrupte, en plein milieu d'une phrase.

« Il n'y a pas de nom, Emily.

— Je connais l'écriture de Gordon, Baas.

— Comment vous êtes-vous procuré cette lettre? »

Elle sortit un mouchoir, le déplia soigneusement et se moucha. Puis elle le rangea.

« Qui vous les a donnés, Emily?

— Je peux pas vous le dire. » Elle évita son regard.

218

« Je dois le savoir si nous voulons mener cette affaire à bien.

– C'est un homme que je connais, Baas. Je veux pas lui causer d'ennuis dans son travail. »

Ben devint méfiant. « Il travaille pour la police? »

Elle se détourna et, sans que cela soit nécessaire, arrangea la couverture qui enveloppait les enfants.

« Emily, vous devez en parler avec lui. Dites-lui que je garderai le secret. Mais il faut que je sache.

– Il peut pas sortir.

– Dites-moi seulement son nom, alors. »

Elle hésita avant de dire, presque en colère : « Johnson Seroke. » Immédiatement, elle se mit à s'agiter et déclara : « Ça sert à rien, Baas. Il peut pas parler.

– Vous ne me l'enverrez pas? »

Elle secoua la tête, tendit la main et s'écria d'une voix impérieuse : « Il vaut mieux que vous me rendiez ça. »

Ben posa la main sur les deux morceaux de papier étalés sur la table. « C'est la seule façon de blanchir son nom, Emily. »

Après une longue hésitation, elle retira sa main.

« Quand avez-vous reçu ces lettres?

– La première elle est arrivée tôt, Baas. Deux ou trois jours après son arrestation. L'autre... » Elle fronça les sourcils, se concentra. Une de ses mains jouait avec un fil qui pendait de sa robe. « L'autre elle est arrivée plus tard. Juste avant qu'ils me rendent le pantalon. Baas. Avec le sang et les dents.

– Ensuite? »

Elle hocha la tête. « Non, ça a été la dernière.

– Mais, Emily, pourquoi ne me l'avez-vous pas dit plus tôt?

– S'ils avaient appris l'existence de ces lettres, ils auraient été plus cruels avec lui.

– Mais vous auriez pu me le dire après sa mort,

quand nous sommes passés devant le tribunal.

– Ils m'auraient confisqué les lettres. J'avais peur, Baas.

– Tout aurait pu être différent.

– Non, dit-elle sèchement. Si je les avais montrées au tribunal, ils auraient appelé cet homme et ils auraient dit que c'était pas l'écriture de Gordon. » Elle respirait profondément. « Je crois que vous devez me les rendre, Baas.

– Je vous promets que j'y ferai très attention, Emily. Rien ne leur arrivera. Elles peuvent encore nous être très utiles, si nous pouvons y adjoindre d'autres preuves. » Il se pencha précipitamment en avant, appuya ses deux mains sur la table. « Emily, vous *devez* parler à Johnson Seroke. Il vous a aidée une fois; il vous a apporté ces lettres. Peut-être sera-t-il prêt à nous aider encore une fois. C'est pour Gordon et Jonathan, Emily.

– Il voulait pas me parler. Il m'a donné seulement les lettres.

– Promettez-moi que vous allez au moins lui parler.

– Je lui parlerai, mais il voudra pas m'écouter. Les gens ils ont trop peur, Baas.

– Ça n'arrange rien de se taire parce qu'on a peur. C'est pire. Nous ne serons donc jamais capables de blanchir le nom de Gordon? »

Presque honteusement, il répéta sa phrase, sachant que c'était le seul moyen de se faire entendre d'elle. Peu à peu, leur conversation se fit moins pressante.

Ils parlèrent de Gordon et de Jonathan – surtout de Gordon. Tout ce dont ils pouvaient se souvenir. Petites choses qu'il avait dites ou faites. Ils commençaient visiblement à se sentir plus à l'aise. Elle remplit de nouveau sa tasse et ils continuèrent de se souvenir de Gordon et de Jonathan, du second fils, Orlando, qui avait fui au Botswana.

« Vous ne devriez pas vous inquiéter comme ça, dit Ben. A son âge, tous les garçons sont difficiles. Ma femme a beaucoup de soucis avec notre fils. »

L'atmosphère se détendit. Deux parents qui parlaient de leurs enfants. Et l'étrangeté reflua. Ben commençait à avoir plus de facilité à communiquer avec Emily. En même temps, Gordon refaisait son apparition dans une perspective différente. Ben se sentait impliqué autrement, plus immédiatement qu'avant, de façon plus personnelle.

Il fut surpris quand il entendit frapper à la porte. Mais Emily dit, sans hésitation : « C'est Stanley. » Et elle alla lui ouvrir.

La pièce se remplit de sa présence tapageuse et remuante. Seuls les enfants continuaient à dormir.

« Comment ça va, tante Emily? Vous avez bien bavardé? » Sans attendre une réponse, il tendit à Ben son paquet de Lucky Strike : « Tu veux un joint? »

– Non, merci », répondit Ben en cherchant machinalement sa pipe, sans la sortir de sa poche.

« Du thé? demanda Emily.

– Merci, Tantine. C'est trop fort pour moi. Vous avez du whisky?

– Tu sais bien que j'ai pas d'alcool à la maison.

– Alors en avant, dit-il à Ben. Nous pouvons toujours aller faire le plein dans un bar clandestin.

– J'ai classe demain matin, très tôt, Stanley. »

En relevant sa manche, Stanley révéla sa grosse montre en or : « Zyeute les *jampas*, vieux, c'est encore tôt.

– Pas en semaine, dit Ben poliment.

– Je vois. C'est ton sang puritain qui coule encore en force, hein? » Son éclat de rire fit trembler la faïence sur le buffet. « Très bien. Allez, viens. Quelqu'un veut te voir chez moi. » Il fit un geste vers Emily. « Faites attention à vous, tantine. »

Brusquement, ils se retrouvèrent dehors. De retour

dans la nuit qui avait continué de régner pendant qu'il était à l'intérieur; comme si l'heure passée dans la petite maison n'avait été qu'un interlude entre deux actes plus sombres. Ils roulèrent dans des rues pleines d'ornières, traversèrent une ligne de chemin de fer et une surface découverte de veld. Au loin, Ben vit une fois des flammes rouges sortir de l'usine à gaz, vacillantes à travers les nuages de fumée. Quelques minutes plus tard, Stanley s'arrêta derrière une maison et le guida jusqu'à la cuisine.

Cet intérieur était également familier à Ben : le joyeux linoléum et la vitrine, les plats décorés, les oiseaux de paradis sur le plateau, le canapé et les fauteuils aux coussins multicolores.

La porte était entrouverte. « Que lui est-il arrivé? » murmura Stanley en sortant. Une minute plus tard, il rentra en soutenant un homme qui essayait, sans grand succès, de boucler son pantalon. Il semblait avoir une quarantaine d'années; il portait une chemise à carreaux, un pantalon vert avec une énorme boucle de ceinturon. Ses souliers bicolores étaient éclaboussés de taches.

« Bon Dieu de bon Dieu! s'exclama Stanley. J'aimerais bien que tu t'arrêtes. Sur mon putain de seuil!

— Ma vessie éclatait.

— Tu te bourres trop la gueule.

— Que veux-tu que je fasse d'autre? dit l'étranger sur un ton de reproche, l'air étonné. Ça me tue, mec, de rester sur mon cul, comme ça. Donne-moi un autre verre.

— Oublie le verre. Je te présente Mr. Du Toit. Ben, je te présente Julius Nqakula. L'avocat qui a recueilli les premières dépositions sur Jonathan, pour Gordon. »

L'étranger le dévisagea avec hostilité.

« Ne t'inquiète pas de son état, dit Stanley en riant, il ne fonctionne que lorsqu'il est beurré. Il a toute sa

222

têtê à ce moment-là. » Il déposa Julius sur une chaise, où il resta avachi, jambes allongées sur le linoléum. A travers ses paupières à demi fermées, Julius observait Ben avec méfiance tandis que Stanley leur versait du whisky.

« Qu'est-ce qu'il fait là? » demanda Julius après avoir avalé d'un trait la moitié de son verre. Il n'avait pas quitté Ben des yeux.

« Je l'ai amené ici pour l'affaire Gordon », dit Stanley nonchalamment en installant son gros corps dans un canapé aux pieds ridiculement petits.

« Gordon est mort. Il nous appartient. Qu'est-ce que ce *mugu* a à voir avec lui? »

Ben était vexé. Il avait envie de s'en aller. Stanley qui semblait franchement amusé l'en empêcha d'un geste.

« Tu peux très bien ne pas le croire, en le voyant comme ça, dit-il, mais ce fumier a été l'un des plus grands avocats des agglomérations, lanie. L'année dernière, quand ils ont fait passer tous ces enfants devant le tribunal, après les émeutes, il travaillait nuit et jour pour les sauver. Des centaines de cas, je te le dis. Puis ils l'ont banni. C'était juste après qu'il eut obtenu les dépositions pour Gordon. Il a donc dû abandonner son job et maintenant il se saoule la gueule avec l'alcool des autres. »

Julius Nqakula ne semblait pas très impressionné.

Stanley se tourna brusquement vers lui. « Ecoute-moi. Ben veut que nous continuions à travailler sur l'affaire Gordon.

– Il est blanc », s'écria Julius en dévisageant Ben et en bougeant ses souliers en cadence.

« La Section spéciale a fouillé sa maison, à cause de Gordon.

– Il est toujours blanc.

– Il peut atteindre des endroits que nous ne pouvons pas atteindre.

– Et alors?

– Nous pouvons atteindre des endroits qu'il ne peut pas atteindre. Qu'en dis-tu? Joignons nos forces.

– Je dis qu'il est blanc et que je ne lui fais pas confiance. »

Ben avait jusqu'alors réprimé sa colère, mais il ne put se contenir plus longtemps. « Vous attendez peut-être que je dise : vous êtes noir, je ne vous fais pas confiance. C'est ça? » Furieux, il reposa bruyamment son verre sur le guéridon. « Ne croyez-vous pas qu'il serait grand temps de passer par-dessus ces préjugés stupides? » Il se tourna vers Stanley. « Je ne sais vraiment pas comment tu fais pour attendre quoi que ce soit de lui. Tu ne vois donc pas qu'ils l'ont brisé? »

A son grand étonnement, un sourire apparut sur le visage osseux de Julius Nqakula. Il vida son verre, émit un gargouillement et essuya ses lèvres au revers de sa manche. « Redites-moi un peu ça. Montrez-moi seulement la personne qui pourrait vraiment *me* briser! Allez, montrez-la-moi!

– Alors pourquoi ne nous aidez-vous pas? dit Ben. Pour l'amour de Gordon!

– Oh! vous, les Blancs libéraux! s'exclama Julius. Remplis mon verre, Stanley! »

Une colère déraisonnée se mit à sourdre en Ben – comme ça lui était déjà arrivé lors de sa visite au médecin.

« Je ne suis pas un putain de libéral. Je suis un Afrikaner. »

Stanley remplit le verre de Julius ainsi que le sien. Ils gardèrent le silence en dévisageant Ben.

« Eh bien, qu'en dis-tu, Julius? » demanda Stanley.

Julius grogna, sourit lentement. « Il a raison », dit-il. Puis il s'installa plus confortablement, se cala sur ses coudes, dos penché par-dessus le rebord de son siège.

« Que comptez-vous faire?

– L'essentiel est de mettre à jour tout ce qu'ils essaient de nous cacher. Jusqu'à ce que nous ayons rassemblé assez d'éléments pour rouvrir l'affaire. Nous ne devons pas nous arrêter avant d'être sûrs d'avoir tout réuni. Ainsi le coupable pourra être puni et le monde saura ce qui s'est passé.

– Vous avez un espoir! dit Julius.

– Allez-vous nous aider, oui ou non? »

Julius sourit paresseusement. « Par où commençons-nous?

– Par vos dépositions sur Jonathan.

– Pas possible. Ils les ont confisquées en arrêtant Gordon.

– Vous n'avez pas gardé de doubles?

– J'ai été fouillé, moi aussi.

– Alors nous devons retrouver ces gens. Nous devons les amener à faire de nouvelles dépositions.

– Cette infirmière a eu une telle peur qu'elle ne remettra jamais rien par écrit. Et ce Phetla s'est enfui au Botswana.

– Eh bien, dit Stanley jovialement. Ton travail est tout vu. Tu n'as qu'à les retrouver et les convaincre de faire de nouvelles dépositions.

– Je suis sous mesure de bannissement.

– Tu n'as pas été banni pour rester assis sur ton cul à ne rien faire, s'écria Stanley, en se levant. Réfléchis-y pendant que je ramène le lanie chez lui. Avant que sa Missus fasse toute une histoire.

– A propos, s'exclama Julius, Johnny Fulani est venu me voir, hier.

– Qui est Johnny Fulani? demanda Ben.

– L'un des détenus dont les dépositions ont été lues lors de l'enquête. Vous vous souvenez? Quand Archibald Tsabalala s'est retourné contre eux, ils ont décidé de ne pas appeler les trois autres détenus. Sécurité d'Etat. Maintenant, ils ont relâché Johnny Fulani.

– Qu'a-t-il dit?

– Qu'est-ce que vous croyez? Ils l'ont *moered,* jusqu'à ce qu'il signe.

– Très bien. Vous n'avez donc qu'à obtenir une autre déposition de lui.

– C'est fait. »

Ben sourit. « Bien. Ça ne vous embête pas de m'envoyer un double? Je le mettrai en sécurité.

– Supposez qu'ils reviennent fouiller votre maison?

– Ne vous inquiétez pas. J'y ai déjà pensé. Je me suis trouvé une cachette qu'ils ne découvriront jamais. »

Julius se déplia et se leva en tendant la main à Ben.

« Ote-toi de mon soleil, Julius! » hurla Stanley en essayant de paraître menaçant.

Sur le chemin du retour, dans la vieille Dodge tremblotante, Ben demanda : « Pourquoi voulais-tu que je rencontre Julius?

– Parce que nous avons besoin de lui.

– N'importe quel avocat en aurait fait autant. »

Stanley éclata de rire. « Je sais. Mais Julius a reçu cet ordre de bannissement comme un coup bas. Il s'est complètement laissé aller. Maintenant que nous lui avons donné quelque chose à faire, il va se remettre sur ses deux pattes. » Rire satisfait. « Lanie, attends. J'ai comme le sentiment que toi et moi nous allons faire un bon bout de chemin ensemble. Et que tout au long de ce chemin, nous allons rameuter des gens, avant d'arriver de l'autre côté. Nous serons si nombreux à ce moment-là qu'ils ne seront plus capables de nous dénombrer. Une énorme majorité. » Pendant le reste du trajet, jusqu'à la maison, il chanta. Sa main gauche, sur le toit de la voiture, battait la cadence.

Dimanche 15 mai. Retour à Melanie. Inévitablement, je suppose. J'ai besoin d'elle pour l'enquête et elle m'a dit qu'elle m'aiderait. En même temps, je sens une espèce de trépidation. Impossible de penser à elle, comme à une aide seulement. Quoi, alors?

Je suis injuste avec elle, si je dis qu'elle me fait peur. Mon existence d'homme d'un certain âge, mes valeurs petites-bourgeoises. Professeur. « Membre respecté de la société. » Que m'arrive-t-il?

D'autre part – à moins que je ne cherche à rationaliser maintenant? – elle m'offre le confort. Elle restaure ma confiance, m'encourage. Quoi, exactement? La première fois, c'est arrivé par hasard, en toute innocence. Aurait-il été préférable d'en rester là? Ne pas mettre en danger cette expérience unique. Il y a des moments, pour notre propre salut, qu'on ne devrait jamais chercher à réitérer. Brusquement, un dessein. Des espérances, des possibilités, des espoirs. Inutile de spéculer. Il est trop tard. Je suis revenu en arrière.

Pourquoi devais-je me sentir mal à l'aise? Les circonstances, peut-être. Ce week-end. Même maintenant, ils croient que je me suis retiré dans mon bureau pour préparer mon travail du lendemain. Un dimanche! a protesté Susan.

Elle est impossible depuis mon retour de chez Stanley.

« Tu sens la hutte. » – « Tu as encore bu. » – « Dans quels trous as-tu encore rampé? » Comme dans les années de Krugersdorp, lorsque je rendais visite aux parents de mes élèves. Elle n'avait pas pu le supporter. C'était pire cette fois-ci. Soweto. Pour être juste avec elle, ça a dû lui faire un choc. Elle avait vraiment pensé que c'était fini. Inquiète et concernée, pas nécessairement pour elle-même. La visite de la Section spéciale l'a profondément secouée. Elle a déjà vu deux fois son médecin. Nerfs, migraines, sédatifs. Je dois être plus prévenant. Si seulement elle pouvait faire un effort et me comprendre.

Pour compliquer les choses, Suzette et sa famille sont venus passer le week-end, ici.

Tout s'est à peu près bien passé, jusqu'au samedi matin. Ai emmené le fils de Suzette, le petit Hennie, faire une promenade. Avons marché dans chaque flaque, joué comme deux petits cochons dans la boue, parlé sans arrêt.

« Tu sais, grand-père, le vent a aussi attrapé froid. Je l'ai entendu renifler cette nuit. »

Puis Suzette a fait toute une histoire parce que je l'avais laissé se salir. Je suis une « influence indésirable » qui apprend aux enfants les mauvaises manières, etc. J'ai perdu mon sang-froid. Lui ai dit que c'était *elle* l'influence indésirable, elle qui partait en voyage, elle qui négligeait le pauvre garçon. Ça l'a rendue furieuse.

« Qui es-tu pour me reprocher d'être tout le temps absente? Maman m'a dit qu'elle ne te voyait plus à la maison.

— Tu ne sais pas ce que tu dis, Suzette.

— Tu nies? Et tout ce raffut que tu fais autour des agglomérations noires? Tu devrais avoir honte de toi.

— Je refuse de discuter de mes affaires avec toi si tu me parles sur ce ton-là. »

Elle était folle de rage. Une belle femme – portrait craché de sa mère. Surtout quand elle était en colère.

« Eh bien, j'aimerais que tu saches que c'est pour ça que nous sommes venus, ce week-end. Pour avoir une conversation entre quatre yeux avec toi. Les choses ne peuvent pas continuer comme ça. Chris négocie un nouveau projet avec le Conseil provincial, en ce moment même. Voudrais-tu le voir annuler, ce projet? Ces choses sont contagieuses, tu sais.

– Tu en parles comme d'une maladie.

– Exactement. Je me demandais s'il n'y avait pas quelque chose qui ne tournait pas rond dans ta tête. On n'a jamais autant parlé des Noirs, chez nous. »

Chris était, comme d'habitude, beaucoup plus raisonnable.

Il était du moins prêt à écouter. Il accepte, je crois, que l'affaire Gordon n'en reste pas là, même s'il n'approuve pas ce que je fais. « Je respecte vos raisons, père. Mais le Parti prépare les gens à des changements importants. Et si ce travail crée un nouveau scandale – comme cela doit arriver – cela va de nouveau freiner les choses. Le monde entier est prêt à nous sauter à la gorge. Nous, Afrikaners, nous passons de bien mauvais moments. Nous devons nous serrer les coudes.

– Vous voulez dire que nous devrions nous serrer les coudes contre toute forme de mal – à la manière dont une équipe de rugby protège un homme qui perd son short sur le terrain de jeux? »

Chris a éclaté de rire. Il n'avait pas encore perdu son sens de l'humour. Puis il a ajouté : « Nous devons le faire de l'intérieur, père. Nous ne pouvons pas le jeter comme ça à la face du monde.

– Ça fait combien de temps que ces choses durent, Chris? Rien n'a été réglé pour autant.

– Vous ne devez pas vous attendre à voir un résultat, bientôt.

– Je suis désolé, Chris. Mais ces moulins broient trop lentement à mon gré.

– Vous serez broyé par le moulin vous aussi si vous ne faites pas attention. »

Si Suzette n'était pas arrivée à ce moment-là, nous

serions certainement parvenus à une entente. Je sais qu'il me veut du bien. Mais avec la tension qui régnait dans la maison, depuis jeudi soir, je n'en pouvais plus. Après le déjeuner, je suis parti en voiture.

Même à ce moment-là, je n'ai pas pris délibérément la direction de Westdene. Je ne conduisais que pour calmer mes nerfs. Rues tranquilles du samedi après-midi. Ça m'a secoué pour la première fois. Hommes et femmes en tenues de tennis, sur les courts, les terrains de golf, gouvernantes noires en uniforme poussant des landaus sur les pelouses. Hommes, torses nus, lavant leurs voitures; femmes portant bigoudis et arrosant leurs parterres de fleurs. Groupes de Noirs, allongés ou assis au coin des rues, riant et bavardant. Douceur, tranquillité paresseuse du soleil juste avant qu'il se couche.

Et puis, j'étais de retour dans la rue, je grimpais la colline. Devant la vieille maison. Je l'ai dépassée, je me suis arrêté au sommet de la colline, et je suis redescendu. Mais je me suis garé à un kilomètre environ pour réfléchir. Pourquoi pas? Il n'y avait rien de mal à ça. En fait, j'avais vraiment besoin de discuter d'une action future avec elle.

A première vue, je l'ai pris pour un jardinier de couleur, accroupi près d'un parterre de fleurs. Pantalon de velours sale, pipe à la bouche. C'était son père, le vieux professeur Phil Bruwer.

« Non, désolé, a-t-il marmonné quand je lui ai adressé la parole. Melanie n'est pas là. »

Sa crinière blanche et hirsute n'avait pas dû être peignée depuis des mois. Bouc sali par la nicotine, visage sombre et tanné comme du vieux cuir, et deux yeux brillants disparaissant à moitié sous des sourcils en broussaille.

« Je n'ai donc aucune raison de rester.

– Comment vous appelez-vous? m'a-t-il demandé, toujours penché sur son parterre de fleurs.

– Du Toit. Ben Du Toit. J'ai rencontré Melanie, l'autre jour.

– Oui, elle m'a parlé de vous. Pourquoi n'attendez-vous pas un moment? Elle ne va plus tarder. Elle est allée au journal, finir un article. Bien sûr, on ne sait jamais avec elle, n'est-ce pas? Pourquoi ne m'aideriez-vous pas à arracher les mauvaises herbes? J'ai passé quelques jours dans le Magaliesberg et je retrouve mon jardin sens dessus dessous. Melanie ne sait pas faire la différence entre une plante et une mauvaise herbe.

– Quelles sont ces plantes? »

Il s'est relevé avec un air de reproche, moqueur. « Où va donc le monde? Vous ne voyez pas que ce sont des herbes? » Il me les a montrées du doigt et les a énumérées : « Thym, origan, sauge, fenouil. Le romarin est là-bas. » Il s'est redressé pour soulager son dos. « Mais elles n'ont pas vraiment le goût qu'il faudrait.

– Elles semblent très bien pousser.

– Pousser ne suffit pas. » Il a nettoyé sa pipe. « Ça a à voir avec le sol. Pour le thym, vous devriez aller dans les montagnes du sud de la France. Ou en Grèce. A Mycènes. C'est comme la vigne, voyez-vous. Ça dépend de toutes sortes de choses : climat, orientation, flanc sud ou nord, abrupt de la colline, etc. La prochaine fois, je veux rapporter un petit sac de terre de la montagne de Zeus. Peut-être que la sainteté du vieil homme fera l'affaire. » Il a ricané, dénudant ses dents jaunies, inégales. « En vieillissant, je me rends compte que plus nous sommes impliqués dans la philosophie, les choses transcendantales, plus nous sommes ramenés sur terre. Nous retournerons tous vers les vieux dieux chtoniques. Là est le problème des gens qui courent après les abstractions. Ça a commencé avec Platon. Ne vous en déplaise, les gens comprennent mal. Pourtant, donnez-moi du Socrate quand vous voulez. Nous vivons tous sous le charme de l'abstrait. Hitler, Apartheid, le grand rêve américain, tout.

– Et Jésus?

– Incompris, dit-il. *Et verbum caro factus est.* Nous courons après le *Verbum,* en oubliant tout de la chair. »

J'écris tous mes souvenirs de ce monologue qu'il a tenu en s'agitant dans le jardin, en arrachant les mauvaises herbes, en arrosant, en ratissant, en creusant la terre à la recherche de vers, en redressant certaines plantes et en triant les feuilles mortes. Une chaleur irrépressible inspirait tout ce qu'il disait. « Vous savez, à l'époque où les nôtres devaient travailler d'arrache-pied pour s'implanter dans ce pays, c'était la bonne vie. Et puis nous nous sommes dit, une fois le contrôle assuré, que nous devions commencer à élaborer des systèmes pour le futur. Tout n'est que système. Pas de place pour Dieu. Tôt ou tard, les gens commencent à croire en leur mode de vie comme en un absolu : fondamental, une précondition. Je l'ai vu de mes propres yeux en Allemagne, pendant les années trente. Toute une nation courait après l'Idée, tel le porc de Gadarene. *Sieg heil! Sieg heil!* Ça m'empêchait de dormir la nuit. Je suis parti de ce pays en 38 parce que je ne pouvais plus supporter tout ça. Et maintenant, je vois la même chose se produire, dans mon propre pays, pas à pas. Horriblement prévisible. Cette maladie de la grande abstraction. Nous devons retourner vers le physique, vers la chair, vers les os, vers la terre. La vérité n'est pas tombée des cieux sous forme de mots; elle se promène le cul nu. Et si nous devons parler en termes de mots, alors c'est le mot d'un bafouilleur comme Moïse. Chacun de nous bégaie et bafouille sa parcelle de vérité. »

Un détail étrange : pas très convenable, j'en ai peur, mais ça faisait tout aussi partie de Phil Bruwer que ses dents jaunies, ses chaussures sales ou son rire sec. Je fais allusion à sa manie de péter. Il semblait fonctionner ainsi : chaque pensée neuve, chaque direction nouvelle, chaque emphase particulière devait être ponctuée d'un pet. Impropre autant que cela puisse l'être, il était aussi virtuose que pouvait l'être un joueur de trombone.

« Le gouvernement manipule l'électorat comme si c'était un âne, reprit-il. Une carotte devant et un coup de pied dans le derrière. La carotte c'est l'apartheid, le dogme, la grande abstraction. Le coup de pied, c'est simplement la peur. Le péril noir, le péril rouge, quel que soit le nom que vous voulez lui donner. » Pet énorme et retentissant. « La peur peut être un allié merveilleux. Je me souviens, il y a des années de ça, au cours d'un voyage dans l'Okavango, pour ramasser des plantes. Toute une équipe de porteurs derrière moi. Au bout d'une semaine, ils étaient de plus en plus paresseux, de plus en plus à la traîne. Une chose que je ne peux pas supporter c'est traînailler quand on est dans la brousse. Et puis un lion s'est mis à nous suivre. C'était une année sèche et le gibier s'était enfui. Mais ce vieux mâle était resté là. Il avait senti notre présence. Pas très difficile, car nous puions atrocement au bout d'une semaine dans la brousse. Bref, ce lion nous a suivis pendant deux jours. Je n'ai plus eu de problèmes avec les traînards. Les porteurs n'arrêtaient plus de courir pour rester dans le peloton de tête. Drôlement utile ce lion, n'est-ce pas? » Autre pet.

Quand il n'y eut plus rien à faire dans le jardin, nous sommes entrés dans la maison. A la cuisine. Tout aussi désordonnée que le bureau. Il y avait deux poêles, l'un électrique, l'autre à charbon, ancien et laid. Il a suivi mon regard.

« C'est Melanie qui m'a fait acheter ce monstre blanc. Elle dit qu'il est plus efficace. Mais j'ai gardé le vieux pour faire ma tambouille. Pas tous les jours, mais quand l'envie m'en prend. » Un pet. « Vous voulez du thé? » Sans attendre ma réponse, il a pris une bouilloire en émail bleu et nous a versé du thé d'herbe dans de vieilles tasses en Delft, dépourvues de soucoupes. Puis il a ajouté une cuillerée de miel dans chacune des tasses. « Le miel, c'est la douceur de Dieu. Le seul authentique élixir de vie. Un seul homme est mort d'avoir mangé du miel. C'était Samson. Mais c'était de sa faute. *Cherchez la femme.* Pauvre homme, il aurait pu devenir un saint si ça n'avait été cette petite conne de philistine. » Nous étions à table – recouverte d'une toile cirée à carreaux rouges. Nous buvions ce thé parfumé et doux. « Ce n'est pas que j'aspire à la sainteté, poursuivit-il en gloussant. Trop vieux pour ça, j'en ai peur. Je me prépare pour un long sommeil paisible, sous terre. L'une des choses les plus satisfaisantes à laquelle je puisse penser, vous savez. Se transformer tranquillement en cendres, en humus, engraisser les vers, nourrir les plantes, permettre au cycle de la vie de poursuivre son cours. C'est la seule forme d'éternité à laquelle je puisse aspirer. » Un pet. « Retour à Pluton et à ses grenades.

– Vous devez être un homme très heureux.

– Pourquoi ne le serais-je pas? J'ai eu un tout petit peu de tout, dans ma vie – paradis et enfer. Et il me reste encore Melanie. Plus que ne peut espérer un vieux pêcheur comme moi. J'ai assez longtemps vécu pour être en paix avec moi-même. Pas avec le monde, ne vous en déplaise. » Gloussement. « Mais j'ai vraiment fait la paix avec moi-même. Avec toi-même bla bla bla, même si c'est un vieux con comme Polonius qui l'a dit. Même chez les cons, Dieu sème ses humbles vérités. » Et puis il s'est remis à parler de Melanie. « Pur accident si elle a vu la lumière du jour. Je crois que j'étais si furieux contre Hitler après la guerre – trois ans dans un de ses camps – que je suis volontairement tombé amoureux de la première Juive que j'ai rencontrée. Jolie fille. Mais c'était une erreur de croire que j'allais sauver le monde en l'épousant. Grave erreur. Ne jamais chercher à sauver le monde. Votre âme, une ou deux autres suffisent. Et, une fois ma femme disparue, je suis resté avec Melanie. Voyez-vous, cette pauvre femme se sentait étrangère parmi les Afrikaners. Que pouvait-elle faire, sinon se sauver? Et je lui ai reproché de m'avoir quitté en me laissant un bébé d'un an sur les bras. On a tendance à sous-estimer les façons étranges par lesquelles Dieu nous montre sa pitié. » Une fois de plus, il n'a pu résister à la tentation de souligner son point de vue par un pet net et précis.

Son histoire expliquait la nature étrangement sémitique du regard, des cheveux, des yeux sombres de Melanie.

« Elle m'a dit qu'elle vous avait rencontré lors de l'enquête sur la mort de ce Ngubene? » a-t-il dit comme si, ayant couvert tout le sujet, il dirigeait à présent son attaque de manière plus spécifique.

« Oui. Si ça n'avait été elle... »

Il a gloussé, a passé l'une de ses mains boueuses dans sa crinière hirsute. « Regardez-moi. Je dois à Melanie chacun de mes cheveux blancs. Et je n'en aurai pas raté un seul. Vous avez une fille, vous aussi?

– Deux.

– Hmm. » Ses yeux amusés, son regard pénétrant me sondaient. « Vous ne laissez pas trop voir la fatigue et les larmes.

– Ça ne se voit pas toujours extérieurement.

– Quelle est la prochaine étape? » m'a-t-il demandé, si brusquement qu'il m'a fallu un moment pour comprendre qu'il s'était remis à parler de l'enquête.

Je lui ai raconté ce qui s'était passé jusqu'à maintenant. Le docteur Herzog, les notes d'Emily, le mystérieux Johnson Seroke qui les lui avait transmises, l'avocat, ami de Stanley. C'était un tel soulagement, après toutes ces épreuves à la maison, de pouvoir parler franchement et librement.

« Vous n'avez pas choisi une route facile.

– Je n'ai pas le choix.

– Bien sûr que si, bon Dieu. Vous avez toujours le choix. Ne vous leurrez pas vous-même. Soyez seulement reconnaissant à vous-même d'avoir fait le choix que vous avez fait. Ce n'est pas une idée originale, je vous le concède. Camus. Mais on peut faire pire que l'écouter. Je veux dire que vous devez garder les yeux ouverts. Je me souviens... » Un autre pet arrive, ai-je pensé. Et il ne m'a pas déçu. « Je me souviens d'une marche dans la forêt Tsitsikama, il y a quelques années. J'avais touché la côte à l'embouchure de la Storms River et j'avais traversé un pont suspendu, branlant. C'était un jour affreux. Le vent soufflait très fort. Un temps atroce si vous n'en avez pas l'habitude. Il y avait un couple d'une quarantaine d'années, devant moi – des gens respectables et adorables, d'un camp de vacances. Le mari marchait en tête, la femme suivait sur ses talons. Terrifiée. Elle avait mis ses mains de chaque côté de ses yeux, comme ces œillères que portent les chevaux, pour oublier le pont qui se balançait et l'eau écumante. Ils traversaient l'un des plus incroyables paysages de ce putain de monde et, tout ce qu'elle voyait, elle, c'étaient quelques centimètres carrés du dos de son mari. C'est ce que je dis. Gardez les yeux ouverts. Assurez-vous que vous êtes toujours sur le pont. Mais pour l'amour de Dieu, ne ratez pas le spectacle. »

Tout à coup, quelque part dans le cours imprévisible de sa diarrhée verbale, alors que nous buvions notre deuxième ou troisième tasse de thé, elle est apparue, devant nous. Je ne l'avais pas entendue arriver. Pas un bruit. Quand j'ai levé les yeux, elle était simplement là, devant moi. Petite, délicate, comme une fillette qui n'aurait pas encore fini de grandir. Cheveux bruns tirés en arrière et retenus par un ruban. Pas de maquillage à part une touche de quelque chose sur les paupières. Un soupçon de fatigue sur le visage, sur le front, près des yeux, autour de la bouche.

« Salut, papa. » Elle l'a embrassé et a essayé, en vain, d'arranger ses cheveux indomptés. « Salut, Ben. Ça fait longtemps que vous êtes là?

— Nous avons eu plus de sujets de conversation qu'il ne nous en fallait, a dit le professeur Bruwer. Tu veux du thé?

— Je vais me faire quelque chose d'autre. » Tout en faisant bouillir son eau pour le café, elle m'a regardé par-dessus son épaule. « Je ne voulais pas vous faire attendre.

— Comment pouviez-vous savoir que j'étais là?

— Ça n'a rien de surprenant. » Elle a pris une tasse dans le buffet. « Vous avez eu, me semble-t-il, une semaine très chargée. »

Une semaine seulement s'était écoulée depuis la première fois, depuis cette fin d'après-midi au milieu des chats; elle, lovée et pieds nus dans le grand fauteuil.

« Comment savez-vous que j'ai eu une semaine " très chargée? " ai-je demandé, surpris.

— J'ai vu Stanley, hier. » Elle a apporté sa tasse et s'est assise près de nous. « Ben, pourquoi ne m'avez-vous pas téléphoné après la fouille de votre maison? Ça a dû être terrible pour vous.

— On apprend à survivre. » Je voulais le dire légèrement, mais ça a pris une toute autre allure quand je l'ai dit. J'avais conscience d'un sentiment de libération.

« Je suis heureuse, vraiment très heureuse. »

Petit gargouillis quand elle a goûté son café brûlant. Délicate mousse sur ses lèvres.

Le vieil homme est resté avec nous pendant un

moment, s'est joint à notre conversation. Puis il a mis son béret noir et est sorti sans cérémonie. Bien plus tard – il avait dû faire le tour de la maison, car nous ne l'avons pas revu – nous l'avons entendu jouer du piano. Il n'avait probablement pas été accordé depuis des années, mais le jeu était dénué d'effort. Bach, je crois. L'un de ces morceaux qui se joue indéfiniment, comme la conversation du vieil homme, avec des variations complexes, claires et précises cependant dans leur complexité. Nous sommes restés, elle et moi, autour de la table de la cuisine.

« Stanley m'a dit que vous aviez décidé de continuer de travailler sur l'affaire Gordon.

– Je le dois.

– Je suis heureuse. Je savais que vous le feriez.

– M'aiderez-vous ? »

Elle a souri : « Je vous ai dit que je vous aiderai, n'est-ce pas ? » Elle m'a dévisagé quelques instants, comme pour s'assurer de mon sérieux. « J'ai déjà commencé à travailler mes contacts. En fait, j'espérais avoir quelque chose à vous donner dès que vous viendriez. Mais ils sont terriblement avares de confidences. Nous devons être très prudents. » Elle a rejeté ses cheveux en arrière. « Mais je crois que je suis sur quelque chose. C'est pourquoi je suis tellement en retard. Papa croyait que j'étais allée au bureau, mais j'étais à Soweto.

– Mais c'est dangereux, Melanie !

– Oh ! je connais le chemin et je suis sûre qu'ils reconnaissent tout de suite ma petite Mini. » Bref sourire. « Je dois pourtant avouer qu'il y a eu un moment de tension, aujourd'hui. »

Je me suis raidi. « Qu'est-il arrivé ?

– Eh bien, sur le chemin du retour, sur le veld, entre Jabulani et Jabavu, l'un de mes pneus a crevé.

– Et alors ?

– J'ai changé la roue, que faire d'autre ? Mais il y

avait une bande de jeunes qui jouaient au football. Et, tout à coup, en relevant les yeux, je les ai vus autour de la voiture. Quelques-uns riaient, d'autres montraient le poing et criaient des insultes ou des slogans de liberté. Je dois admettre que, pour la première fois, j'ai bien cru que mon heure était arrivée. »

Incapable de dire quoi que ce soit, je l'ai regardée fixement.

Elle m'a souri très tranquillement. « Ne vous inquiétez pas. J'ai simplement suivi leur exemple et j'ai brandi le poing en criant : " Amandla! " Et puis ça s'est passé comme pour les Israélites traversant la mer Rouge : ils se sont écartés et je suis passée sans me mouiller les pieds.

— Ça aurait pu se terminer autrement!

— Que pouvais-je faire d'autre? Vous savez, j'étais là derrière mon volant et je me disais : *merci, mon Dieu, je suis une femme, pas un homme. Si j'avais été un homme, ils m'auraient tué.* Maintenant je crois vraiment que le viol est ce qui peut m'arriver de pire.

— C'est assez terrible!

— Je crois que je sais de quoi je parle, Ben », a-t-elle dit calmement, en me regardant de ses grands yeux noirs. « Vous savez, après cette rencontre avec les soldats du Frelimo au Maputo, je me suis mise à faire des cauchemars. Ça a duré des mois. » Elle a croisé les bras sur ses petits seins comme pour se protéger de ce souvenir. « Et puis je me suis rendue compte que tout m'échappait et je me suis obligée à passer par-dessus tout ça. Très bien, c'est la chose la plus terrible qui puisse arriver à quelqu'un. Pas tant la douleur ni la violation de votre corps en tant que telle, mais la violation de votre intimité, de ce qui n'appartient exclusivement qu'à vous. Et pourtant, vous pouvez même endurer ça. Pensez-y. *M'*est-ce vraiment arrivé? N'est-ce vraiment arrivé qu'à moi? On n'a pas toujours besoin de mettre son corps en jeu, vous savez.

C'est comme les détenus en prison. J'ai beaucoup parlé avec eux. Certains n'en sortent pas. D'autres y arrivent, parce qu'ils n'ont jamais été vraiment prisonniers. Seuls leurs corps l'ont été. Personne n'a touché leurs pensées, leur esprit. Même la torture ne peut en venir à bout.

– Et *vous,* Melanie?

– Ce n'est que lorsqu'on peut pleinement apprécier son corps qu'on peut également accepter son insignifiance.

– Vous êtes bien la fille de votre père! »

Elle a regardé autour d'elle, s'est dirigée vers le buffet où elle avait laissé ses clefs et son sac, a allumé une cigarette. En revenant vers moi, elle a mis les tasses de côté, et s'est assise sur un coin de la table – si près de moi que j'aurais pu la toucher.

Plus pour me protéger de sa proximité gênante qu'autre chose, j'ai dit : « Puis-je vous aider à nettoyer les tasses?

– Ça peut attendre.

– Je crois que je suis encore conditionné par ma mère. Elle ne nous laissait pas en paix tant que tout n'avait pas été rangé. Avant d'aller se coucher, elle faisait un dernier tour de la maison pour s'assurer que tout était en ordre – au cas où elle serait morte dans son sommeil. Ça rendait mon père fou.

– Est-ce pour ça que vous ressentez le besoin de nettoyer également l'affaire Gordon?

– Peut-être. » Je me suis senti léger pendant un moment. « Mais je n'ai pas pour autant l'intention de mourir dans mon sommeil.

– J'espère bien que non. Je vous connais à peine. » C'était une plaisanterie, j'en suis sûr. L'était-ce vraiment?

D'avoir mentionné Gordon m'a en tout cas ramené à la question que j'avais voulu lui poser plus tôt.

« Pourquoi êtes-vous allée à Soweto, Melanie ? Sur quoi travaillez-vous ? »

D'un geste caractéristique, elle a arrangé ses longs cheveux bruns sur ses épaules. « C'est peut-être une impasse, bien sûr. Je pense que ça peut quand même mener quelque part. C'est l'un des gardiens noirs de John Vorster Square. Il m'a aidée une ou deux fois dans le passé et ils ne le soupçonnent pas. Il sait quelque chose sur Gordon. Ça ne demande que de la patience, car il est très nerveux. Il veut d'abord être sûr que la poussière est bien retombée.

— Qu'est-ce qui vous fait croire qu'il sait quelque chose sur Gordon ?

— Il m'a donné un élément d'information. Il m'a dit qu'il y avait bien des barreaux aux fenêtres du bureau de Stolz, le jour de la prétendue rixe. »

Pendant un moment, je n'ai pas très bien compris où elle voulait en venir. « Et alors ?

— Vous ne vous souvenez pas ? Ils ont prétendu que Gordon avait tenté de sauter par la fenêtre, qu'ils avaient été obligés de le " retenir ". Mais si la fenêtre avait vraiment des barreaux, il n'aurait certainement pas essayé de se jeter dans le vide.

— Ça n'ajoute rien aux faits.

— Je sais, mais c'est un début. Vous vous souvenez que l'avocat De Villiers s'est arrangé pour semer la confusion en les interrogeant sur cette histoire de barreaux ? Ils ont concocté une histoire stupide et ont assuré que les barreaux avaient dû être provisoirement enlevés, etc. Cette nouvelle petite preuve est la mise à jour d'un nouveau défaut dans la cuirasse. Ça laisse perplexe quant à cette histoire de rixe.

— Croyez-vous que votre gardien soit prêt à nous aider ?

— Je suis certaine qu'il en sait suffisamment... »

Brusque sentiment d'excitation, joie enfantine qui persiste tandis que j'écris. Je sais que nous faisons des progrès. D'une part, ce dont nous avait parlé Julius Nqakula : les nouvelles dépositions qu'il essayait de réunir... d'autre part, les notes d'Emily et ce Johnson Seroke avec qui elle était en contact. Et maintenant les nouvelles de ce gardien. C'est précieux. Ça nous arrive par petits bouts, très, très lentement. Mais nous progressons. Et, un jour, tout sera étalé sous nos yeux, sous ceux du monde entier. Tout sur Gordon, tout sur Jonathan. Alors nous saurons que ce que nous avons fait valait le coup. J'en suis tout aussi persuadé maintenant que je l'étais lorsque je lui parlais en dépit de son flegme et de ses tentatives pour me calmer.

« Ne vous excitez pas trop vite, Ben. Souvenez-vous. C'est un jeu que jouent les deux parties.

— Que voulez-vous dire?

— Ils ne vont pas se rouler les pouces et attendre que nous ayons rassemblé nos preuves.

— Que peuvent-ils y faire?

— Ben, ils sont capables de tout. »

Malgré moi, j'ai senti mon estomac se contracter. Elle a poursuivi : « Souvenez-vous que vous êtes afrikaner. Vous êtes l'un d'entre eux. A leurs yeux, c'est la pire des trahisons imaginables.

— Et vous?

— Ma mère était étrangère, ne l'oubliez pas. Je travaille pour un journal de langue anglaise. Ils m'ont rayée des contrôles depuis longtemps. Ils n'attendent pas la même loyauté de moi que de vous. »

Le piano s'était arrêté de jouer. Le silence était étrange.

Je lui ai dit méchamment : « Essayez-vous vraiment de me dérouter? Vous, entre tous?

— Non, Ben. Je cherche seulement à m'assurer que vous n'avez aucune illusion. Sur rien.

— Etes-*vous* sûre de ce qui nous attend, des conséquences de chacune de nos actions?

— Bien sûr que non. » Son charmant sourire.

« C'est comme la rivière où je suis tombée, au Zaïre. Il faut croire que l'on atteint l'autre rive. C'est l'expérience en elle-même qui compte. Je vous aiderai, Ben. »

Ses paroles m'ont redonné confiance. Ce n'était plus de la joie comme avant, c'était trop facile, trop superficiel. Mais quelque chose de plus profond, de plus solide. Appelons ça la foi, comme elle l'avait fait.

Plus tard, nous avons longé le couloir jusqu'à la grande pièce bric-à-brac, où nous avions passé la soirée, la première fois. Son père n'était pas là. Il est probablement allé se promener, a-t-elle dit, ajoutant sur un ton de reproche : « Il refuse de se laisser aller. Il ne veut pas admettre qu'il vieillit.

— Il faut que je parte, maintenant.

— Pourquoi?

— Je suis sûr que vous avez mille choses à faire.

— Je sors ce soir, mais il est encore tôt. Pas besoin d'être prête avant huit heures. »

Pourquoi cela devait-il me déranger si profondément? Bien sûr, une femme comme elle sortait le samedi soir et ne passait pas tous ses instants de liberté dans cette vieille maison avec son vieux père. Je doute que ce fût quelque chose d'aussi clair et d'aussi facile que de la jalousie. Pourquoi être jaloux? Je n'avais aucun droit sur elle. C'était plutôt la douloureuse constatation de voir qu'il y avait des paysages entiers de sa vie qui m'étaient inaccessibles. Y avait-il une raison d'en être offusqué? Y avait-il un espoir que ça change?

Moi aussi, j'ai ma vie à vivre – sans elle, indépendamment d'elle. Femme, maison, enfants, travail, responsabilités.

Oui, j'aurais vraiment aimé rester. Comme la dernière fois, j'aurais aimé m'asseoir avec elle, jusqu'à ce que l'obscurité descende, jusqu'à ce qu'on puisse tous deux se confier plus librement, jusqu'à ce que sa présence devienne moins embarrassante : tout réduit au crépuscule et au ronronnement des chats. Mais il fallait que je parte.

Je dois être intelligent. Ce qui nous lie est cette dévotion mutuelle pour une tâche que nous avons entreprise. Etre sûr que la lumière sera faite, être sûr que la justice sera faite. Au-delà de ça, rien ne nous est permis, rien n'est même pensable. Tout ce qui, de ma vie, dépasse ce cadre étroit, est exclusivement mien. Même chose pour elle. Pourquoi souhaiterais-je en savoir plus ?

« Je suis heureuse que vous soyez venu, Ben.

– Je reviendrai.

– Bien sûr. »

J'ai hésité, espérant qu'elle allait se pencher, qu'elle allait m'embrasser légèrement comme elle l'avait fait avec son père, mais elle y était aussi peu préparée que j'y étais pour m'y risquer.

« Au revoir.

– Au revoir, Melanie. »

La musique de son *nom,* le sang de mes oreilles, mon Dieu, je ne suis *plus* un enfant.

3

Maintenir la routine quotidienne devenait de plus en plus irritant; en même temps, c'était rassurant, sécurisant de relier chaque jour au suivant – proprement, nettement, de manière prévisible. Lever à six heures trente pour faire du footing – habituellement avec Johan. Préparer le petit déjeuner, l'apporter à Susan, au lit. Partir pour l'école. Revenir à deux heures. Déjeuner, brève sieste, puis école de nouveau.

Tard dans l'après-midi, deux heures de menuiserie au garage, promenade solitaire, dîner, puis retraite dans le bureau. L'emploi du temps à l'école, rotation des classes et des sujets – huit, neuf, dix. Huit, neuf, dix. Histoire, géographie. Faits précis et solides, irréfutables, en blanc et noir. Rien n'était vrai en dehors du livre inscrit au programme.

Il s'était rebellé contre le système pendant des années, insistant pour que ses élèves, surtout les candidats au baccalauréat, puissent également lire en dehors du programme. Il leur avait appris à poser des questions, à discuter, à relever des assertions. A présent, il lui était plus facile de se limiter à ce qui était programmé. Ça lui permettait d'engager ses pensées ailleurs. Il ne ressentait plus le besoin d'être si profondément impliqué dans son travail. Il se laissait porter par son propre mouvement. On ne demandait rien d'autre à l'individu que d'être là et d'exécuter.

Entre les cours, il y avait les récréations qui lui permettaient de lire, de corriger et de noter ses copies. Intervalles dans la salle des professeurs. Conversations avec les collègues. Soutien ardent du jeune professeur de langues, Viviers. Ben ne disait jamais rien. Il se contentait de confirmer qu'il « travaillait toujours sur cette affaire ». Il éludait les questions directes, appréciait l'intérêt du jeune homme mais était gêné par son enthousiasme. Il trouvait que Viviers était un jeune chiot qui remuait la queue à chaque idée nouvelle.

Certains des plus jeunes membres du corps enseignant avaient adopté une attitude radicalement différente et s'étaient mis à l'éviter après la parution de la photographie dans le journal. La plupart de ses collègues se contentaient d'un ou deux commentaires, d'une remarque, d'une critique. Un seul d'entre eux – Carelse, le professeur d'éducation physique – trouvait cette histoire si amusante qu'il ne cessait d'y revenir, jour après jour, dans de grands éclats de rire. « Ils devraient te mettre dans le jury de Miss Afrique du Sud. » – « Oom Ben, tu n'as pas encore reçu la visite de la brigade des mœurs? » Il ne s'arrêtait pas. Mais il était dépourvu de méchanceté ou de malice et, quand il en riait, c'était aussi franc qu'une braguette ouverte.

Ni la moquerie ni la colère ne le touchaient. Ce qui arrivait à l'école n'avait vraiment aucune importance dans sa vie. Son centre de gravité était ailleurs. Sauf, peut-être, en ce qui concernait ses élèves. Ceux qui venaient le voir pour lui demander conseil et qui, avec les années, l'avaient pris comme confesseur. Etaient-ils moins nombreux, ces derniers temps, ou se l'imaginait-il? Un jour, en rentrant dans sa classe après la récréation, il avait trouvé un exemplaire de la photographie, épinglé sur son tableau noir. Mais quand il l'avait enlevée en demandant comme si de rien n'était : « Quelqu'un la veut-il en souvenir? » tout le monde avait éclaté de rire. S'il y avait un courant souterrain, il n'était pas encore très grave.

En dehors des heures de classe, il menait une autre vie – vie dans laquelle sa maison n'était plus qu'une coïncidence et Susan un obstacle dans le courant qui bouillonnait et poursuivait son cours inéluctable.

Un matin, un jeune Noir se présenta à l'école. Ben était excité quand la secrétaire vint lui faire part de sa visite, durant la récréation.

Un messager de Stanley? Une nouvelle percée? Mais le jeune Henry Maphuna venait pour une affaire totalement différente. Quelque chose de très personnel. Il avait entendu dire que Ben aidait les gens qui avaient des ennuis. Et quelque chose était arrivé à sa sœur.

Comme c'était presque la fin de la récréation, Ben lui demanda de passer chez lui, dans l'après-midi. Il rentra vers deux heures et trouva Henry, qui l'attendait déjà.

Susan : « Un de tes fans veut te voir. »

Un jeune homme agréable, intelligent, mince, poli et tout à fait sûr de ce qu'il voulait. Pas très bien habillé pour une journée aussi fraîche : chemise et short, pieds nus.

« Parle-moi de ta sœur », dit Ben.

Pendant ces trois dernières années, la jeune fille, Patience, avait travaillé pour de riches Anglais de Lower Houghton. Ils avaient été en général gentils avec elle, mais elle s'était très vite rendue compte que le mari tournait autour d'elle, dès que sa femme était absente. Il trouvait n'importe quel prétexte. Rien de grave : un sourire, quelques remarques suggestives peut-être, rien de plus. Mais il y a deux mois, l'épouse avait dû être hospitalisée. Alors que Patience nettoyait la chambre, son patron était entré et s'était mis à la peloter. Elle avait essayé de résister à ses caresses, mais il l'avait jetée à terre, avait fermé la porte à clef, et l'avait violée. Il avait brusquement été pris de remords et lui avait offert vingt rands pour prix de son silence. Elle était dans un tel état qu'elle n'avait pensé à rien d'autre, hormis s'enfuir chez elle. Ce n'est que le lendemain qu'elle avait autorisé Henry à l'emmener au commissariat de police où elle avait exhibé le billet de vingt rands et avait déposé plainte. De là, elle était allée chez un médecin.

Son employeur avait été arrêté et déféré au parquet. Une quinzaine de jours avant le procès, l'homme était venu chez les Maphuna, à Alexandra, et leur avait offert une somme substantielle pour qu'ils retirent leur plainte. Mais Patience avait refusé d'entendre ses supplications. Elle était fiancée, aurait dû se marier, mais son fiancé, après ce qui s'était passé, avait rompu. La seule satisfaction qu'elle pouvait encore espérer était que justice lui soit rendue.

Cela ne semblait qu'une simple formalité. Mais devant le tribunal, l'employeur avait raconté une tout autre histoire. Il avait dit combien il avait eu, ainsi que sa femme, d'ennuis avec Patience. Et ce, depuis le début. Interminable cohorte de soupirants pendant les heures de travail. Un jour même, raconta-t-il, ils l'avaient surprise avec l'un de ses amants, dans leur chambre. Quand sa femme avait été hospitalisée, les choses n'avaient fait qu'empirer. Patience n'avait pas arrêté de le suivre à travers la maison, en lui faisant des propositions. Il avait dû en conséquence la licencier et lui payer quinze jours de gages – les vingt rands produits devant le tribunal. Dans une crise d'hystérie, elle s'était mise à déchirer ses vêtements, en jurant qu'elle se vengerait, en l'accusant de viol, etc. Sous la foi du serment, l'épouse corrobora ce qu'avait dit son mari sur l'attitude générale de Patience. Il n'y avait pas d'autres témoins. L'homme avait été déclaré innocent et le magistrat régional avait sévèrement réprimandé Patience.

Comme la famille avait entendu dire que Ben venait en aide aux opprimés, Henry était venu lui demander du secours pour qu'il répare le tort qui leur avait été fait.

Ben était en colère. Non seulement à cause de l'affaire elle-même, mais aussi à cause d'Henry. Il avait déjà suffisamment à faire avec Gordon et Jonathan. Brusquement, tout ce qu'il avait fait jusque-là, semblait complètement déplacé. Voilà qu'il y avait, à présent, autre chose.

Un seul remède possible. Pendant qu'Henry attendait dans la cour, Ben téléphona à Dan Levinson et lui demanda de prendre l'affaire en main. Oui, bien sûr, il paierait la note.

Après le départ d'Henry, Ben tenta d'appeler Melanie à son bureau, mais la ligne était occupée. Raison suffisante pour se rendre en ville. C'est une nouvelle Melanie qu'il rencontra cette fois-là, dans le petit bureau encombré qu'elle partageait avec deux autres personnes : téléphones, télex, piles de journaux. Une Melanie froide, compétente et tendue, directe, dans le bourdonnement qui l'entourait. Pendant quelques instants, isolés près de la machine à café, il reconnut la chaleur de son sourire, celle qu'il connaissait.

« C'est ce que vous pouviez faire de mieux, je crois : en parler à Dan Levinson, le rassura-t-elle. Mais je crois qu'il est temps que nous fassions un arrangement en ce qui concerne l'argent. Vous ne pouvez pas continuer à y être de votre poche.

— Ce n'est pas une affaire de plus qui y changera grand-chose. »

Elle rejeta ses cheveux en arrière et lui demanda : « Qu'est-ce qui vous fait penser qu'Henry Maphuna sera le dernier à venir vous demander de l'aide? Ils vous connaissent, maintenant, Ben.

— Comment savent-ils? »

Elle sourit à peine et ajouta : « En ce qui concerne les fonds, j'en parlerai à mon chef. Ne vous inquiétez pas. Nous garderons le secret. »

24 mai. Stanley, plus tôt, cette nuit-là. Il a à peine pris soin de frapper. Quand j'ai levé les yeux, il était planté devant moi.

« Comment ça va, lanie?

— Stanley! Des nouvelles?

— Eh bien, ça dépend. Je te dirai ça la semaine prochaine. Je pars en voyage, lanie. Au Botswana. J'ai à faire, là-bas. J'ai pensé que je devais passer te voir et te le dire, pour que tu ne t'inquiètes pas.

— Quel genre de travail? »

Sourire. « T'occupes. Tu as tes soucis. Au revoir.

— Mais où t'en vas-tu? Tu ne t'es même pas assis.

— Pas le temps. Je t'ai dit que je ne faisais que passer. »

Il ne voulait pas que je sorte avec lui. Il a disparu aussi soudainement qu'il était apparu. Pendant une minute, mon petit bureau avait brillé des mille feux d'une vie extraordinaire; à présent, j'avais peine à croire que ça avait eu lieu. Je me suis retrouvé avec le fardeau de ce qui restait sans réponse. Comme il était entré dans cette pièce, cette nuit-là, il était entré dans ma vie et, un jour, qui sait, il en ressortirait aussi brusquement. D'où vient-il? Où va-t-il, cette nuit? Je ne sais de lui que ce qu'il m'autorise à savoir. Rien de plus, rien de moins. Tout un monde secret l'entoure, un monde dont je ne sais pratiquement rien.

La foi, a-t-elle dit. Le saut dans le noir.

Je dois l'accepter selon ses termes : c'est tout ce que je puis faire.

C'était un si petit entrefilet que Ben faillit le manquer dans le journal du soir :

Le docteur Suliman Hassiem, détenu depuis trois mois selon les termes de l'Acte de sécurité intérieure, a été relâché ce matin par la Section spéciale, mais a immédiatement reçu un ordre de bannissement l'empêchant de sortir du district juridique de Johannesburg.

Le docteur Hassiem avait été engagé pour représenter la famille Ngubene lors de l'autopsie de Mr. Gordon Ngubene, mort en prison, en février dernier; parce qu'il était lui-même détenu, il n'a pas pu venir témoigner pendant l'enquête.

Ben dut se calmer et attendre jusqu'au lendemain, l'heure de son rendez-vous avec Dan Levinson. L'avocat lui donna l'adresse du docteur Hassiem. Il devait tout d'abord rentrer chez lui pour déjeuner, puis retourner à l'école pour l'entraînement du quinze de rugby. Mais au moment où il s'apprêtait à quitter la maison, le téléphone sonna. Linda. Elle avait la manie d'appeler à n'importe quel moment pendant la semaine, juste pour dire bonjour.

« Comment va le père Noël, aujourd'hui?

— Il est occupé comme d'habitude.

— Par quoi? Par cet énorme livre sur le *Great Trek* que j'ai vu la semaine dernière sur ton bureau?

— Non. Cette pauvre chose n'a toujours pas été touchée par la main de l'homme. J'ai tellement de soucis en tête.

— De quel genre?

— Oh! je partais pour l'école jouer au rugby. Et puis je dois aller voir quelqu'un. » Linda était la seule à qui il pouvait ouvrir son cœur. « Tu te souviens de ce médecin qui devait témoigner lors de l'enquête sur Gordon? Celui qui était emprisonné. Eh bien, ils l'ont relâché et je veux savoir s'il peut m'apprendre quelque chose de neuf.

— Sois prudent, papa.

— Je ferai attention, promis. Nous progressons, tu sais. Un de ces jours, tous les assassins de Gordon seront alignés, dos au mur.

— As-tu fait quelque chose pour trouver une nouvelle maison à Emily? Tu as dit la dernière fois qu'elle devrait quitter la sienne, maintenant qu'elle est veuve. C'est ça?

— Oui, mais je dois en discuter la semaine prochaine avec grand-père, lorsqu'il sera là. »

Quelques mots encore et Linda raccrocha. Maintenant qu'il lui avait parlé, il ne se sentait plus du tout d'humeur à jouer au rugby. Il y avait tant d'autres choses plus urgentes à faire. Le strict emploi du temps auquel il avait obéi depuis tant d'années commençait à l'irriter. Et, impulsivement, presque impatiemment, il prit sa voiture et se rendit chez le jeune Viviers, non loin de chez lui, pour lui demander de bien vouloir le remplacer. Tant pis si Cloete était déçu par sa défection. Sans perdre une minute, il se rendit à l'adresse que Levinson lui avait donnée, direction sud, hors de la ville, dans l'agglomération asiatique de Lenasia.

Etrange de penser qu'il avait vécu plus de vingt ans à Johannesburg avant de se décider à mettre les pieds dans ces agglomérations. Il n'en avait jamais ressenti la nécessité. Ça ne lui était même pas venu à l'esprit. Et maintenant, tout à coup, cela faisait partie d'une nouvelle routine.

Une petite fille en robe blanche vaporeuse lui ouvrit la porte. Deux petites nattes, deux nœuds rouges, de grands yeux noirs dans un petit visage compassé. « Oui, dit-elle, papa est à la maison. Entrez. » Elle disparut et revint quelques secondes plus tard avec son père. Elle resta sur le seuil et les observa, anxieuse.

Le docteur Hassiem était un grand homme mince, vêtu d'un pantalon beige et d'un col roulé. Mains expressives. Teint clair. Délicats traits orientaux, cheveux noirs et drus tombant sur le front.

« J'espère que je ne vous dérange pas, docteur, dit Ben, mal à l'aise après s'être présenté. Mais j'ai lu dans le journal que vous aviez été libéré. »

Bref mouvement du sourcil. Seule réaction du docteur Hassiem.

« Je suis un ami de Gordon Ngubene. »

D'un geste brusque, mais poli, le docteur Hassiem leva les mains au ciel. « L'enquête est terminée, Mr. Du Toit.

– Officiellement, oui. Mais je ne suis pas sûr que tout ce qui devait être élucidé, l'ait été. »

Le médecin resta debout et n'offrit pas de siège à Ben.

« Je sais que ce doit être pénible pour vous, docteur, mais je dois savoir ce qui est arrivé à Gordon.

– Je suis désolé, mais je ne peux vraiment pas vous aider.

– Vous assistiez à l'autopsie. »

Le médecin haussa les épaules, comme s'il n'était pas concerné.

« Emily m'a dit que vous aviez le sentiment qu'il n'avait pas été étranglé par les morceaux de sa couverture.

– Vraiment, Mr. Du Toit?... » Il se précipita vers la fenêtre, tira le rideau et jeta un coup d'œil dans la rue. « Je ne suis rentré chez moi qu'hier. J'ai fait trois mois de prison. Je n'ai pas le droit d'aller et venir librement. » Avec quelque chose de traqué dans le regard, il observa l'enfant qui se tenait sur une jambe, dans l'encadrement de la porte. « Va jouer, Fatima. »

Au lieu de quitter la pièce, la petite fille courut vers son père, lui saisit la jambe de ses deux bras maigres et fit une grimace à Ben.

« Vous ne vous rendez pas compte, docteur. Nous ne saurons jamais ce qui est arrivé, si tout le monde se laisse réduire au silence.

– Je suis vraiment désolé. » Hassiem semblait avoir pris sa décision. « Il vaudrait mieux que vous ne restiez pas ici. Oubliez que vous êtes venu, je vous en prie.

– Je veillerai à ce que vous soyez protégé. »

Pour la première fois, le docteur Hassiem sourit et ajouta, sans perdre sa gravité : « Comment pouvez-vous me protéger? Comment peut-on me protéger? » D'un air absent, il pressa le visage de la fillette contre son genou. « Comment puis-je être certain que ce ne sont pas eux qui vous envoient? »

Ben se retourna, surpris : « Pourquoi ne demandez-vous pas à Emily? »

Le jeune médecin fit un geste en direction de la porte. La fillette était toujours accrochée à sa jambe, comme une sangsue. « Je n'ai rien à vous dire, Mr. Du Toit. »

Dans le couloir, Ben se retourna, déçu : « Dites-moi seulement une chose, docteur. Pourquoi avez-vous signé le compte rendu d'autopsie si vous aviez établi votre propre compte rendu ? »

Le docteur Hassiem parut visiblement surpris. Il reprit sa respiration. « Qu'est-ce qui vous fait croire que j'ai signé le compte rendu du docteur Jansen ? Je ne l'ai jamais signé.

— Je croyais. Le compte rendu présenté au tribunal comportait les deux signatures.

— Impossible ! »

Ben le regarda.

Le docteur Hassiem prit la fillette dans ses bras et l'installa confortablement sur sa hanche. Il s'avança vers Ben. « Essayez-vous de me bluffer ?

— Pas du tout. C'est vrai. » Il ajouta avec une passion soudaine : « Docteur Hassiem, je dois savoir ce qui est arrivé à Gordon. Et je sais que vous pouvez m'aider.

— Asseyez-vous », dit le docteur, abruptement. Il étreignit brièvement la fillette, puis la persuada d'aller jouer. Ils restèrent tous deux silencieux pendant un instant. L'horloge, contre le mur, poursuivait son tic-tac, imperturbable.

« Qu'avez-vous écrit dans votre rapport ? demanda Ben.

— Nous ne différions pas tellement sur les faits, dit le docteur Hassiem. Nous avions, après tout, examiné le même cadavre au même moment. Mais il y avait des différences d'interprétation.

— De quel genre ?

— Eh bien, je pensais que si Gordon s'était vraiment pendu, les marques auraient surtout été concentrées en avant de la gorge. » Il toucha son larynx de ses longs doigts effilés.

« Mais dans ce cas précis, les hématomes étaient beaucoup plus visibles sur les côtés. » Autre mouvement. Il se leva pour aller prendre ses cigarettes sur le manteau de la cheminée. Après une brève hésitation, il jeta de nouveau un coup d'œil par la fenêtre avant de regagner son fauteuil et de tendre le paquet à Ben.

« Non, merci. Je préfère la pipe. Si vous permettez?

– Je vous en prie. »

Pendant un moment, il sembla que le docteur Hassiem n'allait plus rien ajouter. Il regrettait peut-être ce qu'il avait déjà dit. Puis il reprit : « Quelque chose d'autre m'a profondément perturbé. Ça n'est peut-être pas important.

– Quoi? » demand Ben avec insistance.

Hassiem se pencha en avant. « A cause d'un malentendu, voyez-vous, je suis arrivé plus tôt que prévu à la morgue. Il n'y avait personne, à part le jeune infirmier. Quand je lui ai dit que je venais pour l'autopsie, il m'a laissé entrer. Le corps gisait sur une table. Vêtu d'un pantalon gris et d'un jersey rouge. »

Ben eut un geste de surprise, mais le docteur l'arrêta.

« Il y avait quelque chose d'autre. Le jersey était recouvert de petits fils blancs. Vous savez, comme ceux que l'on trouve sur une serviette. Ça m'a poussé à réfléchir.

– Et alors?

– Je n'ai pas eu le temps d'examiner le corps de très près. En fait, j'ai à peine eu le temps de me pencher sur lui. Un officier de police est entré et m'a appelé. Il m'a dit que je n'avais pas le droit de me trouver dans la morgue avant l'arrivée du docteur Jansen. Il m'a emmené dans un bureau où nous avons bu du thé. Une demi-heure plus tard, le docteur Jansen est arrivé et nous sommes tous les deux retournés dans la morgue. Cette fois-là, le corps était nu. Je m'en suis étonné, mais personne ne semblait au courant. Ensuite, j'ai rencontré le jeune infirmier dans le couloir et je lui ai demandé ce qui s'était passé. Il m'a répondu qu'il avait reçu ordre " de préparer le corps ", mais il ne savait rien des vêtements.

– Avez-vous consigné tout cela dans votre compte rendu?

– Bien sûr. J'ai trouvé ça tout à fait étrange. » Sa nervosité réapparut. Il se leva. « C'est tout ce que je puis vous dire, Mr. Du Toit. Je ne sais rien de plus, je vous assure. »

Cette fois, Ben laissa l'homme l'accompagner jusqu'à la porte.

« Il se peut que je revienne vous voir, dit-il. Si j'arrive à en savoir plus. »

Le docteur Hassiem sourit sans rien dire.

Ben rentra chez lui, dans cet après-midi poussiéreux.

Le lendemain, le journal du soir rapportait brièvement que le docteur Suliman Hassiem et sa famille avaient été transférés par la police de sûreté, quelque part au nord du pays. Transvaal. Son ordre de bannissement avait été commué par le ministre en une peine de cinq ans d'assignation à résidence dans le district de Pietersburg. Aucun motif n'était donné à ce transfert.

27 mai. Je n'ai pas pu m'empêcher de paraître troublé quand je l'ai trouvé là, devant ma porte. Stolz. Accompagné par un autre officier d'une quarantaine d'années. Je n'ai pas compris son nom. Très aimable. Mais je trouve qu'un homme aimable est encore plus terrifiant que d'habitude.

« M. Du Toit, nous vous rapportons vos affaires. » Les journaux et la correspondance qu'ils avaient confisqués une quinzaine de jours auparavant. « Voulez-vous nous donner une signature, en échange? »

Ce doit être par pur soulagement que j'ai dit oui

lorsqu'il m'ont demandé s'ils pouvaient entrer quelques instants. Susan, Dieu merci, était absente. Une réunion quelconque. Johan, dans sa chambre. Mais la musique était si forte qu'il ne pouvait certainement pas nous entendre. A peine assis dans le bureau Stolz a dit, pour rire, que sa gorge était sèche. Je lui ai offert du café. En revenant dans le bureau avec mon plateau, j'ai remarqué que le livre sur le *Great Trek* avait changé de place. Bien sûr! Ils avaient effectué une fouille rapide pendant que j'étais à la cuisine.

Etrange, mais c'est ce qui m'a finalement mis à l'aise. J'ai pensé : très bien, je suis ici, vous êtes là. Maintenant, nous faisons route ensemble. Sentez-vous libres de fouiller ma maison. Vous n'êtes pas au courant du double fond de ma boîte à outils. Personne n'est au courant. Rien ne sera jamais laissé au hasard. Je ne laisserai plus jamais rien traîner.

Ça n'a pas été une conversation facile. Stolz m'a posé des questions sur l'école, sur les réussites de Johan, sur le rugby, etc. Il m'a parlé de son propre fils. Plus jeune que le mien. Douze ans environ. Son fils était-il fier de son père? (Le mien est-il fier de moi?)

Et puis : « J'espère que vous ne nous en voulez pas trop pour l'autre jour, Mr. Du Toit? »

Que pouvais-je répondre?

« Nous avons trouvé une autre maison bourrée de munitions et d'explosifs, à Soweto, ce matin, a-t-il dit. Suffisant pour faire sauter tout un pâté de maisons, en plein centre ville. Les gens ne semblent pas se rendre compte que nous vivons en temps de guerre. Il leur faut des armées en marche, des avions au-dessus de la tête, ce genre de choses. Ils ne se rendent pas compte de l'habileté de ces communistes. Croyez-moi, Mr. Du Toit. Si nous arrêtions une seule semaine, ce pays irait tout droit au chaos.

— Très bien, je vous crois, capitaine. Je ne discute

pas. Mais qu'est-ce que Gordon a à voir dans tout ça? Auriez-vous encore à livrer votre bataille, si vos roues n'avaient pas écrasé des hommes comme lui? »

Pas une expression très plaisante dans ses yeux sombres. Je crois que je devrais apprendre à me taire. Quelque chose de provocant en moi, ces derniers temps. Mais je me suis tu depuis tant d'années!

Ils étaient sur le point de partir quand il a dit, de sa façon nonchalante : « Ecoutez-moi. Si vous voulez aider des gens comme Henry Maphuna, nous n'y voyons aucun inconvénient. Un tout petit peu trop d'enthousiasme, à mon avis, mais c'est à vous de voir. » Il m'a regardé, silencieux. « Mais, sincèrement, nous n'apprécions pas du tout vos remarques, comme celle que vous avez récemment faite sur les " assassins de Gordon, dos au mur ". Vous jouez avec le feu, Mr. Du Toit. »

Puis, aussi à l'aise qu'avant, il m'a tendu la main. La fine cicatrice sur sa joue. Qui la lui a faite? Qu'est-il ensuite arrivé à son agresseur?

Je suis resté là, à moitié paralysé, après leur départ. Comment savait-il pour Henry? Comment était-il au courant de cette remarque?

Fuites du bureau de Dan Levinson? Il faudra que je fasse attention.

Mais cette remarque au sujet de Gordon? C'est une phrase que j'ai dite à Linda.

Un seul commun dénominateur : le téléphone.

Heureusement que je n'ai pas eu Melanie au bout du fil, ce jour-là. Ils ne doivent pas connaître son existence.

4

30 mai. Je me suis toujours « entendu » avec les parents de Susan. Sans grande cordialité de part et d'autre. J'ai le sentiment qu'ils désapprouvent son mariage avec quelqu'un d'inférieur. Vaste ensemble de fermes que ses grands-parents avaient acquis dans le Transvaal oriental. Son père, avocat principal de Lydenburg. Soutien loyal du Parti. S'opposa au gouvernement Smuts pendant la guerre. Entra même dans la clandestinité pendant un temps. Echoua lors des élections de 1948 mais devint député en 1953. Pour vivre plus ou moins heureux par la suite.

Il a longtemps menacé de prendre sa retraite (soixante-quinze ans en novembre prochain). Dans l'espoir, je pense, de se voir supplier de rester et de recevoir en récompense la position de *chief whip* ou quelque chose de semblable. Sa seule plainte, dans cette vie, est justement ce manque de « reconnaissance » après s'être entièrement voué à Dieu et à son pays. Homme au grand avenir derrière lui.

J'ai plus de sympathie pour sa mère. Belle femme en son temps. Mais sa personnalité très tôt effacée s'est fanée dans le sillage de la gloire de son mari. Ombre traînée aux réunions du Parti, à la séance d'ouverture du Parlement, à l'inauguration des institutions pour vieillards, aveugles, mutilés ou handicapés mentaux, à l'ouverture de tunnels ou de mines. Avec son éternel chapeau. Comme la reine mère.

Il avait assurément une présence imposante. L'âge lui avait conféré la dignité : chaîne de montre en or sur le ventre. Moustache blanche et bouc soigné. Cheveux argentés, costume noir, même quand il allait inspecter ses volailles. Teint un peu trop rougeaud dû à une prédilection de plus en plus accentuée pour le scotch. Bonhomie dissimulant une volonté de fer. Sens inébranlable du bien et du mal. Facile de voir d'où Susan tenait tous ses complexes. Droiture presque sadique avec laquelle il employait les châtiments corporels sur ses filles – jusqu'à dix-huit ou dix-neuf ans – pour des délits aussi mineurs que celui de rentrer à la maison après dix heures du soir. Inexorable régularité de leur domesticité. Activités du samedi soir mises au point dans la chambre des parents. Assez pour la dégoûter à jamais de la vie. Comme un jeune arbre en bourgeons qui serait définitivement arrêté dans sa croissance par une gelée imprévue. Jamais plus vraiment fleuri.

Ils étaient là depuis samedi matin. Ils repartaient aujourd'hui. Inauguration d'un nouveau bâtiment administratif à Vanderbijlpark.

Hier après-midi, ces dames nous ont laissés, mon beau-père et moi, dans la salle de séjour. Malaise.

« J'aimerais vous parler, Ben. » Il a trouvé son courage en buvant une bonne gorgée de scotch. « J'ai tout d'abord pensé qu'il vaudrait mieux être seuls, mais Susan semble croire que vous accepteriez une discussion franche.

— De quoi s'agit-il? ai-je demandé, méfiant sur son rôle, dans l'affaire.

— Eh bien, vous savez, il s'agit de cette photographie, dans le journal. »

Je l'ai regardé, muet.

« Eh bien... voyez-vous... comment puis-je dire? » Une autre gorgée. « Je suppose que chaque homme a le droit d'avoir une opinion. Mais vous savez, une chose comme celle-là peut devenir extrêmement gênante pour quelqu'un dans ma position.

— J'ai toujours cru que vous aviez les pauvres de votre côté.

— Ça n'est pas une blague, Ben. C'est un triste jour quand la famille vient s'interposer entre l'homme et son devoir envers la patrie.

— Me reprocheriez-vous l'aide que j'essaie d'apporter à ces gens?

— Non, non, bien sûr. J'apprécie au contraire le mal que vous vous donnez pour eux. J'ai fait la même chose, toute ma vie. Je me suis sacrifié pour mes voisins, qu'ils soient noirs ou blancs. Mais aucun membre de notre famille ne s'est jamais montré en public avec une kaffir, Ben. »

Reconnaissant les symptômes, j'ai essayé de lui couper la parole avant qu'il ait le temps de s'échauffer et de me faire tout un discours.

« Je suis heureux que vous ayez mentionné cette affaire, père. Parce que je voulais justement en parler avec vous.

– Oui, c'est ce que m'a dit Susan.

– D'abord, il y a un problème de maison pour Emily Ngubene. Maintenant que son mari est mort, elle n'a plus le droit d'avoir une maison à elle. »

Il m'a semblé soulagé de voir que le problème était si simple.

« Ben. » Il a fait un geste emphatique en s'arrangeant pour ne pas renverser son scotch. « Je vous promets que je vais m'en occuper. » Il a sorti son petit calepin noir. « Donnez-moi seulement tous les renseignements. Dès que je serai au Cap, la semaine prochaine... »

Gentil et rapide. J'ai pris la décision de le pousser dans ses retranchements, en profitant de son humeur magnanime.

« Et puis il y a le problème de Gordon Ngubene, lui-même. »

Il s'est raidi. « Quel problème? Je croyais que l'affaire était close.

– J'aimerais qu'elle le fût, père. Mais l'enquête n'a mis à jour que la moitié des faits.

– Vraiment? » Il a changé de position.

Je l'ai mis rapidement au courant, non seulement en lui faisant part des questions soulevées lors de l'enquête, mais en lui faisant également part des quelques faits que j'avais pu glaner – aussi insignifiants fussent-ils en eux-mêmes.

« Il n'y a là rien qui puisse tenir devant un tribunal », a-t-il dit platement. Il a sorti sa montre de gousset, l'a étudiée comme s'il calculait le nombre de minutes que j'enlevais à sa sieste.

« Je ne le sais que trop bien. C'est pourquoi je voulais en parler avec vous. Nous n'avons pas de preuves irréfutables. Mais nous en détenons assez pour indiquer que quelque chose de grave a été caché.

– Vous sautez trop vite à la conclusion, Ben.

– Je sais de quoi je parle. » Les mots étaient plus cinglants que prévu.

Il a poursuivi en avalant une autre gorgée de scotch : « Très bien, je vous écoute. » Il a soupiré. « Peut-être puis-je user de mon influence, mais vous devez d'abord me convaincre.

– Pourquoi la Section spéciale sort-elle de sa routine pour m'intimider si elle n'a vraiment rien à cacher ? »

Ces seuls mots ont semblé le calmer instantanément : « Qu'est-ce que c'est que cette histoire de Section spéciale ? »

Je lui ai raconté la fouille de ma maison, le branchement de mon téléphone sur table d'écoute, l'avertissement de Stolz.

« Ben, m'a-t-il dit en prenant brusquement un ton très solennel. Je suis désolé, mais je préférerais n'avoir rien à faire avec ce genre de choses. » Il s'est levé et s'est dirigé vers la porte.

« Ainsi donc vous aussi vous avez peur d'eux ?

– Ne soyez pas stupide ! Pourquoi devrais-je avoir peur de qui que ce soit ? » Il m'a dévisagé. « Mais je tiens à vous dire ceci : la Section spéciale doit avoir de bonnes raisons, si elle se mêle de ça. »

Je me suis débrouillé pour l'arrêter devant la porte. « Cela veut-il dire que vous êtes prêt à vous rouler les pouces et à laisser commettre une injustice ?

– Injustice ? » Son visage est devenu pourpre. « Où est l'injustice dans tout ça ? Je ne vois pas.

– Qu'est-il arrivé à Jonathan Ngubene ? Comment Gordon est-il mort ? Pourquoi font-ils de leur mieux pour tout étouffer ?

– Ben, Ben, comment pouvez-vous vous ranger du côté des ennemis de votre peuple ? Du côté de ceux qui trouvent dans chaque événement les armes nécessaires pour attaquer un gouvernement librement élu ? Dieu du ciel, Ben, à votre âge, nous attendons autre chose de vous. Vous n'avez jamais été une cervelle brûlée.

– N'est-ce pas une raison suffisante pour que vous m'écoutiez ?

– Voyons ! » Il avait retrouvé son calme. « Ne connaissez-vous donc pas votre peuple ? Nous avons toujours obéi aux commandements du Seigneur. Nous sommes chrétiens, n'est-ce pas ? Ecoutez-moi, je ne veux pas dire qu'il n'existe pas quelques exceptions, parmi nous. Mais il est ridicule de généraliser sur " l'injustice ", etc.

– Vous n'êtes donc pas disposé à m'aider ?

– Ben, je vous l'ai dit. » Il frottait ses pieds sur le sol. « Si vous veniez me voir avec quelque chose de sûr, au-delà de tout doute possible, je serais le premier à prendre l'affaire en main. Mais un lot de rumeurs, d'insinuations et de mauvais sentiments ne vous mèneront nulle part. » Il a reniflé, agacé. « Injustice ! Si vous voulez parler d'injustice, regardez alors ce qu'a enduré notre peuple. Combien d'entre nos frères ont été jetés en prison dans les années quarante, parce que ce pays nous était plus important que la guerre anglaise – ces mêmes Anglais qui nous opprimaient ?

– Nous avions à l'époque un gouvernement librement élu, n'est-ce pas ? Dirigé par un Afrikaner.

– Vous appelez Smuts un Afrikaner ?

– Vous éludez maintenant, lui ai-je rappelé.

– C'est vous qui avez commencé à parler d'injustice.

Vous, un homme qui enseignez l'histoire à l'école. Vous devriez avoir honte de vous, Ben. Maintenant que nous sommes enfin parvenus au pouvoir, dans notre propre pays.

— Nous sommes libres de faire aux autres ce qu'ils avaient l'habitude de nous faire? C'est ça.

— De quoi parlez-vous, Ben?

— Que feriez-vous si vous étiez aujourd'hui un Noir, dans ce pays, père?

— Vous m'étonnez, a-t-il dit, méprisant. Ne voyez-vous pas ce que le gouvernement fait pour les Noirs? Un de ces jours, ils seront libres et indépendants dans leur propre pays. Et vous avez le culot de venir me parler d'injustice? » Il a posé une main paternelle et tremblante sur mon épaule, s'est arrangé adroitement pour m'écarter afin de se faufiler dans le couloir et de gagner sa chambre. « Réfléchissez-y encore, Ben. Nous n'avons honte de rien aux yeux du monde, mon garçon. »

Maintenant je sais qu'il est inutile d'attendre une aide de sa part. Non pas parce qu'il est obtus ou malicieux. Non. Seulement parce qu'il a peur. Seulement parce qu'il est incapable d'accepter la possibilité que je puisse avoir raison. Sa bienveillance, son christianisme austère, sa ferme croyance en la droiture de ses frères : tout ça, ce soir, est pour moi un plus grand obstacle que n'importe quel ennemi qui me combattrait, à visage découvert.

5

C'était un hiver décousu, qui avançait par à-coups.

Rien ne sortit de la plainte déposée par Henry

Maphuna pour le viol de sa sœur par son employeur. Puisque l'homme avait été innocenté par le tribunal, il n'existait aucun moyen de rouvrir le procès. Dan Levinson suggérait deux possibilités : ou la fille était prête à reconnaître qu'elle avait été consentante. En ce cas, une nouvelle plainte pouvait être déposée dans le cadre des lois d'Immoralité. Ou une poursuite en dommages et intérêts pouvait être entamée. La famille refusa très vite la première suggestion car cela jetait la disgrâce sur Patience. Les dommages et intérêts étaient hors de propos. Ce que la famille voulait c'était voir son nom blanchi et le coupable traîné devant la justice. L'issue était prévisible. Ben eut pourtant un choc lorsque la vieille mère arriva chez lui et lui demanda de l'aide. Deux nuits auparavant, après avoir décidé de faire justice lui-même, Henry s'était rendu chez l'ancien employeur de Patience, à Lower Houghton et avait défoncé le crâne du bonhomme. Maintenant, il était en prison pour meurtre.

Retour chez Dan Levinson. Tiré à quatre épingles, derrière son bureau, l'avocat exsudait cette virilité qu'on aurait pu associer à une publicité pour déodorant. Une fois de plus, parade de blondes évanescentes, chargées de dossiers, de tasses de café ou de messages.

Ce n'était qu'une affaire parmi mille autres, pour laquelle Ben devait encore trouver du temps. La prédiction de Melanie s'était vérifiée : durant ces mois d'hiver, de plus en plus d'étrangers s'étaient présentés chez lui pour demander de l'aide. Des gens cherchant du travail en ville et ayant des problèmes avec les laissez-passer et les tampons officiels (mots magiques : *autorisé à être dans le susdit district de Johannesburg aux termes de l'alinéa 10 (1)* (b) *de l'acte n° 25 de 1945...*). Il lui était facile de les envoyer à Stanley. Tous ceux dont Stanley ne pouvait pas personnellement s'occuper étaient dirigés vers quelque intermédiaire dans les agglomérations. Il y avait aussi ceux qui avaient perdu leur toit pour arriérés de loyer ou parce qu'ils n'avaient pas le droit de vivre dans la région. Des hommes poursuivis parce qu'ils avaient fait venir leur famille d'un lointain Bantoustan. Une veuve âgée dont le fils de seize ans avait été accusé de « terrorisme » quand, envoyé pour acheter du lait, il avait été arrêté par la police à la recherche de jeunes qui avaient incendié une école quelque part dans Soweto, une heure avant. D'autres encore racontaient que leurs pères, leurs frères ou leurs fils avaient été « embarqués » quelques jours, quelques semaines, quelques mois plus tôt et qu'ils étaient depuis détenus au secret. Certains, libérés, sans aucune charge, revenaient en parlant de torture, de mauvais traitements. Un jeune couple, un Blanc et une fille de couleur étaient venus voir Ben pour savoir s'il pouvait arranger leur mariage. Un vénérable vieillard se plaignait – après avoir donné sa fille en mariage – de l'homme qui avait refusé de payer la lobola imposée par la coutume tribale. Certains cas étaient choquants, d'autres tout à fait sordides.

Au début, ils venaient un par un. A une semaine ou plus d'intervalle. Maintenant, il ne se passait plus de jour sans un appel à l'aide. Ils venaient par trois, quatre ou cinq. Plus d'une fois, Ben n'eut pas envie de rentrer chez lui après l'école de peur d'affronter les nouveaux quémandeurs. Susan le menaçait d'acheter un chien pour mettre fin à ces queues interminables.

L'importance même des responsabilités qui lui revenaient – impossibilité de refuser aux autres ce qu'il avait accordé aux premiers – menaçait de le ruiner physiquement. Il avait déjà les symptômes d'un ulcère. Il commençait à négliger ses devoirs de professeur. Son attitude envers ses élèves devenait de plus en plus sèche. Et ils étaient de moins en moins nombreux à lui rendre visite pour bavarder ou pour lui demander un service à l'heure de la récréation. S'il avait eu suffisamment de temps, s'il n'avait pas eu tant de soucis, il aurait pu faire face. Mais pendant tout ce temps – depuis que Stolz était revenu le voir – il avait conscience du fait qu'il était espionné, qu'il se battait contre d'invisibles obstacles lui opposant une résistance, à tout instant.

Souvent ça commençait de manière si imperceptible qu'il lui était impossible de déterminer le point de départ. Mais de temps en temps, aussi subtilement que la chose ait eu lieu, il devait bien y avoir eu une série de « premières fois ». Première fois que son téléphone avait été branché sur table d'écoute; première fois que son courrier avait été censuré; première fois qu'une voiture inconnue l'avait suivi en ville; première fois qu'un étranger s'était posté en face de chez lui pour vérifier ses allées et venues; première fois que le téléphone avait sonné en pleine nuit (quand il avait décroché, il n'avait entendu à l'autre bout de la ligne qu'une respiration ou qu'un gloussement); première fois qu'un ami avait dit à Ben : « Tu sais, j'ai eu une visite, la nuit dernière. La personne m'a posé des tas de questions sur toi... »

Il y avait entre-temps des jours plus clairs et plus calmes. Stanley était revenu du Botswana avec une nouvelle déposition signée par Wellington Phetla. Ayant quitté le pays, le garçon était prêt à raconter toute l'histoire de son arrestation avec Jonathan et l'époque de leur détention. Stanley avait également retrouvé la trace de deux amis de Wellington qui voulaient bien, eux aussi, corroborer ses preuves par écrit. Les nouvelles qu'il avait rapportées au sujet du deuxième fils de Gordon, Orlando, étaient moins encourageantes. Quand Stanley l'avait retrouvé, il était sur le point de partir pour un camp militaire au

Mozambique. Il avait catégoriquement refusé de revenir à moins de pouvoir faire quelque chose, fusil à la main.

Mais le découragement au sujet d'Orlando était atténué par quelque chose que Stanley confia à Ben peu de temps après son retour : pour la première fois, annonça-t-il, il semble que nous soyons près du but. Il avait retrouvé la trace d'un vieux balayeur qui travaillait à la morgue de la police; cet homme lui avait avoué que le matin de l'autopsie, le capitaine Stolz lui avait donné un paquet de vêtements avec instruction de les détruire.

A Soweto, l'avocat noir, Julius Nqakula, continuait tranquillement, avec entêtement, son bonhomme de chemin : il convoquait ses vieux clients pour obtenir d'eux des témoignages sur Jonathan et sur Gordon. Même l'infirmière qui avait fait une crise de nerfs après leur avoir raconté le séjour de Jonathan à l'hôpital se laissa convaincre et signa une nouvelle déposition. Stanley apportait tous ces éléments, toutes ces bribes à Ben qui les mettait en sûreté dans le double fond de sa boîte à outils.

Il y avait aussi des déconvenues. Deux jours après avoir signé sa nouvelle déposition, l'infirmière fut arrêtée par la Section spéciale. Julius Nqakula lui-même fut arrêté fin août quand, contrevenant aux termes de son ordre de bannissement, il rendit visite à sa sœur à Mamelodi. Cela voulait dire un an de prison, ce que Stanley accepta avec une résignation surprenante.

« Le vieux Julius ne dira rien, ne t'inquiète pas. Et puis il était trop penché sur la bouteille, ces derniers temps. Cette année au mitard le rendra plus sobre.

— Un an de prison pour avoir rendu visite à sa sœur?

— C'est le risque qu'il a pris, lanie. Julius sera bien le dernier à s'en plaindre.

– Tu ne crois pas que l'aide qu'il nous apportait est le véritable motif de son arrestation?

– Et alors? » S'il y avait une expression qui résumait la totale réalité de Stanley Makhaya, c'était bien celle dont il disait : *et alors?* – « Lanie, tu ne vas pas avoir des complexes de culpabilité, maintenant, non? C'est un luxe que seuls les libéraux peuvent s'offrir. Laisse tomber. » Une bourrade entre les omoplates fit vaciller Ben. « Julius reviendra, vieux. Tout revigoré par son petit séjour en glacière.

– Comment peut-on laisser tomber un homme comme ça, alors que nous travaillions avec lui?

– Qui a dit que nous le laissions tomber? La meilleure façon de se souvenir d'un homme, lanie, c'est de poursuivre le combat! Nous le faisons pour Emily, d'accord? »

Emily vint, elle aussi, voir Ben. Il était épuisé après son quota de visiteurs. C'était un dimanche. Susan était allée passer la journée avec Suzette et Chris, à Pretoria. Chose qu'elle faisait de plus en plus souvent, ces derniers temps. Johan était sorti avec des amis. Ben tenta d'ignorer les bruits contre la porte. Mais voyant qu'ils persistaient, il alla ouvrir. Il trouva Emily sur le seuil. Derrière elle, dans l'ombre d'un pilier, un étrange homme noir dans un costume à rayures marron. Une trentaine d'années, un visage agréable, mais très tendu. Il regardait tout le temps autour de lui comme s'il s'attendait à voir des ennemis invisibles se matérialiser.

« Je vous présente Johnson Seroke, Baas, dit Emily, l'homme que je vous ai parlé, celui des lettres. »

Dans son bureau, rideaux tirés, Ben demanda : « Vous travaillez vraiment pour la police de sûreté, Johnson?

– J'avais pas le choix, répondit l'homme avec hostilité.

269

– Et pourtant vous avez passé clandestinement ces lettres à Emily?

– Qu'est-ce que vous pouvez faire si un homme il vous le demande et qu'il a des ennuis? » Johnson Seroke était assis sur le bord d'une chaise. Il faisait craquer ses articulations.

« Johnson il risque de gros ennuis s'ils s'en aperçoivent, Baas.

– Johnson, que savez-vous de Gordon?

– Je l'ai pas vu beaucoup. » Johnson parlait d'une manière étudiée, par bribes.

« Mais vous lui avez quand même parlé, de temps à autre?

– Il m'a donné les lettres.

– Quand l'avez-vous vu pour la dernière fois?

– Juste avant sa mort.

– Etiez-vous là quand ils l'ont interrogé?

– Non. » Il se remit à faire craquer ses articulations. « J'étais trois bureaux plus loin. Mais je l'ai vu quand ils l'ont traîné dans le couloir.

– C'était quand?

– Le jeudi. Le 24 février.

– Vous vous souvenez de l'heure qu'il était?

– Tard dans l'après-midi.

– A quoi ressemblait-il?

– J'ai pas pu voir. Il était tout mou, tout flasque. Ils le tiraient. »

Avec un effort, Ben demanda : « Etait-il mort?

– Non. Il a fait un bruit.

– A-t-il dit quelque chose que vous avez pu entendre?

– Rien.

– Qu'avez-vous fait?

– Qu'est-ce que je pouvais faire? J'étais là dans le bureau. J'ai fait semblant d'être occupé. Ils l'ont ramené dans la cellule.

– En ont-ils reparlé? »

Johnson Seroke se leva brusquement, s'approcha du bureau, et se pencha en avant. Le blanc de ses yeux était jaunâtre et strié de veinules rouges.

« Si vous dites à n'importe qui que j'étais ici, aujourd'hui, je nierai. Compris?

– Je comprends. Promis. » Ben leva les yeux, troublé par la lueur d'affolement qu'il entrevit dans le regard injecté de sang. « Personne ne saura que vous étiez ici.

– C'est simplement parce qu'Emily elle m'a demandé de venir.

– Je lui ai dit que le Baas il était bon pour nous, dit la grosse femme, mal à l'aise.

– Vous n'avez plus jamais revu Gordon? insista Ben.

– J'étais là quand ils ont emmené le cadavre à la morgue.

– Quand?

– Le lendemain.

– Vous êtes sûr de ne rien savoir sur ce qui s'est passé durant la nuit, Johnson?

– Comment je pourrais le savoir? Je reste à l'écart de ces choses-là, lorsqu'elles arrivent.

– Pourquoi restez-vous avec la police? demanda Ben à brûle-pourpoint. Vous n'appartenez pas vraiment à ces lieux.

– Comment je peux m'en aller? J'aime ma famille. »

Après leur départ, Ben prit quelques notes brèves à verser au dossier.

Le lendemain, en plein jour, son bureau fut cambriolé. A cette heure-là il était à l'école; Susan était en ville. Rien n'avait été, semble-t-il, volé, mais ses livres avaient été enlevés des étagères, le contenu de ses tiroirs vidé sur le sol; les coussins des fauteuils avaient été éventrés à l'aide d'un objet contondant.

« C'est cette bande de bons à rien qui rôde toute la

journée autour de la maison, s'exclama Susan, indignée. Si tu ne mets pas fin à tout ça, très vite, quelque chose de grave va arriver et ce sera de ta faute. Tu ne peux pas être aveugle à ce point, Ben! »

Il ne répondit pas. Il attendit qu'elle ait pris son calmant, qu'elle se soit couchée, avant de se précipiter au garage; mais la boîte à outils était intacte.

6 septembre. Melanie est partie pour la Rhodésie, la nuit dernière, via le Malawi. Du moins, telle est la version officielle. En réalité, elle se rend à Lusaka. Elle devra se servir de son passeport britannique. Je lui ai dit qu'elle cherchait vraiment les ennuis. Elle a haussé les épaules : « C'est la seule faveur que ma mère m'ait jamais faite. Je m'en sers dès que j'en ai l'occasion. »

Lorsque son passeport sud-africain a expiré le mois dernier, elle a eu peur qu'ils refusent de le lui renouveler. Finalement, elle n'a eu aucun mal. Elle l'a eu vendredi dernier. Elle m'a montré, pour rire, la nouvelle photo insérée dans son passeport tout neuf.

Elle dit qu'elle est hideuse. Moi, je l'aime bien. Elle m'en a donné une pour patienter durant son absence. Un véritable écolier. Dix jours seulement. Elle a essayé de me rassurer. Mais un vide étrange m'entoure, comme si elle m'avait laissé, sans protection.

Pendant le week-end, une nouvelle information de la part de *son* contact à John Vorster Square. Il apparaît qu'il est responsable du souper des détenus. Le 3 février, il lui a été notifié que seuls les gardiens blancs seraient à l'avenir admis dans la cellule de Gordon. C'était le jour de son « mal de tête » et de ses « maux de dents ». Le lendemain, le docteur Herzog est venu.

Plus important encore : lorsque les gardiens sont descendus aux cellules, dans la soirée du 24 février, il a vu des gens devant la porte de Gordon. Un de ses collègues lui a dit : « L'homme il est malade. Le docteur il est auprès de lui. »

Mon doute est donc confirmé. Herzog en sait bien plus qu'il ne le dit. Mais qui va arriver à lui tirer les vers du nez ?

Dans la brusque désolation d'aujourd'hui, j'ai pris la voiture et je suis allé voir Phil Bruwer. Il jouait du piano lorsque je suis arrivé. Il donnait encore l'impression d'avoir dormi tout habillé. Il sentait le vin, le tabac. Il était extrêmement heureux de me voir. Jour née froide. Nous avons joué aux échecs devant le feu.

« Comment va le détective ? » m'a-t-il demandé. Ses yeux brillaient sous ses sourcils broussailleux.

« J'avance, professeur. Je suppose que Melanie vous a dit ce qu'elle avait appris par le gardien ?

– Hmm. Vous voulez faire une partie d'échecs ? »

Etonnant. Nous avons joué dans un silence de mort sans nous sentir isolés pour autant. Entourés par ces milliers de livres, par ces chats qui dormaient sur le tapis, devant le feu. Plénitude. C'est le seul mot auquel je puisse penser pour décrire ça. Tout semblait si *entier,* si différent de tous les autres morceaux de mon puzzle.

Je n'en avais jamais eu autant conscience. Mais quand je l'ai dit, je l'ai immédiatement reconnu. Cela avait donc dû toujours être là, comme la doublure d'une veste que l'on porte chaque jour.

« Vous savez ce qui m'affole, professeur ? » Il m'a dévisagé calmement, à travers l'écran de fumée de sa pipe. « Nous rassemblons nos informations. Tout s'arrête parfois, et pourtant nous progressons chaque jour. Pas à pas. Supposez qu'un jour le tableau soit complet, que nous sachions tout ce qui lui est arrivé, dans les moindres détails... Je continuerai quand même à ne rien savoir de sa vie.

– Vous n'en demandez pas un peu trop ? Qu'est-ce

qu'un homme peut vraiment connaître d'un autre homme? Même deux personnes qui vivent ensemble et qui s'aiment... j'y ai souvent pensé, vous savez. Ma femme, notre mariage. C'est vrai, j'étais bien plus âgé qu'elle et je crois, si j'y pense vraiment, que ce mariage était voué à la catastrophe dès le début. Mais à l'époque, je croyais que nous nous connaissions. J'en étais absolument convaincu. Jusqu'à ce qu'elle emballe ses affaires et me quitte. Alors, pour la première fois, j'ai compris que j'avais vécu près de quelqu'un, pratiquement vingt-quatre heures sur vingt-quatre, sans rien connaître de lui. Pareil aux jeunes qui étaient avec moi dans ce camp, en Allemagne. Nous avons tout partagé, nous avons été très proches les uns des autres. Et puis une chose infime se produisait et nous découvrions subitement que nous étions des étrangers – chacun d'entre nous, désespérément seul au monde. Vous êtes seul, Ben. Tout le temps.

– Peut-être a-t-on tendance à considérer les choses comme acquises, ai-je dit, absolument pas convaincu par ses paroles. Mais en ce qui concerne Gordon, je travaille, en fait, nuit et jour sur lui. Ce n'est pas une relation passive. Je suis activement impliqué, avec lui, dans chaque moment de ma vie. Mais quand tout est dit et fait, que me reste-t-il donc? Faits, faits, détails. Qu'est-ce que tout cela me donne de *lui,* cet homme, ce Gordon Ngubene qui doit exister quelque part derrière tous ces faits? Et tous ces gens qui affluent vers moi? Qu'est-ce que je sais d'eux? Nous nous parlons, nous nous touchons; nous sommes cependant des étrangers venus de mondes différents. C'est comme deux personnes enfermées dans deux trains qui se croisent. Vous entendez un cri; vous répondez par un autre cri, mais ce n'est que du bruit. Vous n'avez aucune idée de ce qu'a dit l'autre.

– Vous l'entendez au moins crier.

– Ça n'est pas une consolation.

– Qui sait? » Il bougea l'un de ses cavaliers. « La plupart des gens sont si bien habitués à leurs trains qui se croisent qu'ils ne relèvent même plus les yeux quand ils entendent un cri.

– Parfois, je crois que je les envie. »

Ses yeux brillèrent de malice. « Question de choix. Vous pouvez arrêter de vous poser des questions, si vous le voulez, n'est-ce pas? Vous avez seulement besoin d'accepter que de " telles choses " arrivent.

– Est-on vraiment libre de choisir? Ou est-on choisi?

– Croyez-vous que ça fasse une grosse différence? Est-ce qu'Adam et Eve ont choisi de manger la pomme? Est-ce que le Diable a choisi pour eux? Est-ce que Dieu l'a voulu, depuis le début? Il peut très bien en avoir décidé ainsi : si cet arbre ressemblait aux autres, ils ne s'en seraient même pas rendu compte. Mais en jetant son dévolu sur lui, Il s'est assuré qu'ils iraient vers cet arbre. Voilà pourquoi Dieu a pu dormir en paix, le septième jour.

– Du moins savaient-ils ce qu'ils faisaient.

– *Vous* ne savez pas?

– J'ai cru le savoir. J'étais persuadé d'y aller les yeux ouverts, mais je ne m'attendais pas à cette obscurité, autour de moi. »

Sans répondre directement, comme s'il avait été frappé par une nouvelle idée, Bruwer rejeta son fauteuil en arrière, grimpa sur une petite échelle pour prendre un livre, sur l'une des étagères les plus élevées de sa bibliothèque. Il dit par-dessus son épaule : « Vous en saurez plus que moi. C'est votre partie. Mais ne croyez-vous pas que la véritable signification d'époques comme celles de Périclès ou des Médicis repose sur le fait que toute une société, toute une civilisation en fait, semblait aller d'un même mouvement dans une même direction? A une telle époque, pas besoin de prendre vos propres décisions; la société les prenait pour vous. Et vous vous retrouviez en parfaite harmonie avec elle. Mais il y a des époques, comme la nôtre, où l'histoire n'est pas encore installée dans un nouveau courant, ferme. Chacun est seul. Chacun doit trouver ses propres définitions. La liberté de chacun menace celle des autres. Quel est le résultat? Le terrorisme. Et je ne me réfère pas seulement aux actions du terrorisme patenté, mais aussi à celles d'un Etat organisé dont les institutions mettent en danger notre humanité essentielle. » Il poursuivit ses recherches. « Ah! voilà. » Lorsqu'il redescendit de son escabeau, il me tendit le livre qu'il avait trouvé : Merleau-Ponty. Malheureusement, en français, langue que je ne sais pas lire. Il semblait déçu, mais je lui promis de me procurer un exemplaire en anglais.

Et tout le temps, jour après jour, il y avait cette certitude d'être espionné. Courses dans un supermarché, le samedi matin. Il repérait soudain une veste à carreaux, au milieu de la foule : le lieutenant Venter, avec son visage de garçonnet, ses cheveux bouclés. Ou Vosloo, l'armoire à glace au teint mat. Ou Koch, l'athlète aux grandes mains. Habituellement, ce n'était qu'un éclair. Souvent trop fugitif pour être sûr que c'était bien l'un d'entre eux. C'était peut-être son imagination. Il avait atteint un stade où il les voyait partout, même à l'église.

Les lettres dans sa boîte, les enveloppes décachetées, comme si celui qui les avait ouvertes n'avait même pas cherché à les refermer – à moins que ce ne soit fait exprès pour qu'il *sache* que son courrier était lu. Jamais rien de bien important. Qui aurait pu lui envoyer des lettres mettant en danger la sécurité de l'Etat? Ce qui l'agaçait, c'était le sentiment – comme le jour où, dans son bureau, ils avaient fouillé l'échiquier et la coupelle de pierres semi-précieuses – que rien de ce qui lui appartenait n'était traité avec respect. Plus rien n'était « privé » ou « sacré » à leurs yeux. « C'est comme de vivre dans un aquarium, écrivit-il un jour sur la page déchirée d'un cahier d'exercices. Chacun de vos mouvements est épié par ces yeux qui vous surveillent à travers le verre, à travers l'eau, qui surveillent même les mouvements de vos nageoires, de vos ouïes lorsque vous respirez. » Ou, un peu plus loin (daté du 14 septembre). « Ce n'est que lorsque vous vous rendez compte que vous êtes espionné comme ça, que vous apprenez à vous regarder avec des yeux neufs. Vous apprenez à juger différemment, à découvrir vos besoins essentiels ou superflus. Vous devriez peut-être en être reconnaissant! Ça vous permet de vous purifier, de vous débarrasser de tout ce qui est en trop. A chaque instant du jour ou de la nuit, ils peuvent se décider à bondir. Même dans votre sommeil, vous êtes en danger. Et le seul fait de pouvoir dire : *Ce jour, cette heure m'est encore offert,* devient une expérience si intensément merveilleuse que vous apprenez à louer le Seigneur d'une nouvelle manière. Est-ce ce que ressent le lépreux en perdant ses membres, les uns après les autres? Ou un homme qui souffre d'un cancer, arrivé à son stade ultime? Oh! c'est une saison sèche. Mais infiniment précieuse à sa manière. »

Il ne réagissait pas toujours aussi positivement. La plupart des notes, de ces derniers mois, parlaient de dépression, d'inquiétude, de doute, d'incertitude. Tension à la maison, avec Susan. Querelles au téléphone, avec Suzette. Heurts avec ses collègues.

Il était possible de s'habituer à ces périodes d'intimidation qui se reproduisaient de plus en plus, d'apprendre à vivre avec et même, d'en être ennuyé. Mais il y avait également les autres. Trouver une faucille et un marteau peints sur la porte, un beau matin. Un autre jour, en prenant la voiture pour rentrer à la maison découvrir que les quatre pneus ont été lacérés. Coups de téléphone anonymes, souvent à deux ou trois heures du matin. Les nerfs de Susan commençaient à craquer. Elle avait de temps à autre des crises de larmes ou d'hystérie qui les laissaient tous deux désemparés.

Ce que Ben trouvait de plus désagréable, c'était de se trouver confronté, dans sa classe, à des slogans accrochés au tableau noir. Inanités qui déchaînaient les rires. Ses collègues le savaient. Et, un jour, en présence de tous les membres du corps professoral, Koos Cloete lui avait demandé : « Comment un professeur peut-il attendre l'obéissance de ses élèves quand sa propre conduite n'est pas au-dessus de tout soupçon? »

18 septembre. Ai remarqué que Johan avait l'air hirsute après l'école. Chemise déchirée, œil au beurre noir, lèvres enflées. Il n'a tout d'abord pas voulu me dire quoi que ce soit. J'ai fini quand même par le faire parler. Deux élèves des grandes classes, m'a-t-il dit. Ils l'avaient cherché pendant des semaines en traitant son père « d'amoureux des nègres ». Ce matin, il n'en pouvait plus. Il leur était rentré dedans, mais ils étaient trop nombreux. Pire, pendant que ça avait lieu, l'un des professeurs était passé en faisant semblant de ne rien voir.

Il n'était toujours pas calmé. « Papa, s'ils recommencent demain, je leur rentre dans le chou.

— A quoi ça sert, Johan?

— Je ne veux pas qu'ils t'insultent.

— Ça ne *me* touche pas. »

Johan parlait difficilement à cause de sa bouche enflée, mais il était trop en colère pour rester calme. « J'ai essayé de les raisonner, mais ils n'ont pas voulu m'écouter. Ils ne savent même pas ce que tu cherches à faire.

— Tu es *sûr* de le savoir? »

Il a tourné la tête et s'est arrangé pour me regarder avec son œil intact. « Oui, je le sais. Et si tu t'arrêtes de faire ce que tu fais, j'aurais alors des raisons d'avoir honte de toi. »

Il semblait très gêné par ce qu'il venait de dire. Je n'aurais peut-être pas dû le questionner. Et je ne voulais pas augmenter son embarras en le remerciant. Mais pendant cet instant déconcertant et merveilleux, j'ai su que le jeu en valait la chandelle. Si ce n'est que pour entendre ces mots-là de la bouche de mon fils.

Au moment où j'ai stoppé la voiture près du garage, il m'a de nouveau regardé, m'a fait un clin d'œil. « Il vaudrait mieux ne rien dire à maman. Je ne crois pas qu'elle apprécierait. »

Le choc que reçut Ben en retournant consulter Dan Levinson fut d'un ordre totalement différent. Levinson était aussi brusque, aussi occupé qu'à l'accoutumée, mais ce qui troubla Ben, ce fut les visiteurs qu'il rencontra chez lui – les deux avocats qui avaient plaidé lors de l'enquête sur la mort de Gordon : De Villiers, au nom de la famille, Louw, au nom de la police.

« Vous vous êtes déjà rencontrés, n'est-ce pas? dit Levinson.

– Bien sûr. » Ben salua De Villiers très courtoisement, puis se tourna, méprisant, vers Louw. A sa grande surprise, celui-ci fut très cordial. Et les trois avocats passèrent un bon quart d'heure à parler de choses et d'autres, à blaguer avant de se séparer.

« Je n'aurais jamais cru que je rencontrerais Louw dans votre bureau, remarqua Ben, mal à l'aise.

– Pourquoi ça? Nous nous connaissons depuis des années.

– Mais... après l'enquête sur la mort de Gordon? »

Levinson éclata de rire et lui tapota l'épaule amicalement. « Dieu du ciel, nous sommes tous des professionnels, cher ami. Vous ne vous attendiez tout de même pas à ce que nous mélangions notre métier et nos vies privées, non? Quel bon vent vous amène, aujourd'hui? Oh!... à propos, avez-vous reçu ma dernière note d'honoraires? »

6

Début octobre, quatre ou cinq des collègues de Ben furent convoqués et interrogés par la Section spéciale. Depuis combien de temps le connaissaient-ils? Que savaient-ils de ses orientations politiques? De ses activités, de ses intérêts, de son association avec Gordon Ngubene? Etaient-ils au courant de ses visites « régulières » à Soweto? Lui avaient-ils rendu visite? Et, si oui, avaient-ils rencontré des Noirs chez lui? Etc.

Le jeune Viviers fut le premier à venir voir Ben pour lui raconter cet interrogatoire. « Mais je leur ai dit qu'ils perdaient leur temps, Oom Ben. Je n'ai dit que peu de chose, je crois, des choses qu'ils devaient savoir depuis un bon bout de temps.

– Merci, Viviers. Mais... »

Le jeune homme était très agité. « Et puis ils se sont mis à me poser des questions personnelles. Ils m'ont demandé si je " coopérais " avec vous. Ce que je savais du C.N.A., etc. A la fin, ils se sont montrés très paternels et m'ont dit : « Mr. Viviers, vous êtes d'une « bonne famille afrikander. Nous nous rendons « compte que vous avez des opinions très tran-« chées. Nous sommes dans un pays libre; chaque indi-« vidu a le droit d'avoir son opinion, mais vous devez

« comprendre ceci : ce sont des gens comme vous que
« recherchent les communistes. Vous ne vous rendez
« pas compte combien il est facile de tomber entre
« leurs mains, d'être manipulé par eux. Avant que
« vous ne vous en rendiez compte, ils vous auront
« utilisé pour leurs propres desseins. »

– Je suis désolé, Viviers. Je ne voulais pas vous
entraîner dans cette histoire.

– Pourquoi devriez-vous être désolé? S'ils croient
qu'ils peuvent m'intimider comme ça, ils se trom-
pent. » Il ajouta, avec un sourire satisfait : « C'est
tout aussi bien qu'ils m'aient convoqué. Certains ont
dû leur dire des choses très méchantes sur votre
compte. Je les connais. »

Mais très vite, bien sûr, il devint de notoriété
publique que Viviers n'avait pas été le seul. Ben avait
pris l'habitude d'apprendre par des amis que des
enquêtes discrètes étaient menées sur son compte.
Mais la façon délibérée dont ça avait lieu cette fois-ci
était un coup pour lui. Il se doutait bien que cette
affaire avait été montée, afin que ça parvienne jusqu'à
ses oreilles. Il n'était pas inquiet à l'idée que quelque
chose d'important ait été découvert au cours de ces
interrogatoires. Il était étonné parce qu'il n'y avait rien
qu'il puisse faire. Aucune contre-attaque possible.

Les autres professeurs impliqués dans l'interrogatoire ne se calmèrent pas aussi facilement que le jeune
Viviers. Pour le jovial Carelse, c'était – comme tout ce
qui se passait dans sa vie – une énorme blague. Il en
parlait ouvertement dans la salle de réunion, trouvant
dans cet épisode des munitions pour des semaines de
plaisanterie vulgaire. « Comment va le terroriste, ce
matin? » – « Eh, Oom Ben, tu ne peux pas me prêter
l'une de tes bombes? J'aimerais faire sauter la classe de
terminale. » – « Quel temps fait-il à Moscou, ce
matin? »

Les autres se mirent à ignorer Ben, plus volontairement qu'avant. Sans même le regarder, Ferreira – le professeur d'anglais – fit cette remarque : « Certaines personnes vont bientôt se brûler les doigts. »

Kloos Cloete reprit le sujet à sa manière agressive et coutumière, au moment du thé. « Pendant toutes ces années d'enseignement, la police de sûreté n'a jamais jugé nécessaire de venir discuter avec moi de l'un de mes professeurs. Je l'ai vu venir, ne vous en déplaise. Je n'aurais jamais cru que nous en arriverions là.

– Je suis prêt à parler de cette affaire avec vous, dit Ben qui avait du mal à réprimer sa colère. Je n'ai rien à cacher. Je n'ai honte de rien.

– Tout peut être distordu pour faire bonne impression, Mr Du Toit. Tout ce que je puis vous dire, à ce stade, c'est que le Département a des règles très strictes en ce qui concerne ce genre de choses. Et vous le savez aussi bien que moi.

– Si vous pouvez m'accorder une demi-heure dans votre bureau, je vous expliquerai tout.

– Vous ne voulez pas que vos collègues vous entendent? »

Ben dut prendre sa respiration profondément pour garder son sang-froid. « Je suis prêt à répondre à toutes vos questions. N'importe où. Si vous êtes vraiment inquiet à mon sujet...

– Il est plus important que vous régliez vos comptes avec votre conscience, dit Cloete. Avant que vous ne deveniez une gêne pour cet établissement. »

Ne voulant pas dire quelque chose de désobligeant, Ben retourna dans sa salle de classe. Dieu merci, il y avait encore une récréation.

Il resta assis un long moment, immobile, à tirer sur sa pipe. Sa colère s'apaisa doucement. La clarté revint. Et, avec elle, la certitude de savoir ce qu'il devait faire. C'était si évident qu'il eut des difficultés à comprendre pourquoi il n'y avait pas pensé plus tôt.

Dans l'après-midi, il retourna à John Vorster Square.

Dans le parking, au sous-sol, il prit l'ascenseur. Il écrivit le nom du colonel Viljoen sur le papier que l'huissier lui tendait. Dix minutes plus tard, il se retrouva derrière le même bureau. Cette fois-là, le colonel Viljoen était seul. Ben avait quand même conscience des gens qui apparaissaient sans bruit, dans son dos, qui le regardaient et disparaissaient dans les couloirs. Il ne savait pas où se trouvait Stolz dans le grand immeuble bleu. Peut-être n'était-il pas là, aujourd'hui. Il avait cependant conscience de cet homme, de sa présence. Ses yeux sombres, la mince ligne de sa blanche cicatrice, sur sa pommette. Et, quelque part derrière cette conscience, avec la violence soudaine d'un coup porté au plexus solaire, le souvenir du visage de Gordon, de son corps frêle, de son chapeau pressé contre sa poitrine : *Si c'était moi, ça serait bien. Mais c'est mon fils et je dois savoir. Dieu il est mon témoin, aujourd'hui. Je peux pas m'arrêter avant de savoir qu'est-ce qui lui est arrivé et où ils l'ont enterré. Son corps il m'appartient. C'est le corps de mon fils.*

Le visage agréable, bronzé, encore jeune, en face de lui. Cheveux gris, coupés très court. Enfoncé dans son fauteuil. En équilibre sur les pieds arrière.

« Que puis-je faire pour vous, Mr. Du Toit? Je suis très honoré par votre visite.

– Colonel, j'ai pensé qu'il était grand temps que nous ayons une franche discussion.

– Très heureux de vous l'entendre dire. De quoi voulez-vous me parler?

– Je crois que vous le savez très bien.

– Je vous en prie. Soyez plus précis. » Un petit muscle bougea sur sa joue.

« Je ne sais pas très bien comment vous opérez. Mais vous devez vous rendre compte que vos hommes mènent depuis des semaines une campagne d'intimidation contre moi.

– Vous exagérez, Mr. Du Toit.

– Vous savez qu'ils ont fouillé ma maison, n'est-ce pas?

– Simple routine. Je crois qu'ils ont été polis.

– Bien sûr, là n'est pas la question. Et le reste? Ils ont interrogé mes collègues. A mon sujet.

– Pourquoi cela devrait-il vous déranger? Je suis certain que vous n'avez rien à cacher.

– Ça n'est pas ça, colonel. C'est... Eh bien, vous savez comment sont les gens. Ils se mettent à parler. Toutes sortes de rumeurs se mettent à circuler. La famille doit en faire les frais. »

Gloussement. « Mr. Du Toit, je ne suis pas médecin, mais il me semble que vous avez besoin de vacances. » Il ajouta, avec un léger sous-entendu : « Vous avez besoin de vous éloigner, pendant quelque temps.

– Autre chose, colonel. Mon téléphone. Mon courrier.

– Eh bien?

– Ne me dites pas que vous n'êtes pas au courant, colonel!

– Au courant de quoi? »

Ben sentait ses tempes battre. « Quand j'entre dans ma salle de classe, je trouve des insultes placardées sur mon tableau noir. Une faucille et un marteau peints sur ma porte, quand je rentre chez moi. Les pneus de ma voiture lacérés. Nous sommes, toutes les nuits, réveillés par des coups de téléphone anonymes. »

Le colonel se pencha. « Avez-vous fait une déclaration à la police?

– Non. Pour quoi faire?

– Elle est là pour ça, non?

– Pourquoi ne me laissez-vous pas en paix, colonel? Voilà ce que je veux savoir.

– Un instant, Mr. Du Toit. Vous ne cherchez tout de même pas à me blâmer personnellement? »

Ben n'avait pas le choix. Il devait s'entêter : « Colonel, pourquoi vous est-il si important de stopper mes recherches sur Gordon Ngubene?

– C'est ce que vous faites? »

On aurait dit qu'il n'arriverait pas à trouver une ouverture. Il était pourtant persuadé de pouvoir être sincère avec cet homme pas comme les autres, qui allait en retour lui offrir une réponse sincère. Il s'était dit qu'ils parlaient la même langue. Pendant un moment, il resta assis et fixa la photographie des deux garçonnets, blonds, sur le coin du bureau.

« Colonel, cela ne vous hante pas, parfois? Ne vous réveillez-vous pas la nuit à cause de Gordon?

– Toutes les preuves disponibles ont été communiquées à un magistrat compétent qui a tout examiné en détail et qui a donné ses conclusions.

– Et les preuves délibérément dissimulées au tribunal?

– Mr. Du Toit, si vous possédez des preuves qui peuvent nous être utiles, je suis sûr que vous n'hésiterez pas à en discuter avec moi. »

Ben le regarda, raide sur son fauteuil.

Le colonel se pencha un peu plus vers lui. Son ton s'assombrit : « S'il y a des faits que vous nous cachez volontairement, Mr. Du Toit, si vous nous donnez des raisons de croire que vous pouvez être impliqué dans une activité dangereuse pour vous et pour nous... alors, je peux prévoir quelques problèmes.

– Est-ce une menace, colonel? » demanda Ben, mâchoires serrées.

Le colonel Viljoen sourit. « Appelons ça un avertissement. Un avertissement amical. Vous savez, on agit parfois avec la meilleure des intentions, mais on ne peut pas se rendre vraiment compte de toutes les conséquences possibles parce qu'on est soi-même trop impliqué.

– Voudriez-vous dire que je suis manipulé par les communistes? s'exclama Ben d'un ton sarcastique.

– Pourquoi dites-vous ça?

– C'est ce que vos hommes ont dit à l'un de mes collègues. »

Viljoen prenait des notes sur une feuille de papier quadrillé. De sa place, Ben ne pouvait pas déchiffrer ce qu'il avait écrit.

« Vous n'avez donc vraiment rien à me dire, colonel ?

– Je m'attendais à ce que *vous* me disiez quelque chose, Mr. Du Toit.

– Alors, je ne vais pas vous faire perdre votre temps, plus longtemps. »

Ben se leva. Lorsqu'il atteignit la porte, le colonel déclara calmement : « Je suis sûr que nous nous reverrons bientôt, Mr. Du Toit. »

Cette nuit-là, alors qu'ils dormaient, à l'exception de Johan qui travaillait encore dans sa chambre, trois coups de feu furent tirés dans la salle de séjour, de la rue. L'écran du récepteur de télévision vola en éclats, mais, heureusement, il n'y eut pas d'autres dégâts. Ben porta plainte, mais le coupable ne fut jamais retrouvé. Le médecin fut appelé au chevet de Susan.

7

Il craignit de se confier à la presse, même après en avoir discuté avec Melanie.

« Je ne crois pas que vous ayez le choix, Ben. Il y avait un temps où vous deviez vous taire, où nous devions tous nous taire – vous, Stanley et moi. Mais il existe un point de non-retour. Si vous gardez ça pour vous, à présent, ils chercheront à vous réduire au silence. Il faut que tout ça se sache. Là est votre sécurité. Et si vous voulez vraiment faire quelque chose pour Gordon, vous n'avez qu'à utiliser la presse.

– Combien de temps avant qu'ils ne m'utilisent?

– Le choix final reste vôtre.

– Je suis sûr que votre journal adorerait ce scoop! dit-il dans un soudain accès d'agressivité.

– Non, Ben, répondit-elle calmement. Je suis sûre d'être une horrible journaliste, mais je ne veux pas de cette histoire pour mon journal. Allez voir un journal afrikaans. C'est le seul endroit où cette nouvelle peut avoir du poids. Vous savez ce que le gouvernement pense de la " presse anglaise ". »

Il essaya de remettre tout ça à plus tard en prenant rendez-vous avec George Ahlers, le mari de sa sœur Helena.

« Eh bien, Ben, ça faisait un bail que je ne t'avais pas vu. Assieds-toi. Cigare?

– Non, merci, George.

– Comment va Susan?

– Bien. Je suis venu pour parler travail.

– Vraiment? Tu as hérité ou quoi? »

Après qu'il eut expliqué à George son problème, la bonne humeur de celui-ci se dissipa. « Ben, tu sais, j'aimerais beaucoup t'aider. Horrible histoire. Mais que puis-je faire?

– Je me suis dit que les hommes d'affaires comme toi devaient avoir accès au gouvernement. Aussi...

– Ton beau-père est député, non?

– Il m'a déjà rabroué. Et j'ai besoin de quelqu'un qui ait des contacts au sommet.

– C'est sans espoir, Ben. Tu es en train de commettre une grossière erreur, si tu crois sérieusement que les hommes d'affaires de ce pays ont porte ouverte sur le gouvernement. Dans un pays industriel comme les Etats-Unis, peut-être. Pas ici. Une voie à sens unique mène de la politique aux affaires. L'autre sens est interdit. » Il rejeta un petit nuage de fumée. « En supposant même que je puisse approcher un ministre – juste pour l'amour de la discussion – que crois-tu qu'il arriverait? Dans ma position, je dépends des permis, des concessions, de la bonne volonté. » Il fit tomber la cendre de son cigare dans un cendrier de cristal. « Une fois que je suis impliqué dans ce genre d'affaire, c'est foutu. » Il changea de position. « Mais, dis-moi, quand comptes-tu venir nous voir, avec Susan? Nous avons tellement de choses à nous raconter. »

6 octobre. Aujourd'hui : Andries Lourens. L'une des personnes les plus agréables qu'il m'ait été donné de rencontrer. Je suis allé le voir sur les conseils de Melanie, à cause du progressisme déclaré de son journal, à cause de sa réputation de justice et de clarté. Pas toujours très populaire auprès de l'Establishment, il faisait attention à ce qu'il disait. Prévenu d'avance, j'ai tout de même été très surpris par l'homme. Il avait visiblement beaucoup de travail : l'édition du week-end à boucler, mais il a trouvé le temps de me recevoir aussitôt. Nous avons passé plus d'une heure ensemble, dans son bureau en désordre.

Quand je lui ai fait part de mes recherches – en lui tendant le résumé que j'avais établi la nuit précédente – il a montré un intérêt profond et immédiat. Rides entre les yeux. Plus vieux que je ne pensais. Teint pâle. Sueur sur le front. Candidat à un accident coronaire?

Mais, juste au moment où je commençais à nourrir quelque espoir, il a brusquement secoué la tête, a passé ses mains dans ses cheveux, a levé les yeux et a dit d'un air fatigué :

« M. Du Toit... Je ne peux pas dire que ce soit un choc pour moi. Voulez-vous connaître le nombre d'informations similaires déjà reçues par notre journal? Parfois, il me semble que le pays tout entier est devenu fou.

– Il est en votre pouvoir d'y mettre un terme, Mr. Lourens. Vous touchez des milliers de lecteurs.

– Savez-vous combien de lecteurs nous avons perdus ces derniers temps? Notre tirage est de... » Il a tendu la main mais l'a laissée retomber d'un geste las. « Permettez-moi de vous dire que je suis au courant de l'injustice qui règne autour de nous. Mais franchir le pas à un moment néfaste aurait simplement l'effet inverse de celui que nous escomptons. Nos lecteurs accusent déjà la presse afrikaans de se dresser contre eux. Nous devons les avoir de notre côté, Mr. Du Toit. Non contre nous.

– Vous préférez donc ne rien faire, c'est ça?

– Mr. Du Toit. » Sa main posée sur une pile de papiers. « Si je publie cette histoire demain, je peux tout aussi bien fermer mon journal, après-demain.

– Je n'y crois pas.

– Ne voyez-vous donc pas ce qui se passe dans le pays? Les débuts du terrorisme urbain. L'Union soviétique et Cuba sur nos frontières. Même les Américains sont prêts à nous frapper dans le dos.

– Ainsi, nous devons apprendre à vivre avec cette disgrâce? Simplement, parce qu'elle est nôtre?

– Non pas vivre avec en la condamnant, mais en apprenant à mieux la comprendre. En attendant le moment propice. Et en redressant tout, de l'intérieur. Pas à pas.

– Entre-temps, les Gordon Ngubene doivent continuer de mourir les uns après les autres?

– Ne me comprenez pas mal, Mr. Du Toit. Vous devez saisir... »

Combien de fois avais-je déjà entendu ces mots? « Vous devez saisir qu'il serait fatal d'intervenir maintenant. Je veux dire... essayez d'y réfléchir objectivement. Quel autre parti est en position, dans ce pays, pour nous mener tranquillement vers l'avenir? Je ne veux pas dire que tout soit comme il devrait l'être au sein du parti national. Mais c'est le seul véhicule que nous ayons pour réaliser quelque chose. Nous ne pouvons pas nous permettre de livrer d'autres armes à nos ennemis. »

Et bien d'autres paroles encore. De la même veine. Tout ça, je crois, avec la plus sincère des émotions.

« Je vous en prie, Mr. Du Toit. Rendez-moi un service. N'apportez pas ce dossier à la presse anglaise. Ce serait le plus sûr moyen de détruire votre propre cause et de vous détruire vous-même. C'est un baiser de mort. Je vous assure. C'est pour votre bien. Et je vous donne ma parole que je reviendrai personnellement vous voir dès que le climat sera meilleur. »

Il n'alla pas au journal de Melanie. Elle s'y était elle-même opposée au cas où on l'aurait déjà vue avec Ben, dans le passé. Ce serait trop facile de faire le lien entre eux deux. Elle voulait désespérément le protéger.

Non seulement le journal du dimanche voulait publier l'histoire, mais le désirait ardemment. En première page. Il assurait qu'il ne divulguerait pas la source de ses informations et que l'article serait signé par l'un de ses grands reporters, comme résultat de « l'enquête personnelle menée par le journal ».

L'article fit sensation ce dimanche-là, mais toutes les conséquences n'étaient pas prévisibles. En l'espace de quelques jours, le département de la Justice attaqua le journal en diffamation. Une mesure d'interdit fut levée par le préfet de police pour que la source des informations soit divulguée. Le reporter, Richard Harrison, reçut un avertissement et, refusant de donner le nom de sa source, fut condamné, devant tribunal, à un an de prison.

Ben, également, n'échappa pas aux conséquences immédiates.

Ses proches évidemment ne doutaient pas un instant qu'il fût à l'origine de cet article. Le lundi matin, une coupure de journal était épinglée sur son tableau noir. Suzette appela. Deux des Anciens de l'église lui rendirent visite pour lui faire comprendre que le temps était venu de donner sa démission du conseil paroissial. Et le révérend Bester n'offrit qu'un simulacre de résistance lorsque, une semaine plus tard, Ben donna effectivement sa démission.

Le mercredi, son principal alla jusqu'à le convoquer dans son bureau. Pour une fois, semblait-il, l'affaire était trop grave pour être discutée dans la salle de réunion. Sur son bureau, la page du journal du dimanche. Sans préliminaires, Cloete lui demanda : « Je pense que vous êtes familier avec cette affaire-là ?

— Oui, j'ai lu l'article.

— Je ne vous demande pas si vous avez lu l'article, Mr. Du Toit. Je veux savoir si vous avez quelque chose à voir avec lui.

— Qu'est-ce qui vous fait penser ça ? »

M. Cloete n'était pas d'humeur à éluder. « Selon mes informations, c'est vous qui avez répandu cette histoire dans la presse anglaise.

— Puis-je vous demander où vous avez recueilli ces informations ?

— Combien vous ont-ils payé, je vous le demande ? » Cloete respirait difficilement. « Trente pièces d'argent, Mr. Du Toit ?

— Vous êtes ignoble !

— Penser qu'un Afrikaner puisse ainsi vendre son âme ! poursuivit Cloete, incapable de se contenir. Pour un peu d'argent, un peu de publicité.

— M. Cloete, je ne sais de quelle publicité vous parlez. Mon nom n'est mentionné nulle part dans l'article. En ce qui concerne l'argent, je vous signale que vous faites de la diffamation !

– Vous m'accusez de diffamation ? » Pendant un moment, Ben eut peur que le principal n'ait une attaque. Cloete se tamponna le visage avec un grand mouchoir blanc. Enfin, d'une voix étouffée, il déclara : « Je veux que vous considériez ceci comme un dernier avertissement, Mr. Du Toit. L'école ne peut se permettre de garder des agitateurs politiques en son sein. »

Le même après-midi, il trouva le paquet dans sa boîte aux lettres. Intrigué, il le regarda sous toutes les coutures. Il n'avait rien commandé. Il n'y avait pas d'anniversaires à souhaiter dans les jours ou les mois à venir. Le tampon de la poste était trop estompé pour qu'il pût le déchiffrer. Le timbre était du Lesotho. Au moment où il allait l'ouvrir, il nota qu'un morceau de fil de fer transperçait le papier. Il comprit, immédiatement. Il apporta le paquet au commissariat de police. Le lendemain, il reçut confirmation : c'était bien une bombe. Personne ne fut jamais arrêté.

26 octobre. Stanley, tard cet après-midi, pour la première fois depuis des semaines. Je ne sais pas comment il fait pour aller et venir sans se faire remarquer. Il arrive certainement par le jardin des voisins, escalade la palissade. Ça n'a pas, je crois, de réelle importance.

Les nouvelles de Stanley : le vieux balayeur qui lui avait dit que les vêtements de Gordon avaient disparu, vient de disparaître, lui aussi. Déjà une semaine, et on n'a toujours pas de nouvelles de lui.

J'ai été obligé d'instaurer un tableau à double entrée, dans mon esprit. D'un côté, les bribes que nous avons pu jusque-là réunir – liste assez importante – de l'autre côté, la colonne de débit. Le prix ne devient-il pas trop élevé? Je ne pense pas à ce que je dois endurer – inquiété, traqué, harcelé jour et nuit, jour après jour. Je pense aux *autres*. Surtout aux autres. Parce que c'est à cause de moi, en partie du moins, qu'ils ont à souffrir.

Le balayeur... « disparu ».

Le docteur Hassiem... banni à Pietersburg.

Julius Nqakula... détenu.

L'infirmière... détenue.

Richard Harrison... condamné à un an de prison – même s'il fait appel.

Qui d'autre? Qui sera le prochain? Nos noms figurent-ils sur quelque liste secrète, prête à être exécutée, notre temps venu?

Je voulais « blanchir » le nom de Gordon, comme Emily l'avait dit. Jusque-là, je n'ai fait que plonger d'autres personnes dans un gouffre. Gordon y compris? C'est comme un cauchemar, lorsque je me réveille la nuit et que je me demande, en nage : suppose que tu n'aies jamais tenté d'intervenir en sa faveur, après son arrestation. Aurait-il alors survécu? Suis-je le lépreux qui contamine les gens qui l'approchent?

Si je regarde de près ce que nous avons rassemblé avec tant de mal, durant ces derniers mois : à quoi se résument nos preuves? Preuves circonstancielles, certainement. Corroborant ce que nous avions supputé ou flairé, dès le début. Mais existe-t-il quelque chose de totalement inattaquable? Disons que tout indique, pour le moment, qu'un crime a été commis. Et plus spécifiquement, qu'un crime a été commis par le capitaine Stolz. Mais il n'y a rien de définitif, rien qui ne soit au-dessus de tout soupçon raisonnable.

Une seule personne au monde peut dire la vérité sur la mort de Gordon. Et c'est Stolz lui-même. Il est intouchable, protégé par la masse de son formidable système.

Il y a un temps où je pensais : *Très bien, Stolz, maintenant c'est toi et moi. Maintenant je connais mon ennemi. Maintenant, nous pouvons nous battre face à face, d'homme à homme.*

Que j'étais stupide, puéril!

Aujourd'hui, je me rends compte que c'est le pire de tout : je ne peux plus discerner mon ennemi, lui donner un nom. Je ne peux pas le provoquer en duel. Ce qui se dresse contre moi n'est pas une personne, ni un groupe de personnes, mais une chose, quelque chose, un vague quelque chose amorphe, une puissance invisible, omniprésente, qui inspecte mon courrier et branche mon téléphone sur table d'écoute, endoctrine mes collègues et monte mes élèves contre moi, lacère les pneus de ma voiture et peint des signes sur ma porte, tire des coups de feu chez moi et m'envoie des bombes par la poste, une puissance qui me suit où que j'aille, jour et nuit, qui me laisse frustré, m'intimide, joue avec moi, d'après des règles instaurées, qui varient selon son caprice.

Rien que je puisse faire. Pas de contre-attaque puisque je ne sais même pas où mon sombre et invisible ennemi se trouve, quand il bondira sur moi. Il peut me détruire où il veut, quand il veut. Tout dépend de son bon vouloir. Il peut déclarer qu'il avait simplement envie de me faire peur, qu'il est fatigué de jouer avec moi et que, dans l'avenir, il me laissera tranquille. Il peut aussi décréter que ça n'est que le début et qu'il va me pousser dans mes retranchements jusqu'à ce qu'il puisse faire de moi ce qu'il veut. Où et quand cela aura-t-il lieu?

« Je ne peux pas continuer, Stanley. Je ne peux plus rien faire. Je suis fatigué, épuisé. Je ne désire que la paix, pour me retrouver, pour avoir du temps à consacrer à ma famille.

– Bon Dieu, mec, ils n'attendent que ça : que tu te retires, que tu abandonnes, maintenant. Tu ne comprends pas? Tu ne serais alors plus qu'un jouet entre leurs mains?

– Comment puis-je savoir ce qu'ils veulent? Je ne sais plus rien. Je ne *veux* pas savoir.

– Merde, alors! Je croyais que tu avais plus de couilles que ça! Lanie, tu souffres aujourd'hui de ce dont souffrent des gens comme moi toute leur putain de vie, du jour où ils poussent leur premier cri jusqu'au jour de leur enterrement. Et maintenant, tu viens me dire que tu ne peux plus continuer? Redis-moi un peu ça!

– Que puis-je faire?

– Qu'est-ce que tu veux dire? Continue, c'est tout. Ne laisse pas tomber. C'est suffisant, si tu survis. Tu veux parier? D'autres, beaucoup d'autres, survivront avec toi. Mais si tu coules, c'est le merdier. Tu *dois,* vieux. Tu dois prouver.

– Prouver quoi à qui?

– Quelle importance? Pour eux. Pour toi. Pour moi. Pour chaque putain de mec qui va mourir de mort naturelle entre leurs mains, à moins que tu te battes. » Il me tenait les épaules; il m'a secoué jusqu'à ce que mes dents se mettent à claquer. « Tu m'entends, lanie? Tu m'entends? Tu dois, espèce de putain de salaud! Tu essaies peut-être de me dire que j'ai perdu tout ce temps à cause de toi? J'ai misé gros sur toi, lanie. Et nous sommes ensemble, toi et moi. D'ac? Nous allons survivre, vieux. Je te le dis. »

8

31 octobre. Un week-end décisif, à sa manière mystérieuse. Même si ça n'avait rien à voir avec Gordon, avec les événements dans lesquels j'avais été impliqué, ces derniers mois. En était-ce la raison ? Tout ce que je sais, c'est que j'ai sauté sur l'occasion lorsque Melanie me l'a suggéré de façon inattendue, au milieu de cette semaine dépressive.

Dans le passé, je m'en allais souvent pour un week-end comme celui-là – toute une semaine, si c'était les vacances. Seul ou avec un groupe d'élèves, une bande d'amis. De temps à autre avec Johan. Susan ne venait jamais avec nous. Elle n'aime pas le veld. Elle méprise même mes « besoins de veld ».

Au cours de ces dernières années, je ne l'avais plus jamais fait. Je ne sais pas pourquoi. Peut-être Susan a-t-elle été agacée et ce, à juste titre, lorsque j'ai remis l'idée sur le tapis. « Je me suis arrangé pour aller dans le Magaliesberg, ce week-end, ai-je dit aussi banalement que possible. Avec un ami, le professeur Phil Bruwer. J'espère que tu n'y vois aucun inconvénient ?

– Je croyais que tu avais enfin surmonté ce besoin puéril.

– Ça me fera un bien fou. J'ai besoin de m'en aller quelques jours.

– Tu ne crois pas que moi aussi j'aurais besoin de m'en aller ?

– Mais tu n'as jamais aimé faire de la varappe ou du camping.

– Je ne parle pas de ça non plus. Nous pourrions aller quelque part tous les deux.

– Pourquoi ne vas-tu pas passer le week-end avec Suzette ? »

Elle m'a regardé en silence. J'ai été choqué de voir combien ses yeux avaient vieilli. Il y avait quelque chose de négligé en elle, après tant d'années de soins fastidieux.

Nous n'en avons pas reparlé. Et, il y a deux jours – samedi matin – pendant que Susan était en ville, ils sont venus me chercher. Nous nous sommes entassés, le professeur Bruwer, Melanie et moi, à l'avant de la vieille Land Rover qui avait connu des jours meilleurs. Une réplique de son propriétaire – tout aussi indestructible, semblait-il. Melanie avait baissé la capote. Soleil et vent. Dessin en forme de toile d'araignée d'une fêlure dans le pare-brise. Rembourrage sortant des sièges.

Journée chaude et blanche, une fois sortis de la ville. Pas beaucoup de pluie cette année. L'herbe ne s'était plus montrée depuis l'hiver. Cassante comme de la paille. Terre rouge, écorchée, brûlée. Çà et là, dans les endroits irrigués, des bandes de verts différents. Et puis le veld dénudé, de nouveau. Enfin, les corniches rocheuses des premières collines. Un paysage plus vieux que les hommes, brûlé de soleil, vidé par le vent – tous secrets exposés sous les cieux. Les vallées les plus fertiles, parmi les rangées de collines, semblaient presque anachroniques avec leurs arbres, leurs champs, leurs maisons aux toits rouges. L'homme n'a pas encore vraiment pris racine, ici. Le territoire n'a toujours pas été réclamé. Son existence est provisoire et, si la terre décidait de l'éliminer – ce qui pourrait arriver sans effort – il ne laisserait aucune trace derrière lui. Seule chose permanente : les rochers, os pétrifiés d'un énorme squelette. L'ancienne Afrique.

De temps à autre, nous dépassions quelqu'un ou quelque chose. Un moulin à vent cassé, un réservoir en tôle ondulée, rouillé, la carcasse d'une vieille voiture, une gardienne de troupeaux, un homme sur une bicyclette.

Souvenirs de mon enfance. En voiture avec papa – dans son spider ou dans sa petit Ford verte – nous jouions, Helena et moi, au premier qui verrait quelque chose : « Ma maison », « Mes moutons », « Mon réservoir ». Et, chaque fois que nous dépassions une Noire, un Noir ou un enfant : « Mon domestique. » Que cela nous paraissait alors naturel! Que nos normes étaient fossilisées! Imperceptiblement. En nous, autour de nous. Etait-ce là que tout avait commencé? Dans une telle innocence? Tu es noir, donc tu es mon domestique. Je suis blanc, donc je suis ton maître. *Maudit soit Canaan, domestique des domestiques il sera envers ses frères.*

La vieille Land Rover a vibré et frémi – surtout après que Bruwer eut abandonné la route bitumée pour suivre un labyrinthe de petites pistes poussiéreuses – plus profond entre les collines. Toute conversation était impossible, dans ce tintamarre. Elle n'était pas nécessaire ni même désirable. Nous nous résignions, presque avec fatalisme, à ce processus qui voulait que nous nous débarrassions de toute chose superflue afin de nous exposer à l'essentiel. Même les pensées étaient un luxe à rejeter de notre esprit. Ce qui me revenait de mon enfance n'était pas des pensées mais des images immédiates, élémentaires, des réalités.

Entre les roches éboulées, nous nous sommes arrêtés dans une ferme. Des amis de Bruwer. Vallée profonde et fertile. Peupliers. Deux vieilles personnes adorables – Mr. et Mrs. Greyling. Les mains du vieil homme étaient couvertes de graisse et de boue; ongles cassés, marque blanche sur le front, au-dessus du cuir tanné de son visage, là où le chapeau avait empêché le soleil de frapper. La vieille femme, grosse, informe comme un matelas rembourré de duvet, un chapeau de paille à larges bords, un poireau velu au menton. Des dents mal plantées qu'elle poussait en avant du bout de la langue dès qu'elle se mettait à parler.

Au moment où nous nous sommes arrêtés, elle est sortie de la maison, à plusieurs centaines de mètres de là, est venue à notre rencontre en claudiquant. « L'un des enfants a la fièvre », a-t-elle dit. Elle avait passé la nuit debout, à le soigner.

Nous nous sommes assis sur le seuil. Nous avons bu

du thé tout en bavardant sans effort. Rien de bien important. La sécheresse, les rumeurs de pluie, les femmes à qui l'on pouvait faire de moins en moins confiance, qui devenaient de plus en plus « culottées », la récolte de fraises, les nouvelles de la nuit dernière. On éprouvait une réelle sérénité à se sentir de nouveau concerné par des choses aussi futiles.

Ils ne nous ont pas laissé partir sans nous avoir offert à manger. Veau rôti, riz, patates douces, haricots, petits pois, carottes du jardin, café récolté à la ferme. Il était déjà trois heures quand nous avons pu prendre nos sacs à dos et partir vers la colline – derrière la maison – vers la montagne étrange et sauvage de Phil Bruwer.

Il ouvrait le chemin avec ses gros brodequins, ses chaussettes grises, son short kaki qui battait contre ses genoux. Mollets bruns. Penché en avant sous le poids du sac sale et fané par le temps. Son chapeau orné d'une plume de coq de bruyère, piolet usé. Sueur sur son visage buriné par le temps. Barbe tachée de nicotine. Melanie sur ses talons. Elle portait une vieille chemise de son père, pans noués sur son ventre nu. Jean coupé aux ourlets élimés. Grandes jambes brunes. Chaussures de tennis. Et moi, à côté d'elle. Quelquefois en retrait.

Les montagnes ne sont pas particulièrement hautes dans cette région, mais plus abruptes qu'on pourrait le penser, vues d'en bas. Curieuse sensation. Ça n'est pas vous qui montez, mais le monde qui s'éloigne de vous, qui s'en va, qui vous abandonne dans cet air pur et translucide. Une vague brise, suffisante pour vous pincer le visage quand vous vous arrêtez, en nage. Herbe sèche et frissonnante. De temps à autre, un oiseau, un lézard.

Nous nous sommes arrêtés plusieurs fois pour nous reposer ou pour admirer le paysage. Le vieil homme se fatiguait plus vite que je ne le pensais. Ça n'échappait pas non plus à Melanie. Ça a dû l'inquiéter car je l'ai entendue lui demander s'il allait bien. Ça l'a agacé. Mais j'ai ensuite remarqué qu'elle trouvait de plus en plus de prétextes pour interrompre l'ascension, s'arrêtant pour indiquer une formation rocheuse, la forme d'un tronc, quelque chose dans la vallée, loin au-dessous de nous.

Sur une pente particulièrement rocailleuse, nous sommes passés devant un groupe de huttes, un petit troupeau de chèvres, des enfants noirs, nus, qui jouaient parmi les buissons aux branches cassantes, un vieil homme accroupi au soleil et qui fumait une longue pipe. Il a levé le bras pour nous saluer.

« Pourquoi ne nous construisons-nous pas une petite hutte, ici? ai-je dit, nostalgique. Un jardin potager, quelques chèvres, un feu, un toit, un mur d'argile pour nous protéger du vent et de la pluie. Nous pourrions ainsi vivre en paix en regardant passer les nuages.

— Je vous vois très bien assis tous les deux en train de fumer vos pipes pendant que je ferai tout le travail, s'est exclamée Melanie.

— Rien de mal à un système patriarcal, ai-je répondu en riant.

— Ne vous inquiétez pas. Je vous donnerai plus qu'il ne vous en faut pour vous occuper. Vous pourrez faire l'école aux enfants. »

Je suis sûr qu'elle le disait innocemment. Pourtant, lorsqu'elle l'a dit – *les enfants* – un silence différent s'est établi entre nous, une conscience différente. Dans la lumière crue du soleil, elle me regardait. Je lui ai rendu son regard. Finesse de ses traits, grands yeux sombres, lèvres légèrement bombées, cheveux flous dans la brise, épaules étroites qui luttaient contre le poids du sac, chemise kaki aux pans noués ensemble, dénudant son ventre, son nombril – petit nœud complexe inscrit dans sa cavité. Pendant un moment, tout ce qui importait était là. Son père, bien sûr, a étouffé dans l'œuf notre romance extravagante et stupide.

« Impossible de tourner le dos au monde, a-t-il dit. Nous vivons à la mauvaise époque. Nous avons goûté un fruit interdit, différent. Nous n'avons pas le choix. Nous devons rentrer. » Et puis il est reparti dans l'une de ses anecdotes. « Un vieil ami à moi, Helmut Krueger, un Allemand du Sud-Ouest africain, a été interné pendant la guerre. Mais ce vieil Helmut avait toujours été un fieffé salopard. Aussi, il s'est échappé un jour, accroché au châssis d'un camion qui livrait des légumes au camp. » Hors d'haleine, il s'est assis sur un rocher. « Jusque-là tout va bien. Mais quand il revient dans le Sud-Ouest africain, il découvre que ses amis, ses voisins sont tous partis ou ont été internés. Et lui-même n'ose plus montrer le bout de son nez, de peur de se faire reprendre. La vie devient donc plutôt triste pour lui. » Il s'est remis à jouer avec sa pipe.

« Que lui est-il ensuite arrivé? »

Bruwer a souri malicieusement. « Que pouvait-il faire? Un beau jour, il est simplement retourné au camp, dans le même camion de légumes qu'il avait utilisé pour s'évader. Imaginez la tête du commandant quand il a trouvé un prisonnier de plus à l'appel. Vous voyez ce que je veux dire? Pour finir, vous devez toujours retourner au camp. C'est votre condition. Rousseau avait tort lorsqu'il parlait de liberté d'abord et de chaîne ensuite. C'est le contraire. Nous naissons dans l'esclavage. Et de là, si nous avons suffisamment la grâce, si nous sommes assez fous ou assez courageux, nous nous libérons. Jusqu'à ce que nous ayons vu la lumière et retournions au camp. Nous n'avons pas encore appris à nous servir d'une trop grande liberté, voyez-vous, pauvres misérables que nous sommes. » Il s'est levé. « En avant. Nous ne pouvons pas rester assis toute la journée!

– Tu es très pâle, papa.

– Tu t'imagines des choses. »

Pendant qu'il essuyait son visage, je pouvais, moi aussi, voir la pâleur sous son hâle. Mais, sans faire attention à nous, il a remis le sac sur son dos, a pris son lourd piolet et s'est remis en marche.

Melanie s'est arrangée pour que nous trouvions un lieu où passer la nuit, avant le coucher du soleil. Un petit abri, cerné par d'énormes rochers. Nous avons ramassé du bois. Puis je suis resté avec lui pendant qu'elle allait chercher de l'herbe et des brindilles à mettre sous son sac de couchage. Je l'ai regardée disparaître derrière une corniche, aussi noueuse que les vertèbres de quelque animal préhistorique. Que j'aurais aimé aller avec elle, mais « l'attitude convenable » de toute une vie m'imposait de tenir compagnie au vieil homme.

« Pourquoi semblez-vous si déprimé? » m'a-t-il demandé. J'ai alors compris qu'il n'avait pas cessé de me dévisager.

« Vous êtes dans la montagne, Ben. Oubliez le monde extérieur.

– Comment le pourrais-je? » Je me suis mis à lui raconter mes déceptions, les impasses de ces dernières semaines, la disparition du vieux balayeur, ma visite à John Vorster Square. « Si seulement ils acceptaient que nous discutions de toutes ces choses, mais j'ai seulement l'impression de me tromper. Aveuglément. Ils ne me laisseront pas la chance de poser des questions, d'expliquer ou de discuter.

– A quoi vous attendiez-vous? Vous ne comprenez pas? Discussion, dialogue, appelez ça comme vous voulez. C'est la seule chose qu'ils ne vous offriront pas; pour une fois qu'ils acceptent que vous posiez des questions, ils sont forcés d'admettre la possibilité d'un doute. Et leur raison d'être dérive de l'exclusion même de cette possibilité.

— Pourquoi *doit-il* en être ainsi?

— Parce que c'est une question de puissance. Puissance pure. C'est ce qui les a amenés là et ce qui les maintient là. Et la puissance a une manière bien à elle de devenir une fin en elle-même. Une fois que vous avez votre compte bancaire en Suisse et votre femme au Paraguay, votre villa en France et vos contacts à Hambourg, Bonn et Tokyo, une fois qu'un seul de vos gestes peut décider du sort des autres hommes, vous avez besoin d'une conscience très active pour vous mettre à agir contre vos propres intérêts. Et une conscience ne supporte pas les trop grandes chaleurs ou les trop grands froids. C'est une espèce de plante fort délicate.

— Ce serait alors de la folie d'espérer le moindre changement. »

Il était à quatre pattes comme un Boschiman et attisait le feu. Le soleil s'était couché; le crépuscule tombait. Visage rouge et congestionné à force de souffler. Haletant, il s'est assis de nouveau et s'est essuyé le front.

« Il n'existe que deux espèces de folies contre lesquelles on doit se protéger, Ben. L'une est la croyance selon laquelle nous pouvons tout faire. L'autre est celle selon laquelle nous ne pouvons rien faire. »

Dans le crépuscule, je l'ai vue revenir vers nous, et mon cœur a tressauté. Par quels détours insondables une chose pareille s'annonce-t-elle? C'est comme une graine que vous mettez en terre. Un jour, miraculeusement, une plante jaillit du sol. Tout à coup, rien ne peut plus nier son existence. De la même façon, j'ai su à l'instant où je l'ai vue s'approcher, minuscule dans cette obscurité infinie, que je l'aimais. Au même moment, j'ai su que c'était une chose impossible, qui allait contre tout ce qui m'avait formé, contre tout ce en quoi je croyais.

Presque délibérément, je me suis mis à l'éviter. Non pas parce que j'avais assez d'elle, mais de moi-même. Il était, bien sûr, impossible de rester en dehors de son chemin. J'y suis parvenu pendant que nous préparions le dîner tous les trois, mais ça a été impossible ensuite. Parce que le vieil homme nous a laissés très tôt pour aller se pelotonner dans son sac de couchage.

Inquiète, elle est allée s'asseoir près de lui. « Papa, tu es sûr que tout va bien? »

Il a secoué la tête, irrité. « Un peu fatigué, c'est tout. Je ne suis plus tout jeune. Souviens-t'en.

— Je ne t'ai jamais vu aussi fatigué.

— Oh! ça suffit! Je me sens un peu nauséeux. C'est ce que j'ai mangé. Probablement. Maintenant, laisse-moi tranquille, veux-tu. J'aimerais dormir. ».

Et nous sommes restés tous les deux près du feu. De temps à autre, elle tournait la tête vers lui. Une ou deux fois elle s'est levée pour vérifier s'il dormait. Dès que les flammes commençaient à mourir, je rajoutais quelques bûches, faisant jaillir des gerbes d'étincelles, dans la nuit. De temps en temps, un souffle de vent, sec. La fumée tournoyait, obscurcissant les étoiles.

« Pourquoi êtes-vous si inquiète à son sujet?

— Oh! je suis sûre qu'il ira très bien demain. » Silence. « Ce qui m'ennuie, c'est cette manie qu'on a de s'attacher à quelqu'un. On se met à avoir peur lorsqu'on se rend compte que... » Un geste de défi de la tête. Ses cheveux noirs rejetés en arrière, sur les épaules. « Je deviens stupide. Je suppose que c'est la nuit qui me fait ça. Nos défenses tombent, dans le noir.

— Vous l'aimez beaucoup, n'est-ce pas?

— Bien sûr que je l'aime. Il a toujours été avec moi. Il a été le seul à comprendre lorsque j'ai rompu avec Brian... même quand je me frappais la tête contre les murs, comme une chauve-souris, ne sachant pas très bien ce qui m'arrivait. Mais ça n'est pas pour ça que je suis revenue vivre avec lui. Je ne pouvais pas échanger un lieu pour un autre. Une fois qu'on a pris la décision que j'avais prise, on doit être capable de continuer seul. C'est une précondition. Autrement... » Une fois de plus, elle a tourné la tête vers la masse sombre, endormie. Puis ses yeux se sont de nouveau tournés vers le feu.

« Peut-on vraiment survivre, seul? ai-je demandé. Est-il possible de se suffire à soi-même? Est-ce bien sage?

— Je ne veux pas me détacher de quoi que ce soit. En ce sens, vous avez, bien sûr, raison. Mais... *dépendre* de quelqu'un d'autre ne prend tout son sens, toute sa substance que de ce quelqu'un...

— N'est-ce pas ça, l'amour?

— Quand j'ai quitté Brian, il m'aimait et je l'aimais. Nous ne connaissions pourtant rien à l'amour. » Un silence. « Si vous voulez être journaliste, si vous y pensez sérieusement, vous devez oublier la sécurité, la stabilité, le prévisible. Ici aujourd'hui, là-bas demain. De temps à autre, vous rencontrez quelqu'un qui vous fait comprendre que vous êtes un être humain, que vous avez des besoins humains, que vous avez faim. Mais vous n'osez pas renoncer. Pas tout à fait. Quelque chose subsiste. Vous pouvez partager quelques jours, une nuit peut-être... et puis vous repartez de nouveau.

— Que cherchez-vous à réaliser? Est-il vraiment nécessaire de vous punir ainsi? »

Elle a posé sa main sur la mienne. « Ben, vous ne croyez pas que j'aimerais être une petite ménagère avec un mari que je pourrais accueillir sur le pas de la porte lorsqu'il rentrerait le soir, du bureau? Surtout quand vous avez trente ans, que vous êtes une femme, que vous savez que le temps s'enfuit, si vous voulez encore avoir des enfants? » Elle a secoué la tête, en colère. « Mais je vous l'ai déjà dit. Ce pays ne me permet pas cette solution-là. Il n'est pas possible de mener une vie privée, si vous voulez vivre selon votre conscience. Ça déchire tout ce qui est intime et personnel. C'est moins dangereux, si vous ne possédez rien de destructible. »

Je ne l'ai pas regardée et j'ai dit ce que je ne pouvais plus garder pour moi. « Melanie, je vous aime. »

Elle a pris sa respiration lentement. Je ne la regardais toujours pas, mais j'avais conscience de sa présence, à mes côtés – la connaissant plus intensément que je n'avais connu une autre femme : son visage et ses cheveux, son corps mince, ses épaules, ses bras et ses mains aux doigts sensibles, ses petits seins sous la chemise trop grande, la courbe tendue de son ventre, tout ce qui était elle. Plus merveilleusement encore que son corps, je connaissais sa présence et je la désirais impatiemment comme la terre désire impatiemment la pluie.

Au bout d'un moment, elle a posé sa tête sur mon épaule. Seule caresse que nous ayons échangée. Il aurait été possible, je crois, d'exprimer notre besoin et notre découverte de façon plus intime. Nous aurions pu faire l'amour, cette nuit-là, sur ce sol extrêmement dur – deux corps unis dans l'obscurité. Mais j'avais peur. Elle aussi, je pense. Peur que tout ne soit défini et circonscrit par un tel acte. Jusqu'à ce moment-là, tout n'avait été que possibilité. Nous devions être charitables, l'un envers l'autre. Nous ne devions pas nous lancer dans une histoire que nous ne pouvions pas affronter, dans une affaire qui ne nous était pas permise.

Il devait être très tard lorsque nous nous sommes levés. Les braises brûlaient doucement. Lueur rouge sur son visage. Elle s'est tournée vers moi et, sur la pointe des pieds, a collé ses lèvres contre les miennes. Puis elle s'est détournée rapidement et s'est dirigée vers son sac de couchage, près du vieil homme qui respirait profondément, inégalement.

J'ai empilé un peu de bois sur le feu, ai fait une brève excursion dans la nuit et suis retourné vers mon sac.

J'ai mal dormi pendant quelques heures avant de me réveiller complètement et de rester allongé, bras sous la nuque. Les chacals s'amusaient au loin. Je me suis relevé sur mes coudes et j'ai regardé les deux formes sombres, près de moi, à la lueur vacillante des braises. Le vieil homme était le plus proche. Puis elle, Melanie. De très loin, me revenaient ses paroles théâtrales : *Quand une personne se trouve par hasard au bord d'une autre, ne croyez-vous pas que ce soit la chose la plus dangereuse qui puisse lui arriver?*

Je ne pouvais plus rester allongé. Sa proximité, sa respiration presque inaudible me dérangeaient. J'ai mis quelques bûches dans le feu et, à l'aide de brindilles, j'ai pu ranimer les flammes. Puis je me suis assis près du feu, enveloppé dans mon sac de couchage et j'ai allumé ma pipe. Une ou deux fois, j'ai entendu le vieil homme grogner dans son sommeil. Melanie ne faisait pas de bruit. On avait l'impression de veiller au sommeil d'un enfant.

Voilà où on en était arrivé. Mais quel était ce « voilà »? Paix, grâce, moment d'introspection, solitude? Nuit autour de nous, aussi sombre que la foi.

Mes pensées retournaient en arrière. Enfance, université, Lydenburg, Krugersdorp, Johannesburg, Susan, nos enfants, mes responsabilités, les rythmes vides et prévisibles de mon existence. Et puis changement de direction, si lent que je l'avais à peine remarqué. Jonathan. Gordon. Emily. Stanley. Melanie. Derrière chaque nom, une immensité comme celle de la nuit. J'ai eu l'impression de tâtonner au bord d'un gouffre étrange. Désespérément seul.

J'ai pensé : tu es là, tu dors à deux mètres de moi, et je n'ose pas te toucher. Pourtant, tu es là, parce que nous sommes tous les deux seuls dans cette même nuit. Il m'est possible de continuer, de croire en la possibilité de quelque chose, entier et nécessaire.

Froid piquant de l'aube. Mouvement de la brise. Etoiles qui se fanent, qui deviennent grises. Jeune et pâle lumière qui se lève, à l'horizon. Paysage lentement révélé : simples secrets de la nuit exposés, complexes et indécents à la lumière.

Au lever du soleil, je me suis mis à faire du café et, avant d'avoir terminé, le vieil homme m'avait rejoint, pâle et tremblant.

« Que se passe-t-il, professeur ?

– Je ne sais pas. J'ai toujours ce sentiment nauséeux. Je n'arrive pas à respirer convenablement. » Il s'est frotté la poitrine, a étiré les bras pour dégager ses poumons. Puis il a regardé autour de lui, mal à l'aise. « N'en parlez pas à Melanie. Elle s'inquiéterait et je sais que ça n'est rien. Vraiment. »

Il n'a pas été nécessaire de lui en parler. Elle s'en est aperçue au premier coup d'œil. Et, après le petit déjeuner, qu'aucun de nous n'a apprécié, elle a insisté pour rentrer, malgré ses protestations indignées.

Nous n'avons pas parlé de la nuit précédente. Melanie a pris le volant, à la ferme des Greyling. Je voulais rentrer avec eux pour les aider, mais elle a insisté pour me ramener d'abord.

J'ai attendu toute la journée, angoissé. Elle m'a téléphoné dans la soirée. Il était à l'hôpital. Aux urgences. Crise cardiaque.

Je suis allé chez eux un peu plus tard, mais la maison était déserte. Elle m'a rappelé cette nuit. Son état n'est plus critique, mais toujours très faible. Il devra certainement passer plusieurs semaines à l'hôpital.

« Puis-je venir le voir ?

– Non, je préfère que vous ne veniez pas. C'est mieux ainsi. »

Je suis abandonné avec cette pensée désagréable et

ridicule : Phil Bruwer est-il la dernière victime de ma lèpre?

Mais je ne dois pas me laisser aller à une nouvelle dépression. Quoi qu'il arrive à partir de maintenant, je dois me souvenir qu'une nuit, nous avons été ensemble dans la montagne. C'est la vérité, aussi irréel que cela puisse paraître. Et, pour l'amour de ce souvenir – même si je ne puis en donner une explication logique – je dois continuer. Stanley avait raison, après tout. Nous devons supporter. Nous devons survivre.

9

Fin novembre, Phil Bruwer sortit de l'hôpital. Ben le raccompagna chez lui. Le vieil homme était horriblement maigre et blanc, mais rien ne pouvait endiguer son exubérance.

« J'ai décidé de ne pas mourir maintenant. Je me suis rendu compte que je n'étais pas encore prêt pour le paradis. J'ai encore trop d'habitudes malsaines à dompter. » Avec effort, sans la virtuosité des jours anciens, il émit un pet pour illustrer son propos. « Réfléchissez un peu. Si j'avais rendu l'âme par la mauvaise extrémité, saint Pierre n'aurait peut-être pas approuvé qu'un ange à réaction franchisse ses portes, comme ça! »

Une fois cette angoisse surmontée, Ben avait encore fort à faire. Le flot de gens qui venaient lui demander de l'aide ne tarissait pas : permis de travail, laissez-passer, ennuis avec la police ou les autorités municipales, etc.

La plupart des visiteurs étaient dirigés sur Dan Levinson ou sur Stanley. Certains cas, les plus sordides, sur Melanie.

Aussi déprimant que cela pût être, tous ces nouveaux problèmes l'aidaient à vivre. Tant que les gens affluaient chez lui, il restait occupé – même s'ils n'étaient qu'épiphénomènes par rapport à ce qui l'intéressait vraiment : recherche acharnée de renseignements sur les morts de Gordon et de Jonathan. Les informations rassemblées ces derniers mois étaient moins dramatiques que les précédentes. Il continuait cependant à en collecter et à les verser au dossier. Pourvu qu'on n'en attende pas trop, pourvu qu'on ne pense pas en termes de but, ce progrès avait quand même un sens. Ben espérait que l'agent de police d'Emily, Johnson Seroke, reviendrait, convaincu d'être le détenteur de la solution. Entre-temps, il devait se contenter d'enregistrer le lent mouvement qui les faisait avancer, pas à pas.

Si l'on regardait devant soi, on avait tendance à perdre courage. Mais si l'on regardait derrière soi, il était impossible de nier le chemin parcouru.

Puis, dans la première semaine de décembre, une nouvelle inattendue : la fuite de Dan Levinson. Il avait traversé la frontière du Botswana, au péril de sa vie, et était arrivé à Londres où il s'était vu accorder l'asile politique. Là, il avait tenu une série de conférences de presse pour expliquer comment sa position en Afrique du Sud était devenue intolérable, comment sa vie s'était trouvée menacée. Il annonça qu'il avait apporté avec lui plusieurs dossiers, à partir desquels il pouvait fort bien écrire un livre dénonçant les injustices commises par la police de sûreté.

Des photos de lui envahirent les journaux (prises dans des boîtes de nuit ou lors de somptueuses réceptions – la plupart en compagnie de starlettes ou d'épouses d'éditeurs). Il nia énergiquement les nouvelles venues d'Afrique du Sud l'accusant d'avoir détourné des milliers de rands ainsi que les dépôts faits par ses clients noirs. Mais plusieurs des personnes envoyées à Levinson vinrent voir Ben à l'annonce de la nouvelle pour se plaindre des honoraires exorbitants qu'avait exigés l'avocat. Alors que Ben avait déjà payé – grâce aux fonds versés par le journal de Melanie.

La perte des documents et des témoignages originaux secoua Ben. Heureusement, il avait gardé presque toutes les copies dans le double fond de sa boîte à outils, ce qui atténua le coup. Il fut pourtant très ébranlé lorsque Stanley lui apprit cet incident.

« Mon Dieu, comment pouvait-il me faire ça, à moi ! Je lui *faisais confiance !* »

Stanley éclata de rire. C'était prévisible. « Allez, lanie, tu dois l'admettre. Il nous a tous pris pour des poires. C'était, je crois, un sacré requin. »

Avec plaisir, il étala le journal devant lui pour lire à haute voix l'article racontant comment, au beau milieu de la nuit, dans une violente tempête, Levinson avait rampé à travers les champs de mines, avant de passer au Botswana. « C'est un champion, je te le dis. Grâce à ce coup-là, sa pub est faite pour des années. Regarde-nous avec nos pantalons autour des chevilles. Je crois qu'il est temps que nous fassions parler de nous, tu sais. Nous aussi. Pourquoi ne le suivrions-nous pas ? On se trouverait certainement deux petites blondes, là-bas ? » Ses mains décrivirent les courbes appropriées. « Et nous vivrions heureux. Qu'est-ce que tu en dis, hein ?

– Ça n'est pas drôle du tout, Stanley. »

Stanley le dévisagea un moment. Puis il déclara : « Tu te laisses aller, lanie. Tu as besoin d'un *stokvel*.

– Qu'est-ce que c'est que ça ?

– Tu vois ? Tu ne sais même pas ce qu'est un stokvel. Pourquoi ne viens-tu pas avec moi, vendredi ? Nous nous payerions un solide stokvel jusqu'à dimanche soir. » Notant le regard perdu de Ben, Stanley expliqua en éclatant de rire : « C'est une soirée, lanie.

Mais pas n'importe quelle soirée. Tu danses non-stop, à en crever. Et puis on te ranime avec du *popla*, on te fourre de la viande au fond de la gorge et tu repars. Je te promets – avant que tu parviennes à dimanche soir, si seulement tu tiens le coup jusque-là – qu'on te pendra sur la corde à linge pendant une semaine et que tu seras ensuite un homme totalement neuf. C'est ça dont tu as besoin. »

Grimaçant, Ben demanda : « C'est le seul remède que tu puisses m'offrir?

– C'est mieux que de l'huile de ricin, lanie. Tu ne ris pas assez. Si tu ne peux plus envoyer le monde chier, alors c'est foutu, vieux. » Une grande bourrade sur l'épaule. « Et je ne veux pas voir tes couilles écrasées, vieux. Nous avons encore un bon bout de chemin à faire. »

Ben s'arrangea pour sourire. « Très bien, Stanley. Je reste avec toi. » Bref silence, puis il ajouta : « Que me reste-t-il à faire? »

Son gendre, Chris, le mari de Suzette, n'était pas prêt à être lui-même impliqué, mais par son influence dans les « cercles internes », il organisa une entrevue avec un ministre. Et, par un après-midi du début de décembre, Ben prit sa voiture et se rendit à Pretoria.

Bureau fonctionnel orné de boiseries, dans l'Union Building. Bureau encombré. Dans un coin, sous une carte en couleurs du pays, une petite table avec une carafe et une Bible ouverte. Le ministre était un homme rougeaud, au cou de taureau, aux larges épaules, aux grandes mains, aux cheveux lisses. Il portait des lunettes à monture d'acier et à double foyer. Il interrogea Ben sur son travail, sur sa famille, fit quelques commentaires sur la vocation d'un professeur, sur les promesses de la jeune génération, sur le caractère sain des garçons, sur la frontière, protégeant ainsi la nation contre les maux du communisme. Puis, sans aucun changement ou inflexion de voix, il ajouta : « Je crois que vous voulez m'entretenir de quelque chose de précis, Mr. Du Toit ? »

Une fois de plus. Combien de fois l'avait-il déjà fait ? Combien de fois devrait-il encore le faire ? Ben résuma l'histoire de Gordon jusqu'au jour de sa mort.

« Chaque homme a le droit démocratique de mourir », souligna le ministre en souriant.

Ben le regarda, d'un air sombre. « Croyez-vous vraiment qu'il se soit suicidé ?

– Il est de pratique commune parmi les communistes d'échapper aux interrogatoires.

– Monsieur le ministre, Gordon Ngubene a été assassiné. » Aussi brièvement que possible, Ben résuma les résultats de son enquête.

Plus aucun signe de jovialité chez le gros homme qui le dévisageait froidement. « Mr. Du Toit, j'espère que vous vous rendez compte de la gravité de vos allégations. Contre des gens qui ont une tâche ingrate, mais nécessaire. En des circonstances extrêmement difficiles.

– Je connaissais Gordon, dit Ben, tendu. Un homme ordinaire, honnête, qui n'aurait jamais cherché à faire de mal à personne. Et lorsqu'ils ont tué son fils...

– Autant que je sache, le fils a été tué avec plusieurs autres agitateurs, au cours d'une violente manifestation.

– Jonathan est mort dans une cellule, après deux mois de détention. Il a été vu à l'hôpital, dans un état grave, peu avant sa mort. J'en ai la preuve.

– Etes-vous bien sûr de ne pas être manipulé par des gens aux intentions douteuses, Mr. Du Toit ? »

Ben posa ses mains sur les accoudoirs de son fauteuil, prêt à se lever. « Cela veut-il dire que vous ne voulez pas rouvrir l'affaire ?

– Dites-moi : c'est bien vous qui avez fait passer cet

article dans la presse anglaise, il y a quelque temps, n'est-ce pas ? »

Ben sentit son visage s'empourprer. « Oui, dit-il, les lèvres serrées. Je n'avais pas le choix puisque nos propres journaux m'avaient rejeté.

– Ils avaient de bonnes raisons, j'imagine. Ils se sont probablement rendu compte du mal que cela ferait au Parti si une chose de ce genre était dite à tous les vents. Surtout par des gens qui savent à peine ce dont ils parlent.

– Je pensais aux intérêts du pays, non à ceux du Parti.

– Croyez-vous qu'il soit vraiment possible de les dissocier, Mr. Du Toit ? »

Ben se redressa, puis se renfonça dans son fauteuil. « Monsieur le ministre... » Il faisait tout son possible pour se contrôler, mais sa voix tremblait. « Si vous me congédiez les mains vides, aujourd'hui, nous n'aurons plus jamais l'espoir de voir la réouverture officielle de l'enquête. Vous en rendez-vous compte ?

– Oh ! je ne vous renverrai pas les mains vides », s'exclama le ministre. Son sourire dénuda ses gencives. « Je vais demander à la police de sûreté de suivre cette affaire et de me faire un rapport. »

10

26 décembre. Horrible journée de Noël, hier. Déprimé depuis que Melanie et son père sont partis pour le Cap, il y a une semaine. Prisonnier d'une maison envahie de parents. Même Linda boude. Les yeux rouges, car nous l'avons retenue loin de son Pieter en ce jour de fête. C'est son dernier Noël à la maison. L'année prochaine elle sera mariée. Nous avons donc voulu égoïstement la garder cette année. Les parents de Susan sont venus s'installer ici, il y a plusieurs jours. Suzette et Chris sont arrivés de Pretoria ce matin, suivis par Helena et George, juste avant le repas. Pour la première fois depuis je ne sais combien d'années, toute la famille était au complet.

Mais je n'ai pas pu me défaire de ma mélancolie. Je pensais sortir mon vieil accoutrement de père Noël pour amuser mon petit-fils, mais Suzette a refusé.

« Je t'en prie, papa, nous ne sommes plus si démodés. Hennie sait très bien que toute cette histoire de père Noël ne veut rien dire. Nous ne croyons pas qu'il faille élever les enfants dans le mensonge. »

Parce que c'était Noël, j'ai réprimé mon agacement. En fait, j'avais assez à faire pour contrôler toutes les tensions cachées de la famille. Helena, cheveux teints et robe dessinée par quelque Français au nom imprononçable. Toujours prête à faire grincer les dents de Susan en lui rappelant tout ce que la femme d'un pauvre professeur devait rater dans la vie. Suzette narguant Linda, parce qu'elle boudait pour une petite chose qu'elle appelait Sa Sainteté. George, cigare éternellement pendu aux lèvres, irritant Chris en faisant semblant de tout savoir, mieux que lui. Susan tendue et nerveuse, râlant parce que Johan refusait de l'aider à porter les plats. Le beau-père rabaissant les succès précoces des jeunes gens, comme George et Chris, frappé par le manque de récompenses dont il avait dû souffrir en échange de toutes ces années où il s'était battu pour le Parti. Et, tous, me reprochant « ma trahison ».

Nous avons cependant fini par passer à table.

Les plats venaient à peine d'être enlevés, remplacés par le traditionnel pudding, que la sonnette de la porte d'entrée a retenti.

Johan est allé ouvrir.

Et, brusquement, Stanley a fait irruption dans la

pièce. Gros taureau en costume et chaussures blancs, chemise marron et cravate mauve, mouchoir assorti dépassant de la poche de son veston. Il s'est balancé pendant un moment, au beau milieu de la pièce. Il avait trop bu. C'était évident.

Il a hurlé : « Lanie! » Puis il a fait un geste malheureux et a renversé une composition florale, en s'écriant : « Salut la compagnie! »

Tout était calme autour de la table. Pas un bruit de cuiller contre la porcelaine.

Comme un somnambule, je me suis levé et me suis approché de lui. Ils me suivaient tous des yeux.

« Stanley! Qu'est-ce que tu fais ici?

— C'est Noël, non? Je suis venu fêter ça. Meilleurs vœux à tous. » Il a fait un autre geste comme s'il voulait étreindre toute la famille.

« Tu voulais me voir pour quelque chose de précis, Stanley? » J'essayais de parler à voix basse afin que lui seul m'entende. « Pouvons-nous aller dans mon bureau?

— Au cul ton bureau, vieux! »

Ses mots ont résonné dans la pièce.

J'ai regardé autour de moi et me suis ensuite retourné vers lui. « Eh bien, si tu préfères t'asseoir, ici...?

— Bien sûr. » Il s'est dirigé en vacillant vers l'un des fauteuils et s'est affaissé, se relevant avec une incroyable facilité pour passer son bras autour de mes épaules. « Joignons-nous à l'heureuse famille. C'est qui tout ça?

— Tu as trop bu, Stanley.

— Bien sûr. Pourquoi pas? C'est la saison de la bonne volonté, n'est-ce pas? Paix sur la terre et toutes ces conneries! »

Une silhouette sombre et grave s'est levée de table.

« Qui est ce kaffir? » a demandé le beau-père.

Moment de silence total. Puis Stanley a éclaté de rire. Le visage pourpre, le beau-père s'est avancé et j'ai dû m'interposer entre eux deux.

« Pourquoi ne dis-tu pas au Boer qui est ce kaffir? a demandé Stanley en essuyant ses larmes.

— Ben? a dit le beau-père.

— Dis-lui qu'on est de vieux amis, lanie. » Une fois encore, Stanley a passé son bras autour de mes épaules, me faisant vaciller sous son poids. « A moins que nous ne le soyons pas, hein?

— Bien sûr que si, Stanley, ai-je dit pour le calmer. Père, nous pouvons discuter de tout ça, plus tard. Je vous expliquerai tout. »

Dans un silence de mort, le beau-père s'est retourné.

« Maman, partons. Nous ne semblons plus être les bienvenus dans cette maison. »

Il y a eu tout à coup un énorme vacarme. Susan essayait d'arrêter son père et se faisait rabrouer par Helena; George tentait de calmer sa femme et se faisait attraper par Suzette; Johan se retournait contre sa sœur; Linda éclatait en sanglots et filait dans le couloir. Mouvement vers la porte d'entrée.

Sans prévenir, ils ont tous quitté la pièce, nous laissant seuls. Dans les assiettes, les restes du pudding de Noël de la belle-mère. Et, au milieu de la pièce, Stanley, qui titubait, secoué par d'énormes vagues de rire.

« Bon Dieu, lanie! » Il sanglotait presque. « Je n'ai jamais vu un tel rodéo de ma vie!

— Peut-être trouves-tu ça drôle, Stanley. Pas moi. Te rends-tu compte de ce que tu as fait?

— Moi? Je suis venu fêter ça, je te l'ai dit. » Autre crise de rire.

De la chambre d'amis voisine, nous parvenaient les sanglots de la belle-mère, la voix de son mari qui tentait de la calmer.

« Eh bien? s'est exclamé Stanley. Joyeux Noël quand même. » Il a tendu la main.

Je n'avais pas envie de la prendre et ne l'ai fait que pour lui faire plaisir.

« Qui était ce vieux con avec cette brioche et ce costume noir? On aurait dit un croque-mort.

– Mon beau-père, ai-je répondu en faisant exprès d'ajouter : Il est député.

– Tu blagues? » J'ai secoué la tête. Il s'est remis à rire. « Bon Dieu, tu as des relations. Et voilà que j'ai tout foutu par terre. Désolé, vieux. » Il n'avait pas du tout l'air contrit.

« Tu veux manger quelque chose?

– Tu m'as gardé les rogatons? »

Cette phrase m'a vraiment mis en colère. « Maintenant, ressaisis-toi, Stanley. Dis-moi ce que tu as à me dire. Sinon, va te faire foutre! »

Son rire s'est mué en un ricannement. « Tu as tout à fait raison. Remets le kaffir à sa place!

– Qu'est-ce que tu as, aujourd'hui? Je ne te comprends pas.

– Ne te leurre pas, lanie. Qu'est-ce que tu y comprends, de toute façon?

– Tu es venu ici pour me dire quelque chose ou pour m'engueuler?

– Qu'est-ce qui te fait croire que j'ai quelque chose à te dire? »

Je savais combien cela était inutile et grotesque – Stanley devait faire deux fois ma taille – mais je l'ai saisi par les épaules et je me suis mis à le secouer.

« Tu vas parler? Qu'est-ce qui ne va pas?

– Laisse-moi partir. » Stanley s'est libéré et m'a envoyé à terre.

« Tu es injuste, ai-je dit. Au lieu de tenir compagnie à Emily en un jour pareil, tu viens semer la pagaille chez les autres. Tu ne penses pas qu'elle a besoin de toi? »

Il s'est brusquement arrêté d'osciller, m'a regardé fixement en respirant profondément.

« Qu'est-ce que tu sais d'Emily? a-t-il dit, agressivement.

— Stanley, je t'en prie. » Je le suppliais à présent. « J'essaie seulement de te dire...

— Emily est morte.

— Qu'est-ce que tu viens de dire?

— Tu es sourd?

— Qu'est-ce qui se passe? Pour l'amour du Ciel, Stanley, dis-le-moi.

— Non, tu veux fêter Noël. » Il s'est mis à chanter.

« Oh! vous tous qui avez la foi... » Mais il s'est arrêté au beau milieu du couplet et m'a dévisagé comme s'il avait oublié que j'étais là. « Tu n'as pas entendu parler d'Orlando?

— Quel Orlando?

— Son fils. Celui qui s'est sauvé, après la mort de Gordon.

— Et alors? Que lui est-il arrivé?

— Il s'est fait tuer avec deux de ses amis en traversant la frontière du Mozambique, hier. Il portait des fusils. Et il a rencontré une patrouille de l'armée sud-africaine.

— Et puis? » Je me sentais seul.

« J'ai appris la nouvelle ce matin. Il a donc fallu que j'aille l'apprendre à Emily. Elle était très calme. Pas de cris, pas de larmes, rien. Puis elle m'a dit de m'en aller. Comment pouvais-je savoir? Elle semblait aller très bien. Et puis elle a... » Sa voix s'est étranglée.

« Qu'est-il arrivé, Stanley? Ne pleure pas. Mon Dieu, Stanley, je t'en supplie!

— Elle est allée à la gare. Tout le chemin à pied. Ils ont dit qu'elle était restée assise pendant plus d'une heure, parce que c'était Noël et qu'il y avait peu de trains. Et puis elle s'est jetée sous celui qui passait. Hop, d'un coup. »

Pendant un moment, j'ai eu l'impression qu'il allait se remettre à rire, mais il pleurait. J'ai dû caler mes pieds dans l'épais tapis pour soutenir ce poids mort, dans mes bras.

Et j'étais toujours dans cette position, mes bras autour de lui, quand les deux vieilles personnes sont sorties de la chambre d'amis avec leurs valises, suivies par Susan.

La nuit dernière, elle m'a dit : « Je t'ai déjà demandé si tu savais ce que tu faisais, si tu savais dans quels draps tu étais en train de te mettre ? »

J'ai répondu : « Je sais seulement que je ne peux plus m'arrêter. Je vais devenir fou si je ne peux pas croire en ce que je fais.

— Entraîner d'autres personnes dans ta folie ne semble pas te gêner outre mesure.

— Je t'en prie, essaie de me comprendre. » J'avais du mal à trouver mes mots. « Je sais que tu es furieuse, Susan, mais n'exagère pas.

— Exagérer ? Moi ? Après ce qui s'est passé, aujourd'hui ?

— Stanley ne savait pas ce qu'il faisait. Emily est morte. Tu ne peux pas comprendre ça ? »

Elle a respiré profondément, lentement, et a longuement passé de la crème sur ses joues. « Tu ne crois pas qu'il y a eu assez de morts comme ça, a-t-elle fini par dire. Ça ne te servira jamais de leçon ? »

J'étais assis et je dévisageais désespérément son double dans le miroir. « Me reprocherais-tu leur mort ?

— Je ne voulais pas dire ça. Mais ce que tu as fait n'a rien changé. Tu ne peux rien espérer. Quand l'accepteras-tu ?

– Jamais.

– Quel est le prix à payer pour ça? »

Pendant un moment, j'ai fermé les yeux. « *Je dois,* Susan.

– Je crois que tu es absent, a-t-elle dit froidement. Tu as perdu tout sens de la perspective, tout équilibre. Tu es aveugle. Tu ne vois plus ce qui se passe autour de toi. »

J'ai secoué la tête.

« Dois-je te dire pourquoi? » a-t-elle insisté.

Je n'ai pas cherché à lui répondre.

« Parce que seul Ben Du Toit t'importe. Pendant longtemps, ça n'a rien eu à voir avec Gordon, avec Jonathan, avec qui que ce soit. Tu ne veux pas abandonner, c'est tout. Tu as commencé à te battre et tu refuses à présent d'admettre que tu es vaincu, même si tu ne sais plus très bien contre qui tu te bats et pour quoi.

– Tu ne comprends pas, Susan.

– Je le sais très bien et je ne cherche plus à comprendre quoi que ce soit. Ce qui m'importe c'est la certitude de ne plus être entraînée vers le bas, à cause de toi.

– Que veux-tu dire?

– Je ne peux plus rien faire pour toi, Ben. Je ne peux plus rien faire pour notre mariage. Et Dieu sait l'importance que ça avait pour moi, dans le passé! Il est temps que je m'occupe de moi maintenant. Pour être sûre de ne pas tout perdre, maintenant que tu as détruit ce qui me restait de dignité.

– Tu me quittes?

– Que je reste ou que je m'en aille n'a pas de sens. Si je dois partir, je partirai. Pour l'instant, je crois que je peux tout aussi bien rester. Mais quelque chose est fini entre nous et je veux que tu le saches. »

Ce visage blanc et grave, dans le miroir. Il y a des années de ça, nous avions dû nous aimer. Mais je ne peux même plus la regretter, parce que j'ai oublié à quoi elle ressemblait.

11

La rentrée des classes sembla catalyser les événements. Nouvelle vague de coups de téléphone anonymes, nouvel acte de vandalisme sur la voiture, façade de la maison peinturlurée de slogans, insultes sur son tableau noir. La nuit, des bruits de pas. Il finit par accepter la nécessité d'un chien de garde, mais celui-ci fut empoisonné quinze jours après son acquisition.

L'état de Susan empira et atteignit un stade dépressif inquiétant. Son médecin convoqua Ben pour lui parler sérieusement de son état de santé.

Et même, lorsque rien de spécifique ne survenait, Ben gardait l'intolérable sentiment d'une puissance informe, invisible qui le traquait. Pour la première fois de sa vie, il eut de la peine à dormir. Il restait éveillé pendant des heures et fixait l'obscurité en se posant encore les mêmes questions. Quand va-t-elle de nouveau frapper? Quelle forme ce nouvel assaut va-t-il prendre?

Il se levait, épuisé, revenait de l'école, épuisé, se couchait, épuisé, pour, une fois de plus, ne pas dormir. L'école lui imposait une discipline bénéfique. Mais il lui était de plus en plus difficile de faire face à l'angoisse et à l'irritation. Désapprobation de ses collègues, antagonisme silencieux de Cloete, pauvres blagues de Carelse, loyauté enthousiaste du jeune Viviers – plus gênante parfois que le mépris des autres.

Et puis il y avait Stanley qui allait et venait comme avant. Comment faisait-il pour passer inaperçu? Impossible à comprendre. Logiquement, il aurait dû se faire prendre depuis des mois. Mais Stanley – Ben avait dû en arriver à cette conclusion – était un artiste de la survie. Au volant de son taxi, de sa grosse Dodge, de son *etembalani*, il poursuivait son chemin mystérieux sans y laisser de plumes. Ben lui avait vu perdre son sang-froid le jour de Noël. Occasion unique. Entre les moments où il surgissait dans la vie de Ben – émergeant de la nuit avant d'y disparaître de nouveau – l'énigme de sa vie restait sienne.

De temps à autre, il partait pour l'un de ses « voyages » au Botswana, au Lesotho ou au Swaziland. Il faisait très vraisemblablement de la contrebande (de quoi? De hasch, de devises, d'armes, de mercenaires...?).

Durant la dernière semaine de janvier, Phil Bruwer dut retourner à l'hôpital. Il n'avait pas eu d'autre attaque, mais son état de santé s'était détérioré au point que les médecins avaient pensé qu'il devait être gardé sous surveillance. Melanie était revenue du Cap, abandonnant le projet sur lequel elle travaillait. Ben alla plusieurs fois avec elle rendre visite au vieillard. Mais c'était déprimant, car l'esprit, autrefois indomptable, du vieil homme avait renoncé à se battre.

« Je n'ai jamais eu peur de mourir, dit-elle à Ben. Je peux accepter ce qui doit m'arriver. J'ai vu la mort d'assez près pour me rendre compte que ça ne fait pas une grosse différence. » Ses grands yeux noirs, tournés vers lui. « Mais j'ai peur pour lui. J'ai peur de le perdre.

– Vous n'avez jamais eu peur de la solitude, avant? »

Elle secoua la tête pensivement. « Ce n'est pas ça. C'est le lien en tant que tel. L'idée de continuité. La stabilité rassurante. Tout peut changer, en dehors de nous; nous pouvons changer nous-mêmes. Tant que nous savons qu'il existe quelque chose qui continue sans changer – comme une rivière court vers la mer –

nous avons le sens de la sécurité, de la foi, appelez ça comme vous voulez. C'est pourquoi je ressens parfois le besoin urgent d'avoir un enfant. » Rire, volontairement moqueur. « Voyez-vous, nous n'arrêtons pas de nous accrocher à notre petit espoir d'éternité. Même si nous avons renoncé au père Noël. »

12 février. Et maintenant Susan; j'ai remarqué quelque chose en elle, ces derniers jours. J'ai pensé que ça n'était qu'une nouvelle phase de son état nerveux, en dépit des calmants qu'elle prend en doses toujours plus importantes. Son contrat avec la S.A.B.C. a été finalement résilié. Arguments convaincants : « sang neuf », « budget atrophié », etc. Mais le producteur avec qui elle avait l'habitude de travailler, lui a dit la vérité. Qu'elle fût ma femme devenait très gênant, mon nom pouvant d'un jour à l'autre être lié à un scandale.

Elle me l'a dit la nuit dernière. Quand je suis entré dans la chambre, elle m'attendait. Le lendemain de Noël, elle était allée s'installer dans la chambre jadis occupée par les filles. J'étais donc agacé par cette nouvelle ouverture, inattendue. Elle était assise au pied de mon lit, en chemise de nuit. Sourire nerveux, contracté.

« Tu ne dors pas encore ? »

Elle a secoué la tête. « Je t'attendais.

– J'ai encore du travail.

– Ça n'a aucune importance.

– Je croyais que tu allais au théâtre, ce soir ?

– Non, j'ai annulé. Je n'en avais plus envie.

– Ça t'aurait fait du bien de sortir.

– Je suis trop fatiguée.

– Tu es tout le temps fatiguée, ces derniers temps.

– Ça te surprend ?

– C'est ma faute. C'est ce que tu veux dire ? »

Brusquement, elle a ressenti un accès de panique.

« Je suis désolée, Ben. S'il te plaît, je ne suis pas venue te voir pour te faire des reproches. C'est que... ça ne peut pas continuer comme ça.

— Ça ne va pas continuer comme ça. Quelque chose va bientôt se produire. Il faut savoir attendre.

— Tu crois, chaque fois, que "quelque chose va se produire". Tu ne vois pas que ça ne fait qu'empirer?

— Non. »

Elle m'a alors raconté l'affaire de la S.A.B.C.

« C'était ma dernière planche de salut, Ben. » Elle s'est mise à pleurer. Je l'ai regardée, désespéré. Quand une telle chose dure, on finit par ne plus faire la différence. Mais la nuit dernière, je ne sais pas pourquoi, j'ai brusquement regardé notre photo de mariage, au-dessus de la coiffeuse. Et ça m'a secoué de penser que c'était la même femme. Cette brillante femme blonde, en bonne santé, sûre d'elle-même, et cette vieille femme fatiguée, dans sa chemise de nuit confectionnée pour quelqu'un de plus jeune. La pathétique dentelle laissait ses bras nus. Plis de la peau, sur les bras, cou ridé et fatigué, cheveux blancs, visage déformé par les larmes. La même femme. Ma femme. Et ma faute?

Au bout d'un moment, je me suis assis près d'elle et je l'ai enlacée. Elle qui avait toujours eu honte de son corps quand il était jeune et beau, s'en moquait éperdument maintenant qu'il avait vieilli. Cela lui était égal que je la regarde ou non. Etait-ce du laisser-aller ou du désespoir?

Comment est-il possible de sentir le désir remuer en soi, dans l'agonie? Dans la révulsion même? Peut-être voulais-je me venger de quelque chose sur elle? Toutes ces années d'inhibitions. La passion que j'avais découverte en elle lors des rares nuits de notre vie commune avait été agressivement réprimée par la suite. Péché. Mal. Faute. Toujours occupée à réaliser des choses, à courir après le succès. Efforts désespérés pour nier le corps et ses aspirations. Et maintenant, tout à coup, contre moi, exposée, vulnérable, disponible. Je l'ai prise aveuglément et, dans notre lutte, elle a laissé la marque de ses ongles sur mes épaules, en pleurant contre moi. Pour une fois, c'est moi qui ai eu honte, après coup. Près d'elle, le dos tourné.

Très longtemps.

Lorsqu'elle s'est remise à parler, sa voix était tout à fait normale.

« Ça n'a pas marché, n'est-ce pas?

– Je suis désolé. Je ne sais pas ce qui m'a pris.

– Je ne parle pas de ce soir. Je parle de toutes ces années. »

Je n'ai pas répondu. Je ne voulais pas discuter.

« Peut-être n'avons-nous jamais essayé. Peut-être ne t'ai-je jamais vraiment compris. Nous n'avons rien compris, ni l'un ni l'autre, n'est-ce pas?

– Susan, nous avons élevé trois enfants. Nous nous sommes toujours bien entendus.

– C'est peut-être ça le pire. Si bien s'entendre en enfer.

– Tu es fatiguée. Tu ne vois pas les choses comme tu devrais les voir.

– Je crois que je les vois comme il faut, pour la première fois de ma vie.

– Qu'allons-nous faire? »

J'ai regardé autour de moi. Elle était assise, bien droite, le dessus-de-lit jeté sur ses épaules, comme pour se défendre, malgré la nuit chaude.

« Je veux retourner chez mes parents. Pour quelque temps. Pour retrouver mon équilibre. Pour te donner une chance. Afin que nous puissions y voir clair. Ça ne sert à rien d'être tous les deux impliqués au point de ne plus pouvoir respirer. »

Que pouvais-je faire? J'ai acquiescé. « Je pense que tu as vraiment besoin de vacances.

– Tu es donc d'accord ? » Elle s'est levée.

« C'était ton idée.

– Mais tu crois que je devrais m'en aller.

– Oui. Pour prendre l'air. Pour nous donner une chance, comme tu l'as dit. »

Elle s'est dirigée vers la porte. J'étais toujours assis sur le lit.

Elle s'est retournée. « Tu n'essaies même pas de me retenir ? »

Je n'avais rien à répondre, me rendant compte, pour la première fois de ma vie, qu'elle m'était une étrangère. Et si elle était une étrangère, la femme avec qui j'avais vécu tant d'années, comment pouvais-je espérer comprendre quoi que ce soit d'autre ?

25 février. Je prends de moins en moins de notes. De moins en moins de choses à raconter. Mais cela fait un an, aujourd'hui. C'est comme si c'était hier. Ce soir-là, dans la cuisine, je mangeais mes sardines à même la boîte. *Un détenu selon les termes de l'Acte sur le terrorisme, un certain Gordon Ngubene, a été retrouvé mort dans sa cellule, ce matin. Selon un porte-parole de la police de sûreté, etc.*

Et qu'ai-je fait en un an ? En mettant tout bout à bout, cela ne fait pas grand-chose, mon Dieu. J'essaie de persévérer, de me convaincre que nous progressons. Mais quelle est l'importance de l'illusion dans tout ça ? Y a-t-il quelque chose que je sache vraiment, quelque chose dont je sois vraiment sûr ? Dans mes moments de faiblesse, j'ai peur que Susan ait raison : suis-je en train de perdre la tête ?

Suis-je fou – est-ce le monde ? Où commence la folie du monde ? Et si c'est de la folie, pourquoi est-ce permis ? Qui le permet ?

Stanley, deux jours déjà, Johnson Seroke, tué par des inconnus. L'homme de la Section spéciale que connaissait Emily, mon dernier espoir. Lui aussi, maintenant. Tard dans la soirée, selon Stanley. Ils ont frappé à sa porte. Quand il a ouvert, ils ont tiré cinq coups de feu sur lui, à bout portant. Visage, poitrine, estomac. Gros articles dans plusieurs journaux, hier. Interviews d'officiers de police. « Toutes ces voix qui s'élèvent, lors de la mort d'un détenu, restent étrangement muettes aujourd'hui quand un membre de la police de sûreté meurt dans ce pays. La vie de ce Noir, sacrifié sur l'autel de notre survie nationale face à ce terrorisme stupide, devrait faire méditer tous ceux qui n'ont jamais eu une seule bonne parole pour la police et ses efforts ininterrompus en vue de conserver à ce pays stabilité et prospérité... »

Mais je sais pourquoi Johnson Seroke est mort. Ça ne demande pas beaucoup d'imagination.

Pendant combien de temps encore la liste de ceux qui paient le prix de mes efforts pour blanchir le nom de Gordon devra-t-elle s'allonger?

N'est-ce qu'un autre symptôme de ma folie? D'une manière monstrueuse, ne suis-je pas en train de simplifier cette situation complexe en transformant tous ceux qui appartiennent à « l'autre côté » en criminels dont je ne puis penser que du mal? Ne suis-je pas en train de transformer de simples doutes en faits? Si cela est vrai, je suis devenu leur égal, sur tous les plans. Un adversaire valable!

Si je ne peux plus croire que la vérité est de mon côté, si je ne peux plus croire au bien-fondé de mes recherches, que va-t-il alors advenir de moi?

12

7 mars. Début, fin, point de non-retour. C'était quoi? Décisif, sans aucun doute. Distinct de tout ce

qui était jusque-là arrivé? J'ai tourné en rond tous ces derniers jours, incapable d'écrire. J'en avais pourtant très envie. Affolé par la finalité de l'écriture? Peur de moi-même? Je ne peux plus l'éviter. Autrement, je ne serai plus capable de m'en sortir?

Samedi 4 mars. Tréfonds de la solitude. Aucune nouvelle de Stanley depuis celles concernant Johnson Seroke. Je sais qu'il doit faire plus attention que jamais, cependant... Pas un mot de Susan. Johan est parti avec des amis dans une ferme. Ça n'est pas une vie pour un jeune homme (que c'était touchant lorsqu'il a dit : « Tu es sûr que tout va bien, papa? Je reste, si tu as besoin de moi. »). Plus d'une semaine depuis ma dernière visite à Phil Bruwer, à l'hôpital, Melanie travaille à plein temps. Il est dangereux de rester seul trop longtemps. Tentation du masochisme.

Mais où aller? Vers qui se tourner? Qui ne m'a pas encore rejeté? Le jeune Viviers? Le jovial Carelse? Jusqu'à ce qu'ils aient, eux aussi, payé le prix. Je pense que le révérend Bester me recevrait aimablement. Mais je ne pouvais supporter l'idée de discuter de l'état de mon âme avec lui. Mon âme n'a plus tellement d'importance à présent.

J'ai essayé de travailler. Je me suis obligé à revoir toutes mes notes, transformant le processus du tri, en un jeu de patience. Puis j'ai tout rangé de nouveau dans la boîte à outils et je suis reparti en voiture.

Mais la vieille maison était sombre et vide. J'en ai fait le tour. Les écuelles sur le perron. Aucun rideau tiré, mais tout était sombre à l'intérieur. Quelle est sa chambre? Comme si ça avait de l'importance? Simplement pour savoir, pour en tirer quelque réconfort. Adolescent. Voilà pourquoi les vieux messieurs devraient éviter de tomber amoureux. Ça les rend ridicules.

Me suis assis sur les marches pendant un moment, ai fumé. Rien ne s'est passé. Presque soulagé, me suis levé pour regagner la grille. Me suis senti « sauvé ». De quoi, mon Dieu? Le destin est-il pire que la mort? Ben Du Toit, tu devrais te faire psychanalyser.

Cependant, plus en paix. Résigné à rentrer et à affronter ma solitude.

Mais avant d'avoir atteint la grille – il faudrait vraiment que je la répare un de ces jours – sa petite voiture a fait irruption dans la cour. J'étais en fait bourrelé de remords. Il aurait été si facile d'éviter tout ça. (Comment puis-je parler « d'éviter »? A ce moment-là, je n'avais certainement aucun espoir, aucune idée de ce qui allait arriver. Cependant, il me semble qu'il doit exister des façons de savoir à l'avance.)

« Ben! » Quand elle m'a vu faire le tour de la maison. « Vous m'avez fait une de ces peurs!

– Ça fait un bout de temps que je suis ici. J'allais partir.

– Je suis allée voir papa à l'hôpital.

– Comment va-t-il?

– Toujours pareil. »

Elle a ouvert la porte de la cuisine, est entrée sans hésiter. J'ai heurté un chat, dans le living, au bout d'un couloir obscur. La lueur jaune semblait illuminer autre chose que cette pièce. Melanie portait une robe à col claudine.

« Je vais faire un peu de café.

– Puis-je vous aider?

– Non. Mettez-vous à votre aise. »

La pièce a perdu toute signification hors sa présence. De la cuisine parvenaient des bruits de tasses entrechoquées, le sifflement d'une bouilloire. Puis elle est revenue. Je lui ai pris le plateau des mains. Nous nous sommes assis et avons bu en silence. Etait-elle gênée, elle aussi? Pourquoi? Je me sentais comme un étranger en visite protocolaire.

Après avoir vidé sa tasse, elle a mis un disque en sourdine.

« Encore un peu de café?

– Non, merci. »

Les chats ronronnaient. La musique rendait la pièce plus habitable, plus hospitalière. Les étagères bourrées de livres devenaient un rempart protecteur contre le monde.

« Vous avez une idée quant à la date de retour de votre père?

– Non. Les médecins semblent raisonnablement satisfaits, mais ils ne veulent prendre aucun risque. Et il s'impatiente de plus en plus. »

C'était un soulagement de parler de lui. Ça nous permettait de dire ce que nous avions décidé de ne plus dire de nous-mêmes. La première soirée dans cette pièce. La nuit dans la montagne.

Un autre silence.

« J'espère que je ne vous empêche pas de travailler?

– Non. Il n'y a rien d'important pour le moment. Et je repars vendredi prochain.

– Où, cette fois-ci?

– Au Kenya. » Elle a souri. « Il va falloir que je compte de nouveau sur mon passeport britannique.

– N'avez-vous pas peur de vous faire prendre un de ces jours?

– Oh! je me débrouille très bien.

– Ça n'est pas fatigant d'aller et venir comme ça, de s'immerger dans une chose puis une autre, sans jamais vraiment s'arrêter?

– Parfois, oui. Mais ça me permet de rester en équilibre. »

Je n'ai pas pu m'empêcher de dire : « Au moins, vous avez plus de choses à montrer que moi. Vos efforts sont plus payants que les miens.

– Comment mesurez-vous les résultats? » Ses yeux

étaient chaleureux, sympathiques. « Je crois que nous sommes très semblables. Nous semblons tous les deux avoir une plus grande capacité à connaître les choses qu'à les comprendre.

– C'est peut-être mieux ainsi. Il me semble parfois que comprendre nous rendrait fous. »

Il se faisait tard. Une nuit chaude. Douceur de l'automne précoce. Nous parlions. Il était de plus en plus facile de communiquer à mesure que la soirée avançait. La vieille intimité était revenue, dans cette pièce douillette où flottait encore l'odeur de tabac, l'odeur de renfermé des livres, des chats et des tapis élimés.

Il devait être plus de minuit lorsque je me suis levé à contrecœur. « Je pense qu'il est temps que je m'en aille.

– Vous avez des "obligations"? a-t-elle dit ironiquement.

– Non. Personne à la maison. »

Pourquoi ne lui avais-je pas parlé de Susan? Pour me protéger? Je n'en suis pas sûr. Bref, il n'y avait plus aucune raison de garder ce secret plus longtemps. Je le lui ai confié. Elle n'a fait aucun commentaire, mais il y a eu un changement dans ses yeux sombres. Pensive, presque grave, elle s'est levée et m'a fait face.

« Pourquoi ne restez-vous pas, ici? »

J'ai hésité, essayant de sonder ce qu'elle voulait vraiment dire. Comme si elle lisait mes pensées, elle a ajouté calmement : « Je vais vous préparer le lit de la chambre d'amis. Comme ça, vous n'aurez pas besoin de rentrer chez vous à une heure pareille.

– J'aimerais beaucoup rester. Je ne supporte pas l'idée de me retrouver dans une maison vide.

– Nous devons tous les deux nous habituer aux maisons vides. »

Je l'ai aidée à faire le lit de la chambre d'amis. Puis,

nous nous sommes regardés. J'avais conscience de son sourire crispé.

« Je vais me coucher moi aussi, a-t-elle dit en se dirigeant vers la porte.

– Melanie. »

Elle s'est retournée.

« Restez avec moi. »

Pendant un moment, j'ai cru qu'elle allait dire oui. Ma gorge était sèche; je voulais tendre la main, la toucher mais le lit nous séparait. Elle a dit : « Non, je ne dois pas. »

Je savais qu'elle avait raison. Nous étions si proches. N'importe quoi pouvait arriver. Et si ça arrivait? Que se passerait-il ensuite? Qu'adviendrait-il de nous? Comment pourrions-nous y faire face, dans ce monde en folie?

Il valait mieux – même si c'était plus triste – qu'il en soit ainsi. Elle ne m'a pas embrassé, ne m'a pas souhaité bonne nuit. Avec un pauvre petit sourire, elle est sortie. A-t-elle hésité? Attendait-elle que je la rappelle? Je le voulais désespérément. Mais en l'invitant à rester, j'étais déjà allé trop loin. Je ne pouvais pas me risquer davantage.

Je n'ai pas pu entendre dans quelle direction elle allait. Ses pieds ne faisaient aucun bruit. Çà et là, de temps à autre, le parquet craquait dans la sombre maison. Je suis resté un bon moment près du lit, couvertures repliées. J'ai tout regardé comme si un inventaire était une chose réellement importante. Le dessin du papier mural, démodé. La table de nuit surchargée de livres. La petite étagère contre le mur. La table avec le large miroir ovale. La grande armoire victorienne avec la série de valises sur le haut.

Au bout de quelques minutes, je me suis dirigé vers la fenêtre. Les rideaux n'étaient pas tirés. L'une des persiennes était ouverte. Le jardin : herbe, arbres, obscurité. Chaleur parfumée du jour flottant encore dans le calme nocturne. Criquets et grenouilles.

J'étais étonné que la désolation puisse être aussi paisible. Car son refus et son départ avaient scellé quelque chose, de manière définitive. Quelque chose plein d'espoir – aussi extravagant ou présomptueux que cela pût être – avait été doucement refermé telle une porte. Avant même que je puisse entrer.

Et puis elle est revenue. Lorsque j'ai tourné la tête, elle était là, près de moi, assez proche pour que je puisse la toucher. Elle était nue. Je l'ai dévisagée en silence. Elle était vraiment timide. Etonnant, ai-je pensé, de la trouver provocante. Mais elle n'a rien fait pour s'en aller. Elle devait savoir qu'il m'était aussi nécessaire de la regarder qu'il lui était nécessaire d'être regardée. J'étais devenu le miroir dont elle avait déjà parlé. *Vous vous regardez nu. Un visage, un corps que vous avez vu dans votre miroir, chaque jour de votre vie. Sauf que vous ne l'avez jamais vraiment regardé. Et, brusquement.*

Tous nos instants partagés semblaient converger et se fondre. Le temps nous était arraché à la façon dont on enlève ses vêtements pour faire l'amour.

Innocence de son corps. Sa présence était totale et irrésistible. Je me sens ridicule en essayant maintenant de la saisir avec des mots. Ça a l'air mesquin, presque insultant, réduit à une simple description. Mais que puis-je faire d'autre? Le silence serait un refus.

Ses cheveux défaits, lourds et flous sur ses épaules. Ses seins, si incroyablement petits. Simples boursouflures aux larges tétons sombres, aux mamelons pointus. Ventre doux, avec son adorable petit nœud, dans sa caverne. Buisson triangulaire de poils noirs, entre ses cuisses.

Mais ça n'est pas ça. Rien que je puisse énumérer ou nommer. Ce qui importait, c'était que, dans sa nudité, elle se rendait disponible. L'incompréhensible don d'elle-même. Qu'avons-nous d'autre à offrir?

Ces mots prononcés il y a quelques mois, à la veille de tout. *Une fois dans sa vie, juste une fois, on devrait avoir suffisamment la foi en quelque chose pour tout risquer pour ce quelque chose.*

Nous n'avons pas remonté les draps. Elle n'a même pas voulu que j'éteigne. Comme deux enfants jouant le jeu pour la première fois, nous voulions tout voir, tout toucher, tout découvrir. Une nouveauté, comme celle de la naissance. Doux mouvement de ses membres, odeur de ses cheveux qui recouvraient mon visage, emplissaient ma bouche, frottement de ses seins sur mes joues. Tétons qui se raidissent entre mes lèvres. Ses mains expertes. Son sexe qui se distend, s'ouvre sous mes doigts, dans sa chaleur humide et secrète. Nos deux corps qui se fondent au bord de notre précipice. Merveille et mystère de la chair. Sa voix dans mon oreille. Sa respiration affolée. Ses dents qui mordillent mon épaule. Mont de Vénus proéminent et frisé. Poing de chair qui s'avoue vaincu sous ma pression et m'avale.

Mais ça n'était pas ça. Ça n'était pas ça du tout. J'avais conscience de ce que je pouvais sentir, voir, toucher, entendre et goûter. Mais ça n'était pas ça. Pas ses membres que je peux cataloguer un par un, en essayant désespérément de revenir à ce qui s'est vraiment passé. Quelque chose d'autre, quelque chose de totalement différent. Corps purifiés par l'extase, dans la lueur et l'ombre. Jusqu'à ce que, hors d'haleine, nous nous calmions de nouveau.

Epuisé, je me suis reposé contre elle en écoutant le rythme profond de sa respiration. Sa bouche, entrouverte et, derrière ses lèvres humides, la lueur nacrée de ses dents. Ses petits seins pétris et tuméfiés, bave d'escargot de notre amour sur son ventre, genou plié, jambes détendues et, dans son obscur buisson, le sillon exposé et fragile, les grandes lèvres humides, encore gonflées d'un sang invisible. Miracle de son corps vivant, même dans ce sommeil d'épuisement et de sérénité. Je n'arrivais pas à me rassasier d'elle; j'essayais d'assouvir la soif de toutes ces années, en une seule nuit. Je devais me presser contre elle, pour que mes cinq sens repus, il ne reste plus rien de moi.

L'urgence de mon désir passée, j'ai éprouvé une nouvelle sérénité. Appuyé sur un coude, je l'ai regardée, caressée, touchée, doucement, incapable encore d'en croire mes yeux, mes mains, ma langue. Je ne dormais pas. Il aurait été présomptueux de penser au sommeil pendant qu'elle était là, près de moi, que je pouvais la regarder, la toucher, réaffirmer l'incroyable réalité de son corps. Je devais rester éveillé, monter la garde, expérimenter chaque possibilité de cette brève tendresse pendant qu'elle était encore si incroyablement et si précairement nôtre.

Bonheur? Ce fut l'une des plus tristes nuits de ma vie; une tristesse sans âge qui s'insinuait au cœur même de ce monde nouveau et devenait, doucement, angoisse et douleur. Elle était là, endormie, plus proche de moi que quiconque ne l'avait jamais été, exposée, aveuglément confiante, à ma disposition... Pour être aimée, regardée, explorée, pénétrée... Cependant, dans ce sommeil profond et paisible, plus éloignée que n'importe quelle étoile inaccessible, je connaissais sa bouche, ses yeux, ses seins, chaque fragment de son doux corps. Et ça ne voulait rien dire du tout. Nos corps s'étaient réunis, enlacés. Nous étions de nouveau séparés et dans son sommeil, tandis qu'elle souriait ou gémissait, elle était aussi éloignée de moi que si nous ne nous étions jamais rencontrés. Je voulais pleurer. Mais la douleur était trop forte pour être calmée par des larmes.

Le soleil devait se lever quand je me suis endormi, à ses côtés. Lorsque je me suis réveillé, il faisait jour et les oiseaux chantaient dans les arbres. Sur la table de chevet, la lampe brûlait toujours – une lumière jaune, sourde, inutile. C'était le mouvement de ses mains sur moi qui m'avait réveillé. Aucune hâte. C'était dimanche. Personne n'avait besoin de nous. Elle m'a laissé le temps de reprendre mes esprits, puis je l'ai couverte de nouveau de mon corps. Sensation de plonger dans une eau tiède, comme si mon sexe, mon corps tout entier, tout ce que j'avais été ou pouvais espérer être, était aspiré, immergé en elle. Jusqu'à ce que la conscience reflue, après l'orgasme, au moment où j'ai su de nouveau ce que cela voulait dire que sentir, être vivant, être exposé, avoir peur.

Parce que je savais très bien que nous nous aimions – mais aucun de nous ne pouvait racheter l'autre – et que, par l'amour de nos corps, nous avions été entraînés dans l'histoire. Nous n'étions plus en dehors, mais impliqués dans tout ce qui était définissable, calculable en termes de mois ou d'années, manœuvrables, destructibles. Et dans cette tristesse-là, plus profonde que je ne l'avais jamais ressentie, j'ai fini par m'en aller.

Trois semaines plus tard, Susan est revenue de Capetown. Elle n'était plus tout à fait comme avant. Plus détendue, plus déterminée à essayer de nouveau. Deux jours après son retour, le jeudi 30 mars, Ben trouva, en rentrant de l'école (Johan y était resté avec les cadets), une grande enveloppe brune dans la boîte aux lettres. Elle était adressée à Susan. Il la prit avec son courrier.

Il n'y avait pas de lettre à l'intérieur, juste un cliché 8×10 sur papier jauni Ça n'était pas très clair – comme si la lumière avait été mauvaise. Dans un décor de papier peint brouillé, de table de nuit, de lit aux draps chiffonnés, un homme et une femme, nus, s'apprêtaient à faire l'amour.

Susan était sur le point de la déchirer, dégoûtée, lorsque quelque chose la poussa à y regarder de plus près. La fille, la fille aux cheveux sombres, lui était étrangère. L'homme, avec elle, avait un certain âge et était reconnaissable, en dépit du grain de mauvaise qualité. Cet homme, c'était Ben.

Quatrième partie

1

Lorsqu'il ouvrit la porte, le capitaine Stolz patientait sur le seuil. Ben attendait son retour depuis des mois. Il s'était dit que ça n'était qu'une question de temps. Surtout après l'arrivée de la photo, dans le courrier. Ses notes ne laissent aucun doute sur le choc qu'il ressentit lorsque cela eut lieu. C'était le 3 avril, un jour avant le retour de Melanie du Kenya. L'officier était seul. En soi-même, ce fait aurait dû lui dire quelque chose.

« Pouvons-nous parler? »

Ben aurait préféré lui refuser l'entrée de sa maison, mais il était bien trop secoué pour réagir. Il s'écarta machinalement, permettant ainsi à l'homme mince, dans son éternelle veste de sport, d'entrer. Aussi irrationnel que cela pût paraître, c'était un soulagement que d'avoir enfin un adversaire, en chair et en os, en face de lui, quelqu'un qu'il puisse reconnaître et épingler, quelqu'un à qui il puisse parler – même dans sa haine aveugle.

Stolz était affable. Du moins pour commencer. Il s'enquit de la santé de Ben, de celle de sa femme, de son travail, à l'école.

Pour couper court, Ben s'exclama brutalement :
« Vous n'êtes sûrement pas venu me voir pour me demander des nouvelles de ma famille, capitaine. »

Eclair ironique dans les yeux sombres de Stolz :
« Pourquoi pas?

– Je n'ai jamais eu le sentiment que mes affaires personnelles vous intéressaient particulièrement.

– Mr. Du Toit, je suis venu ici, aujourd'hui » – il croisa ses longues jambes – « parce que je suis convaincu que nous pouvons parvenir à une entente.

– Vraiment?

– Ne croyez-vous pas que cette histoire a assez duré?

– A vous d'en décider, non?

– Soyez honnête. Les preuves que vous avez rassemblées sur Gordon Ngubene vous ont-elles fait progresser d'un pas vers la vérité que vous recherchiez?

– Oui, je le crois. »

Bref silence. « J'espérais que nous pourrions parler d'homme à homme.

– Je ne crois pas que ce soit possible, capitaine. Si ça ne l'a jamais été. Pas entre vous et moi.

– Dommage. » Stolz changea de position. « C'est vraiment dommage. Ça vous dérange si je fume? »

Ben fit un geste.

« Les événements ne semblent pas se dérouler comme vous le souhaiteriez, n'est-ce pas? déclara Stolz après avoir allumé sa cigarette.

– C'est votre opinion, pas la mienne.

– Disons les choses ainsi : certaines choses ont eu lieu et elles pourraient vous causer de graves ennuis si vous les divulguiez. »

Ben était crispé. Sa peau se tendait sur ses mâchoires. Sans quitter Stolz des yeux, il lui demanda : « Qu'est-ce qui vous fait penser ça?

– Ecoutez-moi, dit Stolz. Entre nous, nous sommes tous faits de chair et d'os. Nous avons tous nos petits défauts. Et si un homme se met en tête de... pouvons nous dire d'aller voir si l'herbe est verte ailleurs... c'est son droit le plus strict. Ça le regarde. Pourvu qu'il n'en parle pas, bien sûr. Parce que ce serait plutôt désagréable si certaines personnes l'apprenaient, n'est-ce pas? Surtout s'il est un personnage public, comme l'est un professeur par exemple. »

Dans le silence, semble-t-il interminable, qui suivit, ils restèrent assis en se jaugeant l'un l'autre.

« Pourquoi ne dites-vous pas franchement ce que vous avez sur le cœur? » s'écria Ben. Il sortit, malgré lui, sa pipe pour se donner une contenance.

« Mr. Du Toit, ce que je vais vous dire maintenant est strictement confidentiel... » Stolz semblait attendre une réaction, mais Ben se contenta de hausser les épaules. « Je pense que vous êtes au courant. Certaines photos circulent. Des photos qui peuvent vous compromettre. Il se trouve que je suis moi-même tombé sur l'une d'entre elles.

— Ça ne me surprend pas, capitaine. Après tout, elles ont été prises sur vos ordres, n'est-ce pas? »

Stolz éclata de rire. « Vous n'êtes pas sérieux, n'est-ce pas, Mr. Du Toit? Comme si nous n'avions pas assez à faire comme ça!

— J'étais moi-même surpris. Penser à tous ces gens, à tout cet argent, à tout ce temps que vous consacrez à quelqu'un comme moi. Vous devez certainement avoir des problèmes plus importants, plus graves?

— Je suis heureux que vous voyiez les choses ainsi. Je suis là, aujourd'hui. Pour cette visite amicale. » Il appuya légèrement sur les mots tout en regardant la fumée qui sortait de sa bouche. « Voyez-vous, cette photo m'a été transmise. J'ai donc pensé qu'il était de mon devoir de vous en faire part.

— Pourquoi?

— Parce que je n'aime pas voir un honnête homme comme vous être persécuté d'une manière aussi sordide. »

Malgré lui, Ben sourit sèchement. « Vous voulez dire, je pense, que si je consens à coopérer, si je cesse d'être une gêne, une menace pour vous, les photos resteront soigneusement rangées dans un dossier. Quelque part. C'est ça?

– Je ne dirais pas les choses exactement ainsi. Disons seulement que je pourrais user de mon influence pour m'assurer qu'une indiscrétion ne soit pas faite à votre détriment.

– En échange, je devrai tenir ma langue?

– Ne croyez-vous pas qu'il est grand temps de laisser les morts dormir en paix? Pourquoi perdre son temps et son énergie, comme vous l'avez fait durant cette année?

– Supposez que je refuse? »

La fumée sortait lentement de sa bouche. « Je n'essaie pas de vous influencer, Mr. Du Toit. Mais réfléchissez-y. »

Ben se leva. « Je ne serai pas la victime d'un chantage, capitaine. Même venant de vous. »

Stolz ne bougea pas. « Ne précipitez pas les choses. Je vous offre une chance.

– Vous voulez dire ma dernière chance?

– On ne sait jamais.

– Je n'ai toujours pas découvert la vérité que je recherchais, capitaine, dit Ben tranquillement. Mais je vois déjà à quoi elle peut ressembler. Et je ne permettrai pas que quelqu'un ou quelque chose vienne se placer entre moi et cette vérité. »

Stolz écrasa lentement sa cigarette, dans le cendrier.

« Est-ce votre dernier mot?

– Vous ne vous attendiez tout de même pas à quelque chose de différent?

– Peut-être. » Stolz le regarda droit dans les yeux. « Etes-vous bien sûr de savoir à quoi vous vous exposez? Ces gens... quels qu'ils soient... peuvent vraiment vous rendre la vie très difficile.

– Alors ils devront vivre avec leur conscience. Je

vous fais confiance pour leur transmettre le message, capitaine. »

Le visage de l'officier s'empourpra légèrement.

« Eh bien, qu'il en soit ainsi. Au revoir. »

Ignorant la main que lui tendait Stolz, Ben passa devant lui et alla lui ouvrir la porte.

Il était étonné de ne point ressentir de colère contre cet homme. Il avait presque failli être désolé pour lui. *Vous êtes un prisonnier comme moi. La seule différence, c'est que vous ne le savez pas.*

Aucun signe de Melanie à l'aéroport, lorsque Ben alla l'attendre le lendemain après-midi. L'hôtesse de l'air auprès de laquelle il se renseigna lui confirma que le nom de Melanie figurait bien sur la liste des passagers. Mais après qu'elle fut partie faire de plus amples vérifications, un homme en uniforme s'approcha et lui dit que l'hôtesse s'était trompée. Il n'y avait personne sous ce nom-là dans le vol en provenance de Nairobi.

Le professeur Bruwer écouta les nouvelles avec une sérénité surprenante, lorsque Ben lui rendit visite à l'hôpital.

« Il n'y a pas lieu de s'inquiéter, dit-il. Melanie change souvent d'avis à la dernière minute. Peut-être a-t-elle déniché une nouvelle piste? Encore un ou deux jours, et elle sera de retour. » Il trouva l'angoisse de Ben amusante, rien de plus.

Le lendemain, un câble arriva de Londres : *En sécurité, ici. Ne vous inquiétez pas, vous en supplie. Téléphonerai. Tendresses. Melanie.*

Il était minuit quand le téléphone sonna. La ligne était mauvaise – sa voix distante, presque méconnaissable.

Ben jeta un coup d'œil par-dessus son épaule pour s'assurer que la porte de Susan était bien fermée.

« Qu'est-il arrivé? Où vous trouvez-vous, Melanie?

— A Londres.

— Mais comment avez-vous fait pour atterrir, là-bas?

— Vous m'attendiez à l'aéroport?

— Bien sûr. Que s'est-il passé?

— Ils n'ont pas voulu me laisser entrer. »

Pendant un moment, il fut trop troublé pour parler, puis il demanda : « Vous voulez dire... que vous y étiez, vous aussi? »

Rire lointain, étouffé – un rire qui vous met mal à l'aise.

« Bien sûr que j'y étais.

— Le passeport? » Tout d'un coup, il comprit.

« Oui. Immigrant indésirable. Promptement refoulé.

— Mais vous n'êtes pas une immigrante. Vous êtes aussi sud-africaine que moi.

— Je ne le suis plus. On perd sa citoyenneté. Vous ne le saviez pas?

— Je n'en crois pas mes oreilles. » Toutes ses pensées semblaient s'être figées dans la violente simplicité de cette découverte : elle ne reviendrait pas.

« Vous voulez bien le dire à papa? Mais dites-le-lui doucement. Je ne veux pas aggraver son état.

— Melanie, y a-t-il quelque chose que...?

— Pas pour le moment. » Etrange résignation dans la voix, comme si elle s'était déjà retirée. Peut-être avait-elle peur de laisser transparaître son émotion. Surtout, au bout du fil.

« Surveillez papa, Ben. C'est tout ce que je vous demande.

— Ne vous inquiétez pas.

— Nous prendrons d'autres mesures plus tard. Je n'ai pas encore eu le temps d'y réfléchir.

— Où puis-je vous joindre?

– Par le journal. Je vous le ferai savoir. Peut-être pouvons-nous échafauder quelque chose. Mais tout est si embrouillé pour le moment.

– Mais, mon Dieu, Melanie!...

– Je vous en prie, ne parlez pas maintenant, Ben. »

Distance entre nous. Des mers. Des continents.

« Tout ira bien », a-t-elle ajouté. La ligne fut mauvaise pendant un instant.

« Melanie, vous êtes toujours là?

– Oui, je suis là. Ecoutez-moi.

– Pour l'amour du Ciel, dites-moi...

– Je suis fatiguée, Ben. Je n'ai pas dormi depuis trente-six heures. Je ne peux penser à rien, en ce moment.

– Puis-je vous téléphoner demain, quelque part?

– Je vous écrirai.

– Je vous en supplie!

– Prenez soin de vous, et dites-le à papa. » Sèche, tendue, presque agacée? Etait-ce seulement la ligne?

« Melanie, êtes-vous bien sûre...? »

La ligne avait été coupée.

Dix minutes plus tard, le téléphone sonna de nouveau. Cette fois, Ben n'entendit que le silence à l'autre bout du fil. Puis un rire. Celui d'un homme qui raccrocha.

2

Il avait l'impression que sa lettre ne lui parviendrait jamais. Tension de l'attente, déception quotidienne devant la boîte. Tout cela sapait son énergie. La lettre avait été peut-être interceptée. Cette possibilité lui montrait bien la futilité de sa colère – d'une façon encore plus désagréable que ne l'avait fait la découverte de la photographie. Aussi sordides qu'aient été les pressions auxquelles ils l'avaient soumis, elles avaient toutes un lien avec Gordon. A présent, Melanie – ce qu'il y avait de plus intime dans son existence – y était mêlée.

Nuits interminables. Insomnies. Retour à cette incroyable nuit – si éloignée dans ses souvenirs qu'il se demandait parfois s'il ne l'avait pas rêvée. La précision de ce souvenir était pourtant sa seule force. Mais l'aspect physique et précis de ce souvenir était tout à fait dérangeant. C'était autre chose. A moins que leur amour n'ait été qu'illusion, rêve fiévreux au sein d'un désert?

Et puis les phantasmes douloureux : avait-elle décidé de ne pas écrire parce qu'elle voulait s'éloigner de lui? Avait-elle saisi l'occasion de s'échapper parce qu'il était devenu un boulet? Pire : l'avaient-ils mise sur son chemin? Avait-elle reçu pour instructions, dès le début, de jouer au chat et à la souris avec lui afin de lui tirer les vers du nez? C'était certainement de la folie! Il lui était cependant devenu si difficile de se traîner d'un jour à l'autre que rien ne lui semblait plus scandaleux que le reste.

Peut-être tout faisait-il partie d'un vaste mirage. Peut-être avait-il imaginé toute cette persécution. Peut-être avait-il une tumeur au cerveau, une excroissance cancéreuse, une accumulation maligne de cellules qui le poussaient à perdre contact avec la réalité. Qu'est-ce qui était réel? Qu'est-ce qui était pure paranoïa? Etait-il possible qu'un fou soit conscient de sa propre folie?

Si seulement il s'était trouvé dans un véritable désert, s'il avait été un véritable fugitif essayant d'échapper à un véritable ennemi, en hélicoptère ou à pied. Si seulement il s'était trouvé dans un véritable désert, il aurait pu mourir de soif ou d'insolation, dèvenir aveugle à cause de la réverbération ou se dessécher et blanchir comme un os au soleil. Il aurait au moins su ce qui se passait. Il aurait pu prévoir la fin, faire la paix avec Dieu et le monde, se préparer à la conclusion... mais là, il n'y avait rien.

Seul ce mouvement aveugle, incontrôlable qui le portait, sans même être sûr de bouger vraiment; aussi imperceptible que le mouvement de la terre, sous ses pieds.

Les événements quotidiens et les incidents mineurs arrivaient à peine à lui servir de points de repère. Même les incidents plus graves — bombe artisanale jetée par la fenêtre du bureau, alors qu'il se trouvait au chevet de Phil Bruwer; coups de feu tirés sur le pare-brise de sa voiture alors qu'il revenait d'un voyage sans but, dans la nuit. Etait-il seulement protégé par la chance — il n'avait pas été touché. L'avaient-ils volontairement raté?

Au début, il fut soulagé par les vacances de Pâques. Il n'avait plus à se soucier des devoirs pénibles imposés par la routine de son école. Mais il en vint très vite à la regretter. La sécurité même de cette routine lui manquait; elle était infiniment préférable à ce cours imprévisible, de jour en jour. Les jours pâles d'automne devenaient de plus en plus secs, incolores.

Et, pendant ce temps, flot ininterrompu de gens venus lui demander de l'aide. Assez pour lui faire perdre la tête. Que pouvait-il faire? Tout l'ennuyait. Il ne pouvait pas continuer ainsi. Il était fatigué par leur agonie collective. *Le Baas il doit m'aider. Y' a personne d'autre.* Parfois il perdait son sang-froid. « Pour l'amour du Ciel, cessez de m'ennuyer! Dan Levinson a quitté le pays, Melanie est partie, elle aussi. Je ne vois pratiquement plus Stanley. Je ne peux plus vous adresser à qui que ce soit. Laissez-moi tranquille. Je ne peux plus rien faire pour vous! »

Stanley revint le voir, tard une nuit. Ben était dans

son bureau, incapable d'affronter une autre nuit blanche, dans son lit.

« Je te le dis, Ianie, pourquoi as-tu l'air d'un poisson hors de son bocal?

– Stanley! qu'est-ce qui t'amène?

– Je ne fais que passer. » Rayonnant de vie, sa présence virile envahissait la petite pièce. Comme tant de fois par le passé, il semblait faire fonction de générateur, chargeant tous les objets inanimés, autour de lui, d'une énergie secrète, incontrôlable.

« Je t'ai apporté un autre morceau pour ton puzzle. Pas grand-chose.

– Qu'est-ce que c'est?

– Le conducteur du fourgon qui a emmené Jonathan à l'hôpital. »

Ben soupira. « Tu crois que ça va servir à quelque chose?

– Je croyais que tu voulais tout.

– Je sais, mais je suis fatigué.

– Tu as besoin de t'éclater. Pourquoi ne te cherches-tu pas une fille? Baise-la à couillons rabattus. Crois-moi.

– Ça n'est pas le moment de blaguer, Stanley!

– Désolé, vieux. Je croyais que ça t'aiderait. »

Ils se regardaient, attendant tous deux que l'autre dise quelque chose. Pour finir, Ben déclara : « Très bien, donne-moi le nom du conducteur. »

Après avoir noté les coordonnées, il repoussa le papier d'un air absent et releva les yeux.

« Tu crois que nous finirons par gagner, Stanley?

– Bien sûr que non, mais là n'est pas la question vieux.

– Y en a-t-il *une*?

– Nous ne pouvons pas gagner, Ianie. Mais nous n'avons pas besoin de perdre. Ce qui importe, c'est que nous soyons toujours là.

– J'aimerais en être aussi certain que toi.

– J'ai des gosses, Ianie. Je te l'ai dit, il y a un bon bout de temps. Ce qui peut m'arriver n'a aucune importance. Mais si j'abandonne maintenant, c'est foutu pour eux aussi. » Il se pencha sur le bureau. « Faut faire *quelque chose*, vieux. Même si mes frères me crachent dessus, quand ils sauront que j'étais avec toi, cette nuit.

– Pourquoi?

– Parce que je suis assez démodé pour discuter avec un Blanc. Ne commets pas d'erreur, Ianie. Mes frères sont d'une humeur noire. Mes enfants, aussi. Ils parlent une langue différente de la tienne, de la mienne. » Il se leva. « Ça ne me sera pas facile de revenir ici. Il y a des indicateurs partout. Nous vivons une drôle d'époque, Ianie.

– Toi aussi, tu m'abandonnes?

– Je ne t'abandonne pas, Ianie, mais nous devons être très prudents. » Il tendit la main à Ben. « A un de ces jours.

– Où vas-tu?

– Je pars faire un petit voyage.

– Tu reviens bientôt?

– Bien sûr. » Il éclata de rire et prit la main de Ben dans les siennes. « Nous serons de nouveau ensemble. Bientôt. Le jour viendra, tu sais, où je n'aurai plus à éviter chaque soir les chiens de tes voisins. Nous sortirons en plein jour, vieux. Nous marcherons dans les rues, gauche, droite, ensemble. Bras dessus, bras dessous. Je te le dis. Jusqu'à l'autre bout du monde, Ianie. Personne pour nous arrêter. Réfléchis-y. » Il se pencha maladroitement. « Toi et moi, vieux. Et il n'y aura plus un seul salaud pour nous arrêter et nous dire : "Eh, où est ton domboek?" »

Il riait toujours. Et, tout à coup, il disparut et la pièce redevint calme.

C'est la dernière fois qu'ils se sont vus.

Près de lui, Susan vivait sa vie, à l'écart, lointaine. Ils se parlaient peu, échangeaient les quelques mots indispensables, pas plus. Quand il tentait de lancer la conversation, elle s'asseyait, les yeux baissés, étudiait ses ongles de cet air absorbé que peut avoir une femme dès qu'elle veut vous faire comprendre qu'elle vous trouve ennuyeux.

En fait, Linda était la seule avec qui il parlait. Il lui téléphonait de temps à autre, mais il arrivait souvent qu'en plein milieu d'une conversation, il ait la tête ailleurs et oublie ce qu'il avait envie de lui dire.

Et Phil Bruwer, bien sûr, même si Melanie était un obstacle entre eux. Le vieil homme parlait constamment d'elle, mais Ben ne répondait pas. Quoique le vieillard fût son père – peut-être à cause de ça? – c'était trop personnel pour qu'il puisse en parler.

Le journal où travaillait Melanie avait largement relaté la confiscation de son passeport sud-africain, insinuant que ça devait avoir un rapport « avec une enquête qu'elle avait faite sur la mort en détention de Gordon Ngubene, il y a un an ». Assez curieusement, la Section spéciale ne le poursuivit pas. Le journal du dimanche continua de parler de Gordon à intervalles réguliers – grâce à la persévérance d'un ou deux jeunes reporters, restés en contact avec Ben. Même ça perdait de son impact. Quelques lettres de lecteurs demandèrent spécifiquement que le journal laisse tomber cette « sinistre affaire ».

« Vous ne pouvez pas les blâmer, dit le professeur Bruwer. Les gens ont la mémoire courte, vous savez. Ils veulent bien faire. Mais dans un monde qui a vu Hitler, le Biafra, le Vietnam et le Bangladesh, la vie d'un homme ne veut pas dire grand-chose. Les gens ne sont émus que par la quantité. Plus grand et mieux. »

Ben ramena le vieux professeur chez lui. Les médecins n'étaient toujours pas satisfaits de son état de santé, mais il n'était pas assez malade pour rester à l'hôpital. Depuis le départ de Melanie, Phil Bruwer était devenu irritable et nerveux. Il ne se calmerait pas tant qu'il ne serait pas de retour chez lui. Ben s'arrangea pour lui trouver une infirmière à plein temps – au grand dam du vieillard – et, avec ce fardeau en moins sur les épaules, il n'y pensa plus jusqu'à ce que, quelques jours avant la rentrée des classes, Bruwer l'appelle et lui demande de venir le voir.

Une lettre de Melanie l'attendait.

« C'est arrivé dans mon enveloppe, dit le vieil homme, en gloussant d'un air satisfait. Elle l'a envoyée à un de mes vieux amis qui me l'a apportée ce matin. Prenez votre temps. Je ne vous interromprai pas. »

Ce n'était pas une très longue lettre, d'un ton étrangement sobre. Ben la parcourut fiévreusement à la recherche d'une signification plus profonde, d'une référence intime et subtile dans la relation prosaïque de son arrestation à la douane de l'aéroport Jan-Smuts; elle avait été escortée jusqu'à un bureau et mise sur un vol de la British Airways en partance pour Londres, l'après-midi même. Note brève, exempte d'émotion. Ils ne devaient pas s'inquiéter. Elle allait bien et avait été, en fait, déjà mutée officiellement dans les bureaux de son journal à Fleet Street. Et puis, enfin :

Ce qui suit est réservé à vos yeux seuls. Je vous en prie, empêchez papa de faire quoi que ce soit (qu'il ne le sache pas). J'ai commencé à écrire un article sur Gordon en pensant que ce serait une bonne chose de répandre les nouvelles par ici. Mais avant d'avoir pu le terminer, j'ai reçu une visite inattendue. Celle d'un gentleman, très britannique d'allure en vérité, mais trahi par son accent. (A moins que je ne m'imagine des choses. On se met à douter de son propre jugement.) Il m'a dit très suavement qu'il était certain que je n'irais tout de même pas jusqu'à publier quelque chose sur Gordon, en Angleterre. « Qu'est-ce qui peut m'en empêcher? lui ai-je demandé. — La plus élémentaire décence, m'a-t-il répondu. Vous ne voulez pas causer d'ennuis à votre vieux père, n'est-ce pas? »

Me voilà donc ici, coincée. Mais nous ne devons pas perdre confiance, Ben. Je vous en supplie. Ce qui m'est arrivé ne doit pas interférer avec ce que vous avez à faire. Le désespoir est une perte de temps. Papa aura besoin de vous. Vous devez continuer. Vous devez supporter. Vous le devez, pour Gordon et pour Jonathan. Mais aussi pour vous. Pour moi. Pour nous. Je vous en supplie. Et, en ce qui me concerne, je veux que vous sachiez que je ne regrette pas, un seul instant, ce qui s'est passé entre nous.

Il resta un long moment assis à regarder fixement la lettre, sur ses genoux, avant de la plier méticuleusement et de la remettre dans son enveloppe.

« Satisfait? » demanda le vieil homme, les yeux pétillants de bonne humeur.

Ben prit sa décision très rapidement. C'était l'acceptation de ce qui était devenu inévitable.

« Prof, j'ai quelque chose à vous dire.

— Que Melanie et vous, vous êtes amoureux l'un de l'autre?

— Comment le savez-vous?

— Je ne suis pas aveugle, Ben.

— Je suis plus qu'amoureux. Je veux que vous le sachiez. Une nuit, juste avant qu'elle ne parte pour le Kenya...

— Pourquoi me dites-vous ça?

— Parce que c'est la raison pour laquelle ils l'ont déchue de sa nationalité. Non pas pour la punir de quelque chose, mais pour *me* punir. Ils ont pris des photos de nous, ils ont essayé de nous faire chanter.

Quand j'ai refusé, ils s'en sont pris à elle. Parce qu'ils savaient qu'ils me toucheraient en faisant ça. »

Très calme, la tête penchée, le vieil homme était assis en face de lui.

« Je ne veux plus que vous me receviez dans votre maison. C'est à cause de moi que c'est arrivé.

— Ils la surveillaient depuis longtemps, Ben.

— Mais j'ai été la goutte qui fait déborder le vase.

— Le prétexte qu'ils ont utilisé est-il vraiment si important?

— Comment puis-je de nouveau vous regarder en face?

— Se blâmer peut devenir un passe-temps stérile.

— Comment puis-je ne pas me blâmer?

— Nous nous devons de regarder au-delà, Ben. Je crois que nous le devons également à Melanie. » Il prit la pipe que lui avaient formellement interdite les médecins et il se mit à en nettoyer le fourneau. « Je suis étonné de me poser ces questions : quel est ce monde, quel est ce type de société, dans lequel il est possible à l'Etat de persécuter, de briser un homme avec une chose de ce genre? Comment un tel système voit-il le jour? Où commence-t-il? Qui lui permet de faire ce qu'il veut?

— N'est-il pas suffisant de savoir que cela arrive?

— Qu'adviendra-t-il de nous si nous cessons de nous poser des questions?

— Mais où mènent ces questions?

— Peu importe où elles mènent. L'important est de continuer à s'en poser. » Respirant profondément, plus troublé que je ne l'avais jamais vu, il craqua allumette sur allumette avant de pouvoir allumer sa pipe. « Et nous ferions mieux de continuer à nous en poser, jusqu'à ce que nous ayons dégagé notre propre responsabilité dans ce problème.

— Comment pouvons-nous être tenus responsables

de ce qui est arrivé? Nous nous rebellons contre cela même.

– Il se peut que nous n'ayons rien fait de spécifique. » Il aspira la fumée, la savoura en se détendant lentement. « Peut-être est-ce quelque chose que nous *n'avons pas* fait. Quelque chose que nous avons négligé de faire. Quand il était encore temps d'empêcher la décomposition. Quand nous avons joué aux aveugles, parce que c'étaient "nos frères" qui commettaient ces crimes. »

Ils restèrent un long moment silencieux.

« Vous ne me blâmez donc pas pour ce qui est arrivé à Melanie?

– Vous n'êtes plus des enfants. » D'un geste de colère, il passa sa main sur son visage. Dans le crépuscule, Ben n'avait pas remarqué les larmes. « Vous vous rendez compte? dit le vieil homme. Au bout de tant d'années, le tabac devient trop fort pour moi. »

Lundi 24 avril. Bref coup de téléphone de Cloete, ce matin. Il voulait me voir d'urgence. J'ai été surpris par son empressement. Pourquoi ne peut-il pas attendre la rentrée des classes, demain? Quand le moment est arrivé, je suis quand même resté très calme. J'étais peut-être un peu soûl. J'étais soulagé de savoir qu'on m'enlevait un autre fardeau. Emerveillement devant l'humilité de nos besoins réels. Acceptation de sa propre insignifiance.

Enveloppe brune sur le bureau. Il ne l'a pas ouverte en ma présence. Pas besoin. J'avais vu celle de Susan.

« Mr. Du Toit, je ne crois pas qu'il soit nécesaire de vous dire quelle a été ma réaction. J'ai eu confiance tous ces derniers mois. J'ai toujours été prêt à me ranger de votre côté... » Il haletait comme les soufflets de la forge primitive de papa, à la ferme. Il a poursuivi d'une voix implacable : « Notre première responsabilité – n'êtes-vous pas d'accord avec moi? – l'école, les élèves qui nous sont confiés. Vous me comprenez bien, n'est-ce pas? Je n'ai plus le choix, face à ce problème. J'ai pris contact avec le Département. Il y aura bien sûr une enquête officielle. Jusque-là...

– Inutile, Mr. Cloete. Si vous le désirez, je peux vous donner ma démission pendant que je suis là.

– J'espérais bien que vous me la donneriez. Ça me facilite la tâche. »

Lui était-il vraiment nécessaire d'en discuter avec le reste de l'équipe? Etait-il inutile d'espérer se voir épargner la plus énorme humiliation? Ils étaient quatre ou cinq dans la salle de réunion lorsque je suis sorti du bureau de Cloete.

Carelse en grande forme : « Je te tire vraiment mon chapeau. Tu devrais à présent lancer un haras. Elever des étalons. »

Viviers, sombre et maussade, m'a évité jusqu'au dernier moment. Puis il est sorti avec moi, comme s'il avait brusquement pris sa décision : « Mr. Du Toit » – fini Oom Ben – « j'espère que vous ne m'en voulez pas de vous appeler ainsi, mais j'ai le sentiment que vous m'avez laissé tomber. J'ai toujours pris votre parti, depuis le premier jour. Je croyais que vous étiez impliqué dans une cause juste, importante, avec des principes de base. Ce que vous avez fait... »

Je ne voulais pas en parler avec Susan. Pas aujourd'hui. Mais ce soir-là, au dîner – heureusement nous étions seuls, tous les deux – quand elle m'a parlé de mes vêtements, pour le lendemain, je n'ai pas pu remettre à plus tard.

« Je ne vais pas à l'école, demain. »

Elle m'a regardé, étonnée.

« J'ai donné ma démission, ce matin.

– Aurais-tu perdu la tête?

– Cloete était prêt à m'offrir ce choix honorable...

– Veux-tu dire que...? »

– Il a, lui aussi, reçu une photographie dans son courrier. »

Je ne pouvais pas détourner le regard.

« Alors, ils sont tous au courant ? Je me suis tout le temps dit que nous devions, toi et moi, nous en accommoder. Dieu sait que c'était déjà assez moche comme ça, mais ça restait au moins entre nous. »

C'est tout ce qu'elle a dit. Après dîner, elle s'est retirée dans sa chambre, sans desservir la table. Je suis allé dans mon bureau. Il était plus de minuit.

Elle est venue me voir, il y a une demi-heure. Très calme.

« J'ai pris ma décision, Ben. Si tu es d'accord, je resterai encore cette nuit, ici. Mais il faut que je m'en aille, demain matin.

– Non. »

Pourquoi ai-je dit ça ? Avions-nous le choix ? Pourquoi m'était-il brusquement si important de la retenir, de m'accrocher à elle ? C'était indigne de moi. Ça n'était pas pour elle que j'essayais de la retenir, mais pour moi seul. Cette terrible angoisse. Pas ça en plus. Pas la solitude totale.

Elle a souri tristement. « Ben, tu ne peux pas être aussi puéril. »

Je voulais me lever, m'approcher d'elle, mais j'avais peur que mes jambes me lâchent. Je suis resté où j'étais. Et, sans se retourner, elle est sortie.

3

Les vagues provoquèrent évidemment des remous dans toute la famille, onde après onde.

Après une vive discussion avec Susan, Johan resta à la maison, avec Ben. Lui avait-elle dit toute la vérité ? Difficile de le savoir. En tout cas, le garçon perdit complètement patience. « Tu es contre papa depuis le début. Mais c'est mon père et je reste ici. Le monde entier peut aller se faire foutre. Je m'en balance! »

La réaction de Linda, par contre, secoua Ben profondément. Elle manqua à ce point de tact qu'elle amena même son Pieter pour la discussion finale. Que Ben leur ait rendu la vie difficile, elle pouvait encore l'accepter, parce qu'elle avait gardé foi en son intégrité et ses bonnes intentions. Elle avait bien pu ne pas être d'accord avec ses méthodes ou la direction choisie, mais elle n'avait jamais douté de ses motifs. Il était son père; elle l'aimait et le respectait. Elle avait été disposée à le défendre contre vents et marées. Mais ce qui venait de se passer était intolérable. Cette... cette chose sordide, dégoûtante! Et penser que tout le monde était au courant! Comment pouvait-il croire qu'elle pourrait garder la tête haute, maintenant? Qu'était-il advenu des valeurs qu'il lui avait enseignées? Le temple de Dieu. Maintenant, ça! Comment pouvait-il jamais espérer lui demander le respect? C'est vrai, c'était son devoir de chrétienne de pardonner. Mais elle ne pourrait plus jamais oublier. Jamais. Elle ne dormait plus la nuit et pleurait. L'horreur de tout ça. La seule façon pour elle de conserver sa dignité était de lui dire adieu, ici et maintenant.

Pieter assura Ben qu'il allait continuer à prier pour lui. Ensuite, ils retournèrent à Pretoria.

La réaction de Suzette, par contre, étonna Ben. Un jour seulement après le départ de Susan, Suzette arriva dans sa nouvelle voiture de sport, rutilante. Dans un accès de panique, Ben eut envie de s'en aller aussi vite que possible. L'hostilité de Suzette était bien la dernière chose qu'il pût affronter à ce moment-là. Mais à l'instant même où il la vit, il découvrit en elle quelque chose de différent. Grande, blonde, elle s'approcha de lui, mais sans cette assurance agressive qui l'avait si souvent agacé. En mordillant sa lèvre, elle leva les yeux nerveusement, appliqua un baiser maladroit sur sa joue et se mit à fouiller son sac en peau de serpent.

« Tu es seul? »

Il la regarda, sur ses gardes. « Je croyais que tu le savais?

– Je voulais dire... » Une fois de plus, le regard furtif. « Tu n'as besoin de rien?

– Je me débrouille très bien.

– Puis-je préparer le thé? dit-elle nerveusement.

– Ne t'inquiète pas.

– J'ai soif. Je suis sûre que ça va nous faire du bien.

– Suzette. » Il ne pouvait pas jouer ce jeu plus longtemps. « Si tu es venue me voir pour me parler de ce qui s'est passé...

– Oui. » Ses yeux bleus le dévisageaient mais avaient une expression de pitié, non d'accusation.

« Tu ne crois pas que j'en ai assez entendu, ces derniers temps? De tous les côtés.

– Je ne suis pas venue te faire des reproches, papa.

– Quoi, alors? » Il la regarda droit dans les yeux.

« Je voulais que tu saches que je te comprenais. »

Il ne put s'empêcher de penser amèrement : *Oh! je comprends ta façon de comprendre. Tu n'as jamais eu beaucoup de respect pour le sacrement du mariage.* Mais il ne dit rien et attendit qu'elle poursuive. Elle avait des difficultés, il pouvait s'en rendre compte. Elle luttait, c'était visible. « Papa, je veux dire que... eh bien, je ne reproche pas à maman d'être partie. Je sais qu'elle n'a pas eu la vie rose, ces derniers temps. Mais je me suis battue nuit et jour contre ça. Et je sais maintenant... » Une fois de plus, le regard hésitant, comme si elle s'attendait à ce qu'il la condamne. « Pour la première fois, je pense, je sais par quoi tu as dû passer. Toute cette année écoulée. Même avant ça. Je me suis donc dit : je ne suis pas d'accord sur tout et je ne suis pas sûre de t'avoir toujours très bien compris, mais je vous respecte tous les deux, pour ce que vous êtes. J'ose espérer ne pas avoir trop longtemps attendu pour te le dire. »

Il inclina la tête. Abasourdi, il dit : « Allons préparer le thé. »

Ils n'en reparlèrent pas, ce matin-là, préférant limiter leur conversation au petit-fils, à son travail à elle, au journal, aux études de Johan, à des ragots et même au temps. Mais lorsqu'elle revint les autres jours, il lui fut plus facile de parler de ce qui lui tenait à cœur, Gordon y compris, de ce qui était arrivé et arrivait encore. Contre sa volonté. Elle parla même de Melanie. Peu à peu, ses visites firent partie de la routine. Tous les deux jours elle venait faire le ménage, préparer le thé, bavarder. Une nouvelle Suzette qu'il avait encore beaucoup de mal à accepter, même s'il en accueillait la métamorphose avec une gratitude presque sentimentale.

Il y avait des jours où sa présence l'irritait. Il était devenu jaloux de sa solitude, de ses heures, de la maison vide, de son silence. Mais une fois qu'elle était partie, il s'apercevait alors qu'elle lui manquait. Non pas tant pour elle-même que pour la possibilité de parler à quelqu'un. C'était différent de la loyauté sans bornes que lui vouait son fils. Les contacts avec Johan se limitaient à des remarques futiles au cours des repas, à des sorties (café, restaurant, matches de rugby). Ils jouaient surtout aux échecs, ce qui leur offrait la possibilité de communiquer sans éprouver le besoin de parler. Mais Ben devenait de plus en plus absent, se reposait sur des tactiques dépouvues d'imagination, négligeait de suivre la partie avec précision. Il devait en payer les conséquences et perdait la belle la plupart du temps par manque de concentration. Ce que Suzette lui offrait, c'était la compréhension et la sympathie d'une femme adulte, venant étayer sa confiance, juste au moment où tout commençait à s'effriter. Le jeune révérend Bester vint aussi le voir. Une seule fois. Il lui offrit de lire la Bible et de dire une prière, mais Ben déclina l'offre.

« Oom Ben, ne voyez-vous pas qu'il est inutile de ruer dans les brancards? Pourquoi n'essayons-nous pas plutôt d'en finir?

— Ça ne sera jamais fini tant que Gordon et Jonathan reposeront dans leurs tombes, sans avoir été vengés.

— La vengeance appartient à Dieu. Pas à nous. » Le jeune homme suppliait avec une extrême gravité. « Il y a en vous une amertume qui vous rend très malheureux. Il y a en vous quelque chose de dur que je n'avais jamais soupçonné.

— Me connaissiez-vous vraiment, révérend?

— N'êtes-vous pas allé trop loin, Oom Ben? Vous avez déjà connu tant de dévastation et de destruction. »

Ben semblait regarder intérieurement le champ de bataille de sa propre existence. « Cette vie n'a aucun sens si je ne suis pas prêt à en payer le prix, révérend.

— Mais ne voyez-vous pas l'arrogance, la terrible présomption de votre besoin : continuer et souffrir de plus en plus? Ne voyez-vous pas que c'est pareil à la perversion de ces catholiques du Moyen Age qui connaissaient l'extase en se flagellant? Il n'y a aucune humilité là-dedans, Oom Ben. Ce n'est que pure vanité.

— Qui est en train de me flageller, à présent, révérend?

— Mais ne comprenez-vous pas? J'essaie de vous aider. Il n'est pas trop tard.

— Comment voulez-vous m'aider? Que voulez-vous faire? » Ses pensées vagabondaient. Il avait du mal à se concentrer.

« Nous pouvons pour commencer empêcher ce divorce. »

Il secoua la tête.

« Après toutes ces années de vie commune? Je refuse de croire qu'une union puisse se terminer ainsi.

– Susan et moi n'avons plus rien à nous dire, révérend. C'est fini. Elle est épuisée. Je ne lui reproche rien.

– On peut toujours essayer de fouiller son propre cœur. »

Il était assis et écoutait, tendu, méfiant, attendant que ça vienne.

« Cette autre femme, Oom Ben.

– Je ne veux pas qu'elle soit mêlée à tout ça! hurla-t-il, perdant instantanément tout contrôle. Vous ne savez rien d'elle!

– Mais si nous voulons que quelque chose sorte de cette discussion... » Sa voix tremblait de gentillesse.

« Vous voulez mettre au jour quelque chose qui ne m'intéresse plus, dit Ben en s'étouffant. Ma vie m'appartient.

– Nous appartenons tous à Dieu.

– S'il en est ainsi. Il a certainement fait un gâchis de ma vie! » Au bout d'un moment il se calma. « Et je préfère ne pas L'en blâmer. Je préfère en prendre moi-même la responsabilité.

– Vous souvenez-vous du soir où vous êtes venu me voir? Juste après l'enquête? Si seulement vous m'aviez écouté à cette époque-là?

– Si je vous avais écouté, je n'aurais plus de conscience, ce soir. Dieu sait que j'ai tout perdu. Mais il me reste encore ma conscience.

– Tant de choses viennent se ranger sous le mot " conscience ", dit le révérend Bester, calmement. Ça aussi c'est peut-être un problème d'orgueil. Ce peut être une façon d'enlever à Dieu son travail et d'essayer de le faire soi-même.

– La vraie raison est peut-être si souvent mal utilisée qu'elle en devient extrêmement précieuse, révérend. Aucune tierce personne ne pourra jamais comprendre. Je ne sais rien de votre conscience, vous ne savez rien de la mienne. Je me suis souvent demandé si là n'était pas la véritable signification de la foi. Savoir, savoir au nom de Dieu, que vous n'avez pas d'autre choix que celui de faire ce que vous faites. Et d'en prendre la responsabilité. » A travers la fumée, plus dense qu'avant, il jeta un coup d'œil sur le jeune homme. Il dit enfin, la pipe tremblant entre ses mains : « Je suis prêt. Ai-je tort ? Ai-je raison ? Je n'en sais rien. Mais je suis prêt. »

4

5 mai. Aurais-je eu le culot de le faire si Phil Bruwer n'avait pas été réhospitalisé ? Mais à quoi sert ce genre de question ?

La garde m'a appelé hier. Phil Bruwer avait apparemment appris par le ministère de l'Intérieur que son passeport ne lui serait pas renouvelé pour aller voir Melanie, à Londres.

Juste après le repas, il a eu une autre attaque. Pas très grave, mais il a été transporté de nouveau aux urgences et ils ne m'ont pas permis de le voir. « La famille, seulement. »

J'ai parlé à Johan. Mais son désir de « m'aider » est une gêne. Que comprend-il réellement ? De quoi puis-je discuter avec lui ? Comment puis-je lui expliquer ce sentiment qui m'oppresse, qui menace de me submerger ? Je ne peux plus manger ou dormir. Je suis coincé. Atteint de claustrophobie. Un bourdon dans une bouteille.

J'ai essayé de contacter Stanley. Je savais que ça n'était pas très prudent. Je ne l'ai pas appelé, bien sûr, de la maison, ni même de la cabine à quelques mètres de chez moi, mais d'une banlieue différente. Paranoïaque! Aucune réponse. J'ai essayé trois autres fois, dans le courant de la soirée. Une femme m'a enfin répondu et m'a dit qu'il était absent. Pour « son travail ». Elle m'a promis de lui dire que le lanie avait téléphoné. Rien encore, ce matin. A onze heures, je n'en pouvais plus. Entendre seulement une voix humaine! Même celle du révérend? Mais son épouse se trouvait seule au presbytère. Une femme-enfant, blonde, l'air effaré – d'avoir eu tant d'enfants si tôt? – mais avec un certain charme anémique. Elle m'a offert une tasse de thé. J'ai accepté par pur désespoir. Piétiné par tous ses enfants. Puis je me suis sauvé.

J'ai envisagé l'idée d'aller voir Suzette à Pretoria. Mais je n'étais pas très chaud. Sa sympathie et son intérêt filial sont ma seule consolation en ce moment. Je me sens cependant mal à l'aise en sa présence. Je suis incapable d'admettre sa métamorphose, même si je la salue avec enthousiasme. J'ai abandonné l'idée de la sonder, de sonder qui que ce soit d'autre, d'ailleurs. Fatigué.

Je suis donc allé à Soweto.

La dernière folie? Je m'en foutais. Il le fallait, un point c'est tout. J'espérais y trouver Stanley. Quelqu'un que je connaisse. Ridicule, je pense, mais cela me semblait plus vraisemblable de rencontrer quelqu'un là-bas que dans mon propre quartier.

J'ai d'abord tourné en rond, m'arrêtant de temps à autre pour m'assurer que je n'étais pas suivi. Il y a une certaine satisfaction dans ce jeu de gendarmes et de voleurs. Ça vous permet de tester votre ingéniosité; ça vous maintient en éveil. Ça vous aide à vous concentrer, à survivre. Supporter. Ne pas devenir fou.

J'ai ralenti en atteignant l'usine à gaz. Je n'étais venu dans ces parages que deux fois, avec Stanley. Dont une fois, en pleine nuit. Et c'est un véritable labyrinthe de sentiers et de ruelles. Je me suis arrangé pour rester à peu près dans la bonne direction. J'ai traversé la ligne de chemin de fer, puis je suis passé entre les maisons. Et puis je me suis perdu. Je suis allé de-ci de-là, perdant tout sens de l'orientation dans l'épais nuage de fumée qui obscurcissait le soleil. Je me suis arrêté deux fois pour demander mon chemin. La première fois, un groupe d'enfants qui jouaient s'est figé en me voyant, a refusé de me répondre en faisant semblant de regarder ailleurs. Puis j'ai trouvé un coiffeur devant une porte, son client installé sur une chaise, dans la rue poussiéreuse, un linge sale drapé autour de ses épaules. Il m'a expliqué comment je devais m'y prendre.

Il y avait quelques jeunes au coin de la rue quand je me suis arrêté devant la maison de Stanley. Ils ont fait la sourde oreille lorsque je leur ai demandé s'il était chez lui. Cela aurait peut-être dû me servir d'avertissement, mais je voulais absolument le voir.

J'ai frappé à la porte. Tout était silencieux. Une femme a enfin ouvert la porte. Jeune, séduisante. Cheveux coiffés à l'afro. Elle m'a dévisagé avec méfiance et a tenté de refermer la porte, mais je l'en ai empêchée.

« Je suis venu voir Stanley.

– Il n'est pas là.

– Je suis Ben Du Toit. Il vient souvent me voir chez moi. »

Elle m'a dévisagé, en colère, mais mon nom, semblait-il, lui disait quelque chose.

« J'ai téléphoné plusieurs fois, hier. J'ai laissé un message pour lui. Pour qu'il me joigne.

– Il n'est pas là », a-t-elle répété, d'un air maussade.

J'ai regardé autour de moi, désespéré. Les jeunes étaient toujours au coin de la rue, mains dans les poches, et m'observaient.

« Vous devez vous en aller, a-t-elle dit. Vous allez avoir des ennuis.

– Quel genre d'ennuis?

– Vous. Mais aussi Stanley, nous tous.

– Vous êtes sa femme ? »

Ignorant ma question, elle a dit : « Ils le recherchent.

– Qui ?

– Ils.

– Il le sait ? » ai-je demandé, angoissé. Pas Stanley. Pas lui. Il est le seul qui me reste. Il doit survivre.

« Il est parti, a-t-elle dit. Je crois qu'il est parti pour le Swaziland. Il ne reviendra pas de sitôt. Il sait qu'ils l'attendent.

– Et vous ? Et ses enfants ? Vous avez besoin de quelque chose ? »

Elle a semblé trouver ma question amusante car elle m'a fait un grand sourire. « Nous n'avons besoin de rien. Il a fait des provisions. » Puis, de nouveau sérieuse : « Partez, maintenant. Vous ne pouvez pas entrer. Ils s'en apercevraient. »

Je me suis détourné, j'ai hésité et j'ai jeté un coup d'œil en arrière. « Mais... s'il revient... le lui direz-vous ? »

Un bref signe de la tête. Mais je n'ai pas pu savoir si elle acquiesçait ou si elle refusait. Elle a fermé la porte.

Perdu et rejeté, je suis resté figé sur le seuil. Qu'allais-je faire, à présent ? Où pouvais-je aller ? Rentrer à la maison, comme si de rien n'était ? Et puis quoi ?

J'étais si perdu dans mes pensées que je ne les ai pas vus avancer. Au moment où j'ai levé les yeux, ils se tenaient en groupe serré, entre la voiture et moi. En arrière-plan, je pouvais en voir d'autres approcher. La lenteur même de leurs mouvements m'a rendu méfiant. Comme s'ils n'avaient pas besoin de se presser, comme s'ils étaient certains de l'issue.

J'ai fait quelques pas en direction de la voiture, puis je me suis arrêté, hésitant. Ils me regardaient toujours, dans un silence de mort – leurs jeunes visages sombres étaient dénués de toute expression.

« Stanley n'est pas à la maison », ai-je dit, en me sentant idiot, en essayant d'établir une espèce de contact. Ma gorge était sèche.

Ils n'ont pas bougé. Les autres se rapprochaient. Comment étaient-ils au courant de ma présence?

Aucune réponse.

Essayant de ne pas montrer mon appréhension, j'ai fait un autre pas en avant, en sortant les clés de ma voiture.

Tout s'est très vite passé – dans une grande confusion de mouvements et de bruits. Quelqu'un m'a arraché les clés de la main. Au moment où je me baissais pour les ramasser, j'ai été projeté à terre et frappé par-derrière. Je me suis étalé de tout mon long dans la poussière en tenant mon trousseau. Une nuée de corps s'est abattue sur moi. J'ai essayé de me dégager à quatre pattes, mais au moment où je me redressais contre la carrosserie de la voiture, quelqu'un m'a de nouveau saisi. Un coup dans l'estomac. J'ai été projeté en avant. Genou dans les reins. Pendant un moment, ma tête a tournoyé de douleur. Mais je savais que si je restais là, c'était la fin. Je ne peux toujours pas expliquer comment j'y suis parvenu, mais dans la confusion, je me suis arrangé pour faire le tour de la voiture et pour ouvrir la portière du conducteur. Dieu merci, les autres portières étaient fermées. Au moment où je m'effondrais sur mon siège, la portière s'est rouverte. J'ai frappé aveuglément. J'ai coincé une main dans la portière.

Notant l'arrivée d'une foule sombre au loin, j'ai tourné la clé de contact, mis le moteur en route d'une main tremblante.

J'ai pensé à Melanie qui, au milieu d'une telle foule, avait fait le signe du *Pouvoir noir* pour qu'on la laisse passer. Mais je n'avais pas sa présence d'esprit.

J'ai seulement baissé la vitre d'un centimètre et je leur ai crié : « Vous ne comprenez donc pas? Je suis de votre côté! » Ma voix était au seuil de l'hystérie.

Puis, la première pierre est venue frapper la carrosserie. Plusieurs mains ont saisi l'arrière de la voiture, l'ont secoué pour soulever les roues. D'autres pierres sont venues rebondir sur les côtés. Un seul remède : j'ai fait marche arrière à pleins gaz, je les ai déséquilibrés et les ai envoyés rouler par terre. Puis en avant toute, dans un crissement de pneus, dans un nuage de poussière et de gravillons.

Au premier carrefour, quelques Noirs m'attendaient. Ma vitre a été brisée par une brique qui m'a manqué de peu et a atterri sur la banquette. Pendant un moment, j'ai perdu le contrôle de la voiture, j'ai zigzagué, affolant les enfants, la volaille, les évitant tous miraculeusement.

Ça n'avait certainement pas duré plus d'une minute ou deux, mais j'avais l'impression que ça n'avait pas de fin. Puis je me suis retrouvé dans une autre agglomération. Les enfants jouaient avec des pneus, avec des roues de bicyclettes. Des femmes criaient tant qu'elles pouvaient d'un coin de rue à l'autre. Des carcasses de voitures jonchaient les espaces nus du veld. Des gens grattaient et fouillaient les tas d'ordures. Tout était hostile et étranger. Atroce. Je n'avais aucune idée de la direction à prendre. J'étais en même temps trop affolé pour m'arrêter. J'ai simplement continué de rouler, agité, sans but. En brisant presque mes amortisseurs dans les ornières et les nids-de-poule. J'évitais de justesse les piétons, les abandonnant dans un nuage de poussière. Ils juraient et brandissaient le poing. Des rues, des rues, d'une agglomération à l'autre.

Au bout d'un long moment, je me suis obligé à m'arrêter dans une étendue brûlée du veld. Je me suis assis là, pour me calmer. Je respirais profondément. Mes membres étaient meurtris. Ma tête me faisait mal. Mes vêtements couverts de poussière et déchirés. Mes mains écorchées. Mon corps tout entier tremblait de fièvre. J'ai attendu, jusqu'à ce que je me sente plus ou moins sûr de moi-même avant de remettre la voiture en marche et de me diriger vers un centre commercial où j'ai pu demander mon chemin. Il s'est avéré, à ce moment-là, que je me trouvais à l'autre bout de Soweto, près du cimetière, là où Gordon était enterré.

Ce n'est qu'à ce moment-là que ça m'a frappé : étrange façon que l'on a de vivre en cercles, passant encore et toujours devant les mêmes repères de temps anciens. Un cercle avait été bouclé. C'est à cet endroit, la Sofasonke City de Stanley, dans une manifestation pareille à celle où je venais d'être impliqué, que Jonathan avait été arrêté. Pour moi, ç'avait été le début de tout. Et, brusquement... il y avait quelque chose de très ordonné dans tout ça : il semblait écrit que je devais revenir un jour en cet endroit.

De retour à la maison, j'ai pris un bain et me suis changé. J'ai avalé quelques comprimés. Me suis détendu. Mais je ne suis pas arrivé à dormir. De temps à autre, je recommençais à frissonner, de manière incontrôlable.

Je n'avais jamais été aussi proche de la mort.

Etendu, j'ai essayé d'y voir plus clair. Je n'ai pas pu penser de manière cohérente. J'étais seulement conscient d'une amertume terrible, aveugle. Pourquoi m'avaient-ils rejeté? Ne comprenaient-ils pas? Avais-je enduré tout ça pour eux, en vain? Tout ça ne servait-il à rien? Qu'était-il arrivé à la logique, au bon sens?

Mais je me sens bien plus calme. Ecrire m'aide beaucoup.

Professeur Bruwer : *Il n'existe que deux sortes de folies contre lesquelles se prémunir, Ben. L'une est cette croyance selon laquelle nous pouvons tout faire. L'autre est celle selon laquelle nous ne pouvons rien faire.*

Je voulais aider. Bien. J'étais tout à fait sincère.

Mais je voulais le faire à ma façon. Et je suis blanc; ils sont noirs. Je croyais qu'il était encore possible de transcender notre « blancheur » et notre « noirceur ». Je croyais que tendre la main et toucher l'autre par-dessus l'abîme suffirait. Mais j'ai saisi si peu de chose, comme si les bonnes intentions pouvaient tout résoudre. C'était présomptueux de ma part. Dans un monde ordinaire, dans un monde naturel, j'aurais pu réussir. Pas dans cette époque dérangée, divisée. Je peux faire tout ce que je peux pour Gordon ou pour ceux qui sont venus me voir. Je peux me mettre à leur place; je peux éprouver leurs souffrances. Mais je ne peux pas vivre leur vie à leur place. Que pouvait-il sortir de tout ça, sinon l'échec?

Que je le veuille ou non, que j'aie envie ou non de maudire ma propre condition – et ça ne servirait qu'à confirmer mon impuissance – *je suis blanc*. Voilà l'ultime et terrifiante vérité de mon univers brisé. Je suis blanc. Et, parce que je suis blanc, je suis né dans un état privilégié. Même si je combats le système qui nous a réduits à ça, je reste blanc et privilégié par ces mêmes circonstances que j'abhorre. Même si je suis haï et fui, écarté et persécuté et, pour finir, détruit, rien ne pourra me faire devenir noir. Ainsi, ceux qui le sont ne peuvent que se méfier de moi. A leurs yeux, mes efforts pour m'identifier à Gordon, à tous les Gordon, sont obscènes. Chaque geste que je fais, chaque acte que je commets dans mes efforts pour les aider leur rend plus difficile la tâche de définir leurs besoins réels, de découvrir par eux-mêmes leur intégrité, d'affirmer leur dignité.

Comment pourrions-nous espérer transcender les notions de prédateur et de proie, de celui qui aide et de celui qui est aidé, de Blanc et de Noir, et trouver une rédemption?

D'autre part, que puis-je faire d'autre que ce que j'ai fait?

Je ne peux pas décider de ne pas intervenir. Ce serait nier tout ce en quoi je crois; ce serait nier que la pitié peut survivre parmi les hommes. En n'agissant pas comme je l'ai fait, je refuserais la possibilité de cet abîme à combler.

Si j'agis, je ne peux que perdre. Mais si je n'agis pas, c'est une défaite différente, tout aussi décisive, peut-être pire. Parce qu'à ce moment-là, je n'aurais même plus ma conscience à moi.

La fin semble inéluctable : échec, défaite. Il me reste seulement à savoir si je suis prêt à sauver un petit honneur, une petite dignité, une petite humanité – ou rien. On dirait qu'un sacrifice est inévitable, quelle que soit la direction dans laquelle je me tourne.

Mais j'ai au moins le choix entre sacrifice futile et sacrifice qui pourrait, à la longue, ouvrir une possibilité – aussi négligeable soit-elle – d'amélioration pour nos enfants. Mon choix, celui de Gordon, celui de Stanley.

Ils continuent à vivre. Nous, les pères, nous avons perdu.

Comment puis-je dire : *il est mon ami,* ou même, plus prudemment, *je pense le connaître?* Au pire, nous sommes deux étrangers qui nous rencontrons dans le veld, qui nous asseyons pendant quelques instants pour fumer la pipe avant de repartir chacun de notre côté. Rien de plus.

Seul. Seul jusqu'au bout. Moi. Stanley. Melanie. Chacun d'entre nous. Mais avoir eu la chance de nous rencontrer, de nous toucher fugitivement la main, n'est-ce pas la chose la plus belle qui soit? La chose la plus terrifiante au monde?

Cette tranquillité rare est étrange. Même ce paysage hivernal dénudé de toute humanité, avec ses oiseaux de proie qui tournoient dans le ciel, est d'une certaine beauté. Nous avons encore beaucoup à apprendre sur les subtilités de la grâce infinie de Dieu.

Au début, il y a une agitation, puis elle s'éloigne et laisse place au silence. Mais c'est un silence de confusion, d'incompréhension. Pas un vrai silence, une impossibilité à entendre correctement. Un silence turbulent. Et ce n'est que lorsqu'on s'aventure plus profondément dans la souffrance, me semble-t-il, qu'on peut apprendre à l'accepter, à la trouver indispensable pour atteindre un véritable silence serein. Je ne l'ai pas encore atteint. Mais je crois en être proche.

Et cet espoir me soutient et me conforte.

5

Si Ben n'avait pas été aussi fatigué, aussi proche des limites de son endurance, il se serait certainement douté de quelque chose. Et s'il avait su à temps, il aurait pu prendre quelques précautions. Mais ça ne sert à rien de spéculer. Après tout, elle était son enfant. Comment pouvait-on s'attendre à ce qu'il cherchât les raisons profondes de la sympathie si désarmante qu'elle lui vouait brusquement.

Le dimanche, il partit avec Johan pour Pretoria. Ils allaient déjeuner chez Suzette. Il n'était pas très chaud pour faire ce voyage, mais elle avait insisté et lui avait dit qu'il ne pouvait pas refuser. De plus, il ressentait le besoin impérieux d'être avec quelqu'un.

Les vitres de la voiture n'avaient pas encore été remplacées. Il avait peur d'être arrêté par la police de la route. Heureusement, rien de tel ne se produisit.

« Qu'est-il arrivé à la voiture? demanda Suzette, secouée, au moment où elle le vit. On dirait que tu es allé faire la guerre.

– C'était à peu près ça, en effet. » Il sourit tristement. « Heureusement, j'en suis sorti indemne.

« – Que s'est-il passé?

– Ce n'était qu'une bande de jeunes sur le bord de la route, il y a quelques jours. » Il n'avait pas très envie d'entrer dans les détails.

Après le somptueux repas, Ben se sentit plus détendu. La bonne nourriture, le vin, le bonheur de jouer avec son petit-fils, tout cela ajouta à son sentiment de bien-être. Suzette l'emmena dehors. Ils s'installèrent dans des transats, près de la piscine, dans la chaleur de cet automne tardif. C'est là que le café leur fut servi. Pendant ce temps, Chris avait emmené Johan dans son bureau pour lui montrer quelque chose. Après coup, Ben eut le sentiment d'une mise en scène préparée à l'avance.

Suzette reparla de l'état de la voiture. « Je t'en prie, papa, tu devrais être plus prudent. Pense à ce qui aurait pu t'arriver! On ne sait pas, par les temps qui courent.

– Il faudrait plus que quelques malheureuses pierres pour se débarrasser de moi, dit-il légèrement, ne voulant pas entamer une discussion.

– Pourquoi ne l'as-tu pas fait réparer? Tu ne peux pas circuler comme ça.

– Le moteur marche très bien. Je vais m'en occuper cette semaine. Je n'ai pas eu le temps, c'est tout.

– Qu'est-ce qui t'occupe tellement?

– Des tas de choses. »

Elle devina qu'il cherchait des faux-fuyants car elle demanda de sa voix chaude, affectueuse : « C'est un problème d'argent?

– Oh! non. Pas du tout.

– Tu me promets que tu nous le diras – si Chris et moi pouvons faire quelque chose?

– Promis. » Il la regarda et sourit faiblement. « Tu sais, c'est incroyable quand je repense à la façon dont nous nous crêpions le chignon. Et maintenant...

– Il faut parfois du temps pour comprendre. J'aimerais tant me racheter à tes yeux, papa. »

Elle avait le soleil dans le dos. Une grande femme mince, blonde. Chaque cheveu en place. Pas signe d'un faux pli dans sa robe simple, sévère, qui venait certainement de Paris ou de New York. Lignes fermes de ses hautes pommettes, entêtement du menton. Le portrait craché de Susan.

« Tu supportes ta solitude, papa? Quand Johan est en classe?...

– Pas vraiment. » Il changea de position tout en évitant son regard. « On s'y habitue. Ça me donne le temps de réfléchir. Et puis j'ai tous mes papiers à classer, à mettre à jour.

– Ceux qui concernent Gordon?

– Oui. Ceux-là aussi.

– Tu m'étonnes. » Il n'y avait rien de méchant dans sa voix. Ça avait l'air admiratif. « Cette façon que tu as de t'occuper de cette affaire en te fichant éperdument de tout ce qui peut t'arriver.

– Je pense qu'on ne fait que ce que l'on peut.

– La plupart des gens auraient déjà abandonné depuis longtemps. » Silence calculé. « Mais est-ce que ça en vaut vraiment la peine, papa?

– C'est tout ce qui me reste.

– Tu m'inquiètes, tu sais. Cette bombe, l'autre jour. Et si Johan n'avait pas été là pour éteindre le feu? Toute la maison aurait brûlé!

– Pas nécessairement. Le bureau est bien à l'écart.

– Suppose que tous tes papiers aient été détruits? Tout ce que tu as pu rassembler sur Gordon? »

Il sourit, posa sa tasse sur la table basse près de son transat. Il se sentait tout à fait détendu. « Ne t'inquiète pas. Ils ne mettront jamais la main sur eux.

– Où donc les caches-tu?

– J'ai fabriqué un double fond dans ma boîte à outils, vois-tu. Il y a longtemps de ça; personne ne songera jamais à aller y jeter un coup d'œil.

– Encore un peu de café?

– Non, merci. »

Elle s'en versa une autre tasse, pleine d'énergie tout à coup. Il la regarda affectueusement, appréciant son côté attentionné, se laissant aller à sa chaleur, à celle du soleil d'automne.

Ce n'est que sur le chemin de retour qu'il songea tout à coup, affolé : et si Suzette avait eu quelque chose de précis en tête en me questionnant avec tant de soin, avec une telle nonchalance étudiée?

En colère, il rejeta cette pensée. Comment pouvait-on penser ça de son enfant? Quel sens le monde avait-il si l'on n'avait plus le droit de faire confiance à sa famille?

Il se demanda s'il devait en discuter avec Johan. Mais le vent faisait un tel bruit en soufflant par les vitres cassées que toute conversation était inutile. Sans s'en rendre compte, il accéléra.

« Fais attention aux contrôles de vitesse! cria Johan.

– Je conduis à une vitesse normale », marmonna Ben en retirant tranquillement son pied de l'accélérateur. Mais il était impatient de rentrer. Profondément secoué.

Même s'il se dégoûtait de nourrir de telles pensées, il savait qu'il ne serait pas en paix tant qu'il n'aurait rien fait pour apaiser ses craintes. Et, pendant que Johan était à l'église ce soir-là, il dévissa la petite plaque, dans la cache en bois de la baignoire. Il y transporta tous ses documents, puis referma méticuleusement le panneau de sa nouvelle cachette après avoir terminé son rangement.

Une nuit plus tard, le garage fut cambriolé. Avec tant de précautions, si professionnellement, que ni Ben ni Johan ne furent dérangés dans leur sommeil. C'est en allant à sa voiture, le lendemain matin, que Ben découvrit ce qui s'était passé. La boîte à outils avait été méthodiquement éventrée; le contenu était éparpillé sur le sol.

Epilogue

Il ne reste que peu de chose avant d'en revenir au point de départ. Un cercle sans signification – une spirale qui se meut lentement vers l'intérieur, après tout? Je me suis raccroché à la vie d'un autre pour éviter ou pour exorciser la mienne. J'ai très vite découvert que les demi-mesures étaient impossibles. Ou l'évasion ou l'immersion totale. Cependant, maintenant que tout est pratiquement écrit, qu'ai-je résolu de cette énigme qui m'a tellement fasciné? Ben, mon ami, l'étranger. Vérité déconcertante : alors que je m'apprête à achever cette histoire, je sais qu'il ne me lâchera pas pour autant. Je ne peux pas le saisir ni me débarrasser de lui. Aucune absolution à attendre de la culpabilité d'avoir essayé.

Je suis abandonné avec un sentiment de désespoir. Dans mes efforts pour lui rendre justice, j'ai peut-être fait l'inverse. Nous appartenons à des dimensions différentes : un homme a vécu, un autre homme écrit. L'un a regardé devant lui, l'autre derrière lui. Il était là, je suis ici.

Pas étonnant qu'il reste au-delà de mon atteinte. C'est comme de marcher dans le noir avec une lampe et de voir de vagues objets apparaître et disparaître dans l'étroit pinceau de lumière; ils sont incapables de donner une image du territoire en tant que tel.

Immédiatement après avoir découvert le cambriolage de son garage, Ben se rendit en ville et me téléphona de la gare. Une heure plus tard, je le rencontrais devant la librairie Bakker. L'étrange créature, mince et apeurée, si différente de l'homme que j'avais connu.

Le reste n'est que devinette ou déduction, travail dans lequel je risque d'être influencé par la même paranoïa. Mais cela doit être dit.

Il posta ses papiers et ses cahiers à Pretoria. Et je veux imaginer que, pour une fois, il s'offrit le luxe de téléphoner d'abord à Suzette pour lui dire : « Rends-moi un service, ma chérie. Tu te souviens de ces papiers dont je t'ai parlé. Tous ces dossiers sur Gordon, tu sais? Je me suis dit qu'après tout, ils n'étaient pas en sécurité chez moi. Crois-tu que je puisse te les apporter? Peux-tu me les garder? »

On peut imaginer; le mal qu'elle a dû avoir pour dissimuler son excitation. « Bien sûr, papa. Mais pourquoi te déranger? Je peux très bien passer les prendre.

– Non, ne t'inquiète pas. Je te les apporterai, moi-même. »

De cette façon-là, bien sûr, il supprimait le risque de se voir suivi. Sachant que tout devait être déposé chez Suzette, la police de sûreté ne se donnerait pas la peine de le prendre en filature jusqu'à Pretoria. Et, une heure plus tard, calme, pâle et satisfait, il alla poster son paquet à Pretoria puis se rendit chez Suzette, à Waterkloof Ridge.

Elle vint à sa rencontre. Ses yeux passèrent certainement la voiture au peigne fin. Son visage se décomposa certainement quand il lui dit, comme si de rien n'était : « A propos, j'ai réfléchi. J'ai causé tant d'ennuis à tant de gens que j'ai préféré ne pas te compromettre. En aucune manière. J'ai tout brûlé. Je dois admettre que j'ai un poids en moins sur la conscience. »

Bien sûr, elle n'osa pas lui dévoiler ses sentiments. Sa comédie de la tendresse continua de servir de masque à sa colère, à son mécontentement, à sa rage.

Quelques jours plus tard, le paquet m'a été livré, à la maison.

Et puis, il a été tué.

Ceci, ai-je pensé, est le point final.

Mais une semaine après ses obsèques, sa dernière lettre m'est parvenue. Datée du 23 mai, le soir de sa mort :

Je ne voulais pas te déranger une fois de plus. Je crois que c'est heureusement la dernière fois. Je viens de recevoir un autre coup de téléphone anonyme. C'était une voix d'homme. Elle m'a dit qu'ils viendraient me chercher, cette nuit. Quelque chose dans ce goût-là. J'ai reçu tant de coups de téléphone anonymes que j'ai appris à ne plus y faire attention. Mais j'ai le sentiment que cette fois-ci, c'est sérieux. Ce sont peut-être mes nerfs, mais je ne le pense pas. Pardonne-moi, je t'en prie, si te cause involontairement des ennuis. Mais au cas où ce serait sérieux, je préfère te prévenir. Johan n'est pas là. Je ne voudrais pour rien au monde l'inquiéter inutilement.

Celui qui m'a appelé parlait anglais avec un accent afrikaans. Quelque chose de très familier dans la voix, même s'il essayait de la dissimuler en tenant un mouchoir entre le récepteur et sa bouche. C'était lui. J'en suis persuadé.

J'ai été encore cambriolé deux fois, la semaine dernière. Je sais ce qu'ils cherchent. Ils ne peuvent plus attendre.

Si j'ai raison, il faut absolument que tu le saches.

On se sent étrangement seul, en un moment pareil.

J'ai toujours préféré les fins de partie. Si ça ne s'était pas passé comme ça, ils auraient trouvé un autre moyen. Je sais que je n'aurais pas pu de toute façon continuer ainsi. Seule satisfaction que je puisse espérer : que tout ne s'arrête pas avec moi. Alors, je pourrai vraiment dire, avec Melanie : « Je ne regrette pas un seul instant ce qui s'est passé. »

A onze heures, ce soir-là, il fut écrasé par une voiture. Selon le journal, l'accident se produisit alors qu'il allait poster une lettre. Mais comment le journaliste pouvait-il le savoir? A moins que Ben ait eu encore la lettre sur lui, quand c'est arrivé? Et s'il l'avait encore, qui l'avait alors postée? Pourquoi?

Cela expliquerait-il la semaine de retard? Bien sûr, c'est peut-être la faute des services postaux de Johannesburg dont la réputation n'est plus à faire. Il est également possible qu'ils l'aient trouvée sur le corps et que, l'ayant lue attentivement, ils aient décidé de me la faire suivre. Auquel cas, ils ne pourraient avoir qu'un motif : me garder sous surveillance étroite, suivre et remonter la piste à partir de moi.

Ils ne peuvent pas être aussi obtus. Ils savent très bien que je m'interroge sur cette distribution tardive. S'il en est ainsi, ils veulent simplement m'adresser un avertissement, une menace, pour que je sache bien que je suis surveillé.

Alors pourquoi ai-je poursuivi l'écriture de cette histoire? Par loyauté sentimentale à l'égard d'un ami que j'avais négligé pendant tant d'années? Pour payer quelque dette envers Susan? Il est préférable de ne pas trop se pencher sur ses propres motifs.

Tout recommence-t-il avec moi? Si oui, pour combien de temps? Ne réussira-t-on jamais à briser le cercle vicieux? N'est-ce pas si important? Faut-il seulement poursuivre? Purement et simplement? Poussé par quelque sentiment de responsabilité envers un idéal auquel Ben aurait pu croire : quelque chose que l'homme peut être, mais qu'il n'a pas souvent la possibilité d'être.

Je ne sais pas.

Tout ce que l'on peut espérer, tout ce que je puis espérer, n'équivaut peut-être à rien d'autre que ça : écrire, raconter ce que je sais. Pour qu'il ne soit plus possible de dire encore une fois : *Je ne savais pas.*

1976. 1978-1979.

IMPRIMÉ EN FRANCE PAR BRODARD ET TAUPIN
58, rue Jean Bleuzen - Vanves - Usine de La Flèche.
LIBRAIRIE GÉNÉRALE FRANÇAISE - 14, rue de l'Ancienne-Comédie - Paris.

ISBN : 2 - 253 - 02946 - 7

30/5638/9